HEYNE <

Das Buch

Der junge Arnie Lester kommt aus New York in die kleine, verträumte Provinzstadt Dillistown im tiefsten Oregon, um dort an einer Schule zu unterrichten. Seine Schülerinnen himmeln den jungen und attraktiven Lehrer an. Arnie genießt ihre Schwärmereien, doch er hat bisher allen Versuchungen widerstanden. Bis Annie Alston in sein Leben tritt… Es dauert nicht lange, und zwischen den beiden entwickelt sich eine obsessive und verhängnisvolle Leidenschaft, und ihre geheime Beziehung wird schließlich immer mehr von erotischen Machtkämpfen und Spielereien geprägt. Doch das geht nicht lange gut…

Unter dem Titel *Geliebte Versuchung* erscheint Ira Millers erfolgreicher Roman *Die gelehrige Schülerin* jetzt in neuer Ausstattung bei Heyne!

Der Autor

Ira Miller schreibt seit über 20 Jahren Drehbücher, Romane und Artikel für berühmte Zeitschriften. Er ist bekannt für die hohe literarische Qualität seiner erotischen Romane.

Ira Miller

Geliebte Versuchung

Roman

Aus dem Amerikanischen
von Nora Jensen

WILHELM HEYNE VERLAG
MÜNCHEN

Die Originalausgabe erschien
unter dem Titel SEESAW

Deutsche Übersetzung von Nora Jensen

Der Roman erschien im Heyne Verlag 2006 unter dem Titel
DIE GELEHRIGE SCHÜLERIN

FSC
www.fsc.org
MIX
Papier aus verantwortungsvollen Quellen
FSC® C014496

Verlagsgruppe Random House FSC-DEU-0100
Das für dieses Buch verwendete FSC®-zertifizierte
Papier *Holmen Book Cream* liefert
Holmen Paper, Hallstavik, Schweden.

2. Auflage
Vollständige Taschenbuchausgabe 10/2012

Umschlaggestaltung: Nele Schütz Design unter Verwendung
von shutterstock/ William Langveld
Satz: KompetenzCenter, Mönchengladbach
Druck und Bindung: GGP Media GmbH, Pößneck
Printed in Germany 2012
ISBN: 978-3-453-72606-1

www.heyne.de

Für meine Mutter
und meinen Vater

Stellen Sie sich einen Film vor, dessen Darsteller, Bilder und Szenerie auf eine Leinwand hinter unseren Augen projiziert wurden. Lassen Sie den Film ablaufen. Sehen Sie, wie die Handlung sich entwickelt, wie der Film vor Ihrem inneren Auge vorbeiflimmert …

Erster Teil

1. Kapitel

Die Rolle des Lehrers

Ich stehe erst am Anfang meines Lebens.

Als ich noch ein Kind war, fuhr meine Mutter mich zur Schule, wenn es regnete. Ich bekam ein Taschengeld, das jedes Jahr zu meinem Geburtstag erhöht wurde, genoss ausgewogene Mahlzeiten, die ich manchmal sogar verschmähte, und war, trotz aller Versuche, mich in der Schule radikal zu verhalten und mit den Hippies solidarisch zu erklären, nichts weiter als das Produkt einer behäbigen, abgesicherten Mittelschicht in einer Vorstadt.

Im College bezahlte mein Vater die Rechnungen. Ich nahm an den Vorlesungen teil, schrieb Aufsätze, bestand Prüfungen und führte vier Jahre lang ein behütetes Leben mit dem simplen Zweck, das Examen zu machen. Als das vorbei war, fühlte ich mich aus dem Mutterleib in eine kalte, fordernde, *reale* Welt gestoßen. Ich war alles andere als darauf vorbereitet. Ich absolvierte eine Ausbildung als Lehrer.

Als auch diese Schule vorbei war, fühlte ich mich wieder verängstigt und von der Unabhängigkeit bedroht. Ich suchte nach Halt bei den Freunden von der High School. Aber wir fielen immer wieder in die Verhaltensweisen von damals zurück. Kartenspielen, Baseball, Drogen, Kneipenbummel. Dabei kam ich mir vor wie ein Teenager, nicht wie ein Erwachsener. Meine Familie hätte mir helfen können, aber ich konnte nicht mehr bei ihr leben – abhängig wie ein kleines Kind! Außerdem musste ich Arbeit finden, richtige, einem Erwachsenen angemessene Arbeit. Nicht irgendeine. Sie musste mit dem etwas zu tun haben, das ich studiert hatte, und ich musste mich in ihr verwirklichen können. Wozu hatte ich sonst studiert?

Und plötzlich konnte ich nicht mehr nur mit *irgendwem* schlafen. Ich hatte Verlangen nach einer tiefen, beständigen Beziehung.

Kindheit, Jugend und Studium waren nur ein leicht zu absolvierendes Vorspiel gewesen. Ein erwachsener Mann zu sein und dabei unverheiratet, sehr einsam und voller Zweifel, schien mehr der Realität zu entsprechen.

Dabei half es auch nicht viel, der nette jüdische Junge aus New York zu sein, der in Dillistown, Oregon, unterrichtete und unkontrollierbar einen Steifen kriegte.

Wenn die nach süßem Parfüm duftenden Mädchen, ihre eben erblühenden Busen unter sorgfältig ausgewählter Kleidung versteckend, das Klassenzimmer betreten, grüßen sie gewöhnlich: »Guten Morgen, Mr. Lester.«

An dieses »Mister«gerede kann ich mich nur schwer gewöhnen. Einen winzigen Augenblick lang spüre ich dann immer den Drang, über meine Schulter nach hinten zu linsen, um nachzusehen, ob mein Vater dort steht. Vielleicht, in zehn Jahren, wenn ich fünfunddreißig bin, werde ich mich an das »Mr. Lester« gewöhnt haben. Aber heute hätte ich nichts dagegen, einfach nur »Arnie« genannt zu werden, so als ob ich ein Freund wäre und nicht der Allmächtige, der Zensuren verteilt.

Doch die Kinder dürfen sich mit meinem Vornamen nicht vertraut machen. Nicht in einer Schule, in der jeden Morgen Treue auf die Fahne geschworen wird, die Schüler immer noch eine schriftliche Erlaubnis brauchen, um aufs Klo gehen zu dürfen, und der Direktor den Tag mit einer inspirativen Andacht über die Lautsprecheranlage beginnen lässt. Auch meine Kollegen, alle in schulmäßigem Sinne absolut integer, würden einen Anfall bekommen, wenn sie zufällig auf dem Gang eine Teenagerstimme »Was ist los, Arnie?« piepsen hörten. Die Kinder brächten das sicher fertig, wenn man sie lassen würde, aber durch nichts unterbrochene Traditionen (der Direktor trägt eine Krawatte) schnüren ihnen die Kehlen zu.

Am Montag, den 27. November 1978, schloss ich morgens die Tür zu meinem Klassenzimmer auf, schaltete das Licht ein und: wumm! – direkt durch beide Nasenlöcher ins Hirn – Dillistowns hochgradig reinigendes, antiseptisches Bohnerwachs! Die meisten Schüler aus der elften Klasse, die ich in der ersten Stunde unterrichtete, schleppten sich nach einem langen Wochenende herein, kaum fähig, das Kinn über der Tischplatte und die Augenlider offen zu halten. Ich richtete mich auf, zauberte ein eifriges An-die-Arbeit-Lächeln auf mein Gesicht und sagte: »Bitte setzt euch. So schlimm kann es doch nicht sein. Wir haben heute viel zu tun.«

Viel lieber hätte ich gesagt: »Ich bin auch müde. Lasst uns erst mal ausschlafen.«

Aber stattdessen: »Öffnet die Bücher. Seite hundertsiebzehn … Wer kann mir etwas über Benjamin Franklins Beitrag zur amerikanischen Literatur sagen?« Keine Antwort. »Okay. Vielleicht finde ich mit einem kleinen Quiz raus, wer seine Hausaufgaben gemacht hat.«

Was war ich doch für ein Arschloch! Ich hörte mich an wie der senile, faltige Lehrer in einer Fernsehserie.

Hal Mads Hand schoss in die Höhe.

»Hal?«

»Den *Arme Leute Almanach.*«

Fernsehen bildet, leider.

Ich feuerte noch mehr Fragen auf sie ab, wie ein Maschinengewehr, so schnell, dass sie einfach aufwachen mussten. Wir mussten die frühe amerikanische Literatur durchnehmen, und Ben Franklin *war* langweilig.

»Ben Franklin ist eine der interessantesten Persönlichkeiten der amerikanischen Geschichte. Er war unser erster Generalpostmeister, er leitete eine Zeitung … Howard, lass Stacys Heft in Ruhe und leg deine Hände auf deinen eigenen Tisch.«

Die Klasse lachte. Howard wurde scharlachrot. Weil ich ihr Lehrer war, wirkte jeder im Ansatz amüsante Satz, jedes vom akademischen Ton abweichende Wort ungemein komisch.

Schließlich hatte Howard keinen Fehler gemacht – er hatte nur versucht, ein wenig Aufmerksamkeit von einem niedlichen kleinen Mädchen zu ergattern.

Aber ich brauchte die ungeteilte Aufmerksamkeit, um eine Unterrichtsstunde in Gang zu halten.

Aus dem Augenwinkel erhaschte ich ein Stück von Stacys rundlichem Busen unter ihrer tief ausgeschnittenen Bluse.

Als Lehrer begegne ich einer Menge Widersprüchen.

Ich würde gern die Dinge mit Schülern besprechen, die sie interessieren, aber ich muss den Lehrplan erfüllen. Nur selten weiche ich vom Stoff ab. So kann ich abschätzen, was passieren wird, und verliere die Kontrolle nicht.

Ein Lehrer gebraucht seine Macht.

Da wir die Schüler nur eine Stunde pro Tag zu sehen bekommen, gibt es selten Augenblicke, in denen wir unsere Schwächen offenbaren. Deshalb erwecken wir immer den Eindruck, stark zu sein. Wo werden Kinder schließlich sonst dazu gezwungen, still zu sein, nur zu sprechen, wenn sie gefragt werden, den Bleistift auf Befehl zu nehmen und zu schreiben, zu lesen, geprüft zu werden und Treue auf die Fahne zu schwören?

Wir Lehrer verstecken uns hinter einer Rolle.

Wir sagen: »Ich befehle hier, ich bin der Einzige, der etwas weiß.«

Aus Angst, die Klasse nicht unter Kontrolle halten zu können, setzen wir diese Maske so lange wie möglich auf. Aber die Unwirklichkeit, die dahinter steckt, macht mir Angst. Auch Lehrer reden über Sex, bohren in der Nase, tratschen, weinen manchmal und können genauso unfair und eigensüchtig sein, wie jeder andere. (Ich hatte das nicht gewusst, bis ich selbst Lehrer geworden war.) Warum kann ich nicht mit den Schülern auf gleicher Stufe stehen und sie trotzdem unterrichten?

Aber ich möchte auch ein gutes Vorbild sein. Schüler brauchen unbefleckte Vorbilder und saubere Institutionen – Schule, Kirche, Bibliotheken –, die ihnen einen Sinn für Rechtschaffenheit vermitteln. Dabei habe ich ein schlechtes Gewissen. Wie kann ich ein gutes Vorbild sein, wenn ich mir beim Lesen des *Playboy* einen runterhole, die Telefongesellschaft nur allzu gern betrüge und beim Anblick von unverdorbenen, unberührten Teenagerkörpern, die Frühlingsduft und Frühlingsgelüste versprühen, eine Erektion bekomme, die wie ein Leuchtturm in meiner Hose steht?

Ich erlaube mir nie, diese Mädchen als Liebesgefährtinnen zu betrachten. Das wäre zu gefährlich. Ich mache mir immer bewusst, dass sie trotz ihrer äußeren Erscheinung in vielerlei Hinsicht noch *kleine Mädchen* sind. Sie könnten meine reiferen Bedürfnisse niemals erfüllen.

Aber manchmal kommen Stacy oder Beth nach der Stunde an meinen Lehrertisch, pressen ihre jungen, warmen Körper wie von ungefähr eine Sekunde an mich, flüstern ein paar schmeichelnde Worte, und ich werde ganz geil.

Es ist schwer, jedes Mal widerstehen zu müssen.

Ich betrat die Cafeteria gerade rechtzeitig, um Ed Bullock, einen Bullenkerl, Footballtrainer(!), die Mayonnaise aus dem Mundwinkel tropfend, sagen zu hören:

»Um mich um die kleinen Gören auch noch zu kümmern, kriege ich nicht genug bezahlt!«

Ich bestellte mein Mittagessen und lauschte mit einem Ohr auf die Meckerei an Bullocks Tisch. Es gefiel mir, Lehrer zu beobachten, wenn sie ihre Maske fallen ließen. Aber ich wollte nicht, dass sie mich dabei ertappten. Bullock jagte mir Angst ein. Ich war nicht gerade darauf aus, mich von ihm vor den Kollegen bloßstellen zu lassen. Man sagte, dass er seinen Schülern am ersten Tag immer verkündete:

»Ich kann euch nur das beibringen, was ich als Marinesergeant und Footballtrainer gelernt habe.«

Damit verschaffte er sich Respekt. Er war Mathematiklehrer.

Mit dem Tablett in der Hand sah ich mich nach einem ruhigen Plätzchen in dem von Stimmengewirr erfüllten Raum um. An einem langen Tisch saßen viele Lehrer und unterhielten sich beim Essen. Ein Platz war frei. Der Englischlehrer auf dem Stuhl daneben grüßte mich lächelnd und konzentrierte sich dann wieder auf sein Sandwich. Ich setzte mich allein an einen kleinen Tisch in der Ecke.

Immer hatte ich dieses komische Gefühl, ich wäre nicht gern gesehen. Einige Lehrer hegten Leuten aus dem Osten – oder allen jungen Leuten gegenüber? – grundsätzlich Misstrauen. Sie konnten sich einfach nicht vorstellen, warum ich den ganzen Weg von New York hergekommen war, um in Dillistown zu unterrichten.

Dann wiederum glaubte ich, dass sie sich von mir fern hielten, weil ich Jude bin. Von meinem Namen konnten sie es nicht ablesen, aber ich hatte diese gewisse Nase ...

Sie waren nicht direkt bigott. Sie dachten eben nur gern in Stereotypen. Ein Kaufmann hatte einmal zu mir gesagt:

»Gutwilligkeit ist keineswegs uneigennützig. Wahrscheinlich haben die Juden sie gepachtet.«

Vielleicht war ich als einziger Jude in Dillistown auch nur überempfindlich.

Zu Anfang waren einige Leute sehr nett zu mir gewesen. Eine Frau kam mit einem Präsentkorb voll Früchten und Gutscheinen für den Supermarkt, um mich willkommen zu heißen. Aber jetzt, im November, gehörte ich bereits zum Stadtbild. Niemand achtete mehr auf mich.

Um ehrlich zu sein, ich achtete auch nicht besonders auf die Leute. Jeder kannte eben jeden, sie gehörten denselben Vereinen an, und die Frauen waren entweder verheiratet, oder mittlerweile zu alten Jungfern geworden. Viele hatten mich wohl in Verdacht, ein Hippie zu sein oder so was Ähnliches. Dabei ist mein Haar gar nicht so lang.

Ich hatte ein paar Freunde unter den Kollegen.

Irgendwo.

Ein schriller Pfiff und das aufbrausende Johlen einer Teenagermenge machte mich darauf aufmerksam, dass ich gerade den Höhepunkt des Basketballspiels versäumt hatte. Die Dillistown Rebellen spielten gegen die Falken aus Lake Hardy.

Ich hatte dem Mädchen an der Kasse fünfzig Cents für meine Eintrittskarte gegeben. »Danke, Mr. Lester«, hatte sie gesagt und dabei versucht, mir mit einem strahlenden Lächeln in die Augen zu schauen. »Hübscher Pullover«, hatte sie dann noch hinzugefügt, als ich auf die Eingangstür zur Turnhalle zugegangen war.

Unter den mehreren hundert Zuschauern fand ich eine leere Bank auf der Dillistownseite. Was konnte einen fünfundzwanzigjährigen Lehrer an einem Basketballspiel interessieren?

Ich mag Sport. Und außerdem ...

Während des Tages, wenn ich Arbeiten zensiere, Vorlesungen halte, den Schülern sage, was sie tun sollen, wenn ich eine extra Toilette benutze, in der Lehrercafeteria esse und mich in einem eigenen Arbeitszimmer aufhalte, fühle ich mich ausgeschlossen. Wenn die Arbeit dann vorbei ist, schreibt mir der Direktor vor, was ich zu tun habe, und die Außenwelt betrachtet mich als einen durchschnittlichen Bürger, der genauso arbeiten geht, wie jeder andere auch.

Bei einem Basketballspiel habe ich das Gefühl, dazuzugehören und etwas wert zu sein.

»Anderson ist unser Mann. Was er nicht schafft, Burnside kann ...«, skandierten die Cheerleaders. Sie waren wirklich süß. Sie sprangen in die Luft und feuerten mit ihren bunten Federschwänzen und Pompons die Menge an, animierten die Spieler und strahlten eine Menge von Koketterie und Arbeitseifer aus.

In New York gehörten die Cheerleaders einer aussterbenden Rasse an, aber hier in Dillistown waren sie ebenso wichtig wie die Spieler.

Cathy, die Anführerin, beobachtete mich. Nachdem sie ihr Anfeuerungslied beendet hatte, winkte sie mir lächelnd zu und stieß ihre Freundin Annette an, die ebenfalls zu mir herüberwinkte. Beide gingen in meine Englischklasse.

Ich weiß nicht genau, wie ich mir meine Popularität bei den Schülern erklären soll, besonders bei den Mädchen. Dass ich jung bin, hat ganz sicher etwas damit zu tun, auch dass ich ein Mann bin, aber es steckt noch mehr dahinter. Ich genieße eine gewisse Aura, weil ich aus New York komme. Diese Mädchen sind in dem Alter, in dem sie von einem aufregenden Leben träumen und hoffen, der Enge der Kleinstadt eines Tages zu entfliehen.

Ich halte mich nicht für schön. Ich bin ungefähr ein Meter achtzig groß und ein wenig zu dünn, gut rasiert, habe braune Augen, hellbraunes Haar und eine Haut, die im Sommer leicht bräunt. Mal falle ich auf, aber oft genug bin ich auch ganz unauffällig. Der Eindruck, den ich erwecke, hängt, glaube ich, von meinem Selbstvertrauen ab. Manchmal trete ich auf wie Mick Jagger, und manchmal fühle ich mich so lahm wie Gerald Ford.

Wenn ich an einer Bartheke oder auf einer Party eine Frau treffe, die mir nicht attraktiv erscheint oder nicht mein Typ ist, bin ich entspannt, unbeeindruckt und prompt erfolgreich. Man muss wohl der große Spötter sein, immer über den Dingen stehen können und viele Brusthaare haben, die aus dem weitgeöffneten Oberhemd hervorquellen, um Glück bei Frauen zu haben, zumindest bei denen, die ich mag. Aber mir ist es unangenehm, Mr. Männlichkeit zu spielen. Ich spüre dabei immer genau, dass ich einen Typen vormache, der ich nicht bin, und der mir auch nicht gefällt.

Auch in der Schule bin ich in Wirklichkeit der Macho. Das hängt mit meinem Image zusammen. Die Tatsache, dass ich die Macht habe, hinter dem großen Lehrertisch stehe und aller Augen auf mich gerichtet sind, dass ich aus einer gewissen Distanz heraus immer fremd bleibe und, wie gesagt, keine Schwäche preisgeben muss, verleiht mir die Aura, die den Rettungsschwimmer auf seinem luftigen Podest umgibt, von dem aus er *seinen* Strand überwacht.

Die Mädchen in meinen Klassen mögen gern kontrolliert werden. Dadurch werde ich zu der älteren, begehrenswerten, wichtigen Person, von der sie träumen. Wäre ich einer ihrer Klassenkameraden, würden sie mich nicht einmal bemerken.

Und manchmal gestalte ich den Unterricht so, dass er Spaß bringt. Das Klassenzimmer zu einem Ort wird, an dem sie sich entspannen können und Freude am Lernen haben.

»Hey, Mr. Lester. Gutes Spiel, nicht wahr?«

Adele Lewis schenkte mir ihr rundes Lächeln auf ihrem runden Gesicht über ihrem rundlichen Körper. Jeder schien sich in ihrer Nähe wohl zu fühlen, weil sie einen geradeheraus ansah und immer gelassen wirkte.

»Kann man sagen«, antwortete ich. Die erste Hälfte war vorbei, und wir führten mit zwei Punkten Vorsprung. Ich hätte gern mitgeschrien und den Schiedsrichter ausgepfiffen, aber ich musste meine Rolle wahren.

»Bis auf die Fehlentscheidung«, fügte ich deshalb sachkundig hinzu.

Ein großer, sehniger Junge stieg über die Bankreihen. Wenn seine Pickel mal ausgeheilt wären, würde er sicher ein schönes, narbiges Gesicht bekommen,

»Ich möchte Ihnen meinen Freund vorstellen – Lane Thomas. Er geht in Lake Hardy auf die Schule. Aber heute steht er natürlich auf unserer Seite.«

Adele sah ihn ernsthaft, aber zärtlich an. Lane streckte die Hand aus und gab mir einen kräftigen Händedruck.

»Freut mich, Sie kennen zu lernen.«

»Mich auch.«

»Ich habe ihm alles von unserem Unterricht erzählt, Mr. Lester. Von den Videoprojekten und den Collagen, die wir mit Ihnen gemacht haben. Lane hat mir gesagt, dass sein Lehrer sie immer nur Benjamin Franklin lesen lässt, sonst nichts.«

Ich lächelte. Vermutlich hatte sie die Vormittagsstunde vergessen.

»Sie sind der Beste, Mr. Lester.«

Die Sirene ertönte um anzuzeigen, dass die zweite Halbzeit begann. Lane nahm Adele an die Hand und führte sie wieder nach unten.

»Bis morgen«, rief sie noch über ihre Schulter zurück.

Ich lächelte grüßend. Ich wollte mir ihre Schmeichelei nicht unter die Haut gehen lassen, aber sie tat gut.

Die zweite Halbzeit war so turbulent wie die erste, aber schließlich rissen die Rebellen sich zusammen, und wir gewannen mit zwölf Punkten Vorsprung. Ich wartete, dass die Menge vor mir langsam die Halle verließ.

Eltern freuten sich über einen hart erkämpften Sieg (ihr Sieg?), Schüler bildeten Gruppen, lachten, plapperten und planten, wo sie noch hingehen wollten, um Eis oder Hamburger zu essen. Wer hatte ein Auto?

Die Kinder lebten in einer Art Teenypopperwelt – ein Rückgriff auf die fünfziger Jahre. Am Freitagabend ging alles zum Tanzen und Sonnabendnacht stiegen sie in ihre aufpolierten Autos und kreuzten die Hauptstraße rauf und runter, die von riesigen Scheinwerfern hell erleuchtet war, vorbei an diesem Kino, jenem Drugstore, und so weiter.

Ich glaube, New York und die sechziger Jahre waren Schuld daran, dass meine Tennagerjahre so ganz anders verlaufen waren. Wir rauchten jeden Morgen vor der Schule Pot, brachen mit Vorliebe die Bekleidungsvorschriften, zuerst mit weit ausgestellten Jeans (die Mädchen in Miniröcken), später mit ausgeblichenen, ausgefransten und oft geflickten Jeans, Batik T-Shirts, ausgeleierten Sportpullovern, Sandalen und Stirnbändern. In der achten Klasse gabelte der Direktor mich einmal auf dem Gang auf, drückte mir zwei Dollar in die Hand und sagte, dass er mich von der Schule suspendieren lassen würde, wenn ich mir nicht augenblicklich die Haare schneiden ließe. (Mein Pony fiel kaum in die Augen, die Locken berührten gerade die Schultern.) Zwei Jahre später hatte ich einen langen, wehenden Pferdeschwanz (ich hasste diesen Scheißkerl von Direktor!). Wir schwänzten Stunden, um an Friedensveranstaltungen teilzunehmen. Klar, zu der Zeit war das mehr ein Spaß, aber wir spürten den Vietnamkrieg. Wir hatten Angst, wir wussten, was um uns herum vor sich ging.

Die Menge hatte sich aufgelöst. Ich stand auf und legte meine Jacke über den Arm. Gus, der Hausmeister, fegte die Turnhalle aus. Er fuhr mit einem breiten, flachen Besen über den Boden. Ich winkte ihm zu. Mit seinem warmen, breiten Grinsen rief er: »Das beste Spiel, das ich bisher gesehen habe!« Seine Stimme bildete ein Echo in der leeren Halle.

»Ja. Sie haben gespielt wie ’ne Eins.«

Er wandte sich wieder seiner Arbeit zu, stolz, an so einem wichtigen Ereignis teilgenommen zu haben.

Ich stieg die Treppe zum Haupteingang hinunter. Sechs große Flügeltüren führten hinaus auf den Fahrweg, wo man noch einige Rücklichter der wegfahrenden Autos sehen konnte. Allein in dem Gebäude fühlte ich mich einsam und war überrascht, als ich Annie Alston vor einem der Schaukästen stehen sah. Sie betrachtete aufmerksam die Fotos.

Annie ging in die elfte Klasse, die ich in der ersten Stunde unterrichtete. Ich erkannte sie an ihrer schlanken, jungenhaften Gestalt. Sie war eine ruhige Schülerin, schien immer eine eigene, abgesonderte Welt im Kopf zu haben, in die sie niemandem Einblick gab, außer ihrer Freundin Clara vielleicht, ihrem Schatten.

Immer hingen die beiden zusammen. Sie liefen im Gleichschritt durch die Gänge, kicherten gemeinsam in einer Ecke und wurden sofort still, wenn jemand sich ihnen näherte. Doch Annie stach aus der Menge hervor. Sie schien nicht so überdreht, ihr Selbstvertrauen nicht so aufgesetzt zu sein wie sonst bei Sechzehnjährigen. Sie besaß eine gewisse Reife. Oder Kultiviertheit? Oder Zuversichtlichkeit? Selten beteiligte sie sich am Unterricht, überraschte mich dann aber durch ihre intelligenten Aufsätze. Man konnte sie für schön halten mit ihren langen, glatten, dunklen Haaren, dem schmalen Gesicht und den strahlenden Augen, aber man sah sie nie mit Jungen zusammen.

Gus, der ein schweres Eisengitter vor die Türen schob, um die Halle abzuschließen, erinnerte mich daran, dass es Zeit zum Gehen wäre.

Ich war nicht in der Lage herauszufinden, woran ich bei Annie war, was in ihrem Kopf vorging. Vielleicht war es auch die Tatsache, dass sie mich ständig zu ignorieren schien, die mich immer ein wenig an ihr faszinierte. Niemals schmeichelte sie mir oder spielte das »Oh, Mr. Lester«-Spiel mit mir wie die anderen Mädchen. Meine Anwesenheit quittierte sie stets mit einem beinahe versteckten Lächeln, das mich verunsicherte.

Bei dem Geräusch von Gus' Eisengitter drehte Annie sich um. Ein Lächeln erhellte ihr Gesicht. Es war, als hätte sie meine Anwesenheit schon die ganze Zeit über bemerkt (mein Spiegelbild im Fenster?). Ich war verlegen. Irgendwie hatte ich das Gefühl, dass sie wusste, was ich gerade dachte.

»Hallo, Mr. Lester«, sagte sie beiläufig.

»Eh, hast du deine Mitfahrgelegenheit verpasst?«, war alles, was ich herausbrachte. Ich fühlte mich ertappt.

»Meine Mutter kommt erst in zwanzig Minuten nach Hause. Sie arbeitet. Ich werde sie nachher anrufen.«

»Vater?«

»Was?«

»Vater.«

»Ich habe Sie schon beim ersten Mal verstanden«, sagte sie und drehte sich wieder zum Fenster um. Ich wusste nicht, was ich sonst noch sagen sollte und ging deshalb auf den Ausgang zu.

»Gute Nacht, Mr. Lester«, sagte sie wesentlich freundlicher als bei der Begrüßung.

»Ich könnte …«

»Nicht nötig.«

»… dich nach Hause fahren«, stieß ich hervor. Ich hätte es nicht sagen sollen. Lehrer wurden oft gewarnt, Schüler nicht nach Hause zu fahren. Wir waren für ihre Sicherheit total verantwortlich und standen immer mit einem Bein im Gefängnis. »Es macht keine Umstände. Wo wohnst du, Annie?«

»Auf der anderen Seite der Hauptstraße, ungefähr zehn Minuten von hier.«

»Kein Problem«, ich hielt ihr die Tür auf.

Während ich fuhr, war sie wieder still und starrte aus dem Fenster. Ich hatte das Bedürfnis, diese Stille mit einem Laut zu füllen, wusste aber nicht, was ich sagen sollte.

»Hausaufgaben schon gemacht?«

»Immer der Lehrer, wie?«

»Eh, nein. Eigentlich nicht. Nein. Überhaupt nicht. Manchmal lasse ich mich auch gehen. Aber in der Nähe von Schülern ist das etwas schwierig.«

»Wir sind Menschen …«

»Glaubst du, das weiß ich nicht?«

»… nicht nur Schüler!«

Ich schmollte.

»He. Es tut mir Leid. Sie sind gar nicht so übel. Ehrlich. Sie sind ein bisschen anders.«

»Nur ein bisschen?«, fragte ich – nicht ganz so gelassen, wie sonst in meiner Lehrerrolle. Sie hatte mich provoziert.

»Nur ein bisschen«, bestätigte sie. Ich schwieg. »Und ich weiß, dass Sie sich verdammt viel Mühe geben.« Sie kannte mich gut. »Trotzdem behandeln Sie uns immer wie Schüler, nicht wie Menschen. Besonders, wenn Sie uns etwas vormachen … so … gön – ner – haft.«

Sie betonte jede Silbe, als ob dieses Wort eine Vokabel wäre, die sie gerade gelernt hätte.

»Ein bisschen streng, oder?«

»Tut mir Leid. Ich habe doch gesagt, dass Sie sich Mühe geben.« Sie starrte wieder aus dem Fenster. Ich konnte das Gespräch nicht neu anknüpfen.

»Die nächste rechts, dann links, das erste Haus auf der linken Seite.«

Ich befolgte ihre Anweisung pflichtgemäß und fuhr den Wagen in die Auffahrt vor ihrem Haus.

»Du könntest dich auch ein wenig mehr anstrengen«, sagte ich. Angriff ist die beste Verteidigung. Der von den Schülern umschwärmte Mick Jagger hatte sich langsam in den Gerald Ford verwandelt.

Plötzlich entstand eine fühlbare Stille, so als ob wir beide zu atmen aufgehört hätten. Man konnte jedes Geräusch überdeutlich hören. Annie stieg nicht aus. Ich sah sie an, verwundert über ihren eigenartig selbstsicheren Gesichtsausdruck.

Sie kniete sich auf den Vordersitz, lehnte sich über mich und nahm mein Gesicht in ihre Hände. Langsam näherte sich ihr Mund meinen Lippen.

Sie küsste mich lange.

Ich hielt still, wusste nicht, warum ich nicht aus ihrer Umarmung brach. Sie öffnete meine Lippen und stieß ihre Zunge in meinen Mund.

Heiß.

Sie ließ los. Ich war außer Atem.

Dann sagte sie: »Dieser Kuss war nicht von einem Mitglied aus Ihrem Fanclub, das Ihre Aufmerksamkeit sucht. Es war echt. Ich wollte Sie berühren.«

Ich konnte nicht unterscheiden, ob sie nun eine Menge Liebesromane gelesen hatte oder wirklich glaubte, was sie sagte.

Ihr Mund hatte nicht gelogen.

Mein Herz raste wie ein Motor, der an einem kalten Wintermorgen warm läuft.

In dem Augenblick fuhr Annies Mutter in die Einfahrt.

2. Kapitel

Vielleicht war es ein Fehler, »Lolita« zu lesen

Die ganze Sache hätte ja nun ziemlich harmlos aussehen können, doch ich war so verlegen, dass ich mich irgendwo nach einem guten Versteck umsah. Ich suchte krampfhaft nach einer Ausrede für Mrs. Alston, warum ich mich so aufgeregt und erhitzt in ihrer Auffahrt befand, nachdem Annie gerade meinen Wagen verlassen hatte.

Mrs. Alston kam an mein Autofenster. Einen Augenblick lang dachte ich daran, sie zu ignorieren und einfach abzufahren, aber ihr Wagen stand ja direkt hinter meinem.

»Guten Abend, Mrs. Alston. Ich habe Annie nur schnell nach Hause gefahren. Wir haben uns beim Basketballspiel getroffen. Eine gute Schülerin.« Das klang ziemlich normal.

»Sie müssen Mr. Lester sein«, sagte sie lächelnd. Ihre Haare wurden von Spray in Form gehalten. Unter dem geöffneten Mantel entdeckte ich eine Kellnerinnenuniform. »Annie hat mir schon viel von Ihnen erzählt. Englisch ist ihr Lieblingsfach. Sie sagt, dass Sie ein großartiger Lehrer wären.«

»Danke, Mrs. Alston. Annie macht mir auch sehr viel Freude.« Ich wäre fast an meiner Zunge erstickt bei dem Gedanken, dass sie mich missverstehen könnte.

»Aber, danke, Mr. Lester! Es freut mich sehr, das zu hören.«

Ich dankte Gott, dass sie sich abwandte, mir noch einmal zuwinkte und rückwärts aus ihrer Einfahrt fuhr, um mich herauszulassen.

Auch die Geschwindigkeitsüberschreitung von über zwanzig Meilen brachte mich nicht schnell genug nach Hause.

Als am nächsten Morgen die erste Stunde begann, war ich so weit selbst überzeugt, dass der ganze Vorfall nichts weiter als ein Teenagerphänomen sei. So fiel es mir leicht, in die selbstsichere »Mr. Lester-Rolle« zurückzuschlüpfen. Ich gebe zu, dass mich ein leichter Hitzeschauer überfiel, als Annie die Klasse betrat, aber ich überwand ihn schnell.

Die Stunde ging glatt. Ich konnte den vorgeschriebenen Stoff schnell durchgehen und bat sie zehn Minuten vor Unterrichtsschluss, die Bücher zu schließen. Von Franklins Enthaltsamkeit wechselte ich zum Alkoholproblem unter Jugendlichen über. Schläfrige Augenlider öffneten sich ein wenig, und nach und nach fingen die Kinder an zu berichten, was der Alkohol bei ihnen bewirkte. Die meisten tranken Bier. Jemand sagte, dass er nur ab und zu Gras nehme, und dass sich das kaum lohne.

Ich hörte mich selbst, zehn Jahre früher (mit dem Unterschied, dass ich Drogen genommen hatte!). Sie sprachen von der Flucht, dem Unabhängigkeitsgefühl und der Leichtigkeit, mit der sie Freundschaftsprobleme bewältigen könnten, wenn sie leicht angetrunken oder völlig betrunken wären.

»Ich war schon seit Monaten verrückt danach, mit Susan auszugehen«, sagte James, »aber ich habe es nie fertig gebracht, bis ich sie einmal auf einer Party traf. Ich hatte getrunken. Ging einfach zu ihr hin und sagte: ›Verdammt, wir beide hätten schon längst mal miteinander ausgehen sollen.‹ Einfach so. Es war leicht.«

Ein paar Schüler nickten bestätigend.

Es war nicht so, dass der Hippie in Mr. Lester sich an die Schüler heranmachte, um sie zum Sprechen zu bringen. Sie brauchten einen Erwachsenen, der ihnen zuhörte, ein Echo, das ihnen die erhoffte Bestätigung widerhallte.

Wenn ich an mich zurückdachte, als ich in ihrem Alter war, konnte ich ihre Bedürfnisse nachempfinden. Wenn ich mich aber als Lehrer sah, musste ich darauf achten, gute Bürger aus ihnen zu machen.

Hätte ich ihnen gesagt, dass sie Unrecht hätten, wäre dies wahrscheinlich die letzte Diskussion dieser Art gewesen. Hätte ich ihnen aber recht gegeben, wäre ich administrativen Maßregelungen ausgesetzt gewesen, wenn meine Meinung bekannt geworden wäre.

»Ihr habt eine Menge Belastungen auszuhalten«, sagte ich. »Ständig werdet ihr ausgefragt – laut von anderen, stumm von euch selbst –, was ihr mit eurem Leben anfangen wollt. Wer seid ihr? Was seid ihr? Gut – schlecht? Stark – schwach? Und das ist schwer. Ihr entdeckt jetzt Liebe, Sex und Unabhängigkeit. Dadurch entsteht noch mehr Druck, und der ist ebenfalls schwierig zu handhaben. Wenn ihr euch am Wochenende gehen lasst und betrinkt, sieht alles viel einfacher aus.« (Der bescheuerte Lehrer in mir gewann wieder die Oberhand.) »Aber was geschieht danach? Was passiert, wenn ihr ohne das Zeug gar nichts mehr tun könnt?« Einige murmelten leise: »Ach, Scheiße.« »Ich hasse das Wort Krücke, aber …«

»Wie fühlen Sie sich, wenn Sie *high* sind?«, fragte Annie ruhig aus dem Hintergrund. Ihre Stimme klang sicher und herausfordernd. Die Klasse drehte sich um, überrascht, sie sprechen zu hören. Dann aber sahen alle mich erwartungsvoll an.

Die Glocke ertönte.

Sie meckerten. Ich war in der Zwickmühle, und sie hätten zu gern gesehen, wie ich mich da herauswand.

»In Ordnung. Vergesst eure Hausaufgaben nicht. Franklins Autobiographie.«

Ich hätte sagen können: »Morgen machen wir da weiter«, aber morgen würde ich wieder ganz der Lehrer sein. Das Loch, in das ich jetzt fiel, hatte ich mir selbst gegraben. Ich war von dem abgewichen, was der Direktor »Erziehung« nannte.

Es war ein herrliches Gefühl, die Kinder zum Reden zu bringen, ohne sie auszufragen, verlegen machen oder aber bei Laune halten zu müssen – ein ganz leichter Spannungsbogen, der sofort unterbrochen wurde, sobald ein lehrerhaftes Wort durch den Raum flog.

Als die Schüler aus der Klasse gingen, gruppierten sich ein paar Mädchen um meinen Tisch, pflichteten mir bei, schworen, dass sie niemals trinken würden und dass sie wünschten, einige Jungen würden damit aufhören. Ich fühlte mich wieder etwas sicherer.

Dann gingen auch sie. Ich sah Annie ganz allein hinten im Klassenzimmer.

Sie starrte mich an. Ihre Augen blickten stahlhart durch den Raum. Wieder tauchte ihr Lächeln auf – dünn, sarkastisch, ihre Zähne kaum sichtbar.

Die Schüler der nächsten Klasse tröpfelten langsam herein.

Annie stand auf, griff nach ihren Büchern und ging.

Ein leiser Nachhall von »wir sind Menschen« begleitete sie hinaus.

Nach dem Abendessen saß ich allein in meiner Wohnung.

In der Küche roch es nach Leber und gebratenen Zwiebeln.

Ich spürte, dass ich unwahrscheinlich geil war.

Um den Geruch zu vertreiben, stellte ich den Wrasenabzug über dem Herd an, aber ich wusste nicht, was ich gegen meine Geilheit tun sollte.

Die wachsende Lust in mir stammte offensichtlich – leider – noch von der Autoszene der letzten Nacht her. Ich hatte meine Erregung ins Unterbewusstsein verdrängt, aber sobald ich allein war, weg von der Schule, begann der aufgezwungene Kuss sich langsam, aber effektvoll seinen Weg wieder in mein Bewusstsein zu graben. Ich spürte, wie die Hitze des Augenblicks sich wieder belebte, das physische Gefühl aufwallenden Blutes zurückkehrte und die herrliche Entspannung, einen Augenblick lang überwältigt zu werden. All das strömte zum Zentrum meines Körpers. Ich hatte einen massiven Ständer.

Unwillkürlich presste ich die rechte Hand gegen meinen Penis. Ich öffnete die untere Tür des Küchenschranks, griff neben dem Abfalleimer weit nach hinten und holte unter einigen alten Zeitungen die letzte Dezemberausgabe vom *Playboy* hervor. (Warum versteckte ich sie eigentlich? Wer hätte sie hier finden sollen?) Ich hatte mich zu einem Jahresabonnement entschlossen – damit niemand Mr. Lester im Geschäft beim Kauf von *Playboy* erwischen konnte! – Im Gegensatz zu denen, die »nur die Artikel lasen«, machten mich die Bilder an.

Erst im College hatte ich zugegeben, was ich vorher schon gewusst hatte: Männermagazine beuteten Frauen aus. Sie stellten sie zur Schau, an jedem Kiosk, billig. Im College hatte ich mich geweigert, *Playboy* auch nur anzusehen. Dass ich eine feste Freundin hatte und häufig mit Feministinnen zusammenkam, die immer deutlich darauf hinwiesen, was für einen Dreck Männer mit Frauen machten, hatte es mir leichter gemacht. Doch während der letzten zwei Schuljahre hatte ich immer irgendwo eine Ausgabe versteckt gehalten. Jeder tat das. Und die zahllosen Orgasmen, die mir diese gebundenen Seiten gebracht hatten, das tolle Gefühl, es in Zusammenhang mit diesen perfekten Frauen zu tun und der Drang, mich dazu verführen zu lassen, obwohl ich das eigentlich nicht wollte, hatten mich nie zur Ruhe kommen lassen. Meine Vernunft kann nicht immer unter Kontrolle halten, was meine Begierde sich wünscht. Nachdem ich die Fotos einige Wochen lang erschöpfend in mich eingesogen hatte, mich von den unzüchtigen Layouts ausgebrannt fühlte und mir so oft einen runtergeholt hatte, dass ich mich ganz ausgetrocknet fühlte, ekelten die Hefte mich an. So schmutzig, so falsch. Ich zerriss sie und warf die Fetzen in den Abfalleimer. Das half mir ein wenig, die Frustration zu ertragen. Gleichzeitig konnte ich mir in einem *Playboy*-freien Leben leichter vormachen, in einer sauberen Welt zu leben.

Aber im Augenblick befand ich mich auf dem Weg zurück in meine Teenagerjahre.

Ich lag auf dem Rücken auf meiner Wohnzimmercouch, den Kopf auf die eine Armlehne gestützt, die Füße über die andere baumeln lassend, und blätterte das Magazin durch. Wenn mir ein Bild gefiel, konzentrierte ich mich auf Titten, Hintern, Möse, Beine, Mund und Aussehen und versuchte rauszuspüren, was für Signale sie in meinem Geschlechtsbereich auslösten. Meine Erregung wuchs an, aber zu allem Überdruss hatte ich, je geiler ich wurde, immer weniger Lust, es bis zum Orgasmus zu treiben.

Weit hinten im Kopf arbeitete die Erinnerung an Annie und ihren Kuss. Neben dieser wirklichen Erfahrung verblassten die Fotos von posierenden nackten Mädchen.

Ich bekämpfte mein Verlangen nach Annie, nach jedem Teenager als Liebhaberin. Teenager erregten mich in Gedanken, aber sie waren nicht das, was ich wirklich brauchte. Ich wollte Annie nicht. Was ich mir wünschte, war die Erotik, die sie umgab.

Der Konflikt zwischen dem Wunsch zu kommen und der Angst vor der drohenden Leere danach baute sich weiter auf. Ich pumpte meinen Penis mit der Hand, schnitt aber jeden Gedanken sexueller Fantasie ab.

Überraschenderweise sahen die Mädchen auf den Fotos plötzlich hässlich aus (was gewöhnlich nicht passierte, bevor ich fertig war). Ich hasste sie. Alle. Die, die sich ihre aufrechten Brustwarzen zwischen Daumen und Zeigefinger zwirbelten, genauso wie diejenigen, die ein vollkommen rasiertes, blond gebleichtes Schamdreieck aufwiesen. Sie waren nicht echt. Sie lachten mich aus.

Ich bemühte mich, mit den Fingern Druck auf den Penis auszuüben, verzweifelt, wollte endlich den aufgestauten Samen herausspritzen lassen, mir die Erleichterung verschaffen. Wie ein Wahnsinniger blätterte ich die Seiten um, in der Hoffnung, doch noch ein Foto zu finden, das mir helfen konnte.

In meinem Brustkorb steigerte sich der Druck, mein Herz schlug SOS wie ein Telegrafensender. Das Magazin glitt mir aus der Hand. Meine Armbeugen waren nass von Schweiß, meine Augen geschlossen. Ich spritzte auf die Couch.

Es tat weh.

Als ob sie von einer magischen Kraft weggezogen würde, ließ meine Hand den Penis los.

Ich ruhte mich aus.

Bald füllte nur noch das leise Summen des Wrasenabzugs in der Küche meinen Kopf. Ich lag ganz still. Das surrende Geräusch schaltete alle meine Gedanken aus.

Nur Bilder vom Strand, der Karibik. Vor drei Jahren hatte ich einmal dort gearbeitet. Ich hörte das gleichmäßige Schnurren des Föns, nein, des Ozeans. Ruhe. Dann das Getöse der Brandung. Ach, wie war sie mir willkommen …

Ich gehe zum Strand. In dem heißen Sand brauche ich eine Weile, um meine nackten Füße daran zu gewöhnen. Es ist kurz nach dem Mittagessen. Ich habe eine halbe Stunde frei, bevor die Nachmittagsschwimmstunden wieder beginnen.

Ich bin stolz, es wieder geschafft zu haben, einen Job in dem amerikanischen Ferienlager zu bekommen. Damit kann ich meinen Aufenthalt auf dieser karibischen Insel bezahlen. Ich liebe die Insel, das Wetter, die Kinder.

Das warme, blaugrüne Wasser umspült meine Füße. Auf den Wellen bilden sich Schaumkronen.

Frieden.

Da ich fast alle vierundzwanzig Stunden des Tages mit den Kindern zusammen bin, lebe ich in einer reinen Welt, sauberer, als je zuvor in meinem Leben. Keine *Playboys.* Kein Masturbieren. Ich bin fast immer das lupenreine Vorbild.

Und dann der Ozean.

Mein Zimmer geht auf den Strand hinaus. Die eine Wand besteht aus zwei großen, verschiebbaren Fenstern. Ich habe mein Bett so umgestellt, dass ich auf das Meer schauen kann. In der Nacht spüre ich die Brandung zu mir heraufschlagen. Sie reinigt mein Inneres. Während ich schlafe, habe ich das Gefühl, über Nacht reingewaschen zu werden.

Ich stehe in dem lauwarmen Wasser, fühle es, sehe hinaus auf die flüssigen, im Sonnenlicht glitzernden Hügel, atme die Salzluft tief ein.

Ich gehe bis zum Ende des Strandes, klettere über zwei Felsen und beobachte, wie das Wasser zuerst in die aufgetürmten Steinmassen schlägt und dann langsam ausrollt. Die Felsen schimmern vor Nässe. An den Abhängen wachsen glitschige grüne Pflanzen. Bald ist niemand vom Strand mehr zu sehen. Auf einem flachen Felsen strecke ich mich aus. Ruhig. Ich schlafe ein.

Mein Versteck.

Die heiße Sonne verglüht die Gefühle, die das Wasser in mir geweckt hat. Ich möchte nie etwas anderes tun, als die heiße Sonne in meinem Gesicht spüren und eins sein mit den schimmernden Wellen der karibischen See.

»Entdeckt!«

Von der Stimme geweckt öffne ich die Augen und sehe Jenny, eine sechzehnjährige Schwimmschülerin. Sie steht über mir wie ein Seefahrer, der gerade Neuland entdeckt hat.

»Privatbesitz, mein Fräulein. Diesen Felsen habe ich schon belegt.«

»Kann man ihn nicht teilen?«, fragt sie mit süßer Stimme. Sie trägt einen gelben Bikini. Ihr Körper ist braun gebrannt, schlank und groß, und zeigt nur dort ein paar hellere Stellen, wo sie an anderen Tagen einen anderen Badeanzug angehabt hat. Ihr blondes Haar hat die Sonne noch heller gebleicht. Mit ihren kleinen, blauen Augen, der Stupsnase und dem schmalen Kinn sieht sie aus wie ein kleines Mädchen. Aber ihre strammen Brüste, die wundervoll geschwungenen Hüften und das dunkle Schamhaar, das unter dem Nabel aus dem Bikinihöschen hervorlugt, verleihen ihr schon das Aussehen einer reifen Frau.

»Wenn du versprichst, still zu sein.«

Ich lächle und versuche, meinen Ärger über die Störung zu unterdrücken. Sie legt sich neben mich, streckt ihren Körper aus und bietet ihre Haut dem Sonnenlicht dar.

Trotz meiner Liebe zu den Kindern brauche ich Zeit für mich allein. Es ist mir nicht recht, dass sie da neben mir liegt. Ich habe keine Antenne für ihre Sexualität. Die reine Welt, in der ich mich in der letzten Zeit befunden habe, hat eine schützende Decke über meine sexuellen Wünsche gebreitet – sogar noch, als Jenny sich so neben mir anbietet.

»Kommst du jeden Tag hierher?«

»Meistens«, antworte ich mit geschlossenen Augen.

»Ich weiß.« Ich spüre, wie sie sich über mich beugt. Ich mache die Augen auf. Jenny hat sich auf die Seite gerollt und den Kopf auf den Ellenbogen gestützt. »Ich kann von meinem Zimmerfenster aus sehen, dass du immer zu den Felsen gehst.«

Sie lehnt sich noch weiter zu mir herüber. Beinahe hängt sie jetzt über mir, das Gesicht ganz nah an meinen Lippen. Ich spüre ihren Atem. Er vermischt sich mit dem Geruch von Meersalz. Dann fühle ich die Wärme ihrer sonnendurchglühten Haut.

»Hast du einen Angriff vor, oder willst du nur nett zu mir sein?«, frage ich.

»Beides«, sagt sie lächelnd und entblößt dabei ihre weißen Zähne, die mit Hilfe einer Spange in saubere Ordnung gebracht worden waren.

»Ich bin ein bisschen zu alt für dich, Jenny.«

»Genau das mag ich.«

»Ich könnte meinen Job verlieren.«

»Ich verrate nichts.«

»Das ist lächerlich.«

Sie legt ihre Hand auf meine Brust und spielt mit den wenigen Haaren, die dort wachsen.

»Jenny, bitte!«

Niemals bin ich in einer solchen Situation gewesen. Ich komme mir vor wie in einem von diesen beschissenen Filmen. Nur in Filmen geschieht es, dass sich wunderschöne, blonde Mädchen auf einen Mann werfen.

Und auch nur in Filmen leistet der Mann dann Widerstand.

Sie streicht mit der Hand zu meinem Bauchnabel herunter. Jemand zieht meine beschützende Decke weg. Genau in dem Moment wird mir eine Wahrnehrnungsänderung bewusst. Ich erkenne Jenny nicht mehr als das sechzehnjährige Mädchen. Sie ist eine Frau. Teenagermädchen sind mir viel zu jung. Ich brauche eine Frau.

Zärtlich kreist sie mit ihrer Hand auf meinem Bauch. Als mein Atem heftiger wird, hebt ihre Handfläche sich ab.

Ich bringe ein schwaches »nein« zustande, aber Jenny spürt irgendwie, dass das zu meiner Rolle gehört. Auch sie hat ihre Rolle aus den Filmen gelernt und ist zuversichtlich, dass sie ihren Part zufrieden stellend spielt.

Sie bemerkt, dass mein Penis anschwillt und die Badehose spannt. Plötzlich streicht die Hand über das Nylon und ergreift den Hügel. Sie presst ihn hart.

Ich explodiere.

Noch nie zuvor hat eine Frau ihre Hand so direkt auf meinen Penis gelegt. Ich komme mit solcher Macht, dass ich schreie. Ich habe es nicht gewollt. Jenny zieht ihre Hand weg, als hätte sie ein heißes Eisen berührt. Mein Orgasmus ist vollständig und spontan. Beim bloßen Händedruck hat sie einen riesigen Höhepunkt beschworen, einen einzigen großen Stoß.

Ich kann nur noch auf dem Felsen liegen – erschöpft, verbraucht. Verlegen halte ich die Augen geschlossen und sage nichts. Ich höre, dass Jenny aufsteht, und als ich durch die Lider spähe, rennt sie schnell davon.

Diesen Teil hatte sie vermutlich nicht in den Filmen gesehen.

Ich döse.

All die warmen, zufriedenen Gefühle kehren zurück, und nachdem die Sonne die klebrige Nässe in meiner Hose getrocknet hat, fühle ich mich noch wohler. Ein großartiges Gefühl von Befriedigung.

Als ich aufwachte, lag ich entspannt auf der Couch. Mir war nicht klar, ob ich nun geschlafen hatte, oder eben von den warmen Gestaden der Karibik zurückkehrte. Egal, ich schwang meine Füße auf den Boden und fühlte dabei eine kalte, feuchte Spur auf den inneren Oberschenkeln.

In Ordnung. Dann werde ich eben zugeben, dass ich ganz schön viel Dreck in mir drin habe. Ich hatte ja gesagt, dass ich mir selbst nie wirklich erlaubte, die Mädchen als Liebhaberinnen in Betracht zu ziehen. Vielleicht versuchte ich aber nur immer, mich davon zu überzeugen.

Normalerweise tat ich so etwas nicht.

Ich ließ sie durch meine Gedanken wandern, aber das war auch alles. Ich hatte noch nie mit einem sechzehnjährigen Mädchen geschlafen.

Nach meiner Ejakulation bei Jenny legte sich die schützende Decke nie wieder ganz über meine sexuelle Vorstellungswelt. Die Dinge entwickelten sich noch schlechter, als mir jemand seine Ausgabe von *Lolita* auslieh.

Ich konnte mir Humbert Humberts Gefühle für die Nymphchen richtig vorstellen. Dennoch blieb die eben erwachte Sexualität von Dreizehnjährigen für mich unantastbar. Aus Nymphchen wurden allerdings Nymphen. Mit sechzehn ist ein Mädchen schon unglaublich weit.

Physisch gesehen, sind die meisten schon Frauen – Frauen mit einer gewissen Unberührtheit, Unerfahrenheit.

Sie sind fähig, ihre Körper zu genauso intensiven, sexuellen Empfindungen zu öffnen wie Erwachsene.

Mich faszinierte auch das geistige Bewusstsein, das bei diesen Nymphen vorherrschte. Sie berührten und drückten gleichzeitig beides aus: Kindsein und Frausein. Wenn sie abends in ihren Pyjamas im Bett lagen, mit den Zehen die Wände hochkrabbelten wie kleine Käfer und am Telefon über ihren besten Freund oder den süßesten Jungen von der ganzen Schule plapperten, waren sie Kinder. Aber an ihrem Arbeitsplatz, in der Welt der Erwachsenen oder vielleicht auch im Bett, wenn sie über Liebe sprachen, ihre Bedürfnisse, die innere Leere und ihr Verlangen, geliebt zu werden, waren sie Frauen. Ich habe solche blitzartigen Augenblicke von Frausein schon erlebt. Nicht im Bett, aber wenn diese Mädchen sich mal offen zeigten – im Sommerlager, zum Beispiel, oder in der Schule, oder manchmal, wenn ich sie zufällig außerhalb der Schule traf. Dann sprachen sie bereitwillig über Erwachsenenprobleme und Bedürfnisse. Sechzehnjährige Jungen waren da noch keine große Hilfe.

Ich vermute, dass *Lolita* mich auf die Besonderheit dieser Mädchen und ihres Alters aufmerksam gemacht hat. Nymphchen mit ihrer sprießenden Sexualität gebrauchten ihre Körper, um auf sich aufmerksam zu machen, ohne sich dessen bewusst zu sein. Doch Nymphen, deren Sexualität schon voll erblüht war, wussten, was sie taten, ohne zu erhalten, was sie brauchten.

Trotz meiner Fantasien, trotz meiner Erektionen und trotz meiner Hingerissenheit von der mystischen Schönheit von Teenagermädchen, habe ich mir bisher nicht erlaubt – und werde es auch nie tun! – die letzte Grenze zu überschreiten, die letzte Barriere zu durchbrechen, die mich davor bewahrt, aus einer reinen Welt ausgestoßen zu werden. Ich bin Lehrer und ein Mensch, der sich wünscht, gut zu sein. Viele halten mich wohl für pervers und verkommen.

Aber…

Steife Penisse, ja – Verführung Minderjähriger, nein!

In dem Augenblick klingelte das Telefon.

Ich nahm den Hörer ab.

»Arnie ist ein komischer Name für einen Mann, der sich so anstrengt *cool* zu bleiben, wie du«, sagte Annie.

3. Kapitel

»Ich habe schon mal mit jemand geschlafen …«

»Auskunft?«, fragte ich.

»Wo hätte ich sonst deine Nummer herkriegen sollen und entdecken können, dass Mr. Lester in Wirklichkeit Arnie heißt?«

»Der Großvater meiner Mutter hieß Arnold.«

»Hat sie dabei nicht an dich gedacht?«

Ich lachte nervös, unsicher, was hier eigentlich vor sich ging. »Der Name ist gar nicht so schlecht.« Ich dachte daran, wie einige Kinder früher das schrille *Arniiiiiie!* meiner Mutter nachgeäfft hatten.

»Habe ich dich überrascht?«

»Normalerweise rufen mich keine Schüler an.«

»Ich meine gestern Abend.«

Ich wurde rot. »Ja.«

»Du hast mich nicht aufgehalten.«

»Du hast mir keine Wahl gelassen.«

»Ha!«

»Hör mal zu.« Der Lehrer machte sich breit. »Gestern Abend ist etwas passiert, das ich mir nicht erklären kann, aber auch gar nicht erklären muss. Es ist vorbei und damit vergessen. Warum lässt du nicht …«

»Führ mich am Freitag aus.«

»Annie …«, ich lachte gönnerhaft. »Ich glaube nicht, dass ich dir erst erklären muss, warum ich nicht mit dir ausgehen kann. Du …«

»Du steckst wirklich voller Scheiße!«

»Sprichst du mit jedem so?« Wer war hier wohl penibel – Herr Saubermann!

»Zum Teufel, ja. Wer tut das nicht?«, fragte sie frech. Darauf wusste ich keine Antwort. »Hör mal, Arnie …« Ich musste lächeln, als mir auffiel, welche Freude ihr der Gebrauch meines Vornamens machte. »Du magst es doch gern, wenn all diese kleinen Mädchen dich umschwärmen. Fängst ihre heißen Blicke ein und versuchst, ihre kleinen …«

»Annie!«

»… Titten abzuschätzen! Was ist los? Sagst du niemals ›Titten‹? Bist du niemals Mensch?«

Meine Rolle begann, sich aufzulösen. Annie war zu schlau, als dass ich vor ihr weiter den Lehrer hätte spielen können. Ich versuchte es mit einer anderen Taktik. »Sieh mal, Annie; all das ist so verwirrend. In einem Atemzug bittest du mich um eine Verabredung und machst mich gleichzeitig fertig.«

»Unter all diesem Bockmist ist etwas, das … ich weiß es nicht so recht … aber eben das möchte ich gern herausfinden. Ich fühle mich zu dir hingezogen. Im Unterricht setzt du deinen Körper gut ein. Ich glaube, ich möchte mit dir schlafen.«

Was lässt die Menschen beim Erwachsenwerden nur ihre hemmungslose Offenheit verlieren, die sie als Kinder besitzen?

Ich wollte ehrlich sein und Annie erzählen, dass sie mich mit dem Kuss erregt hätte. Aber einige meiner Verteidigungsmechanismen, die wenigen, die noch übrig geblieben waren, hielten mich zurück. Ich wollte keinen Fehler machen.

»Das alles schmeichelt mir sehr. Ich freue mich über deine Aufrichtigkeit und achte deine Gefühle, ich halte sie für echt. Aber ich befinde mich in keiner Position, in der ich auch nur an eine Beziehung mit dir denken könnte, weder als Freundin noch als Liebhaberin. Überhaupt nicht!«

»Nichts ist einfach, Arnie«, sagte Annie weich. Plötzlich klang mein Vorname aus ihrem Mund ganz natürlich. »Warum gibst du mir nicht die Chance, dir zu zeigen, was ich zu geben habe?«

Ich spürte eine Frau, die aufrichtig nach mir verlangte. Aber so sehr sie mich auch begehrte, ich konnte jetzt nicht einem Irrtum unterliegen, der mich all das kostete, was ich mir an Unabhängigkeit bisher aufgebaut hatte. Ich würde sie missbrauchen. Und das war falsch.

Vielleicht machte es der in der Hose trocknende Samen, der mich daran erinnerte, wie niedrig meine Reizschwelle zurzeit war, leichter, zu sagen: »Ich fürchte, das ist ganz und gar unmöglich.«

Sie legte auf.

Ich wusste, wie weh das getan haben musste. Für Annie Alston war es leicht, mit meiner Zurückweisung fertig zu werden, solange sie sich selbstsicher und unbeteiligt gab. Aber bei ihrer letzten Aussage hatte sie sich vollkommen geöffnet und einfach ihre Sehnsucht ausgesprochen. Jemand, der nach Hilfe rief. Wenn dieses Angebot abgewiesen wurde, war das sehr verletzend.

Mein eigener Schmerz war eine Mischung aus Trauer, jemanden verletzen zu müssen, und der Unzufriedenheit, jemanden abzuweisen, der mich brauchte, und den ich, vielleicht, auch brauchte.

Ich brauchte wirklich jemanden.

Lehnten Männer diese Angebote nur in Filmen ab?

Mein ganzes Wesen besteht zurzeit aus einem zusammengepressten Vakuum, das nur den Wunsch beinhaltet, zu irgendwem, zu irgendetwas eine Beziehung zu haben. Ich kann nicht sagen, warum ich den ganzen Weg nach Oregon gegangen bin, um zu beweisen, dass ich auch allein zurechtkomme. Vielleicht bedurfte es einer drastischen Handlungsweise. Doch jetzt bin ich voll Zweifel, ob das Ganze sich auch gelohnt hat. Der eigentliche Grund für meine Frustration liegt darin, dass ich weiß, wie wichtig gute Lehrer sind, aber nicht sicher bin, ob ich diese Aufgabe richtig erfülle, vielmehr, ob ich sie richtig erfüllen darf.

Die einfache Wahrheit ist, ich bin einsam. Schon seit drei Monaten lebe ich hier draußen und habe noch niemanden kennen gelernt, der eine Freundschaft lohnen würde. Abends ist hier nur Melvins Chinarestaurant geöffnet, das freitags Countrymusik anbietet. Am Wochenende hauen alle in ihren Sonntagsautos ab.

Ich bin ein Mann ohne Frau.

Ich habe schon daran gedacht, wieder nach Hause zu gehen. Aber ich möchte mir nicht eingestehen, dass ich es nicht geschafft habe. Zu Hause erwartet man mich.

Manchmal denke ich sogar daran, eine Anzeige in die Zeitung zu setzen. Aber das ist Blödsinn. Niemand trifft einen bedeutenden Menschen über eine Zeitungsanzeige.

Ich möchte aber eine bedeutende Bekanntschaft machen. Ich möchte jemandem Halt geben, ihn lieben, geliebt werden, mich an ihm festhalten und alles erzählen dürfen, was bisher in meinem Leben, das gerade begonnen hat, geschehen ist. Dieses Verlangen spüre ich so stark, dass ich oft deprimiert bin und mich frage, ob ich diese besondere Person für mich je finden kann.

Ist das Leben ein großer Kompromiss?

Oder eine endlose Suche?

Wenn es darauf ankommt, den vollkommenen Partner zu suchen …

Ich brauche Fantasie.

Ich muss mich auf eine andere Vorstellungswelt einlassen, weg von Schlafzimmer und Körpern, hin zu einer Welt aus schillernden Traumbildern, Zauberstäben, verborgenen Höhlen und der fantastischen Erregung, die einen erfasst, wenn man unbekannte Orte betritt, die man nie zuvor gesehen hat.

Ich brauche eine Partnerin, die als Erwachsene genug Selbstvertrauen besitzt, auch mal Kind zu sein.

Ich mag spielen, will jemanden umarmen, möchte sentimental sein, wenn es um ganz unwichtige Dinge geht. Meine Arbeit als Lehrer im Sommerlager oder in der Schule gibt mir als Erwachsenem die Möglichkeit zu spielen. Ich wünschte, ich hätte die Selbstsicherheit, das zu tun, was mir gefällt, ohne diese Verkleidung zu benutzen.

Ich brauche eine Partnerin, von der ich abhängig bin und die von mir abhängig ist.

Es wäre schön, jemanden zu finden, der mir ein solches Gefühl von Vertrauen gibt, dass ich meine Schutzmauer fallen lassen kann und mich traue, ihm zu sagen, wie sehr ich ihn brauche – um dann von ihm dasselbe zu erfahren. Ich suche bei einer Beziehung die Versicherung, dass ich nie verlassen werde, dass in den schlimmsten Augenblicken des Tages jemand da ist, der mir ein Kissen hinhält, in das ich mich fallen lassen kann, der mir dabei hilft, mich wieder wohl zu fühlen, egal, was auch passiert – einfach, weil er da ist und ich weiß, dass er von mir dasselbe fühlt.

Ich brauche eine Partnerin, die an die Macht ihrer Weiblichkeit glaubt.

Ich habe Frauen gesehen, die etwas besitzen und einsetzen, das ich nur weibliche Mystik nennen kann. Von ihrer weiblichen Sensibilität und femininen Klugheit bin ich einfach hingerissen.

Ich brauche eine romantische Partnerin.

Ich brauche das Gefühl, vollkommen berührt zu werden, Wärme, die über bloße Sexualität, über ganz simple Orgasmen hinausreicht.

Irgendwie stelle ich mir die vollkommene Ergänzung vor; meine Liebhaberin und ich wüssten immer genau, wann der richtige Augenblick ist, sich für den anderen zu öffnen, die Hand auszustrecken und nach dem zu greifen, was immer wir miteinander zu teilen haben.

Lachen Sie nicht. Ich weiß, dass es fast absurd ist, zu glauben, dass auch nur ein Mensch auf der Welt genauso sein könnte, wie ich ihn eben beschrieben habe. (Noch absurder ist es, diese Ansprüche auf einen Teenager zu übertragen.) Aber bin ich nicht noch zu jung, um meine Ideale schon aufzugeben?

Als die Klasse am nächsten Morgen nach der ersten Stunde den Raum verließ, sagte ich in lehrerhaftem Ton: »Annie, kann ich dich einen Augenblick sprechen?« Ich wollte mit ihr reden, den Schmerz der gestrigen Zurückweisung vielleicht ein wenig lindern. Sie ging ruhig an mir vorbei und flüsterte, dass nur ich es hören konnte: »Geh, mach's dir selbst!« Sie hatte sich offenbar schnell erholt.

Zwei Stunden später befand ich mich auf dem Weg ins Lehrerzimmer; ich hatte noch einige Tests auszuarbeiten.

Schüler rannten an mir vorbei, um noch rechtzeitig in die nächste Unterrichtsstunde zu gelangen. Ich sah Annie und Clara auf mich zukommen.

Vermutlich wollten sie an mir vorbeigehen und so tun, als hätten sie mich nicht gesehen. Ich hätte sie in Ruhe lassen sollen. Annie war sicherlich stark genug, einen Anfall von Schwärmerei (die erste Liebe?) leicht zu überwinden.

Doch ich sagte mir, dass ich es nicht ertragen könnte, von einer Schülerin gehasst zu werden. Ich wollte ihr Freund sein. »Wir müssen nicht miteinander spielen«, sagte ich deshalb leise über die Schulter, als die beiden fast an mir vorbei waren. Meine Worte waren eher an einen gleich gestellten Partner gerichtet, nicht an eine kleine Schülerin. Nervös blickte ich Clara an und fragte mich, was sie wohl schon alles wüsste. Ohne von Annie dazu aufgefordert zu werden, ging Clara weg. Ihr Gesicht zeigte keine Regung.

»Ich möchte über gestern Abend reden. Hast du dein Lunch mitgebracht?«

»Ich brauche niemanden, der mich zusammenflickt. Wenn du nicht einmal ehrlich zu dir selbst sein kannst, wirst du wohl auch mit mir kaum ehrlich sein können. Der Fall ist abgeschlossen. Kein Problem. Ich muss gehen.«

So konnte ich sie nicht gehen lassen. Ich ertrug es nicht, zurückgewiesen zu werden. »Hör mal zu, Annie. Ich habe dir nicht alles erzählt, was in mir vorgeht. Vielleicht können wir unsere Beziehung für uns beide besser gestalten.« Ich redete mir ein, dass ich von Freundschaft und Aufrichtigkeit sprach, aber ich spürte, dass meine Worte auch noch eine andere Bedeutung hatten. Eine Sekunde leuchteten Annies Augen auf, aber nur eine Sekunde.

»Ich habe mein Essen dabei.«

»Isst du nach der fünften Stunde?«

»Ja.«

»Wir setzen uns an einen der Tische draußen.«

»Es ist doch schon fast Winter.«

»So kalt ist es noch nicht. Außerdem«, ich bedauerte schon wieder den Lehrerton, »dort sind wir allein.«

»Okay.« Sie drehte sich um und ging weg.

Da stand ich nun allein in dem mittlerweile leer gewordenen Gang und dachte darüber nach, was ich gerade getan hatte. Ich machte mir Vorwürfe ... du bist und bleibst ein altes Arschloch. Der am meisten verunsicherte Hurensohn auf der ganzen Erde. Ein sechzehnjähriges Mädchen dazu verführen, dass es deine Aufmerksamkeit sucht! Mit ihr spielen! Kein Wunder, dass du dein Ideal nie finden wirst ...! Du bist viel zu kindisch, viel zu unehrlich, um das zu teilen, was du geben möchtest, oder anzunehmen, was du brauchst. Verdammt!

Aber ich hielt meine Verabredung zum Mittagessen ein.

Wir saßen an einem Tisch unter einer Gruppe hoher Pinien. Die Temperatur betrug ungefähr fünfzehn Grad. Hinter den Tischen erstreckte sich ein großes Sportfeld, flach und eben, fast bis zu der Horizontlinie des Oregongebirges in der Ferne. Wir waren allein. Annie aß ihr Sandwich, ich kaute verdrossen an meinem. Sie hatte eine unbeteiligte Miene aufgesetzt. Von ihr war kein Anfang zu erwarten. Jeder winzige Anflug von Lehrer würde von ihr sofort durchschaut werden. Ich wollte mehr Arnie sein.

»Du hast Recht damit, dass ich die Aufmerksamkeit von all den Mädchen genieße. Du hast ebenfalls Recht, dass ich oft gönnerhaft bin. Aber versteh doch, es ist nicht so leicht für mich oder für irgendeinen Lehrer, sich anders zu verhalten. Die Schüler würden sich unwohl fühlen, wenn wir unser Selbst zu sehr zeigen würden.«

»Vielleicht. Aber ich glaube eher, dass Lehrer einfach Schiss davor haben, normal zu sein. Sie haben Angst, uns eine Chance zu geben.«

»Du hast Recht. Wir haben viele Hemmungen.« Sie wartete darauf, dass ich noch etwas sagte. Ich hätte die Rolle aufrecht halten können, der Lehrer spricht aufrichtig mit der Schülerin, aber ich machte den Fehler, auf Annies Mund zu gucken. Ich dachte plötzlich an die Hitze von ihrem Kuss. Kleine blonde Haare auf der Oberlippe ließen diesen Mund noch verführerischer erscheinen. Für den Bruchteil einer Sekunde stellte ich mir vor, wie diese Lippen meinen Penis berührten. Ich konnte nicht anders.

»Ich mag dich.« Nun war es raus, und es war ein gutes Gefühl, ihr das zu sagen. »Dein Kuss hat mich sehr erregt.«

Ich stellte mir ihren Körper vor unter den Jeans, der Jacke, dem Pullover, nackt. »Ich habe gestern Abend an dich gedacht, bevor du angerufen hast.« Wie sah wohl ein unberührter, nackter, junger Körper aus? »Aber…«, ich gewann wieder Kontrolle über meine Gefühle, »… ich weiß eigentlich nicht so recht, was wir jetzt damit anfangen sollen. Ich könnte meine Stellung verlieren. Stell dir vor, deine Eltern fänden das heraus. Ich kann dafür ins Gefängnis kommen. Was würde im Unterricht passieren? Und … ich glaube nicht, dass ich mit dem Schuldgefühl fertig werden würde, wenn ich mit einem Teenager schlafen, wenn ich eine Minderjährige verführen würde.«

Annie spürte die Wahrheit hinter meinen Worten und verstand, welche Barriere mir solche Schwierigkeiten machte. Ruhig sammelte sie die Überreste eines Sandwiches und eines grünen Apfels ein, steckte sie in die braune Papiertüte, knüllte diese zusammen und warf sie über eine Entfernung von vier Metern direkt in den Papierkorb. Dann sah sie mir in die Augen und sagte:

»Ich hab schon mal mit jemand geschlafen.«

4. Kapitel

Machtspiele

Annies selbstsicheres Auftreten, ihr Verständnis und ihre Wortwahl trafen mich so hart wie kalte Wasserstrahlen aus der Dusche. Man konnte Schule, Eltern und gesetzliche Maßnahmen umgehen, wenn man eine Liebesaffäre geheim hielt und verantwortungsbewusst damit umging. Das war mir schon immer klar gewesen. Annie hielt mir diese Erkenntnis so direkt vor die Nase, dass ich mich fragen musste: »Warum fühle ich mich eigentlich so schuldig?« Ich würde kein korrupter Hund sein. Ich würde sie nicht missbrauchen.

Sie hatte schon mal mit jemand geschlafen.

Nicht, dass ich nun erwartet hätte, Annie wäre noch Jungfrau gewesen oder sexuell naiv. Aber sie gab mir das Gefühl, dass sie schon etwas mehr erlebt hätte, die Tücken der wahren Sexualität, Hingabe, Verknüpfungen und Geringfügigkeiten der Liebe. Obwohl ich schon erkannt hatte, dass sechzehnjährige Mädchen durchaus die Fähigkeit besäßen, schnell zu einer Frau heranzureifen, gestand ich mir nicht ein, dass jemand außer mir den Zeitpunkt, wann dies passieren würde, wirklich abschätzen könnte.

Trotzdem hatte ich Angst. Langsam fing ich an, mehr von Annie zu wollen als ihren Mund, ihren Körper, ich sehnte mich nach Annie Alston als Person (Frau?).

War ich so unreif, dass ich wirklich glaubte, ein sechzehnjähriges Mädchen könnte meine emotionalen Bedürfnisse erfüllen? Oder war es Annies Unschuld, ihre Aufrichtigkeit, die mich glücklich machen konnten?

»Fahr mich Samstag zum Strand«, sagte sie ruhig.

Ich sah sie an und fragte mich, ob sie die gleiche Sehnsucht nach dem Wasser empfände wie ich. »Warum zum Strand?«

»Ich liebe das Wasser; ich möchte es zusammen mit dir erleben. Ich möchte dieses neue ›du‹ besser kennen lernen.«

Der Pazifik war nur zwei Stunden entfernt. Bisher hatte ich keine Lust gehabt, dorthin zu fahren. In meiner niedergedrückten Laune hatte ich das Gefühl gehabt, ich könne einen Ozean, den ich nie vorher gesehen hatte, nicht richtig genießen. Der erste Augenblick am Pazifik sollte für mich etwas ganz Besonderes sein.

»Auch ich möchte das Wasser sehr gern mit dir zusammen erleben.« Ich spürte, dass Annies Aufrichtigkeit auf mich abfärbte. »Aber erwarte dir bitte nicht allzu viel. Lass uns nur ein wenig Zeit dort zusammen verbringen. Außerhalb der Schule. Wir müssen sehr, sehr vorsichtig sein.« Was tat ich?

»Hol mich am Morgen ab, so um acht. Ich stehe an der Ecke Northgate, Woods. Dort wohnt Clara. Ich werde die Nacht bei ihr verbringen. Niemand wird uns sehen.«

»Okay.«

Es war so einfach, ja zu sagen.

Als ich am Samstagmorgen um die Ecke der Northgate bog, verfluchte ich den Nebel und das nasse Wetter. Ich brauchte nicht jeden Tag Sonnenschein, aber ich wollte, dass besondere Augenblicke im hellen Sonnenlicht erstrahlten.

Einige ruhelose Nächte hatte ich damit verbracht, mich mit den harten Tatsachen auseinander zu setzen, aber morgens hatte ich alle unangenehmen Gedanken tief in die Schubladen meiner Seele gesteckt. Das stärkere Gefühl, dass ich Annie nicht missbrauchen würde, behielt die Oberhand. Vermutlich musste ich gar nichts tun. Nachdem ich ein paar Tage mit Annie zusammengewesen sein würde, würde ich sicher entdecken, dass sie doch zu jung für mich wäre.

Ich bog in den Woods Drive ein. Annie wartete schon auf mich. Ich sah mich vorsichtig um. Häuser, Fenster, vorbeifahrende Autos. Dann schaute ich, ob irgendwelche Fußgänger uns vielleicht beobachteten. Ein kleiner Nebel, der die Konturen etwas verschwimmen ließ, war gar nicht so schlecht. Ich fuhr etwas langsamer und öffnete die Beifahrertür meines Toyota. Der Wagen blieb nicht ganz stehen, als Annie hereinsprang, so als wären wir auf der Flucht nach einem verübten Bankraub.

Sie lachte. »Nervös?«

»Nein.« Meine Handflächen waren nass vor Schweiß.

Um die Hauptstraße zu vermeiden, fuhr ich auf Nebenwegen aus Dillistown heraus. Erst als ich die große, vierspurige Autobahn, den Highway 18, erreicht hatte, erst als ich den Wagen auf 80 Stundenkilometer beschleunigen konnte und den fünften Gang einlegte, konnte ich mich entspannen. Ich drehte mich zu Annie um und nahm ihre Anwesenheit zum erstenmal richtig wahr. »Guten Morgen.«

Sie lachte wieder mit der überraschenden Selbstsicherheit, die mir schon nach dem Basketballspiel aufgefallen war.

»Wenn du möchtest, können wir ja so tun, als ob wir eine Exkursion machen würden«, sagte sie.

Ich musste auch lachen, obwohl ich mich gar nicht so wohl fühlte. Annie war doch etwas stärker als ich. Was hatte sie auch schließlich zu verlieren?

Ich konzentrierte mich auf die Straße. Lastwagen fuhren in entgegengesetzter Richtung an uns vorbei und schüttelten das kleinere Auto im Windkanal. Ich begann, mich mit der Landschaft eins zu fühlen, den Rhythmus ihrer Szenerie in mich aufzunehmen. Der Highway verlief stur geradeaus. Um uns herum waren symmetrisch angelegte Felder, Landhäuser, in gerader Linie gepflanzte Bäume, wilde Wiesen und ab und zu mal ein Flüsschen. Der Wechsel zwischen Getreidefeldern und Wiesen, der unterschiedliche Anblick von Farmen und Waldgebiet ließen das Land erscheinen, als wäre es aus vielen verschiedenfarbigen Flicken zusammengeschustert. Der weite Blick gab mir das Gefühl von Freiheit. In solchen Augenblicken hatte ich das Bedürfnis, den Wagen irgendwo zu parken und so lange über die Felder zu rennen, bis ich umfiel.

Wieder sah ich Annie an. Sie schwieg (dachte sie an mich?) und starrte aus dem Fenster. Unter ihrer oft geflickten Armeehose trug sie Turnschuhe und Tennissocken. Darüber ein ausgeleierter, grauer Pullover und eine abgetragene, inzwischen weich aussehende Lederjacke, so ähnlich wie die von Motorrad fahrenden Polizisten, nur, dass diese wie ein Mantel geschnitten war. Ihr Haar hatte sie hinten mit einem langen Schal zusammengebunden. Unter ihrer Lederjacke konnte ich ihre Brüste erkennen, die sich in dem weichen Pulloverstoff abzeichneten. Sie trug keinen BH. Annie strahlte eine gesunde, natürliche Vitalität aus – sie schien kraftvoll.

Ich mochte Frauen, die stärker waren als ich, aber ich wusste nicht so recht, wie ich mit ihnen umgehen sollte.

»Komisch, nicht wahr?«, fragte ich.

»Was?«

»Na, das Ganze hier.«

»Ja.«

»Was erwartest du?«

»Nichts.«

Ich war überrascht. Offenbar hatte ich etwas erwartet wie *wundervolle Liebe, ein Abenteuer, Geheimnisse.*

»Ich habe es gelernt, nie etwas zu erwarten, bevor es geschehen ist.«

Was war nur aus *»Ich glaube, ich möchte mit dir schlafen«* geworden?

»Um ehrlich zu sein, auf der einen Seite finde ich dich attraktiv. Ich mag die Art, wie du aus der Menge hervorstichst. Andererseits sehe ich, dass du ein unsicherer, egozentrischer Knabe bist, und damit kann ich nichts anfangen. Du nimmst vielleicht an, dass ich bereit wäre, mich dir zu Füßen zu werfen, aber das ist ein Irrtum. Ich muss immer noch herausfinden, welche Seite an dir real ist.«

Ich wusste nicht, was ich sagen sollte.

Als ob sie ihre Worte etwas abschwächen wollte, fügte sie hinzu: »Auf jeden Fall hast du einen schönen Körper. Ich mag dünne Männer mit einer glatten Haut. Und ich glaube, in deinen Händen versteckt sich etwas Besonderes.« Sie schaute wieder aus dem Fenster.

Große Komplimente. Ich brauchte die äußerliche Bestätigung, aber … so etwas nicht! Ich hatte es nicht nötig, mir von jemandem sagen zu lassen, wo meine Fehler wären, und dass ich unsicher sei. Sie war ein Kind, das erwachsen spielte. Sie gebrauchte erwachsene Worte, die sie irgendwo gelesen, bei anderen aufgeschnappt hatte. Wer konnte damit etwas anfangen, zusätzlich zu dieser Lehrer-Schülerin-Situation?

Ich blickte in den Rückspiegel, um herauszufinden, ob das Auto hinter uns etwas Verdächtiges an sich hätte.

Ich überlegte, ob ich umkehren sollte.

Ich dachte daran, wie sie küsste.

Vielleicht war ich zu streng mit ihr?

Während der zweiten Stunde fuhren wir durch einen verregneten Wald. Wir fanden nicht viel, worüber wir reden konnten, so betrachteten wir die Landschaft.

Der dicke Nebel zwischen den Bäumen machte den Wald noch dunkler. Die Straße führte durch eine bergige Landschaft, und riesige Bäume schienen aus dem graubraunen Morast über den Weg zu wachsen. Über den Waldboden schlängelten sich bizarre Baumwurzeln vermischt mit Moos, Farnen und allerlei grünen Pflanzen, die im Frühjahr sicherlich eine wilde Blütenpracht entfalten würden. Ich kam mir in dem nebligen Wald vor, als bewege ich mich auf verbotenen Pfaden, und war froh, im Auto zu sitzen.

Während ich auf die entgegenkommenden Wagen achtete und dem gleichmäßigen Takt der Scheibenwischer nachsann, die die Nebeltropfen von der Windschutzscheibe strichen, musste ich an Annie denken. Wie oft würde ich wohl jemandem begegnen, mit dem ich mir eine völlig eigene Welt ausmalen und verwirklichen könnte? Inzwischen hätte ich wirklich schon begreifen sollen, dass Wunschträume niemals wahr würden.

Als wir den Wald verließen, brach die Sonne durch. Wir fuhren jetzt durch eine abwechselnd flache und zerklüftete Küstenlandschaft. In Oregon hatte ich schon öfter einen abrupten Wetterumschwung erlebt, sobald ich in eine andere Gegend fuhr. Trotzdem war ich erschrocken, als ich plötzlich den blauen Himmel und das blendende Sonnenlicht über der nassen Straße sah. Die Erde dampfte.

Nach all dem Regen begrüßte ich die Sonne wie einen alten Freund.

Ich spürte, dass auch Annies Laune sich besserte.

Arcadia City sah aus wie eine Geisterstadt. Obwohl Autos am Straßenrand parkten, einige Geschäfte geöffnet waren und vereinzelt Fußgänger über die Straße liefen, wirkte die Stadt, die sich wie ein Band an der Hauptstraße entlangzog, verlassen. Die teuren Restaurants waren zugesperrt, Motels wiesen eines nach dem anderen leere, gähnende Parkplätze auf und die einer langen Perlenkette gleichenden Andenken-, Antik- und Modegeschäfte waren den Winter über mit Bretterplanken vernagelt. Einen Augenblick lang sah ich diese Straße im Sommer – braun gebrannte Leute in T-Shirts, die in ihren Sandalen vom Strand in die Läden und wieder zum Strand hinunterliefen –, aber im Augenblick fühlte ich nur die Leere.

Ich wollte das Meer sehen.

Auf einem riesigen, verlassenen Parkplatz stellte ich den Wagen ab und rannte zum Strand. Annie schloss die Autotüren. Nasser Sand rann mir in die Schuhe. Vor mir breitete sich – als ob ich gerade die letzte Schranke durchbrochen hätte und nun am Ende der Welt stünde – das Wasser aus.

Ich sog die feuchte Salzluft tief in meine Lungen und spürte, wie der Druck in meinem Kopf sich auflöste und einem Hochgefühl wich. Ich starrte hinaus. Annie holte mich ein, völlig außer Atem, und betrachtete aufmerksam mein Gesicht. Das Meer schien sie weniger zu interessieren als meine Reaktion darauf.

Alles war so anders.

Das Wasser war lange nicht so ruhig, wie die karibische See und noch wesentlich rauer als der Atlantik. Es schien der König aller Ozeane zu sein. Vom weiten Horizont her brach er an den Strand, wühlte den Sand auf, spritzte riesige Schaumkronen hoch, rollte zurück und brach sich wieder in ungetümen Wellen, röhrte wie eine Waschmaschine, sammelte seine Kraft wieder und stürzte sich von neuem auf den Strand. Eine ungeheure Woge gab sich den Anschein, als bräche der Ozean mit letzter Kraft, dem letzten Atemzug über den Sand, rollte dann langsam aus, machtvoll wie ein großer starker Strom, der die Erde mit sich reißt.

»Ich wusste nicht, dass du zum ersten Mal hier bist«, sagte Annie.

Ich drehte mich um und lief an der Brandung entlang. Ich musste mich einfach eine Weile lang allein mit dem Meer fühlen dürfen. Mit jedem Schritt schoss mir eine Erinnerung durch den Kopf:

Mein Sommer in der Karibik, Jones Beach mit dem endlosen, weißen Sandstrand und der Unmenge von Menschen, die mich zu erdrücken drohten, so dass ich mich als Kind winzig gefühlt hatte. Es gab auch andere Strände, bebaut mit Sonnenschutzarkaden und Erfrischungskiosks. Wenn ich dort bei den Wettbewerben einen Preis gewann, war er für mich doppelt wertvoll, weil *ich* ihn errungen hatte (noch heute besaß ich eines der Taschenmesser). Ich erinnerte mich noch an die Höhepunkte, wenn der große, breitschultrige Mann, dessen Atem nach verspeisten Hot Dogs roch, in seine fettig schmutzige Lederschürze griff und uns die Siegermünzen austeilte.

Als ich fünf oder sechs Jahre alt war, hatten meine Eltern mich mit nach Atlantic City genommen. Die Landungsstege, die Leute, die mit Signalflaggen auf ihren Posten saßen, die riesigen Hunde und Autoscooter, der meilenweite Holzsteg, all das hatte mich sehr beeindruckt. Einige Leute spazierten, andere fuhren Rad auf dem befestigten Sandweg. Meine Eltern hatten sich große englische Rennräder gemietet, und ich strampelte verzweifelt auf meinem Kinderrad, um mit ihnen Schritt zu halten, wütend, dass ich immer noch die Stützräder benutzen musste.

»Wo rennst du hin?«, rief Annie zwanzig Meter hinter mir. Sie rannte, um mich noch einzuholen.

»Entschuldigung«, rief ich zurück. Ich wartete auf sie und beobachtete fasziniert die Pazifikbrandung, die mich magisch anzog. Die Sonne strahlte hell durch dunkelblaue, kontrastreiche Wolkenberge.

»Ich hatte dich vergessen.«

Ich wandte mich ab, um noch ein Stück weiterzulaufen. Annie folgte mir. Unsere Schuhe hinterließen tiefe Fußabdrücke im Sand. Wir kletterten über Felsen, und bald waren unsere Hosenbeine bis an die Knie nassgespritzt.

Ich kehrte aus meinen Erinnerungen in die Gegenwart zurück.

Annie hatte die Distanz gespürt und gewusst, dass ich mich ihr entzogen hatte. Sie hatte weniger Einfluss auf mich und änderte deswegen ihre Haltung. Jetzt lag es an ihr, mich zu erforschen. Ich fühlte mich dabei wohler.

»Lass uns eine Pause machen«, sagte sie.

Ich ließ mich in den Sand fallen und achtete nicht darauf, dass meine Jeans nass wurden. Jetzt, wo ich nicht mehr lief, war der Wind, der vom Wasser herüberwehte, trotz der Sonnenstrahlen kalt.

»Was bewirkt das Wasser in dir?«, fragte Annie lächelnd.

»Es macht mich wieder jung. Ein bisschen wenigstens. Jeder ist heute schon so unsicher in Bezug auf sein Alter, dass man sich mit fünfundzwanzig schon wie ein alter Nostalgiker fühlt. Es verändert auch meinen Körper. Meine Haut fühlt sich im Gesicht viel rauer an. Wenn ich nicht draußen arbeite, verliere ich leicht meine Kondition. Früher konnte ich stundenlang rennen.

Das Meer macht mich auch ein bisschen schrullig. Wie einer, der versucht in die Brandung zu laufen und immer wieder zurückgeworfen wird, werde ich ständig zurückgestoßen und kann deshalb nicht älter werden ...«

»So poetisch, Mr. Lester?« Annie lächelte.

Ich ignorierte ihren Sarkasmus.

Ich legte mich flach auf den Boden und streckte Arme und Beine aus. Meine Haare wühlten sich in den Sand. Ich schloss die Augen.

Es war ein herrliches Gefühl, sich von der Brandung wegtragen zu lassen. Auf keinen Fall würde ich mit ihr schlafen. Wirklich. Meine Fantasie war mit mir durchgegangen. Das hier *war* eine Exkursion mit einer meiner Schülerinnen.

Doch plötzlich setzte sie sich auf meine Brust. Ihre Beine knieten an jeder Seite und nagelten meine Arme fest. Ich hatte das Gefühl, gerade im Ringkampf besiegt worden zu sein. Träumte ich das alles nur? Ich hatte keine Lust, die Augen zu öffnen.

Ein zarter Geruch wehte ganz nah an mein Gesicht. Einen winzigen Augenblick, bevor ihre Lippen mich berührten, spürte ich die Wärme auf ihrem Mund. Sie legte all ihre Leidenschaft in den langen Kuss. Ihre Beine ließen mir keinen Freiraum. Ich lag völlig hilflos, unfähig zu reagieren, nichts weiter als ein Objekt, an dem gehandelt wurde. Ihre Zunge leckte über mein Gesicht und meinen Hals. Sie streckte ihre Beine aus und legte sich flach auf mich. Bewegungslos lagen meine Arme immer noch rechtwinklig vom Körper auf dem Boden. Dann riss Annie in aller Öffentlichkeit auf dem Strand den Reißverschluss meiner Hose auf. Wie ein Spielzeug befreite sie meinen Schwanz aus seiner Enge. Er sprang heraus wie aus einer Sprungfederschachtel. Das war jetzt kein Spiel mehr. Sie hatte mich. Hilflos.

»Bitte hör auf«, sagte ich. Annie sah mich überrascht an, wie ein Kind, das beim Stehlen von Süßigkeiten ertappt worden war. »Nicht hier.«

»Wo denn?«

»Lass uns ein Motelzimmer mieten, wo wir allein sein können.«

»Wir sind allein.«

»Vielleicht.«

Wir gingen zum Wagen zurück. Annie versuchte, ihren Arm um meine Hüfte zu legen, aber ich schüttelte den Kopf. Schon da war mir klar, dass es in einem Schlafzimmer ganz anders werden würde.

Das *Sunnyside Motel* hätte der Ort sein können, an dem *Psycho* gedreht worden war. Ich sah mich unwillkürlich nach dem alten Haus auf dem Hügel um. Aber ich war schon froh, dass ich nirgendwo ein anderes Auto entdeckte. Wer bewahrte uns davor, dass plötzlich eine alte, als Polizist verkleidete, verrückte Frau mit hocherhobenem Stock in unser Zimmer stürzen und eine Razzia veranstalten würde, während wir unter der Dusche standen? Ich sagte Annie, dass sie im Wagen warten solle, den ich ungefähr siebenhundert Meter von dem Empfangsbüro entfernt geparkt hatte. Wie lautete eigentlich das Vergewaltigungsgesetz in Oregon genau?

Ich schlug auf die Empfangsglocke auf dem Tresen ein und war nicht sicher, ob überhaupt jemand da wäre.

»He. Hallo. Ich habe Sie gehört. Kein Grund, meine Glocke zusammenzuschlagen!« Ein alter Mann schlurfte aus den hinteren Räumen hervor und steckte sein Hemd in die Hose. Er humpelte etwas, so ähnlich wie Walter Brennan. Seine von Zigarettenrauch vergilbten Zähne entblößend fragte er: »Was kann ich für Sie tun?«

»Ich brauche ein Zimmer.«

»Hätte ich fast nicht erraten.« Während er lachte, rann ein Tropfen Spucke über sein Kinn, den er mit dem Handrücken wegwischte. »Glaube, ich hab da was für Sie … die Präsidentensuite … das Flitterwochenzimmer … das Penthouseapartment …«

»Ein Zimmer genügt.«

»Allein?«, fragte er lächelnd, verkniff sich aber weitere Bemerkungen, als er sah, dass ich darüber nicht lachen konnte. Dann griff er nach dem Rezeptionsbuch.

»Nur ich und meine Frau.« Wieder hatte ich dieses blöde Gefühl, in einem Film mitzuspielen.

»Oh.« Es war nicht zu erkennen, ob er wusste, dass ich log, oder ob er mir glaubte. Vielleicht war's ihm auch egal.

»Ferien?« Er reichte mir den Füller.

»Geschäftsreise. Wir sind auf dem Weg nach Washington; kommen aus Kalifornien.« Ich unterzeichnete mit *Mr. und Mrs. Philip Roth.*

»Washington. Schönes Land. Mein Neffe wohnt in Walla Walla.«

»Wie viel?«

»Zwölf Dollar die Nacht.«

»Eine Nacht.« Ich gab ihm das Geld. Er reichte mir einen Schlüssel über die Theke.

»Zimmer neun. Ich komme mit und drehe Ihnen die Heizung auf. Sie steht auf fünf Grad. Zu dieser Zeit gibt es hier nicht viele Touristen.« Er lachte herzlich, als ob er sich selbst einen Witz erzählt hätte.

Ich glaubte, völlig gelassen zu wirken, als ich sagte: »Ich werde es schon finden.«

»Wie Sie wünschen.« Als ich schon durch die Tür ging, fügte er noch hinzu: »Washington is 'n schönes Land. Wie nett von Ihnen, Ihre Frau mit auf 'ne Geschäftsreise zu nehmen.«

Hatte er etwas bemerkt?

Als wir das Zimmer betraten, überlief uns ein Schauer, nicht etwa, weil es drinnen kälter als draußen gewesen wäre, sondern weil das Zimmer so kahl war. Ein Bett, ein Kleiderschrank mit einem Spiegel und ein Stuhl. Schwarz-graue Wände, die nur von grässlichen Stierkampfbildern aufgehellt wurden. Jemand hatte sie mit Uhu auf schwarzen Samt geklebt.

»Nett«, lobte Annie.

»Ich fühle mich in solchen Motelzimmern nie richtig wohl.«

»Aha. Und warum sind wir dann hier?«

Ich ging schnell ins Badezimmer und schaltete das Licht ein. Niemals hätte ich ihr sagen können, dass ich mich nicht so leicht erobern lassen könnte, schon gar nicht von ihr, einem sechzehnjährigen Mädchen. Ich drehte den Heizthermostaten auf fünfundzwanzig. Die Pumpen gurgelten.

»Wir klettern unter die Bettdecke«, schlug Annie vor.

»Angezogen?«

»Die Mäntel können wir ja ausziehen.«

Wir kicherten nervös. Die unangenehme Spannung von der Fahrt kehrte zurück.

Dann lagen wir getrennt unter der Decke und starrten in die Luft. Im Zimmer war es dunkel, weil die Rollläden heruntergelassen waren und wir das Licht nicht angemacht hatten.

Die Erregung, die mich am Strand erfasst hatte, war verflogen. Eher spürte ich die Erschütterung, dass ich jetzt tatsächlich mit einer Schülerin im Bett lag. Ich musste daran denken, wie Annie mir einmal eine Hausarbeit zu spät abgeliefert und dabei versucht hatte, mir weiszumachen, dass ihr Hund die eine Seite des Originals aufgefressen und ihre Katze auf den Rest gepisst hätte. Es war einfach lächerlich. Ein Lehrer, angezogen im Bett zusammen mit einer Schülerin in einem leeren Motel in einer gottverlassenen Stadt. Ich wollte mich nicht noch schlechter fühlen als ich ohnehin schon tat. Ob Annie wohl beleidigt gewesen wäre, wenn ich ihr jetzt vorgeschlagen hätte, wieder nach Hause zu fahren?

»Ich kann mir wirklich nicht vorstellen, wie du bist«, sagte sie.

»Warum nicht?«

»Du wechselst so oft die Farbe ... wie ein Chamäleon. Du bist stark, schwach, ehrlich, unaufrichtig, wundervoll, gemein ...«

»Wenn ein Chamäleon von braun nach grün wechselt, was ist dann seine richtige Farbe?«, fragte ich jetzt etwas entspannter, weil auch Annie lockerer war.

»Ich weiß nicht. Vielleicht ist ein Chamäleon sowohl braun als auch grün.«

»Dann bin ich vermutlich auch all diese Dinge. Es hängt davon ab, mit wem ich wann, wo, wie zusammen bin. Ich kann genauso gut der nette junge Mann sein, der der alten Dame über die Straße hilft, wie ich die Kellnerin um ein Trinkgeld betrügen kann, wenn ich mich mies fühle. Es kommt immer darauf an.«

»Meine Mutter hält mich manchmal für ein kleines Mädchen. Und manchmal bin ich das auch, wenn ich so mit ihr zusammen bin, sie um Geld frage und mich immer über etwas bei ihr beklage. Wenn ich mit Mom über die Straße gehe, passe ich viel weniger auf, als wenn ich allein bin. Aber mit dir zusammen fühle ich mich älter. Als ob ich jemand anderes wäre. Ich weiß nicht genau. Ich bin gern mit Clara zusammen, aber ich möchte eigentlich viel lieber jemanden haben, der erwachsen ist, einen Mann, der weiß, wie ich bin. Auf der ganzen Schule gibt es nicht einen Jungen, mit dem ich mich auch nur im Entferntesten erwachsen fühlen kann.«

Sie war kein Kind mehr. Sie brauchte jemanden. Sie vertraute mir. Schon lange hatte ich das nicht mehr erlebt.

Wir rückten näher aneinander und küssten uns lange. Dann tasteten wir mit den Lippen das Gesicht des anderen ab, Ohren, Nacken, Hals, so zärtlich! Meine Hand streichelte ihren Körper durch den Stoff ihrer Kleider. In diesem Augenblick machte ich mir keine Sorgen, ob ich sie auch richtig berührte. Es war anders als sonst.

Zärtlich reagierte sie auf meine Umarmung, als ob sie sich danach gesehnt hätte. Sie küsste mich wieder.

Ihre Hände glitten über meinen ganzen Körper. Sie brauchten ihn.

Ich gab mich ihrer Berührung hin, öffnete mich für sie und hatte das Gefühl, mit einem Menschen in eine Umarmung eingeschlossen zu sein, der mir viel bedeutete.

Langsam zog ich sie aus. »Welches Verhütungsmittel nimmst du?«, fragte ich besorgt, entschlossen, sie nicht weiter zu berühren, wenn sie keine Vorkehrungen getroffen hätte. Ich selbst hatte es nicht fertig gebracht, mir vorsätzlich Präservative zu kaufen und mir damit einzugestehen, dass ich wirklich vorhätte, mit ihr zu schlafen.

»Ein Diaphragma. Es ist schon drin.«

Ich war entsetzt. War sie so sicher gewesen, dass das hier geschehen würde? Oder hatte sie einen anderen Liebhaber?

Bevor ich jedoch etwas sagen konnte, zog sie mich an sich und küsste mich. Stück für Stück entfernte sie meine Kleider.

Ich spürte ihr Verlangen an ihrem ganzen Körper. Sie hatte eine weiche, straffe Haut. Ihre kleinen Brüste passten genau in meinen Mund. All die schrecklichen Monate, in denen ich über *Playboy* masturbiert und mir gewünscht hatte, dass diese Mädchen aus den Seiten herausstiegen und mich umarmen würden, damit ich ihre Wärme spüren könnte und mich nicht mehr nur über ihren Bildern entleeren müsste, waren wie weggeblasen. Annies lebendige Erscheinung füllte meinen Geist aus. Überall spürte ich ihre runden Kurven. Ich wollte jedes Detail ihres Körpers entdecken. Sie war ganz anders als die inhaltslosen Fotos, an die ich mich, ohne es zu wollen allmählich gewöhnt hatte.

Sie erschauerte, als ich ihre Kniekehlen leckte, zärtlich über den Rist ihrer Füße streichelte, mit der Zunge hinter ihren Ohrläppchen forschte, den Nacken küsste, ihre Ellenbogen, die Innenseite ihrer Schenkel, die Spalte zwischen ihren Pobacken. Nur ihr Zentrum rührte ich nicht an; erst wollte ich jeden Körperteil erregen.

Annie verlor sich an meine Berührungen und warf sich ins Kissen zurück. Ihre Küsse waren aufregend, aber noch etwas ungeschickt gewesen. Konnte sie wirklich schon eine länger dauernde Beziehung hinter sich haben?

Ich fuhr mit der Zunge in immer kleiner werdenden Kreisen um ihr Zentrum, ohne es zu berühren. Annie schien fast das Bewusstsein zu verlieren.

»Bitte«, hauchte sie. Ich wusste nicht, ob sie mich bat aufzuhören, weil sie nicht mehr ertragen konnte, oder ob sie nach mehr verlangte. Ich hätte nicht mehr anhalten können, nicht einmal, wenn der Elternbeirat in diesem Augenblick ins Zimmer gestürzt wäre.

Ich richtete mich auf, so dass ich über ihr lag, und drang langsam in sie ein, nur um den Eingang etwas zu weiten, sie noch mehr zu reizen. Ihre Augen blieben geschlossen. Wieder murmelte sie leise: »Bitte.« Ich fuhr ganz hinein.

Ein leiser Schrei. Nachdem sie tief eingeatmet hatte, begann sie zu keuchen, als wäre sie gerade vor dem Ertrinken gerettet worden.

Sie war enger, als ich erwartet hatte. Ihre Hände krallten sich in meinen Rücken, forderten mich auf, weiterzumachen. In ihren Augen entdeckte ich eine völlige Entrücktheit. Annie war in eine andere Welt eingetreten.

Ich spürte meine große Erektion in ihrem Körper, fühlte, wie sie bei jeder Bewegung erzitterte, wie sie tief innen auf mich reagierte.

Ab jetzt gab es kein Teilen mehr. Ich wollte nur noch für sie da sein, ihr Genuss verschaffen. Dabei fühlte ich mich sehr stark. Sie gehörte mir. Ich brauchte das.

Als ich mich langsam in ihr auf und ab bewegte, hatte ich beinahe verzweifelt den Wunsch, ihr den wundervollsten Augenblick eines vollkommenen, süßen Orgasmus zu schenken. Dabei war ich selbst so erregt, dass ich mich nur mit der üblichen Methode vom Kommen ablenken konnte – ich dachte an Henry Kissinger.

Während ich den Drang zu ejakulieren verlor, wurde meine Erektion noch machtvoller. Ich konnte große, lang gezogene Stöße durchführen und sie mit kleineren, ruckartigen abwechseln. Sie war auf dem Weg zu einer großen Erleichterung.

Ich flüsterte ihr ins Ohr, wie schön es in ihr sei. Doch meine Worte erregten auch mich selbst wieder, und ich konnte nicht mehr an mich halten. Wir arbeiteten zusammen. Die Erregung stieg … stieg …

Wir schrien gleichzeitig.

Ich floss in sie über.

Über ihr liegend, den Kopf an ihre Seite geschmiegt, hörte ich meinen Puls rasen, meinen Penis immer noch in ihr.

Wir sagten nichts. Es war das erste Mal, dass ich zusammen mit einer Frau gekommen war, ohne es vorher auszuprobieren.

Ein herrliches Gefühl. Ich hatte sie. Ich hatte mich ihr gegeben.

Auch sie sah aus, als fühle sie sich wohl. Ihr Gesicht hatte den Ausdruck von friedlicher Dankbarkeit, Befriedigung.

Ich hätte still bleiben und den Augenblick genießen sollen, aber wie ein dummer Junge konnte ich nicht umhin, sie zu fragen: »Wer war der Typ, mit dem du geschlafen hast?«

Plötzlich sah sie mir ernst in die Augen, ängstlich. Ich starrte sie an, unsicher, wusste nicht, warum ich auf einmal so nervös wurde. Dann brach sie in Lachen aus. Ihr Kopf fiel nach hinten, ihr Mund weit offen. Sie musste so lachen, dass sie auch mich ansteckte.

»Was?«, fragte ich. »Was ist los?«

»Ich habe geflunkert«, kicherte sie, »ich war noch Jungfrau.«

5. Kapitel

Beim zweiten Hinsehen sieht alles ganz anders aus, und dann …?

Was hatte ich getan?

Im Polizeibericht würde nun stehen, dass ich sie defloriert hätte.

»Ich finde diese Geheimnistuerei toll«, sagte Annie, als wir nach Dillistown zurückfuhren. »Ich bin von unserer eigenen kleinen Welt ganz begeistert. Nur wir wissen etwas davon. Am liebsten würde ich dir alle meine Geheimnisse erzählen. Lass uns doch den ganzen Quatsch von unserem ›wahren Selbst‹ vergessen.«

Das klang gut. Zusammen mit einer Geliebten aus all dieser Scheiße fliehen, jemanden haben, der alles von mir wusste und mich dennoch liebte, sich nicht mehr darum kümmern zu müssen, ob ich mich nun richtig oder falsch benähme, einfach weil ich geliebt wurde und sie das Interesse an mir nie verlieren würde … Es könnte fast so schön werden, wie bei richtigen Paaren. Ich würde mit jemandem zusammen sein, der für mich etwas ganz Besonderes war. Nicht mehr alleine.

»Erzähl mir, wie es war, als du zum ersten Mal mit jemandem geschlafen hast«, sagte Annie. Vielleicht suchte sie einen Weg, mein Schweigen zu brechen. Wieder im Auto und bekleidet waren wir lange nicht mehr so vertraut miteinander wie vorher.

»Eine schlimme Geschichte«, antwortete ich. »Ich versuche meistens, sie geheim zu halten.«

»Nun mach schon. Du weißt doch: Geheimnisse. So heißt unser Spiel.«

»Ich war achtzehn. Ging damals in die letzte Klasse.« Einen Augenblick lang hielt ich inne und dachte darüber nach, wie seltsam es damals für mich gewesen war, meine Unschuld zu verlieren.

Es war schon so lange her. Ich war kaum älter als Annie gewesen. Und nun saß ich hier mit ihr in meinem Auto und erzählte ihr davon, meiner Schülerin. Ich musste es endlich lernen, unser Alter zu vergessen und Annie nicht immer als meine Schülerin zu betrachten. »Ich machte denselben Quatsch wie alle anderen, fummeln und so. Aber ich habe niemanden finden können, der den ganzen Weg mit mir gegangen wäre. Es sah so aus, als ob die anderen es schon alle hinter sich hätten. Mein bester Freund hat mir damals erzählt, dass er schon mit seiner Freundin geschlafen hätte. Erst fünf Jahre später habe ich herausgefunden, dass er mich belogen hatte.« Annie wich meinem Blick aus. »Einmal wäre es fast passiert, wenn ich einen Pariser dabeigehabt hätte. Von da an hatte ich immer einen in meinem Portemonnaie. Hab mir schon richtig eingebildet, dass ich ein Leben lang dazu verdammt wäre, ungefickt zu bleiben. Ich war ganz besessen von dem Wunsch, endlich mit einem Mädchen ins Bett zu steigen, oder sie zu vögeln, wie wir damals dazu gesagt haben.«

»Ganz schön männlich, dieser Ausdruck.«

»Ich fing an, mit diesem Mädchen auszugehen, das ich zwar nicht unbedingt attraktiv fand, aber sie hielt mich für den größten Typen weit und breit. Nach jeder Verabredung landeten wir in meinem Zimmer und sperrten die Tür zu. Ich wollte mich ganz ausziehen und habe versucht, sie dazu zu zwingen, dasselbe zu tun, aber immer wieder hörte ich ihr unvermeidliches ›nein‹. Eines Abends startete sie ihren unendlichen Monolog über Ehe, Schwangerschaft, Schuldgefühle. Sie erzählte mir, ihre Freundin hätte sie davor gewarnt, gesagt, dass es falsch wäre. Ich habe versucht, ihr einzureden, dass es ja Verhütungsmittel gebe, und dass ich überhaupt nichts Falsches dabei entdecken könnte. Dann habe ich ihr gesagt, dass ich in dem Alter wäre, in dem ich endlich mit meiner Freundin schlafen müsse – sie glaubte mir natürlich auch nicht, dass ich noch nie Geschlechtsverkehr gehabt hätte – und dass wir uns besser trennen sollten, wenn sie dazu nicht bereit wäre. Ich wollte sie auf der Stelle nach Hause fahren. Sie fing an zu heulen.

Ich wusste nicht, was ich tun sollte. Und plötzlich hörte ich sie ganz leise ›okay‹ piepsen. Ich traute meinen Ohren nicht. Auf einmal fühlte ich mich unglaublich schuldig. Sie wollte es ja nur meinetwegen machen, das wusste ich genau. Ich wollte ihr sagen, dass alles in Ordnung wäre, dass wir es ja nicht unbedingt tun müssten. Doch andererseits wollte ich mir diese Chance auch nicht entgehen lassen. Deshalb fing ich wieder an, sie zu küssen. Ihre Augen waren rot geschwollen. Wir streichelten uns, sie fummelte an mir rum. Sie gab sich unendlich viel Mühe, aber nach all den Wochen der Erwartung, Angst, Fantasien und Anspannung war bei mir die Luft einfach raus. Mein Penis schrumpelte, und ich hielt nur noch ein Stück Attrappe in der Hand. Ich weiß nicht, was damals schlimmer war, die Verlegenheit oder die Frustration. Ich habe mich in einer Tour bei ihr entschuldigt.«

»Was für ein schlechtes Gewissen!«

»Das beschissenste.«

»Was ist danach passiert?«

»Nun, ich verbrachte eine Nacht damit, mir einzureden, ich wäre schwul, impotent, unfähig. Am nächsten Abend kam sie zu mir nach Hause. Mit klarem Blick und selbstsicherer Miene erklärte sie mir, dass sie es wirklich machen wollte – mit mir. Ich habe ihr geglaubt. Wir sind in mein Zimmer gegangen und haben es einfach gemacht. Ich würde jetzt gern sagen, dass es ganz wundervoll war, aber wir haben uns ganz schön dabei angestellt. Trotzdem war ich danach sehr glücklich … Weißt du, als du mir am letzten Mittwoch erzählt hast, dass du schon mal mit 'nem Typen geschlafen hast, habe ich mich genauso erleichtert gefühlt wie damals, als sie zu mir gesagt hat, dass sie es freiwillig machen wollte. Plötzlich war es ganz in Ordnung, es zu tun. Ich kann mich da sehr leicht überzeugen lassen.«

Annie lächelte: »Was ist aus ihr geworden?«

»Wir sind noch einen Monat zusammengeblieben, miteinander ausgegangen und haben versucht, gemeinsam etwas über Sex zu lernen. Es wurde immer schwieriger. Ich glaube, sie hat sich einzureden versucht, dass sie unsterblich in mich verliebt sei, um mit ihren Schuldgefühlen fertig zu werden. Ich war aber nicht in sie verliebt. Langsam nervte sie mich, weil sie sich so demonstrativ auf mich warf. Sie war außerordentlich nett zu mir, und ich fühlte mich beschissen, kam mir richtig gemein vor. Ihr hat das kaum etwas ausgemacht – bis sie dann den anderen Typen traf. Da ließ sie mich sofort fallen. Und dann war ich plötzlich doch in sie verliebt. Ich wollte sie zurückhaben. Jetzt wurde sie gemein zu mir. Ich möchte es einmal erleben, dass man nach so einer zerbrochenen Liebesgeschichte noch eine freundschaftliche Beziehung zu der betreffenden Frau haben kann.«

»Eine schöne Geschichte«, sagte Annie.

»Ja, aber ein echtes Geheimnis. Ich glaube, niemand außer dir kennt die wahren Details, nicht einmal Bernice, so hieß sie. Sie weiß immer noch nicht, dass es damals für mich das erste Mal gewesen war.«

Ich parkte den Wagen einige Blocks von Annies Haus entfernt. Sie lehnte sich herüber, um mich zu küssen, aber ich wehrte sie ab mit den Worten: »Wir müssen ganz vorsichtig sein.«

»Was machen wir als Nächstes?« Zum erstenmal entdeckte ich bei Annie Unsicherheit.

Ich wusste, dass sie jetzt so etwas hören wollte wie *viel Liebe und eine Unmenge Spaß*, aber ich fühlte mich wieder alt.

»Ich weiß es nicht.«

»Aber ich weiß, was ich möchte«, sagte sie und drehte sich weg.

»Annie, bitte, lass uns einfach sehen, was passieren wird.« Sie knallte die Wagentür zu und rannte schnell davon. Ich wollte ihr noch etwas Nettes hinterherrufen, hatte aber Angst, dass wir beobachtet würden. Trotzdem blieb das blöde Gefühl, dass unsere erste Beziehung nicht so hätte enden dürfen. Langsam wurde ich zum Opfer des Phänomens, dass beim zweiten Hinsehen alles ganz anders aussieht.

Solange die Jagd in vollem Gange gewesen war, war Annie mir schön und begehrenswert erschienen. Sie besaß diese Erotik der

Nymphen, von der ich die ganze Zeit geträumt hatte. Aber jetzt auf dem Heimweg, nachdem ich die Jagdbeute erobert und erhalten hatte, was ich wollte, nachdem ich meine Ladung vollständig verschossen hatte und leer war, stellte ich fest, dass wir uns eigentlich völlig fremd wären. Es lag nicht daran, dass Annie erst sechzehn war. Ich wollte aber nicht derjenige sein, der sie entjungfert hatte, und ich wollte vor allem nicht der einzige Mann in Annies Leben sein.

Nach unserer Begegnung sah sie sogar schon anders aus. Zum erstenmal sah ich die Pickel auf ihrer Stirn und ihre kleine Stupsnase. Außerdem waren die Hüften ein wenig zu schmal.

Eben doch nur ein Kind.

Das Bett.

Alles, was ich wollte, war das Bett. Meine isolierte hohe Warte, die unberührt über den flachen Niederungen der schnöden Welt schwebte. Schlafen. Sich warm und gemütlich in die weiche Decke einrollen und alles andere eine Zeit lang vergessen.

Ich konnte es nicht.

Egal, wie sehr ich mich dem starken Instinkt hingeben wollte, der mir sagte, ich solle doch alles verdrängen, egal, wie sehr ich mich darum bemühte, mich nicht mit der Tatsache konfrontieren zu lassen, dass ich soeben mit einer Schülerin geschlafen hatte, ein nagender Teil meines Geistes ließ mir keine Ruhe und hielt mir ständig vor, dass ich jetzt erwachsen sei, ein ausgebildeter Lehrer, und dass ich mich mit dem auseinander setzen musste, was geschehen war.

Es war mehr gewesen als lediglich ein guter Fick. Ich hatte mich Annie geöffnet. Die ganze Zeit musste ich an sie denken. Andere Frauen, *Playboy*-Fotos, waren kein Ersatz mehr für mich. Ich hatte ihr alles gegeben und brauchte sie jetzt, um von ihr zu erhalten, was ich vermisste. Ich hatte mich so wohl gefühlt, als es vorbei gewesen war. Dieses Mal war es nicht der schnelle Schlag von der Guillotine gewesen, der allen Schmerz auslöschen sollte, so wie bei Frauen, mit denen ich schlief, obwohl ich keine Lust dazu hatte, es aber erst hinterher feststellte.

Aber ich musste mich fragen, ob ich Annie nicht meine Einsamkeit aufgehalst hätte. Sie war so verletzlich und hatte mir ihr ganzes Vertrauen geschenkt. Was für mich wahrscheinlich nur eine einmalige Begegnung sein würde, konnte für Annie ein wesentliches, unwiederbringliches Ereignis sein. Die Jungfräulichkeit zu verlieren, sollte doch für jeden Menschen ein ganz besonderes Erlebnis voll Liebe, Zärtlichkeit, Vertrauen und gegenseitigem Entdecken sein. Wird sie sich nun immer an ihre erste Nacht als an eine fragwürdige Begegnung en passant in einem dreckigen Motelzimmer erinnern?

Wäre sie älter gewesen, hätte ich mich wohl in Ordnung gefühlt. Ich hätte angenommen, dass sie mit den Ereignissen fertig werden würde. Ich hätte mir sogar Mühe gegeben, das Syndrom des zweiten Blicks zu überwinden. Aber hier, handelte es sich um meine sechzehnjährige Schülerin Annie Alston. Ich konnte doch nicht einfach so weitermachen und sie ausnutzen.

Aber ich brachte es auch nicht fertig, sie mit dem Gefühl, benutzt worden zu sein, allein sitzen zu lassen.

Eine Sache wie diese konnte mein ganzes Leben aus dem Gleichgewicht bringen. Ich war sicher nicht der erfolgreichste Karrieremacher der Welt, aber meine Eltern mochten mich verhältnismäßig gern. Die Leute fanden mich ganz in Ordnung, und ich war oberflächlich gesehen zufrieden. Wenn Annie und ich erwischt würden, würde man mich auf der Stelle feuern; ich wäre schon beim ersten richtigen Versuch zu arbeiten gescheitert. Und wenn sich dann noch das Gesetz einschaltete, wäre ich, egal, ob ich nun überführt werden würde oder nicht, ein Leben lang vorbestraft.

Und was ich Annie damit alles zumutete.

War sie für solch eine Affäre wirklich schon alt genug? Wie würden ihre Eltern darauf reagieren? Würde auch sie vorbestraft werden? Wenn das die anderen Schüler herausfinden würden, wäre das Leben für sie sicher nicht mehr so einfach.

Früher oder später musste es einfach in der Sackgasse enden. Sie war sechzehn und ich fünfundzwanzig; schon allein mein Erfahrungshintergrund bildete einen unübersehbaren Unterschied. Ich wollte nicht nur eine Sexpartnerin. Ich wollte jemanden, mit dem ich mich verbunden fühlte, mit dem ich Liebe machen konnte.

Annie hatte jedoch etwas Besonderes. Mein Verlangen nach ihr war echt. Ihre Jugendlichkeit und Aufrichtigkeit zogen mich zu ihr hin. Sie fühlte sich wichtig, und in ihrer Nähe hatte auch ich mehr Selbstvertrauen.

Alles war so verdorben: Ich hatte Annie völlig für mich einnehmen wollen, mir sicher sein und meine Macht spüren wollen. Aber nun, wo ich sie hatte, war die ganze Sache noch beschissener, weil ich mir nicht mehr klar war, ob ich überhaupt noch Interesse an ihr hätte.

Ich kam müde und ausgehungert in meiner Wohnung an. Im Bad warf ich mir eiskaltes Wasser ins Gesicht (ich hätte es wohl eher auf meinen Penis spritzen sollen). Niemals werde ich glücklich sein. Immer muss ich analysieren, nachdenken, projizieren und aus jeder Kleinigkeit einen zerebralen Alptraum konstruieren.

Ich sah in den Spiegel und suchte in meinem Gesicht nach Antworten. Mein offener Mund sah traurig aus. Überrascht über den unschuldigen Ausdruck meiner Gesichtszüge wandte ich mich ab. Ich hatte wohl hochgestellte Spitzohren, kalte, glühende Augen, einen Ziegenbart und Hörner auf meinem Kopf erwartet.

Antworten fand ich nicht.

In der Küche stopfte ich mich mit Yoghurt und Käse voll, viel zu müde, um mir etwas zu essen zu machen. Dann stellte ich den Fernseher ein und bereitete mich innerlich auf einen weiteren deprimierenden Samstagabend vor. Wieder allein. Können Sie sich vorstellen, dass ich einfach zum Telefon gehen, Annie anrufen und vielleicht ihrer Mutter am Telefon sagen würde: »Oh, hallo, Mrs. Alston, hier ist Mr. Lester. Ich rufe nur an, um zu fragen, ob Ihre Tochter heute Abend Zeit für mich hat?« Können Sie sich überhaupt vorstellen, dass ich Annie zum Essen ausführen, ihr den

Stuhl zurechtrücken und mich mit ihr in eine lauschige Ecke an einen von Kerzen erleuchteten Tisch setzen würde?

Nein, ich musste mir klar machen, dass ich am Montag wieder Jacke und Schlips anziehen und meine Arbeit aufnehmen musste. Wenn ich dann vor der Klasse stand und Vorlesungen hielt, würde sie still im Hintergrund sitzen und sich auf ihrem kleinen Pult Aufzeichnungen machen. Und vielleicht würde sie in ihrem Schmerz einen kindlichen Anfall kriegen und der ganzen Klasse erzählen, wen ich am Wochenende gefickt hätte und wie gut ich im Bett wäre. Oh, Scheiße. Diese Schule.

Obwohl ich mir nichts sehnlicher wünschte, als ruhig zu bleiben, war ich am Montagmorgen nervös und schwitzte fürchterlich, als ich auf die erste Klasse wartete.

Irgendwo hatte ich Angst, dass ich mir etwas davon anmerken lassen würde, was am Wochenende im Motel passiert war. Jeden Augenblick erwartete ich, dass Annie in die Klasse gestürmt kam und ihr eine Vorlesung darüber hielte, wer ich wirklich wäre – A, der bärenstarke Vergewaltiger aus dem *Sunnyside Motel* und B, der Grobian, der am Wochenende ihr Diaphragma eingerissen hätte.

Langsam schlenderten die Schüler in die Klasse. Einige murmelten ein verhaltenes »Guten Morgen«. Ich konnte meine Anspannung nicht verbergen und drehte mich deshalb zur Tafel, um Hausaufgaben aufzuschreiben. Ich musste mich stark konzentrieren, um jeden Buchstaben deutlich zu schreiben. Die Kreide brach auseinander, und ich griff schnell nach einem neuen Stück. Plötzlich hatte ich die Vorstellung, dass ich für die Schüler durchsichtig geworden wäre und jeder auf Anhieb die Mr. Lester-Rolle durchschaute. Sie mussten entdecken, dass ich nur der einsame, völlig entgleiste Arnie war. Würden sie ihre Achtung für mich verlieren? Halbwegs erwartete ich, dass sie mir von nun an nicht mehr zuhören würden. Papierflugzeuge, Bleistifte und Bücher würden durch die Klasse fliegen, und meine schroffen Befehle würden überhaupt keine Bedeutung mehr haben. Würde ich dann anfangen, um Ruhe zu betteln? Die Kreide quietschte an der Tafel. Einige Schüler stöhnten. Die letzte Schulglocke vor der Stunde ertönte, und ich hatte die Aufgabe zu Ende geschrieben. Nun musste ich mich der Klasse zuwenden. Ich konnte nicht umhin, meine Augen zuerst auf Annies Stuhl im Hintergrund der Klasse zu richten. Mein Blick zentrierte sich auf diesen Punkt wie das Teleobjektiv einer Kamera.

Der Stuhl war leer.

»In Ordnung. Ich bitte um Ruhe. Ich nehme an, dass ihr alle zwei wunderschöne freie Tage gehabt habt. Daniel, setz dich bitte auf deinen Stuhl. Hallo, Mädchen, kann der Wochenendtratsch nicht bis zum Mittagessen warten? Legt die Bücher weg und holt eure Hefte raus. Jetzt ist Zeit für Edgar Allen Poe und *Das verräterische Herz.*«

Die Stunde lief sehr gut. Ich hatte viel Energie und fand mühelos in meine Lehrerrolle zurück. Wieso hatte ich mir eingebildet, dass alles verändert sein würde? Erst am Ende der Stunde, als die Klasse ging, kam Clara auf mich zu. Wie ein Spion, der wertvolle Informationen in der Öffentlichkeit zu übergeben hat, ließ sie diskret einen versiegelten Briefumschlag in meinen Schoß fallen. Ich fühlte mich ertappt.

Schnell schob ich den Brief in die Schublade und lächelte, als ob dies die natürlichste Sache von der Welt wäre, obwohl der Raum schon völlig leer war. Während der nächsten Stunden spielte ich weiterhin überzeugend den Lehrer und vergaß den Brief fast vollständig. Nur wenn sich im Unterrichtsgeschehen eine Pause einstellte, sah ich vorsichtig auf meinen Schreibtisch in der Erwartung, plötzlich teuflischen Rauch daraus aufsteigen zu sehen.

In einem leeren Klassenzimmer biss ich in mein Roastbeefsandwich. Ich wollte die Lehrercafeteria heute vermeiden.

Lieber Arnie,

vielleicht hältst du mich jetzt für kindisch, aber ich konnte heute einfach nicht in die Schule kommen. Ich hatte Angst, dass du wieder nur Mr. Lester sein würdest und nicht einmal Notiz von mir genommen hättest, wenn wir beide allein gewesen wären. Außerdem glaube ich, dass ich heute meine Periode kriege (uff!).

Das letzte Wochenende war für mich ein Rausch. Mit dir zusammen habe ich mich sehr wohl gefühlt, ich glaube, du auch. Ich kann auch verstehen, dass das alles für dich sehr schwer ist.

Ich glaube, ich liebe dich (Bernice?), aber ich kann nicht anders,, und ich werde es auch nicht verbergen. Ich weiß, dass du mich nicht liebst (das ist schon in Ordnung), aber etwas Gefühl musst du für mich haben, sonst wäre Samstag ganz anders gewesen.

Ich bin in meinem Leben schon oft verletzt worden, und ich habe das Gefühl, dass auch du häufig gekränkt worden bist, auch wenn du nicht darüber sprichst. Ich glaube, wir können uns gegenseitig helfen, egal, was wir füreinander sind. Morgen werde ich wieder zur Schule kommen. Ich will nicht vor den Dingen wegrennen. Ich habe nur diesen Tag für mich allein gebraucht. Mach dir also keine Sorgen um mich, ich kann schwierige Dinge in den Griff kriegen, das habe ich schon bewiesen.

Auf jeden Fall möchte ich dir für Samstag danken. Mit mir ist etwas geschehen, das ich mir noch nicht so richtig erklären kann, aber es ist etwas Besonderes. Ich nehme an, dass ich Dinge gefühlt habe, die ich noch nie zuvor erlebt habe.

Ich finde dich wundervoll, wenn du ernsthaft wirst, und wunderschön, wenn du intensive Augenblicke erlebst (nie werde ich deinen Gesichtsausdruck vergessen, als du zum erstenmal das Wasser gesehen hast). Aber wenn du spielst, bist du schrecklich. Ich werde das akzeptieren. Ich weiß, dass ich alles andere als perfekt bin.

Ich möchte alles mit dir teilen.

In Liebe

Annie

P.S. Mach dir keine Gedanken wegen Clara. Ich habe ihr eigentlich gar nichts erzählt, aber sie ist auch nicht dumm. Sie ist eine gute Freundin und lange nicht so quengelig, wie sie aussieht. Geheimnisse.

Glasklar. Keine Verzerrungen, keine Unsicherheit oder Angst davor, zurückgestoßen zu werden.

Ich habe schon manche Liebesbriefe erhalten, die von weltbewegenden Gefühlen sprachen wie kitschige Weihnachtspostkarten. Aber Annies Brief war real. So aufrichtig. Sie wollte schenken. Sie wollte mich haben. Sie wollte mit mir teilen. Ihre Zeichnung von den beiden Sonnen war so unaffektiert, dass sie sich sicher keine Gedanken darüber gemacht hatte, ob ich sie auch leiden mögen würde. Sie hatte sie einfach zeichnen müssen, um mir zu zeigen, dass sie mit mir Sonne und Regen teilen wollte. Dann wieder *Geheimnisse.* Die in Annie verborgene Kindlichkeit hatte Sehnsucht nach Geheimnissen, so als würden wir zusammen in einem Häuserblock leben und deshalb dick befreundet sein. Aber seltsamerweise hatte ich auch das Bedürfnis, Geheimnisse weiterzugeben. In meiner Brust rumorten so viele Heimlichkeiten, die nur auf jemanden warteten, der sie losband und ans Licht brachte.

Ich musste meine Einsamkeit mit jemandem teilen.

Doch ich konnte kein Verhältnis mit einem Kind anfangen, das ich normalerweise zurechtwies, wenn es anderen Leuten mit einem Gummiband Papierkügelchen an den Kopf schoss.

Während der ganzen nächsten Woche sah Annie, die wieder in die Schule gekommen war, mich kein einziges Mal an. Sie schrieb auch keine weiteren Liebesbriefe. Sie rief nicht an und wollte nichts von mir. Wie vorher war sie dieselbe, unbeteiligte Schülerin. Einmal kicherte sie zusammen mit Clara, als sie aus dem Klassenzimmer gingen. Sie konnte überleben.

Aber konnte ich das auch?

In der Schule gelang es mir, den autoritativen Lehrer zu spielen, aber zu Hause hörte ich immer nur meine eigenen, schlurfenden Schritte in einer leeren Wohnung. Immer noch war ich mir sicher, dass jemand die falsche Nummer gewählt hatte, wenn bei mir mal das Telefon klingelte. Und ständig gingen mir die Bilder von Annie und mir beim Liebemachen durch den Kopf, der dankbare Ausdruck in ihren Augen, der Zeitpunkt, an dem wir beide exakt gleichzeitig gekommen waren, das gute Gefühl, dass ich jemanden befriedigt hatte. Ich verfluchte mich selbst, dass ich mir diese Chance entgehen ließ, aus der Depression zu fliehen. Jetzt hatte ich die Möglichkeit, mein Leben mit einem anderen zu teilen. Ich masturbierte oft – dann brauchte ich mir den Kopf wenigstens nicht über die psychischen Probleme, sondern nur über meinen Schwanz zu zerbrechen. *Playboy* ekelte mich an. Ich wollte einen wirklichen Menschen. Annie war wirklich. Ich war beschissen. Ich warf alle Magazine weg. Dann konnte ich mich nicht mehr selbst befriedigen. Ich brauchte jemanden. Annie? Mal im Licht, dann wieder im Schatten, mal oben, mal unten, mal wollte ich, dann wieder nicht, ich wusste weder ein noch aus. War der Weg aus diesem Traum wirklich die Konsequenzen wert, die ein Verhältnis mit einer Sechzehnjährigen beinhaltete?

Am Samstag zwang ich mich, nachts in die *Salem*-Disco zu gehen. Ich hasste es, allein zu Hause zu bleiben, wenn jedermann ausging, wenn ich allein ausgehen musste, während alle anderen außer mir einen Partner hatten. Meine gewöhnliche Depression verdoppelte sich, und ich war mir sicher, dass ich durch meine exzessive Unentschlossenheit in Verbindung mit den romantischen Spielfilmen im Fernsehen langsam zu einem Vollidioten wurde. Der Krach würde mein Grübeln ertränken. Vielleicht würde es ja niemandem auffallen, dass ich allein war. Ich könnte vergessen.

Aber Diskotheken widerten mich an. Sie waren eine schillernde Anhäufung unechter Eitelkeiten. Möchte-gern-und-kann-nicht-Leute, keiner war real. Jeder suchte, wollte, wünschte, und niemand bekam etwas. Sogar in einer Kleinstadt, die von lauter Höfen und Feldern umgeben war, suchten die Leute nach der neuesten, schicksten, ausgefallensten Zurschaustellung – dem »Ich bin«-Gefühl, das nur von überladenem Schmuck, glitzernden Kleidern und einer schockierenden Aufmachung erzeugt werden konnte. Vielleicht war auch jemand darunter (vielleicht sogar alle), der hierher gekommen war, um nach einer dumpfen Woche aufzuwachen, seine Einsamkeit zu vergessen, mal jemand anderes zu sein und die Hitze und Gerüche der Menschenmenge zu spüren – eine Wärme und Eleganz, die während der Arbeitswoche völlig unterging. Jeder schien verletzend oder wurde selbst verletzt; ein Ort, zu dem jeder heißhungrig kam, aber an dem keine Mahlzeiten angeboten wurden.

Ich tanzte für mein Leben gern. Ich liebte das Gefühl, wenn die Musik sich langsam in meine Muskeln schmiegte und sie zu den rhythmischen Reflexen trieb, ohne dass ich darüber nachdenken musste. Ich mochte es gern, wenn ich mich auf den Beat konzentrierte und dabei meinen Körper vergaß. Aber nicht in der Disco.

Ich bezahlte die zwei Dollar Eintritt und ging direkt an die Bar. Ich wollte mich in der Menge verlieren.

Die beiden ersten Drinks flossen so schnell runter, dass ich nicht einmal die Umschaltung in meinem Gehirn spürte, die sich üblicherweise einstellte. Ich fühlte nur die angenehme, leichte Wärme in meinem leeren Magen. Dabei versuchte ich, mich auf eine Vorstellungsebene einzustellen, die mir erlaubte, jemandem anders zu ähneln, nur nicht mir selbst.

Ich hörte alles. Leute, die mit mir sprachen, Leute, die mit Leuten sprachen, und meine eigenen Worte, die andere nur verarschten. Jeder ließ eine Unmenge Scheiße aus seinem Mund fließen.

»Ich bringe es auf zwanzig Tausend im Jahr.«

»Ich mag Kunst.«

»Wen meinst du?«

Geh mir aus den Augen.

»Sieh mal, was die für Titten hat.«

»Donnerwetter, dazwischen kann man ja glatt was zerquetschen.«

»Netter Arsch, nicht wahr?«

»Fährt jemand Richtung Hershey Highway?«

»Es wird Zeit, mein Junge, lass uns noch ein paar Runden drehen.«

Geh mir aus den Augen.

»Hast du es jetzt gesehen, Eleanor? Hast du *ihn* gesehen? Diese Muskeln, dieses blonde Haar! Gott, ist die Hose eng.«

»Mist, nein. Ich konnte ihn nicht sehen, jemand ist mir direkt vors Gesicht gesprungen.«

»Komm mal hier rüber. Der kann Boogie!«

Geh mir aus den Augen.

Meine Arme rhythmisch an meiner Seite Mein Gesicht verzerrt, während ich gleite.

Unsere Hüften zusammen, tief runtergelassen. Ich recke mich vor, sie soll mich blasen.

Sie weicht zurück, da kommt ihre Scheide.

Sie macht mich verrückt, wir jagen uns beide.

Geh mir aus den Augen.

»Einsam! Einsam!«, schreie ich laut, ich kann nicht weiter, mein Weg ist verbaut.

Geh mir aus den Augen.

»Komm mit mir nach Hause.«

»Verpiss dich.«

»Flittchen.«

»Ich will dir ja nur meine Gedichte vorlesen …«

»Scheißdreck.«

»Hure.«

»Ich kann es die ganze Nacht lang.«

»Warum gehst du eigentlich nicht nach Hause?«

»Hündin.«

»Wie ist deine Nummer?«

»865-5000.«

»Das ist doch die Telefonseelsorge.«

»Genau, was du brauchst.«

»Hexe!«

»Arschloch!«

Geh mir aus den Augen.

Alle bewegen sich, doch alles steckt fest.

Männer geben sich hinter ihrem Bumsgesicht den Rest. Mädchen melken jede Gelegenheit aus.

Anmerkungen zu den gereimten Stellen, diesmal ungereimt:

Meine Arme rhythmisch an meiner Seite
Das Gesicht ist verzerrt, während meine Füße gleiten
Wir stoßen mit den Hüften zusammen und gehen tief in
die Knie
Ich stoße mein Ding vor und bitte sie zu blasen
Sie schiebt es zurück und hievt ihre Möse vor
Sie macht mich ganz verrückt, wenn sie so mit mir spielt

»Einsam! Einsam!«, schreie ich laut, mein Hirn ist von seinem eigenen Leichentuch umhüllt.

Jeder bewegt sich, doch alle stecken fest
Typen verstecken sich hinter »Wie wär's mit uns?«
Mädchen nutzen jede Gelegenheit zur Jagd aus
Und erhalten Aufmerksamkeit wie an keinem anderen Ort

Sie suchen nach Geltung, die gibt's nicht zu Haus
Geh mir aus den Augen.
Auf dem Männerklosett hör ich sagen
Er hat grad ein Girl gefickt, hinten im Wagen
Er kämmt sich sein Haar mit dreckigem Grinsen
Gleich wird er ein neues zur Wiederholung finden
Geh mir aus den Augen.
Mädchen beim Striptease auf dem Tresen
Junge springt rauf, »ihr werd ich's zeigen«
Mädchen verstößt ihn mit einem Besen
Junge macht sich den Spott zu Eigen
Er nimmt keine Scheiße, gibt ihr 'nen Tritt
Sie lächelt blöde, nun sind sie quitt

Geh mir aus den Augen.

Ich bin allein, lass jeden rein, hab ein Telefon, bitte ruf an, ich komme schon, möchte nur reden, keinen Fick, bin so einsam, habe kein Glück, darf ich anrufen?, will nicht zurück, lass mich allein, ich habe kein Glück, ich bin allein allein allein allein allein allein allein Friss deine Scheiße, du schwanzloser, verkümmerter, verrückter, pervertierter, hodenkranker Schaumschläger!

Geh mir aus den Augen.

Er will sie, aber sie will ihn nicht, denn er will die andere, die gerade gegangen ist, aber die will den, der hier geblieben ist, aber der will die, die gerade zur Tür hereinkommt, aber die will, was sich hier gerade so rumtreibt, und was sich hier gerade so rumtreibt, wundert sich darüber, was man überhaupt hier zu tun hat, und keiner ist glücklich. Jeder wünscht sich, was er nicht kriegen kann.

Anmerkungen zu den gereimten Stellen:

Im Männerklo hör ich ihn sagen
Er käme gerade von einem tollen Fick hinten im Wagen
Mit einem großen Grinsen kämmt er sein Haar
Sagt, dass er gleich ein anderes Mädchen finden und es nochmal machen wird
Ein Mädchen macht auf dem Lautsprecher Striptease
Ein Junge klettert zu ihr rauf und sagt, er wird's ihr mal beibringen
Sie weicht zurück und gibt ihm einen Schubs
Er steckt nichts ein und wirft sie runter

Ich bin allein und habe ein Telefon, sei nicht stutzig, ich will ja bloß reden, will nicht ficken, bin bloß so traurig, darf ich nicht anrufen?, das wär ja alles, ich bin allein, allein, allein, allein, allein, allein.

»Ich will!«, schreie ich. Tränen in meinen Augen.

Geh mir aus den Augen.
Wünscht sich eigentlich niemand das, was er hat?
Geh mir aus den Augen.
Ich, ja, ich, wirklich, ich muss ja, ich will es.
Geh mir aus den Augen.

Danke, dass du mir wieder erlaubt hast, ich selbst zu sein.

Zweiter Teil

6. Kapitel

Miteinander wohl fühlen

Obwohl es regnete, hatte ich, als ich morgens die Schule erreichte, nicht die übliche Montagsdepression. Ich redete mir ein, dass heute etwas Schönes passieren würde. Ich redete mir ein, dass ich das Selbstmitleid hinter mir zurückgelassen hätte. Ich redete mir ein, dass ich der Situation gewachsen wäre und das Beste daraus machen würde. Wenn ich nicht Lehrer gewesen wäre und Annie irgendwo anders getroffen hätte, hätte niemand so viel Geschiss darum machen können. So viel älter als Annie war ich gar nicht. Ich musste all diese Bedenken vergessen und mich allein darauf konzentrieren, was Annie und ich uns bedeuteten.

Als die erste Stunde zu Ende war, beobachtete ich, wie Annie zur Tür ging. Sie trug ihr Bücherbündel wie ein Junge an die Hüfte gestemmt. Sie hatte bemerkt, dass ich ihr nachsah. Sie drehte sich um, und zum erstenmal, seit wir den Strand verlassen hatten, trafen sich unsere Augen. Ich lächelte.

An dem Abend begleitete mich Annies Bild, während ich das Essen kochte, das Geschirr spülte und den Stundenplan für den morgigen Tag durcharbeitete. Dann klingelte das Telefon.

»Hey«, sagte ich, als stünde Annie direkt neben mir.

»Hast du gewusst, dass ich es bin?«

»Nur so ein Verdacht.«

»Ich habe eben erst beschlossen, dich anzurufen.«

»Ich habe die ganze Zeit an dich gedacht.«

»Ich, eh, ich war mir nicht ganz sicher, nun, ob du meinen Brief letzte Woche richtig verstanden hast.«

»Es war alles ganz klar«, sagte ich. »Vollkommen und wunderbar klar.«

»Ich habe da ein Problem.«

»Welches?«

»Ich würde dich gern sehen, aber ich möchte mich nicht aufdrängen.«

»Ich möchte dich auch sehen.«

»Hol mich an der Ecke ab.«

Annies Haus lag nur eine Meile entfernt. Obwohl ich sofort losgefahren war, stand sie schon da und zitterte, als ob sie eine Zeit lang gewartet hätte.

»Meine Wohnung?«, fragte ich, unsicher, was Annie vorhatte.

»Außer, du möchtest irgendwo Eis essen gehen, oder Bowling, oder vielleicht händchenhaltend die Hauptstraße entlang …«

»Okay. Okay.« Wir lachten beide.

Wir redeten. Zuerst im Auto, dann in meiner Wohnung (in die wir uns wie Diebe eingeschlichen hatten).

Annie erzählte, dass ihr Vater sie und ihre Mutter verlassen hätte, als sie gerade zwölf war. Seitdem hätte sie ihn nicht mehr gesehen. Sie vermisste ihn. Sie sehnte sich sehr danach, ihn zu finden.

Ich sagte ihr, wie sehr mir Samstagnacht klar geworden wäre, dass ich mich glücklich schätzen könnte, jemanden wie sie gefunden zu haben. Ich sagte, dass es so gut wie unmöglich gewesen wäre, nach der Schule Leute zu treffen, mit denen man etwas anfangen könne. Es gäbe hier keine Studentencliquen. Und vor allem wären die Gelegenheiten, bei denen man gewöhnliche Menschen kennen lernte, sehr dünn gesät – außer Bars und Diskotheken natürlich.

Wir gingen ins Bett.

»Meine Mutter ist sehr einsam. Kellnerin ist der beschissenste Job auf der Welt. Sie trifft nur Lastwagenfahrer. Wie ist es eigentlich in New York?«

»Mehr Menschen. Mehr Häuser. Mehr Geschäfte. Man muss nicht erst zwei Städte weiterfahren, um ein Schreibmaschinenband zu kaufen.«

Immer noch redend, zogen wir uns gegenseitig aus.

»Ich hasse die Schule«, sagte Annie. »Sie deprimiert mich. Die

Lehrer, du natürlich ausgeschlossen ...« – sie lächelte – »... haben nicht die leiseste Ahnung, wie weit wir schon sind. Sie fragen ständig blödsinniges Zeug, geben sich mit solchen Allgemeinheiten ab, und alles was sie sagen, ist wie eine persönliche Herablassung.«

»Viele von ihnen sind auch kaum einen Schritt weiter als ihre Schüler. Manche sind noch nicht einmal so weit.«

»Sie sind Säuglinge.«

»Ich auch«, sagte ich und saugte ihre Brustwarze ein. Sie lachte.

Wir küssten uns am ganzen Körper.

»Es kommt mir vor als wärest du alles und nichts«, sagte Annie und blickte von meinem Bauchnabel hoch, den sie gerade geküsst hatte.

»Wo hast du bloß immer diese klugen Sprüche her?«, fragte ich sie und strich ihr übers Haar.

»Ich lese viel.«

Ich drehte sie auf den Rücken und küsste ihr den Bauch. Kissen und Steppdecken fielen auf den Fußboden. Wir waren zwei dunkle Körper in einer blütenweißen Lakenwelt. Wir spielten.

»Reibe deine Hand ganz leicht über meine Brust«, sagte ich. »Überall. Ja, genau so.«

»Drück meine Brustwarzen nicht so hart«, bat sie.

»Tut mir Leid. Manche Frauen mögen das.«

»Ich auch. Aber heute nicht. Ich habe endlich meine Tage gekriegt. Geschwollene Titten, große, sensitive Euter, tolle, aufgeblasene Ballons ... Ich hasse die Namen, die Männer für die Brüste erfunden haben. Ich habe dann immer das Gefühl, dass sie uns nur um der Männer willen angeklebt worden sind.«

»Ich weiß, was du meinst.«

»Verscheißer mich nicht«, sagte sie und zwirbelte *meine* Brustwarze. »Ich habe da so eine Vision, wie du mit sechzehn vor einer Meute von Mitschülern stehst und den Kerlen sagst«, ihre Stimme wurde tiefer, »eh, ihr hättet die riesigen Dinger sehen sollen, die ich gestern Nacht in den Händen hatte!«

»Du hast's begriffen.«

»Aber weißt du, ich höre auch oft Mädchen, die diese Namen dafür benutzen … sieh mal, gerade habe ich es ja selbst getan. Das stört mich wirklich.«

»Eine Männerwelt. Wir verängstigen die Frauen.«

»Hä?«

»Nun«, sagte ich nachdenklich, »ich habe manchmal den Eindruck, dass Frauen bewusst oder unbewusst eine grundsätzliche Angst vor Männern haben. Eine Angst davor, vergewaltigt zu werden …«

»Was?«

»Nun, ich meine nicht so sehr, dass Frauen die ganze Zeit durch die Gegend rennen würden und immer daran dächten, dass sich irgend so ein Typ an sie ranmachen und hinter der nächsten Ecke aufs Kreuz legen würde; ich glaube eher, dass sich immer eine Angst in ihnen verbirgt, die von einer besonderen Verletzlichkeit herrührt, oder wenn du willst, Hilflosigkeit. Hilflosigkeit, wenn sie die Kontrolle über die Sache verlieren, oder weil sie den Sexakt immer in der Rolle der Empfangenden erleben. Ich glaube, ich gebrauche das Wort ›Vergewaltigung‹ in einem breiteren Sinne als nur ›Sex‹. Es ist so, als hätten Frauen auch Angst davor, seelisch vergewaltigt zu werden. Das kann ihnen mit ihren Freunden, Ehemännern oder sonst wem passieren – so, als wären sie konditioniert, immer alles hinzunehmen, was der Mann ihnen verpasst, und das, wann immer er ihnen eins verpassen will, und obwohl sie sich dem unterwerfen, haben sie manchmal Angst davor, denn sie tun damit ja etwas, das sie gar nicht wirklich tun wollen … Oh, ich weiß es nicht. Ich bin wohl sehr verwirrend.«

»Nein. Nur ein bisschen sehr ernsthaft. Ich werde darüber nachdenken müssen. Ich finde, Frauen machen auch ganz schön viele Fehler.«

Ich zeigte ihr, wo ich am liebsten am Oberschenkel geküsst würde, und welcher Teil meines Rückens bei der leichtesten Berührung dazu führte, dass ich am ganzen Körper erschauerte. Sie verliebte sich in meine Blinddarmnarbe, saugte daran und rieb immer wieder ihre Wange darüber.

»Zu blöd, dass wir uns nicht lieben können«, sagte Annie.

»Warum nicht?«

»Periode.«

»Hast du jemals *Der weibliche Eunuch* von Germaine Greer gelesen?«

»Germaine wie bitte?«

»Ich werde wirklich langsam alt … Germaine Greer. Sie schreibt, dass Frauen niemals wirklich befreit wären, solange sie sich nicht vorstellen könnten, ihr eigenes Menstruationsblut zu schmecken.«

Annie dachte eine Sekunde nach.

»Nee«, sagte sie lachend. »Das hätte ich mir wirklich nicht vorstellen können.«

Meine Freundin im College hatte sich mir nie mehr als hundert Meter genähert, wenn sie ihre Tage hatte!

»Ich möchte dich lieben«, sagte ich ernst und sah ihr gerade in die strahlenden Augen.

»Nun, dann sitz nicht einfach da herum … werd endlich hart.«

Wir lachten noch mehr, und ich wurde hart. Wir liebten uns, und ich fühlte mich sehr wohl, als ich in Annie hin und her glitt, während sie lustvoll stöhnte. Wir lachten, reizten uns gegenseitig und kamen (unglaublich!) schon wieder zusammen.

»Bis bald«, sagte sie, als sie meine Hand zum Abschied drückte und vom Wagen weg auf das Haus zulief. Sie schien sich auf unsere nächste Begegnung zu beziehen, als ob unser Treffen in der Schule eine Sache wäre, die zwei andere Menschen anginge. Damit hatte sie ja auch Recht. Wir würden zwei völlig verschiedene Rollen spielen – ich den selbstsicheren »Ich-weiß-alles«-Lehrer, sie die ruhige, teilnahmslose Schülerin.

Ich fühlte mich ausgelaugt, bemühte mich aber, die gute Stimmung aufrechtzuerhalten. Annie machte mich an. Sie war nicht schön, aber sie besaß eine ganz besondere Grazie.

Dann aber sah ich sie leichtfüßig wie ein Wildfang davonsausen und fragte mich, ob ich ihre Attraktivität in meiner Vorstellung nicht etwas übertriebe.

Du machst es schon wieder, Arnie. Es war doch so gut, sich nahe zu fühlen, miteinander zu reden, jemanden wissen zu lassen, was du bei einigen Dingen wirklich fühlst. Vermassele dir nicht wieder alles.

Am nächsten Abend war ich nach dem Essen allein. Ich dachte an Annie. Ich wollte ihre Nähe wieder spüren. Ich wollte, dass es sogar noch besser würde. Ihre Haut war so glatt und fest und dabei so weich. Ich wollte sie schon anrufen, aber das brachte ich nicht über mich – schließlich konnte ich sie nicht jede Nacht bei mir haben. Sie rief an.

»Ich bin geil«, sagte sie.

»Bist ein kleines, energiegeladenes Mädchen, nicht wahr?«

»Nennen wir es die Lust der Heranwachsenden.«

»Ich bin auch geil.«

»Schmutziger, alter Mann.«

»Wir können doch nicht immer so weitermachen.«

»Ich verstehe.«

»Ich fahre jetzt los und hol dich … hallo. Hallo?« *Sie* hatte schon aufgelegt.

Ich betrat meine Wohnung als Erster, und Annie folgte mir auf meine Bitte hin, obwohl ich nicht einmal wusste, ob meine Nachbarn mich tatsächlich kannten, ein paar Minuten später nach. »Vielleicht sollten wir uns das nächste Mal an einer anderen Ecke treffen!«, sagte ich.

»Fein. Das nächste Mal bin ich der in dem weiten Regenmantel mit dem Schnurrbart.«

»Naseweis!«, antwortete ich, ohne gehässig zu sein.

»Ja, ganz schlimm … und ganz sexy. Ich habe neue Unterwäsche gekauft. Durchsichtig, mit einem Loch im Schritt und sehr knapp.«

»Klingt nett.«

»Wettrennen zu deinem Bett«, befahl sie.

Hungrig fielen wir übereinander her und waren schnell fertig.

»Ich habe jetzt Lust auf eine Zigarette«, sagte Annie faul gegen das Kopfkissen gelehnt.

»Warum?«

»In den Filmen machen sie das immer so.«

»Filme sind seltsam«, bemerkte ich. »Ich habe oft das Gefühl, mich in einem Film zu befinden. Häufig kann ich das kaum von der Realität unterscheiden. Ich weiß nicht so recht, ob die Filme jetzt Leute darstellen, wie sie wirklich sind, oder ob die Leute sich ihre Reaktions- und Handlungsweise aus den Filmen und Fernsehsendungen abgucken. Es ist so eine Art Massenerziehung – und Massenkonformität. Ein Kind in Texas legt dir dieselbe Wayne-Imitation hin wie ein Kind in Maine.«

»Aiiiii«, lachte Annie.

»Ist es nun romantisch, wenn du mit deiner Geliebten am Strand entlangläufst? Oder sind nur Redford und Streisand romantisch, wenn sie am Strand Händchen halten, wie in *The Way We Were*?«

»Das Fernsehen gibt mir manchmal das Gefühl, dass ich einen geheimen Teil des Lebens versäumen könnte.«

»Ich bin immer frustriert, weil ich nie Frauen treffe, die so schön sind wie die in den Parfüm-, Make-up- und Shampooreklamen. Wahrscheinlich sähen nicht mal diese Frauen so schön aus, wenn du sie in der Realität treffen würdest.«

»Sie sind nicht real«, sagte Annie bekräftigend.

»Hä?«

»Puppen, Plastik ... nein, Videospots, alles technische Tricks. Die Anstalten stellen sie her, um die Produkte ihrer Geldgeber zu verkaufen.«

»Vielleicht hast du Recht. Vielleicht kriege ich einen Steifen, weil ich eine Videopuppe in Verbindung mit einer über glänzende Lippen fahrenden künstlichen Zunge beobachte. Ich mag es gar nicht gern, so zum Narren gehalten zu werden.«

»Dann krieg den Steifen einfach für mich«, sagte sie.

»Okay.«

Wir küssten uns zärtlich, ohne das Verlangen nach Feuer und Leidenschaft, eher Berührung und Verbindung suchend. Sie strich mit ihrer Hand über meine Beine und dann über den Bauch.

»Wie hast du nur so eine weiche Haut gekriegt?«, fragte sie.

»Das war meine Mutter. Sie hat mich jeden Tag mit Babyöl übergossen. Eine jüdische Tradition«, sagte ich und lachte.

»Du bist Jude?«

»Hast du das nicht erraten?«

»Ich habe nie darüber nachgedacht.« Sie sah verwirrt aus.

»Macht das was aus?«

»Warum haben Juden so große Nasen?«

»Ich weiß es nicht«, antwortete ich mürrisch.

»Weil die Luft umsonst ist, du Dummerchen!« Sie lachte mit geschlossenen Augen. Ich blieb verkrampft. »Was ist los? Verträgst du keinen Spaß?« Plötzlich war sie betroffen. Nervös blickte sie mich an und hatte Angst, mich beleidigt zu haben.

»Normalerweise schon«, antwortete ich. »Zumindest zu Hause konnte ich das noch. Meine Freunde und ich haben manchmal sogar selbst jüdische Witze erzählt. Aber hier draußen … ich weiß nicht. Vielleicht bin ich überempfindlich.«

»Ich wollte dich nicht …«

»Nein, ich weiß, dass du damit nichts bezwecken wolltest. Aber versetz dich mal in meine Lage. Während der heiligen Feiertage im Herbst konnten die Lehrer mir nie abnehmen, dass ich wegen der Synagoge die Schule versäumte. Dann mussten wir dreißig Meilen fahren, um eine Synagoge zu finden. Ich habe mal eine Lehrerin zu mir zum Essen eingeladen. Sie hat mich sofort gefragt, ob ich jüdisch kochen würde. Hier draußen ist es so, als ob die Leute mir das Gefühl geben wollten, Jude zu sein wär dasselbe wie zu den Scientologyleuten zu gehören oder den Hare Krishna Gruppen.«

Annie lachte. Es war ein leichtes, freundliches Lachen, das sich zu einem Ausbruch steigerte. Sie hatte wirklich Spaß daran, und ihre Augen strahlten. Schließlich fiel ich in ihr Lachen ein. Aus keinem besonderen Grund.

»Glaubst du, dass du nach einem Ersatz für deinen Vater suchst?«, fragte ich sie unvermittelt.

Annie verbarg ihren Kopf an meinem Hals und küsste mich. »Ich weiß es nicht. Darüber habe ich wohl noch nicht nachgedacht. Wäre das so wichtig?«

Ich hatte eigentlich nicht die Absicht gehabt, so ungeschminkt zu fragen, aber wir waren beide so aufrichtig miteinander, dass es keine Barrieren gab, alles zu sagen, was ich zu sagen und zu fragen hatte.

»Warum hast du so viel Spaß am Sex?«, fragte sie.

»Wir alle mögen die Dinge besonders gern, die wir gut können.«

Wir lachten. »Eingebildeter Laffe.«

»Nein.« Ich richtete mich auf und sah ihr in die Augen. »Ich bin nicht immer gut. Es liegt an dir. Wenn ich mit dir zusammen bin, weiß ich, dass ich gut bin. Man muss immer jemanden finden, der einem hilft, seine guten Seiten zu zeigen.«

»Es ist so ganz besonders mit dir zusammen«, sagte Annie.

Ich küsste und berührte sie und erlaubte nicht, dass sich zwischen unseren Körpern ein Abstand bildete.

»Es ist die Welt, die wir uns schaffen«, sagte ich. »Eine neue Dimension.«

»Du stehst still, dann gehst du und fängst schließlich an zu rennen. Spürst du die verschiedenen Dimensionen, in die du eintrittst? Die verschiedenen Wahrnehmungen und Gefühle, die du dabei hast?«

»Ja.«

»Wir erkennen unsere eigene Bewegungsart. Wir überlassen uns unseren Sinnen. Ein feuchter, behaarter Unterarm, der einer Person hässlich erscheinen würde, ist für dich schön. Könntest du dir vorstellen, die Armbeuge eines anderen Mannes zu lecken?«

»Nein.«

»Meine?«

Sie tat es und küsste mich dann voll auf den Mund.

»Nur die Berührungen eines Menschen, den man wirklich liebt, emotional und körperlich liebt, helfen einem, in diese neue Dimension einzutreten. Jemand anderes könnte seine Zunge auf genau dieselbe Art in deine Scheide stecken, wie ich das tue, aber dir würde davon übel werden. Es trägt dich weg, weil ich es bin. Wir, in unserer Welt.« Ich leckte zärtlich über ihre Fußsohlen und sprach durch ihre Zehen. »Das Körperliche ist aber nur ein Teil des Ganzen. Es gibt eine geistige Verbindung, die dich noch einmal in eine andere Dimension hinwegträgt. Die Selbstbefriedigung mag für den Körper ja ganz gut sein, aber man hat hinterher immer dieses entsetzliche Gefühl der Leere, einer Leere, die irgendwann einmal durch eine Persönlichkeit ausgefüllt werden muss. Wenn man wieder aufwacht, ist da nur die eigene Hand. Man muss sich jemandem mitteilen können.« Ich drehte sie um und küsste sie in den Nacken, dann den ganzen Weg hinunter zu ihrem Po. »Mein Mund ist immer hungrig nach dir, wenn du da bist. Dein Geruch durchdringt meinen Körper und bringt mein Blut in Wallung. Deine Haut passt sich meiner Hand an, und ich habe das Gefühl, du gehörtest zu meinem Körper – unserem Körper.« Meine Lippen suchten ihren Bauch, und sie drehte sich wieder um. Ihre Augen blinzelten. Sie war hilflos meinen Händen, meinem Mund und meinen Worten ausgeliefert. Meine Stimme wurde leiser. »Wir verschmelzen miteinander.« Ich richtete mich auf und legte mich parallel auf sie.

Küsste sie auf den Mund. »Wir reisen zusammen an Orte, die nur *wir* erreichen können.« Ich drang in sie ein. Es war so spontan und natürlich, dass es zu einem weiteren Teil des Vorspiels wurde. »Wir rennen jetzt, vereint in unserer eigenen, körperlichen Leidenschaft.« Ihre Finger rannen meinen Rücken hinauf und hinunter, betasteten meine Pospalte, forderten mich auf, schneller zu machen. »Ich sehe Dinge, die ich noch nie zuvor gesehen habe.« Ich schloss die Augen und bettete meinen Kopf neben ihren Hals. »Ich kann dein Inneres sehen.«

»Oh.«

Ich umklammerte ihren Rücken mit meinen Armen, und sie drückte sich enger an mich. »Ich brauche deine Titten, deinen Mund und deine Möse. Sie sind Vehikel, die mich schneller werden lassen. Ich brauche deinen ganzen Körper, damit ich tiefer eindringen kann.«

»Arnie, bitte.«

»Annie, ich bin ganz tief in dir drin.«

»Hör nicht auf.«

»Du machst mich so groß in dir. So umfassend. Ich werde so an dein Inneres gepresst, als wären wir beide ein Gemeinsames.«

»Vollkommen!«

»Oh, Annie.« Ich schlüpfte mit der Hand unter ihren Po und richtete ihren Unterkörper gegen mich, so dass ich noch tiefer in sie eindringen konnte. »Ich habe vorher noch nie etwas von dem gesehen, was jetzt passiert.«

»Ja.«

»Nur du. Ich. Dunkelheit. Dann Licht. Wir rasen durchs All wie Sternschnuppen.«

»Mehr.«

»Kein Gefühl für irgendetwas anderes, für irgendjemanden, nur für *uns*, fliegend, eingebunden in dehnbare Bänder.«

»Da.«

»Ja. Ich sehe es.«

»Da.«

»Nur uns beide.«

»Da.«

»Allein.«

»Da!«

Ich tauchte zum letzten Mal tief in sie hinein, ließ mich gehen, blieb tief in ihr. Sie presste sich an mich, krallte ihre Hände in meinen Hintern. Kein Gefühl dafür, wo ich aufhörte, sie begann.

»Arnie.«

Ausgelaugt. Still.

»Arnie. Du bist wundervoll.«

Unsere Schweißtropfen trockneten allmählich, als wir beide in einen tiefen Schlaf abtrieben.

Ich fühlte mich wohl. Genau das war's. Es war so einfach, in der Nähe von Annie nackt zu sein. Ich hatte keine Sorge, für sie etwas Besonderes darstellen zu müssen, es geschah einfach. Keine Vortäuschungen, keine Verlegenheit, keine Leere. Annie war schlicht eine Person, die *mich* kannte, oder zumindest zum Teil kannte, und vor der ich nichts zu verbergen brauchte.

Später wachte ich auf. Ich fühlte mich wohlig und schläfrig. Ein Blick zur Uhr.

Es war drei Uhr nachts.

Annie schnarchte leise, als ich in Panik geriet.

7. Kapitel

Verfolgungswahn

»Scheiße, Annie, bitte, wach auf!«

»Was? Es ist doch noch viel zu früh«, antwortete sie verschlafen.

»Es ist drei Uhr morgens.«

Annie riss die Augen auf. Sie verstand. »Mom hat schon bei Clara angerufen, also kann ich sie nicht als Entschuldigung benutzen. Bring mich nach Hause. Sie wartet auf mich. Ich werde mir was ausdenken.«

Wir zogen uns in aller Eile an, ohne noch was zu sagen. Ich betete, dass Annies Mutter die Polizei nicht angerufen hätte. Ich betete, dass niemand mich irgendwo mit Annie zusammen gesehen hätte, nicht heute Nacht. Würde ihre Mutter sie bestrafen? Würde sie den Direktor informieren? Ich fuhr Annie nach Hause. Bitte, lass uns heil hier rauskommen. Ich will von nun an auch gut sein.

Ich hatte keine Lust, in die Schule zu gehen. Ich wäre lieber in einen anderen Staat gefahren und hätte einen Zettel ans schwarze Brett gehängt: *Mr. Lester hat für heute andere Pläne.*

Die erste Stunde verlief unruhig und ungeschickt, Ich blickte öfter auf die Uhr, als die Schüler es gewöhnlich taten. Ständig erwartete ich, ins Büro des Direktors gerufen zu werden, um dort einer aufgebrachten Mrs. Alston und dem Polizeichef zu begegnen. Schließlich erklang die Glocke, und ich sah Annie direkt ins Gesicht. An ihrem Ausdruck versuchte ich zu erraten, was gestern Nacht noch passiert war.

Zum erstenmal verwünschte ich die Kinder, die sich wieder um meinen Tisch versammelten. Aber sie standen da, eine kleine

Gruppe, hauptsächlich Streber, die wissen wollte, ob ich mit der Korrektur des letzten Tests über Poe schon fertig wäre.

»Nein, ich habe noch nicht alle zensiert. Ihr werdet eure Arbeiten zurückkriegen, sobald ich damit fertig bin.«

Und dann kamen schon die Schüler der nächsten Klasse ins Zimmer. Annie saß geduldig wartend im Hintergrund des Raumes, stand auf, ging, wissend, dass jetzt nicht der richtige Zeitpunkt war.

Ich konnte mich kaum auf die Klasse konzentrieren, meine Aufmerksamkeit war voll von der Angst besetzt, doch entdeckt worden zu sein. Angst, dass ich bald als Mr. Lester, der Belästiger, verschrien sein würde.

Was hatte ich denn getan?

Nicht nur, dass ich mit einem minderjährigen Mädchen schlief, nein, ich tat es auch noch jede Nacht, wild, leidenschaftlich, sprach mit ihr über Armbeugen, Sternschnuppen und Vergewaltigung. Aß Menstruationsblut. Leckte, fickte und machte es nicht einfach und direkt, sondern brachte ihr auch noch ganz perverse Dinge bei. Wie würden die Schlagzeilen lauten? Was musste ihre Mutter jetzt unternehmen? Wie würde ich reagieren, wenn mein Kind von einem Lehrer verführt worden wäre?

All diese Konflikte. Und dann immer diese Angst!

Was konnte ich mir nur einbilden, jemandem wie Annie dieses immer wieder anzutun?

Während der Lunchpause stieg ich ins Auto und fuhr einige Meilen weit, bis ich eine öffentliche Telefonzelle entdeckte. Sie stand auf dem Parkplatz eines Restaurants.

»Staatspolizei, Harns«, meldete sich ein Mann am anderen Ende.

»Eh, ja, guten Morgen, ich meine, inzwischen heißt es wohl, guten Tag. Eh, ich habe eine etwas ungewöhnliche Frage an Sie, zumindest mag Sie Ihnen ungewöhnlich erscheinen, aber versuchen Sie bitte, mir zu folgen. Mein Name ist Nabokov, eh, ja, Professor Kinsey Nabokov. Ja, also, ich bin Professor, Gastprofessor in Portland State drüben, wissen Sie, und ich bin gerade dabei, eine Untersuchung zu starten, eigentlich ein kleines Projekt, na ja, ha ha, es ist sehr wichtig. Ziemlich geheim, eh, so in der Art. Bevor ich anfange, brauche ich, nun ja, es ist wirklich wichtig, brauche ich die Antwort auf eine sehr wichtige Frage. Sehen Sie, diese Studie …«

»Moment.« Ich war froh, dass zumindest keine Frau das Telefon beantwortet hatte. Und ich verwünschte mich, dass ich kein Taschentuch benutzt hatte, um meine Stimme zu verstellen.

»Ja?«

»Wie ich schon sagte, es handelt sich um eine Untersuchung über Jugendliche, ihre Umwelt, die Gruppenzwänge und so weiter. Kurz gesagt, ein sehr kompliziertes Projekt. Eine lange Geschichte, ich kann sie Ihnen jetzt nicht ausführlich erzählen. Es sind einige gewichtige Regierungsgelder darin verwickelt. Wie lautet das Vergewaltigungsgesetz in Oregon?«

»Wie bitte?«

»Das Gesetz …«

»Oh. Ja. Natürlich. Warten Sie einen Augenblick, ich werde nachsehen, Professor Nabokov.« Ob er mir glaubte? »Sie hätten auch die Polizei in Portland anrufen können, wissen Sie?«

»Ja, natürlich. Das weiß ich. Aber ich bin nun mal zufällig in der Gegend hier, in der Nähe von Salem …«

»Schon gut. Nur, das Gesetzbuch ist ein Monster. Es wäre besser gewesen, wenn Sie gleich das D. A. angerufen hätten.«

»Ja. Ja. Wie dumm von mir. Na, dann danke ich Ihnen für die Mühe. Ich werde …«

»Nein, nein, ich sehe schon nach. Ich werd's schon finden. Nur einen Moment.«

»Ja. Nur, wissen Sie, ich bin schon etwas spät dran fürs Mittagessen. Da es so große Umstände macht, konnte ich doch …«

»Nein, es macht überhaupt keine Umstände. Bin ja froh, mal etwas im Dienst der Wissenschaft tun zu können.« Ich bildete mir ein, ihn lachen zu hören. »Denken Sie da an ein besonderes Alter? Sie wissen schon, das Mädchen ist soundso alt und der Typ ist vielleicht älter? Das macht einen wichtigen Unterschied.«

»Nein, ich habe mir noch gar nichts richtig überlegt. Wie wär's mit: Sie ist sechzehn und er fünfundzwanzig?«

»Verstehe. Aber so einfach ist es immer noch nicht. Es geht nämlich nicht nur um Vergewaltigung oder nicht.«

»Nein?«

»Nein. Es gibt Vergewaltigung ersten Grades, Vergewaltigung zweiten Grades und verschiedene Grade des sexuellen Missbrauchs.« Ich spürte plötzlich einen scharfen Stich in meinen Eingeweiden. »Sind Sie noch da?« Ich grunzte bestätigend. »Ich glaube, es hat auch etwas mit einem gesunden Geist und gesunden Körper zu tun.« Ich musste so dringend pinkeln, dass meine Blase wehtat. »Manchmal versuchen sie nämlich, Geisteskrankheiten mit ins Spiel zu bringen, oder zumindest vorübergehende Unzurechnungsfähigkeit. Ich meine, es wird dafür plädiert. Ziemlich oft ist in solchen Fällen auch von Sodomie die Rede…«

Ich legte auf.

Ich rannte aus der Zelle.

Das Telefon klingelte sofort wieder. Ob das Amt nach dem Geld fragen wollte? Oder war es die Staatspolizei?

Ich fuhr aus der Parklücke und raste auf den Highway zu. Irgendwo hatte ich die Ahnung, dass sie versuchten, den Anruf zurückzuverfolgen.

Wieder in der Schule war ich ein Nervenbündel. Ich hatte zwei riesige Schweißflecken unter den Achseln. Am liebsten wäre ich nach Hause gegangen, aber das hätte mich noch verdächtiger gemacht. Ich hoffte nur, Annie hatte nicht versucht, mich in der Schule zu finden. Ich wollte nicht, dass jemand uns zusammen sah. Die nächste Stunde erklärte ich als Freistunde. Die Schüler gingen in die Bibliothek.

Eine Stunde, nachdem ich zu Hause angekommen war, klingelte das Telefon.

»Alles in Ordnung«, sagte Annie.

Ich atmete erleichtert aus. »Was ist geschehen?«

»Sie war noch auf. Böse. Ich erzählte ihr, dass ich mit einem Jungen zusammen gewesen und eingeschlafen wäre.«

»Hat sie danach gefragt, wer, wo und was du getan hast? Sie ist jetzt nicht bei dir, oder?«

»Nein, sie arbeitet nachts. Das weißt du doch. Ich musste ihr gar nicht erst sagen, dass ich mit dem Typ geschlafen hätte. Sie wollte es gar nicht wirklich wissen, oder wenigstens wollte sie nicht, dass ich es so direkt sagte. Sie hat mir nur gesagt, ich solle vorsichtig sein. Ich habe mich entschuldigt. Hab ihr gesagt, dass ich einen Fehler gemacht hätte, dass es ein Unfall gewesen wäre. Ich versprach ihr, dass es nicht wieder passieren würde. Normalerweise rufe ich immer an, wenn ich abends länger wegbleibe. Sie hat nicht bei der Polizei angerufen oder so was. Sie wollte sie nicht mit da reinziehen, höchstens, wenn es wirklich so aussähe, als wäre ich in Gefahr. Aber sie hat Clara aufgeweckt. Später dann hat Mom ihre beste Freundin Matty angerufen und alles mit ihr durchgesprochen. Jetzt ist alles wieder in Ordnung. Sie hat nur immer wieder gesagt, ich solle vorsichtig sein, und hat mich dann in die Arme genommen. Sie hat auch ein bisschen geweint. Am liebsten hätte sie mich wohl nach einem Verhütungsmittel gefragt, aber dazu hatte sie nicht den Nerv. Wenn ich ihr was anderes erzählt hätte, hätte sie gespürt, dass ich lügen würde, und dann hätte sie das Vertrauen verloren. Nun ist's okay.«

Ich sagte: »Bitte reg dich nicht auf, aber ich glaube, es wäre besser, wenn wir uns eine Zeit lang nicht sähen.«

8. Kapitel

Überraschung

Die ganze Woche lang dachte ich an Annie, indem ich ständig versuchte, nicht an sie zu denken. Ich empfand eine Art Befriedigung, Genugtuung auf Grund von Selbstdisziplin, weil ich eine Nacht durchgestanden hatte, ohne sie zu sehen. Aber gleichzeitig spürte ich eine gewisse Leere, ein Gefühl, dass meinen Tagen etwas Wichtiges fehlte – nicht, weil Annie und ich nicht zusammen Liebe machen konnten, sondern weil es Zeiten gab, in denen ich mich von ihr lösen und etwas anderes denken konnte, und dann fühlte ich mich allein.

Früh am Samstagmorgen weckte das Telefon mich aus einem ziemlich tiefen Schlaf. Ich hatte die ganze Nacht damit verbracht, mich von den Spätfilmen einlullen zu lassen.

»Du hast Recht«, sagte Annie, »wir sollten uns wirklich eine Zeit lang nicht sehen. Viel zu riskant. Es ist all dieses Theater nicht wert. Weißt du, es ist wirklich seltsam. Mein Körper fühlt sich gerade im Augenblick so gut an, so als würde er gern überall berührt werden. So warm und knusprig. Genau, wie du es gern hast.«

»Annie. Es ist wirklich nicht leicht für mich. Ich mache mir die ganze Zeit Sorgen. Über alles. Wenn wir geschnappt werden. Wenn ich dich irgendwie verletze. Ernsthaft, Annie, was würde deine Mutter von mir halten, wenn sie das herausfände? Und ich werde ganz verrückt vor Angst, wenn ich daran denke, was wir miteinander treiben, und was das bei dir bewirken könnte.«

»Es bringt meine Klitoris zum Bersten.«

»Was?!«

»Wenn ich nur an die Art denke, wie du mich küsst, dann fängt meine Klitoris an zu pochen. Im Augenblick ist sie so geschwollen, dass sie sich wie ein kleiner Gummipfropfen anfühlt.«

»Annie, ich versuche gerade, dir zu sagen …«

»Ja. Und ich habe vergessen, dir zu erzählen, wie einfach es wäre, meiner Mutter zu sagen, dass ich über Nacht bei Clara bleiben würde, um dann überall dorthin zu gehen, wo ich möchte. Die ganze Nacht. Wenn du glaubst, mein Körper wäre im Augenblick heiß, dann solltest du ihn mal morgens fühlen. Ganz warm und kuschelig.« Ich sehnte mich so danach, eine ganze Nacht lang mit einer Liebhaberin zusammen zu sein, sie in den kalten, frühen Morgenstunden an mich zu drücken. »Oh, Arnie, und das habe ich auch vergessen, dir zu sagen. Ich habe so einen seltsamen Hunger. Nicht nach Essen. Ich habe nur Appetit auf dich …«

»Bitte …«

»Ja, und das wollte ich dir auch noch sagen. Ich habe beschlossen, falls wir uns zufällig wieder einmal sehen wollten, dann bräuchtest du mich nicht mehr länger abzuholen. Das gilt übrigens nicht nur für heute, sondern auch sonst. Ich kann nämlich sehr gut auch zu dir laufen. In aller Heimlichkeit, nicht wahr, das ist das Wort, das ich neulich in der Englischstunde gelernt habe, also, ich könnte mich in deine Wohnung stehlen.«

»Annie …«

»Wirklich, ich habe nicht den ganzen Tag Zeit, mit dir zu quatschen. Ich habe nur angerufen, um dir zu sagen, dass ich mich *im* Augenblick geil fühle. Ich möchte meine Beine um einen muskulösen Körper schlingen und sie dort lassen, bis ich befriedigt bin.«

»Ich würde dort bleiben, bis du befriedigt bist.«

»Würdest du es ganz hart und tief machen?«

»Ja.«

»Und ich dürfte meinen Mund überall dahin tun, wo ich möchte?«

»Ja.«

»Dann willst du auch?«

Ich antwortete nicht.

»Heute Nacht«, sagte sie bestimmt. Ob ich wollte, die ganze Nacht, heute Nacht? Ja, ich wollte. Und sie wollte es auch.

»Heute Nacht«, sagte ich bestätigend.

Annie würde es keine Schwierigkeiten machen, die eine Meile zu meiner Wohnung zu laufen. Ich konnte die Kraft in ihr spüren. Ich fühlte die Muskeln in ihren Beinen. In ihr war eine intensive Spannung, die sie stark machte. Sie hatte mir einmal erzählt, dass sie überall hinlaufen könnte. Oder rennen. Oder hüpfen. Sie konnte die ganze Nacht wach bleiben, um ein Buch zu lesen.

Aber diese Stärke war nicht nur körperlich. Sie hatte mir auch erzählt, wie ihre Mutter zusammengebrochen war, nachdem ihr Vater sie verlassen hatte. Sie war nicht mehr zur Arbeit gegangen, hatte sich nicht mehr um den Haushalt gekümmert und nicht mehr gekocht. Sie erledigte die Hausarbeit, versuchte, die Mutter aufzumuntern, und wartete, bis sie sich von selbst wieder aufgerappelt hatte. Sie hatte mir auch gesagt, dass sie für Clara immer da sein müsste, immer anrief, wenn sie es versprochen hätte, sie häufig besuchte und auch sie aufmunterte, denn Clara hatte unwahrscheinliche Komplexe, weil sie sich dick und hässlich fühlte. Vielleicht wollte sie so viel mit mir zusammen sein, weil sie nicht zu schnell alt werden wollte. Sie brauchte jemanden, der sich auch um sie kümmerte. Sie hatte sehr viel Freude am Spielen. Und sie liebte die Augenblicke der Schwäche, in der keine Verteidigung nötig war. Augenblicke, die wir miteinander teilten.

Mein Herz setzte einen Sprung aus, als abends die Haustürglocke klingelte. Ich schob den Sicherheitsriegel zurück. Annie lächelte. Lichtreflexe von der Glühbirne über der Tür spielten in ihrem dunklen Haar. Sie hatte die gewöhnliche Lederjacke, das Sweatshirt, ihre Armeehose an und trug einen Rucksack bei sich.

»Guten Abend, Sir. Ich wollte nur fragen, ob Sie an ein paar Pfadfinderkeksen interessiert wären. Sie sind wirklich köstlich.«

»Aber ja, natürlich. Komm doch herein, damit ich mir dein Produkt etwas näher ansehen kann.« Ich schloss die Tür hinter ihr und zog sie in meine Arme. »Hmmm. Süß.«

»Versuchen Sie einen von diesen.« Sie fuhr mit ihrer Zunge um mein Ohrläppchen.

Ich verbrachte eine geschlagene Stunde damit, Annie mit meiner Zunge zu waschen. Ich leckte sie über und über, so als wolle ich ihr einen beschützenden Schild aus Lack über jeden Zentimeter ihres Fleisches legen. Dann wurden meine Kreise kleiner, und ich konzentrierte mich auf ihr Zentrum. Langsam, vorsichtig, aber mit aller Energie brachte meine Zunge ihr einen Höhepunkt, der sie mit einer Hand voll von meinen Haaren zurückließ, und ich hatte einen schmerzenden Schädel. Wir lachten.

Dann kam ich an die Reihe. Annie steckte ihre Zunge zuerst in meine Nase, saugte an meiner Armbeuge, rieb ihre Brüste über mein Gesicht und reizte mich am ganzen Körper. Ich fühlte mich von ihrer Kraft überwältigt und bat sie, langsamer zu machen, sonst wäre ich sofort gekommen.

Dann kniete ich auf allen vieren, und sie bearbeitete meine Wirbelsäule, während ihre Hände über Brust und Bauch streichelten. Als sie meinen Hintern erreicht hatte, spürte sie, dass ich kurz davor war, in Ohnmacht zu fallen. Ich verlor das Gefühl dafür, wann ich mich wo und wie befand. Ich fiel. Und gerade bevor ich den Grund erreichte, wendete Annie ihre ganze Kunst an und ich verging in einem nicht enden wollenden Höhepunkt. Meine ganze Kraft war vergangen.

Annie, immer noch in Aktion, strich über meinen Rücken. Sie leckte mir rote Streifen auf den Körper, bevor wir uns endlich aneinander kuschelten.

Wie war sie nur fähig all das zu tun, was sie gerade gemacht hatte?

Wir dösten eine Weile eng umschlungen, während endlose Plattenstapel mit Jazzmusik auf dem Teller abliefen. Warme, tiefe Horn- und Baßtöne. Wir waren nicht einfach in einem Zimmer zusammen. Dies war unsere Welt.

Bald darauf liebten wir uns wieder. Vielleicht waren unsere Orgasmen diesmal nicht weltbewegend. Ich war nicht mal sicher, ob sie überhaupt gekommen war, aber wir fühlten uns viel näher. Wir hatten Freude am Teilen. Wir waren glücklich.

»Für eine Exjungfrau scheinst du eine Menge zu wissen«, sagte ich.

»Ich lerne von dir.«

»Mir?«

»Du bringst mir alles bei. Ich mache nur mit dir, was du für mich tust. Außerdem bringt das Zusammensein mit einem Mann neue Seiten bei mir zutage. Seiten, von denen ich gar nicht wusste, dass ich sie hatte. Es ist, wie du sagst, es geht nicht mit jedem. Aber du bist fähig, all das bei mir hervorzuholen.«

»Ich entdecke auch ganz neue Dinge. Wirklich. Ich bin es gewöhnt, bestimmte Sachen an mir zu verstecken, wenn ich mit einer Frau zusammen bin.«

»Ich habe mir immer gedacht, dass die Liebe so sein müsste – damals, als ich all die Bücher gelesen habe, die Romanzen! Aber dann hatte ich langsam den Verdacht, dass die Schriftsteller alles nur erfunden hätten.«

»Vielleicht haben wir Glück.«

»Warst du jemals verliebt?«

»Ich dachte, ich wäre es, im College. War zwei Jahre lang mit ein und demselben Mädchen zusammen und dachte, wir hätten alles, was man brauchte.«

»Was passierte?«

»Wir machten unseren Abschluss. Ich zog zu meinen Eltern zurück und ging später an die pädagogische Hochschule. Sie hatte ihren Job. Und ganz plötzlich hatten wir überhaupt nichts mehr gemeinsam.«

»Zu schade.«

»Es wäre wohl gar nicht so schlimm gewesen, wenn es einfach so aufgehört hätte, und wir hätten Freunde bleiben können. Aber es war wieder, wie bei Bernice, der sinnlose Kampf am Ende. Wenn ich wollte, hatte sie keine Lust, und ich wollte nicht, wenn sie in Stimmung war. Wir hegten eine geheime Feindlichkeit gegeneinander, weil jeder den anderen für das Scheitern beschuldigte. Es wurde so schlimm, dass es auch unseren Glauben an das, was wir miteinander geteilt hatten, zerstörte. Wie auch schon davor, hatten wir nur miteinander Liebe gespielt, wir konnten sie nicht richtig fühlen. Wie hätten wir einander lieben und dann hinterher so sehr verletzen können? Sie zerstörte die Erinnerungen.

Wir haben einfach nicht aufgehört, als der rechte Zeitpunkt dafür gekommen war.«

»Du hast jetzt einen sehr abwesenden Blick.«

»Nun, es war hart. Ich glaube, die ganze Sache war für mich ein schwerer Schlag ins Gesicht, der mich sehr verwundete. Seitdem habe ich, glaube ich, eine Schutzmauer um mein Inneres gebaut. Ich habe hinterher nie mehr die Höhepunkte erlebt, die ich mit ihr zusammen hatte. Ich halte meine Gefühle immer etwas zurück, damit ich die Kontrolle nicht verliere und nie mehr so verletzt werden kann. Ich will, dass eine Beziehung so läuft, wie ich es mir vorstelle. Das ist vermutlich mit einer der Gründe, warum Leute so an ihren Hunden hängen. Sie können sie kontrollieren, weil sie wissen, dass die Hunde vollständig abhängig von ihnen sind. Und sie können alle ihre Gefühle auf sie loslassen, weil ein Hund sich nicht dagegen wehren und ihnen ins Gesicht schlagen würde. Hunde sind nicht wankelmütig.«

»Warst du schon immer so zynisch?«

»Ein gutes Wort. Du wirst deine Examen in jedem Fall bestehen.«

Annie wandte sich ab.

»'tschuldige. Ich wollte dich nur ärgern. Vielleicht war ich früher nicht so zynisch. Du hilfst mir dabei, das aufzugeben.«

Annie drehte sich wieder zu mir um, ihr Gesicht strahlte.. »Komm, spielen wir wieder ›Geheimnisse‹!«

»Wer hat dieses Spiel eigentlich erfunden?«, fragte ich.

»Ich.«

»Gut, dann bist du an der Reihe.«

»Hmm, lass mich mal sehen … Erinnerst du dich noch an den Abend, an dem du mich vom Basketballspiel nach Hause gefahren hast?«

»Klar.«

»Es war alles geplant.«

»Was?«

»Nicht nur das Nachhausefahren, überhaupt, dass ich zu dem Spiel gegangen bin. Ich wusste, dass du da sein würdest. Warum glaubst du wohl, bin ich ohne Clara hingegangen? Ich hatte beschlossen, dass ich dich wollte, und ich habe dich gekriegt.«

»Meinst du das ernst?«

»Ich hätte leicht mit jemand anderem nach Hause fahren können. Wie viele Leute waren wohl mit ihrem Auto da? Ich wusste, dass du dich länger aufhalten würdest, also habe ich dasselbe getan. Ich hätte nach Hause gehen können, wenn du mir nicht angeboten hättest, mit dir zu fahren.«

»Aber du hast gewusst, dass ich das tun würde.«

»Ich hatte es gehofft.«

Ich lachte. »Du bist unglaublich.«

»Oh, ich hatte mir unseren ersten Kuss oft ausgemalt und die Worte immer wieder aufgesagt. Ich konnte nicht anders, ich musste immerzu an dich denken. Ich habe sogar von dir fantasiert. Das Diaphragma habe ich mir gekauft und dabei an dich gedacht. Etwas an der Art, wie du dich in der Klasse bewegst, die Schüler beherrschst, macht mich an.«

»So, als ob sich alles auf mich konzentrieren würde.«

»Ja.«

»Das ist diese unnatürliche Aura, die uns Lehrer umgibt. Eine Berufskrankheit.«

»Schon, aber die anderen haben nicht deinen Körper.« Ich küsste sie. »Dein Zug«, sagte sie, als spielten wir Schach und sie hätte mich mit einem Zug gerade arg in Bedrängnis gesetzt.

»Ach, ich weiß nichts. Ich kann dir von der Zeit erzählen, als ich meiner Mutter zehn Dollar aus der Tasche gestohlen habe.«

»Laaaaangweilig.«

»Wie wär's mit ...«

»Warum bist du aus New York weggegangen?«

Ich verdrehte die Augen zur Zimmerdecke. »Ich weiß es nicht. Es ist geradezu lächerlich schwer, in New York einen Job als Lehrer zu finden. Ich wollte weg aus dem Osten.«

»Aber du bist doch der geborene Stadtmensch.«

»Das macht mir nichts aus.«

»Vermisst du deine Freunde? Deine Familie?«

»Ja.«

»Hältst du die Verbindung aufrecht?«

»Nicht viel. Telefonieren ist zu teuer, und ich habe keine Zeit zu schreiben.«

»Bist du vor irgendetwas davongerannt?«

Unsere Blicke trafen sich, und schließlich sah ich weg. »Laaaaangweilig«, sagte ich und versuchte dabei, ihre Betonung von vorhin zu imitieren. »Ich bin am Verhungern. Hol uns schnell mal was zu essen.« Ich war schon dabei, mich anzuziehen.

»Wo willst du hin? Es ist ein Uhr nachts.«

»Schlaf. Ich bin gleich wieder da.«

Nach einer kurzen Fahrt in einen Supermarkt, der die ganze Nacht über geöffnet hatte, kehrte ich atemlos zurück und hastete in die Küche. Nackt betrat ich wieder das Schlafzimmer, zwei Packungen Schokoladeneiscreme und einen Löffel in der Hand. »Ich hasse Eiscreme«, sagte Annie. »Gib mir mal den Löffel rüber.« Wir tauchten ihn in die klebrige Masse ein, fütterten uns gegenseitig mit einem Löffel und schaufelten den Rest mit den Fingern heraus. Annie schmierte Eis auf meinen Bauch, worauf ich vor Kälte erschauerte. Ich verwandelte ihre Brüste in Eiskugeln. Zwei leere Kartons lagen tropfend am Fußende des Bettes. Die Steppdecke auf dem Fußboden, das Laken mit Schokoladeneis getränkt. Ich stand auf und holte ein neues Laken. Wir wechselten die Bettwäsche gemeinsam. Dann ging ich in die Küche hinunter und kehrte mit einer Riesenbox Schokoladenkeksen und zwei Orangen zurück. »Du Schwein!«, brüllte Annie. »Gib mir sofort die Kekse.« Sie mampfte los, während ich die erste Orange schälte. Wir saßen auf dem Bett und hatten die Kissen hinter unsere Rücken gestopft. Wir spritzten uns gegenseitig Orangensaft in den Mund und hatten in kurzer Zeit die ganze Riesenbox Kekse erledigt. Ich ging wieder hinaus und kam diesmal mit einer halben Packung abgestandenem Orangensaft zurück. Wir hatten nur die Füllung aus den Keksen rausgeleckt und die Waffeln in die Kartons zurückgeworfen, weil Annie gesagt hatte, dass sie eigentlich nur die Füllung möge, aber immer ein schlechtes Gewissen hätte, wenn sie den Rest wegwerfen würde. Sie schälte die zweite Orange – Krümel, neue Nässe, Orangenschalen –, wir gaben es auf, das Bett sauber zu halten. Wir stopften uns die Orangenstückchen gegenseitig in den Mund, so lange, bis nichts mehr hineinging. Wir machten einen Saftkrieg, indem wir uns gegenseitig mit zwischen den Fingern zerquetschten Scheiben bespritzten. Später versuchten wir es mit den Zähnen und lachten dabei Tränen. Große, klebrigsaftige Zitrusfrüchteumarmungen, über Kreuz, seitwärts, Kopf stehend, unsere Rücken gegen die Kekspackung aus Karton gepresst.

»Ich habe dir nicht den Hauptgrund erzählt, warum ich New York verlassen habe.«

Sie sah so süß aus, was für eine wunderbare Medizin. Sie verlieh mir das Gefühl, ein Mann zu sein. Wie viele von meinen Wünschen hatte sie schon erfüllt? Und so aufrichtig. Sie hatte mir beigebracht, ehrlich zu sein.

»Erzähl«, sagte sie, so leise, dass sie selbst kaum wahrnahm, dass sie gesprochen hatte.

»Ich habe einem Mann erlaubt, mich zu ficken.«

9. Kapitel

Hingabe

Ich hielt den Atem an und studierte ängstlich ihr Gesicht. »Dann denkst du also, du bist schwul«, sagte sie und berührte zärtlich mein Gesicht.

»Ich glaube, dass ich es nicht bin...« Ich sah sie an. Sie kuschelte sich näher an mich. »Aber ich habe mir jahrelang deswegen Sorgen gemacht. In den Umkleideräumen war ich immer entsetzlich verlegen. Ich ertappte mich ständig dabei, wie ich mich fragte, was für eine Figur Männer wohl im Bett machen würden. Ich glaube, was das auslöste, war ein sehnsüchtiges Verlangen, dass mal jemand etwas an mir machte. Es war nicht so, dass ich bei der Vorstellung einen Steifen kriegte oder so was. Ich habe mir das bloß immer vorgestellt und gleichzeitig wusste ich, dass man sich so etwas nicht vorstellen durfte, also versuchte ich, den Gedanken zu verdrängen, wodurch ich nur noch mehr daran denken musste. Irgendwann hatte ich die Idee, dass ich es einfach mal tun müsste, um mir zu beweisen, dass ich keine Freude daran haben würde und dass ich nicht schwul sei. Ich klammerte mich von nun ab daran, dass alles von selbst vergehen würde, wenn ich es einmal gemacht hätte. Was dann aber passierte, war eine kalte, unpersönliche Sache. Ein Typ steckte seinen Prügel in mich. Er kam. Ich kam. Sonst war nichts. Ich konnte ihn nicht umarmen oder etwa küssen. Wir haben uns überhaupt nichts mitgeteilt. Aber anstelle der Erleichterung, die ich mir erhofft hatte, wurden die Dinge nur noch schlimmer. Ich fragte mich nun, ob ich nur deshalb so gefühllos reagiert hätte, weil ich sowieso Angst vor dem Schwulsein hatte, das heißt, dass ich es eben nicht sein wollte. Aber ich musste es doch sein, wenn ich schon einen Typen so was mit mir machen ließ. Es war jetzt anders, so als ob ich eine Grenze überschritten hätte. Jetzt fragte ich mich, ob ich beim Gehen etwa schon mit den Hüften schwänge. Ich wunderte mich, warum ich mir die Fingernägel immer etwas länger wachsen ließ. Ich hatte fürchterliche Angst, dass es jemandem auffallen könnte, dass es dann weitererzählt würde. Mein Vater sagte immer, dass Schwule krank wären. Andererseits war ich rational und gesellschaftspolitisch der Ansicht, dass am Schwulsein nichts Schlimmes wäre. Ich respektierte sogar den Mut dieser Leute, trotz ihres Stigmas damit an die Öffentlichkeit zu treten. Dennoch schien das Ganze für mich eine bedrohliche Angelegenheit. Ich war sehr unglücklich. Eine Tunte war für mich immer etwas Schreckliches gewesen. Ich war so in Aufregung, dass ich einfach abhauen musste. Heute glaube ich nicht mehr, dass ich schwul bin. Ich denke zu viel über Frauen nach. Aber ... egal, was auch passiert, ich habe immer noch Schuldgefühle.«

Ich setzte mich im Bett auf. Sie stand über mir. Ich verbarg mein Gesicht an ihrem Bauch. Annie beugte sich tief über mich, dass sie mit ihrem Mund meinen Nacken berührte. Sie legte ihre Arme um mich und presste mich fest an sich.

»Du hattest eben denselben intensiven, wunderschönen Gesichtsausdruck«, sagte sie, »wie damals am Strand. Ich kann nicht anders. Ich liebe dich umso mehr. Deine Worte ...« Plötzlich lehnte sie sich lachend zurück und sagte ohne irgendwelche Hemmungen: »Als ich jung war, habe ich mit Clara rumgespielt.«

Es war mehr, als sich wohl zu fühlen. Selbethingabe. Ich spürte, dass ich zu einer Gefühlsebene hinaufschwebte, die ich schon lange nicht mehr erlebt hatte. Mein Bekenntnis zu Annie war aber nicht etwas, das sie von mir erwartete. Ich hatte das Bedürfnis, ihr mein ganzes Vertrauen zu geben. Ich fühlte eine freiwillige Verpflichtung, sie zu sehen, ihr zuzuhören, gut zu ihr zu sein.

Obwohl ich nicht das Gefühl hatte, irgendetwas für Annie tun zu *müssen,* hatte ich den Wunsch, alles zu tun. Ich stand in ihrer Schuld.

Am nächsten Morgen machte ich uns das Frühstück, das wir im Bett aßen. Wir hatten keine Lust, *Unsere Welt* zu verlassen. Von einem Teller pickten wir die Rühreier mit den Fingern, mampften zermatschte Brötchen mit Marmelade und verspritzten noch mehr Orangensaft. Danach heiße Haferflockensuppe. Wie bei einer richtigen Orgie. Wir fingen gleich noch mal von vorne an.

10. Kapitel

Offene Wunden

Geben Sie mir Recht?

Es ist so einfach, einem Menschen richtig nahe zu kommen, wenn man das braucht.

Am ersten Wochenende der Weihnachtsferien überredete meine Liebste ihre Mutter dazu, sie mit der Schule auf einen Skiausflug fahren zu lassen. Sie *fuhr* zum Skilaufen. Mit mir.

Ich war besonders nervös, weil es diesmal mehr als nur eine Nacht dauern würde, und weil wir wieder in einem Motel übernachten würden, was mir noch unerlaubter vorkam. Ich wollte, dass sie den Bus nach Salem nehme. Dort traf ich sie an der Ecke der Bushaltestelle. Sie gab mir den Schlüssel zu einem Schließfach, und ich holte ihren Rucksack bei der Busstation ab. Dann sammelte ich sie auf. Annie quittierte meine Nervosität mit einem Lachen, das mir das Gefühl gab, sie würde wohl alles mitmachen, was ich von ihr verlangte, doch sähe sie diese Unmenge von Vorsichtsmaßnahmen nicht ganz ein. Während der Fahrt erzählte ich ihr, dass ich ein Skigebiet ganz am anderen Ende des Staates gewählt hätte.

Das Wetter war mild, und die Sonne schien überraschend warm und hell. Kein Schnee am Boden, aber ich hatte gehört, dass er in den Bergen zwölf Fuß hoch liegen sollte. Annie starrte mich an.

»Irgendetwas nicht in Ordnung?«, fragte ich.

»Nein. Ich beobachte dich bloß.«

»Habe ich fettige Haare? Einen Pickel? Popel aus der Nase hängen?« Ich lachte, als ich mir die Nase rieb.

»Popel! Wenn doch nur deine Schüler hier wären!«

»Jeder Mensch hat Popel in der Nase. Sogar Lehrer!«

»Aber ihre sind hässlicher … außer deinen. Deine sind schön.«
»Danke.«
»Ich hab Spaß daran, dir zuzusehen.«
»Scharf?«
»Ich fühle mich hauptsächlich klein. So, als ob ich ganz in deiner Gewalt wäre. Ich weiß nicht, woher das so plötzlich kommt.«
»Weil ich fahre.«
»Wieso?«
»Ich weiß nicht, es ist einfach so. Der Fahrer hat Macht. Der Beifahrer ist machtlos. Vielleicht ist es, dass man Leben und Tod in der Hand hat. Vielleicht, weil du jetzt von mir dirigiert wirst. Von meinen Händen am Steuer, dem rechten Fuß auf dem Gaspedal. Du bist hilflos.«
»Und scharf!« Sie lachte. »Wo fährst du sonst noch auf diese Machtmasche ab?«
»Schule.«
»Hätt ich nie erraten. Da bist du ganz anders. Sagst uns immer, was wir tun sollen. Hältst die Stunden in Schwung. Wirst niemals böse, aber kannst jemanden an seinen Platz verweisen, wenn er dir dumm kommt. Du hast dann diesen Blick, als könntest du dir überhaupt nicht vorstellen, dass jemand etwas anderes tun könnte, als dir zuzuhören.«
»Es ist wie Schauspielerei. Ich bin vor jeder Stunde nervös, ein Lampenfieber wie vor dem Auftritt. Dann läutet die Schulglocke und die Vorstellung beginnt. Ich gebe mein Ganzes, um alles deutlich auszudrücken und ständig aufzupassen, was in der Klasse vor sich geht. Ich weiß immer so ziemlich, was jeder tut. In mir ist ein Druck. Jede Stunde ist für mich eine neue Herausforderung, es ganz besonders gutzumachen. Ich kann mich erst entspannen, wenn die Stunde um ist. Ich bemühe mich, eine Autorität zu sein, weil man damit offenbar die besten Ergebnisse erzielt. Und die Schüler würden mir leider überhaupt nicht zuhören, wenn sie meine Autorität nicht respektieren könnten.«
»Weißt du, dass ich nach deinen Stunden viel erschöpfter war als

nach jeder anderen? Ich wusste, dass ich niemals ganz abschalten durfte, aus Angst, plötzlich stündest du mit irgendeiner trickreichen Frage vor mir. Ich wünschte, du könntest in der Klasse genauso sein, wie du mit mir zusammen bist. Ich meine, du handelst mir gegenüber ja auch oft wie ein Lehrer – hilfst mir, zeigst mir neue Welten –, aber ohne diese falsche Abgehobenheit. Wäre es so schlimm, seine Macht zu verlieren?«

»Nein. Es braucht bloß eine Zeit der Gewöhnung.« Wir fuhren an einem Supermarkt vorbei, vor dem eine Mutter ihr Kind schlug. »Ich brauche mehr echtes Selbstvertrauen, anstelle des falschen Selbstvertrauens, das ich durch diese autoritative Haltung gewinne. Du hilfst mir dabei.« Ich hielt einen Augenblick inne. »Weißt du, wann ich mich noch stark fühle? Wenn ich vor jemandem aufwache. Etwas in diesen Minuten, wenn der andere nicht weiß, was vor sich geht, gibt mir Sicherheit. Und ich mag es gar nicht, wenn ich derjenige bin, der zu lange schläft.«

»Lass uns immer zusammen aufwachen.«

Die untergehende Sonne verbreitete ein goldenes Licht. Annie hatte Khakihosen an. Dazu trug sie einen ausgebeulten Rollkragenpullover und die übliche Lederjacke, von der sie sich nie zu trennen schien. Ich fühlte mich in meinen Jeans und dem weichen Hemd, dessen Kragen über einen legeren Pullover rausragte, wohl. Über den Rücksitz hatte ich eine leichte, wollene Marinejacke geworfen.

»Zeit für ›Geheimnisse‹!«, sagte Annie.

»Okay, aber diesmal bist du dran. Meine Schwulenerfahrung dürfte kaum zu überbieten sein.«

Ohne Luft zu holen, fing Annie an. »Mein Vater hat uns verlassen, weil ich ihn verführt hatte.« Ich riss die Augen auf, sagte aber nichts. »Wir haben uns so sehr geliebt, ich schien nie genug Zuwendung von ihm kriegen zu können. Ich war immer auf Mom eifersüchtig. Ich hasste es, wenn sie sich in ihrem Schlafzimmer einschlossen. Aber weißt du, ich glaube, sie war auch auf mich eifersüchtig. Dad brachte mir immer kleine Geschenke mit, sah mit mir zusammen fern, ließ mich auf seinem Rücken reiten. Wenn er nicht mit mir zusammen war, ging er gewöhnlich fischen, oder zum Bowling, oder zu einem Footballspiel. Mom und er schienen mehr aus Gewohnheit miteinander zu leben. Es war keine Liebesehe. Ich glaube, sie waren beide sehr einsam. Ihr Ehebett stand schon lange getrennt im Zimmer. Und ich habe die ganze Sache wohl geplant.« Sie sah aus dem Fenster und sammelte neue Kraft. »Weißt du, wie das ist, wenn jeder denkt, du wärest noch ganz klein und hättest überhaupt keine Ahnung von den Dingen, aber in Wirklichkeit weißt du schon, was vor sich geht, und du fühlst dich sogar noch ganz schlau, weil du die anderen in dem Glauben lässt, du wüsstest nichts, obwohl du es besser weißt? ... Ich glaube, ich habe sehr genau gewusst, was ich tat.« Ich hörte Schmerz in ihrer Stimme. »Mein Vater hat oft mit mir gerauft. Er rollte mich über den Boden, warf mich dann hoch über seinen Kopf und fing mich weich mit seinen breiten Schultern wieder auf. Er hatte riesige Muskelhügel an den Oberarmen, und er erzählte mir immer, dass sie aus Stahl wären. Ich glaubte ihm. Als ich älter wurde, hörte er auf, mit mir herumzutoben, und ich war sauer. Manchmal stolzierte ich auf ihn zu, verwuschelte ihm die Haare mit meinen Fingern und zog ihn an den großen Ohrläppchen. Dann war er wieder der alte Daddy. Ich lachte. Er lachte. Ich tat so, als fiele ich in Ohnmacht und fühlte mich so wunderbar hilflos, wenn er mich mit seinen Stahlarmen umfasste und an der Hüfte wieder in die Luft zog. Aber das geschah nicht mehr so oft, wie ich es gern gehabt hätte. Ich bemerkte eine Veränderung in seinem Blick, wenn er mich ansah. Wenn ich ihm den Rücken zukehrte und wegging, spürte ich, wie seine Augen mir folgten. Ich wollte seine Aufmerksamkeit. Ich brauchte sie so.« Sie schloss eine Weile die Augen. »Es war an irgendeinem Tag. Sonntag. Dad war zu Hause und sah sich ein Footballspiel im Fernsehen an. Ich hatte Langeweile. Hatte auch keine Lust, meine Spielkameraden anzurufen oder im Regen spazieren zu gehen. ›Ich hab dich lieb, Daddy!‹, rief ich quer durchs Zimmer. ›Ich hab dich auch lieb, Kleines!‹, rief er zurück. Aber ich wusste, dass er dabei nur an Football dachte. Ich ging zu ihm hinüber und begann, mit seinen Haaren zu spielen. Dann umarmte ich ihn von hinten, und gab ihm viele Küsse ins Gesicht und auf seinen breiten, braunen Hals. Er betrachtete ungerührt das Spiel. Ich kletterte auf den Sessel und versuchte, in seinen Schoß zu passen. Ich war schon ein bisschen zu groß dafür. ›Annie, Daddy sieht sich das Spiel an.‹ Ich ignorierte das und setzte mich auf sein Knie. Ich hörte nicht auf, ihn zu küssen und seine Schultern und den Rücken zu streicheln. Weißt du, ich erinnerte mich daran, wie ich es in dem alten Monroeschinken *Manche mögen's heiß* gesehen hatte. Dort brachte Marilyn diesen einen Typen dazu, sich in sie zu verlieben, indem sie ihn mit heißen Küssen verführte. Ich fing an, ihm übers Gesicht zu lecken. Er starrte immer noch auf den Fernseher, aber ich wusste, dass er jetzt nicht mehr ans Spiel dachte. Ich umarmte ihn, drückte ihn an mich und streichelte mit den Händen seine Oberschenkel. Jetzt hatte ich alles von Daddy, was ich wollte. Ich erinnere mich, dass er sagte ›Annie, bitte‹. Aber das war ganz schwach und ängstlich. Ich hörte nicht auf. Ich wollte Daddy … Dann war es auf einmal ganz seltsam im Zimmer, so als ob ein Wind hindurchgefahren wäre. Ich hörte, wie der Fernseher ausgeschaltet wurde und es eigenartig still war. Daddy küsste mich wieder. Ich war ganz glücklich und hilflos.

Ich erinnere mich deutlich, dass ich auch ein wenig ängstlich war, denn irgendetwas hatte sich verändert – er spielte nicht mehr. Aber das machte mir nichts aus. Es war so schön, in seinen Armen zu sein und seinen warmen Atem am Hals zu spüren. Er knöpfte meine Bluse auf. Dann hielt er ein, und ich wunderte mich, dass er nicht weitermachte. Er starrte auf die kleinen roten Flecken, erste Anzeichen meiner wachsenden Brüste. Dann traten Tränen in seine Augen, aus dem Nichts. ›Gott, vergib mir‹, stammelte er, ›Gott, vergib mir.‹ Sonst sprach er nie über Gott. Schon war er die Treppe zum Schlafzimmer hinaufgerannt. ›Daddy, was ist los?‹ Aber er hörte mich nicht mehr. Wenige Minuten später rannte er mit seinem Koffer aus der Tür, und das war das Letzte, was ich von ihm gesehen habe. Ich saß einfach da, kuschelte mich in den Sessel, auf dem er vorher gesessen hatte, und sog den letzten Duft und die Wärme von ihm ein.

Ich weinte. Ich musste weinen. Ich wollte, dass alles wieder gut würde. Irgendwie wusste ich, dass es niemals wieder wie vorher werden würde. Dann kam Mammie nach Hause, und ich erzählte ihr, dass er uns verlassen hatte. Ich sagte ihr aber nicht, warum – ich brachte es nicht fertig, ihr zu sagen, was ich getan hatte, dass alles mein Fehler gewesen wäre –, und wir weinten zusammen. Ich wollte, dass sie mich in den Arm nähme, mich wiegte und tröstete. Ich wollte ihr sagen, wie Leid mir das alles täte. Aber sie saß nur da und weinte, um mich, um ihn, um uns. Sie schien sich in Tränen aufzulösen. Dann hörte ich also auf zu weinen, ging zu ihr hinüber, nahm sie in die Arme und sagte ihr, dass schon alles wieder in Ordnung käme. Wir würden zusammenhalten. Wir waren verloren.«

Meine Kehle war wie zugeschnürt. Annie liefen Tränen über die Wangen, ununterbrochen, wie kleine Mäuse. Und sie wischte sie nicht weg.

»Er schickt uns Geld«, fuhr sie fort. Bitter breitete sie auch noch den Rest des Geheimnisses aus. »Bargeld. In einem Umschlag. Ich bewahre jeden Umschlag auf. Ich träume davon, einmal in das richtige Postamt zu gehen und ihn dort zu treffen, während er das Geld aufgibt. Aber dann denke ich, dass er es einfach in einen Briefkasten schmeißt, irgendwo, an irgendeiner Ecke, in irgendeiner Stadt, und ich werde niemals wissen, wo das ist. Dabei möchte ich ihm doch nur sagen, wie Leid es mir tut.«

»Annie …«

»Ich weiß, es ist nicht mein Fehler. Es war eine schlechte Ehe. Er hätte uns irgendwann vermutlich sowieso verlassen. Ich war erst zwölf Jahre alt. Aber ich war mir dessen bewusst, was ich tat.«

»Annie.« Ich legte sehr viel Nachdruck in meine Stimme. *»Ich weiß, dass jeder Mensch in einer bestimmten Zeit an einem bestimmten Ort zu allem fähig ist.«* Sie sah mich an und ließ meine Worte ins Bewusstsein sinken. »Hier war dein Vater der Erwachsene. Und ein Augenblick macht keinen guten oder schlechten Menschen aus einem. Wir sind als Menschen alle zu schwach, um nur an einem Augenblick gemessen zu werden. Du hast ganz bestimmt keinen Fehler gemacht. Du hast dich aber gequält, als ob du an allem Schuld hättest. Gib es auf – das Bild von dir, dass du schlecht seist. Das bist du nicht.«

Sie langte zur Gangschaltung und legte ihre Hand auf meine rechte. Dann drückte sie fest zu.

Ich scherte bei der nächsten Tankstelle aus. Wir wechselten uns in der einzigen Toilette ab. Dann warteten wir, dass der Wagen aufgetankt wurde.

»Lass mich fahren«, sagte Annie mit erneuter Fröhlichkeit. »Hast du einen Führerschein? Weißt du, wie die Gangschaltung funktioniert?«

»Ob ich weiß, wie die Gangschaltung funktioniert? Ich bin die Janet Guthrie von Dillistown.«

Der Motor spuckte, wurde zweimal abgewürgt, kam aber in den ersten Gang, dann in den zweiten, dritten, vierten und lief im fünften endlich ruhig.

»Welche Janet sagtest du?«

Wir fuhren lange durch eine flache Landschaft, später durch sanfte Hügel, und ganz plötzlich baute sich vor uns das Gebirge auf – riesig groß wie im Traum, ein tibetanisches Wunder, als die Wolken sich teilten. Da wir noch mehr als hundert Meilen davon entfernt waren, konnten wir schwach die Gipfel erkennen. Als die Sonne ganz unterging, wechselte das helle Weiß der Hänge in schattiges Rotorange über. Schließlich quälten wir uns den Mount Royal hoch – der Motor heulte im zweiten Gang unter der Überbeanspruchung auf – und krochen an riesigen Schneewehen zu beiden Seiten der Straße vorbei.

Im Hotel trug ich uns als *Mr. und Mrs.* ein. Annie wartete draußen im Wagen. Diesmal war ich viel entspannter, konnte mich sogar nach Skiabhängen und Stellen erkundigen, an denen man eine

Ausrüstung mieten konnte. Als wir am Strand gestanden hatten, hätte ich Annie höchstens auf siebzehn geschätzt. Aber heute konnte ich in ihrem Gesicht schon die aufgehende Schönheit einer Zwanzigjährigen entdecken.

Wir gingen essen. Ganz in der Nähe gab es eins der üblichen, nett eingerichteten Touristenrestaurants. Gedämpftes Licht schuf eine romantische Atmosphäre. Die Wände waren holzgetäfelt und mit eingerahmten Bildern und Drucken geschmückt. Vor einem offenen Kamin stand ein ausladendes Ledersofa mit einer Unmenge von Kissen bestückt. Einige Leute saßen mit ihrem Kaffee oder Verdauungsschnaps vor dem Feuer.

»Zwei Plätze, bitte«, sagte ich zu der Empfangsdame, die uns durch eine Gruppe von kleinen runden Tischen führte, an denen hauptsächlich Paare saßen. Ich war sehr hungrig.

Annie bestellte Curryhuhn, und ich ein *bœuf bourguignon.* Wir aßen mit Appetit und wischten die Sauce mit warmem, französischem Weißbrot auf. Annie erzählte mir Schülerklatsch. Wir lachten. Dabei warf sie oft den Kopf zurück. Das Licht vom Kaminfeuer warf kleine Reflexe in ihre Augen. Der Raum schrumpfte zusammen. Wir schienen allein zu sein.

»Ich kann es gar nicht erwarten, mit dir zusammen zu duschen«, sagte Annie.

»Warum?«, fragte ich, hungrig nach Worten, dass sie mich bräuchte.

»Weil wir dann beide ganz glitschig werden. Vielleicht sollten wir lieber ein Schaumbad nehmen. Ich habe meine Gummiente mitgebracht.«

»*Fuck the duck.*«

»Fick mich.«

»Ja.«

»In der Dusche?«

»Überall.«

»Wie?«

»Stürmisch.«

»Wie lange?«
»Für immer.«
»Wie gut?«
»Am besten.«
»Wie groß?«
»Sehr.«

Wir kicherten und prosteten uns mit den Wassergläsern zu. Dann tranken wir, ohne ein weiteres Wort zu sagen, starrten einfach vor uns hin. Ich spielte Anthony Quinn – Glas in der Hand, den anderen, gebräunten Arm um eine dunkelhaarige Schönheit geschlungen, das Glas wechselnd und um die Frau herum daran nippend – aber das hier war ja real. Dieser Augenblick war ein ganz besonderer.

Ich stand auf, um auf die Toilette zu gehen. Immer noch in Annies Gesicht blickend, schob ich den Stuhl weit zurück und stieß ihn meinem Nachbarn hinter mir in den Rücken, dessen Anwesenheit ich total vergessen hatte. »He!«, hörte ich und drehte mich schnell zu ihm um. Mein Arm streifte dabei den Kopf eines grobschlächtigen Mannes.

Einen Augenblick der Verwirrung, bevor ich überhaupt etwas sagen konnte, und dann türmte dieser Kerl sich vor mir auf – wilder, fließender Bart, stechende, dunkle Augen und eine rote Preisboxernase –, griff mit einer Hand nach meinem Hemdkragen und holte mit der anderen weit aus, bereit, mir einen Kinnhaken zu verpassen.

»Sie ungehobelter, unhöflicher Sohn einer heruntergekommenen Hure!«, sagte er.

»Ruhig Blut!«, gab ich zurück. »Ich hatte nicht gewusst, dass Sie da sitzen.«

»Und ein gottverdammter Feigling dazu!«

Im Restaurant war es still geworden. Hinter mir spürte ich eine Bewegung, aber ich konnte mich nur auf diese rote Nase konzentrieren. Sein breites Grinsen und die riesigen Handknöchel flößten mir Respekt ein. Ich spürte, dass die Menge uns beobachtete. (Wartete sie auf die zweite Runde?) Ich merkte auch, dass Annie mich beobachtete, und wusste nicht, was ich tun sollte. Dieser Typ und ich waren jetzt in einer seit Urzeiten vorgeschriebenen Falle, die uns diktierte, unsere Männlichkeit zu beweisen. Ich hatte ihn beleidigt. Er hatte mich wieder beleidigt. Wir waren Männer, die ihre Ehre verteidigen mussten. Ein irrsinniges Gefühl, die tausendjährige Machogeschichte machte sich in mir breit. Ich konnte ihn nicht einfach so davonkommen lassen. Nicht vor dieser Menge. Nicht vor *meinem Mädchen.*

Er stand immer noch da und grinste mich an, wartete nur darauf, dass ich irgendeine Bewegung machte, damit er mir seine Faust ins Gesicht jagen konnte.

11. Kapitel

Sicherheit und Zärtlichkeit

Scheißmacho!, dachte ich, und glaubte mir nur zur Hälfte. Was musste ich denn so unbedingt beweisen?

»Ich sagte doch schon, dass es mir Leid täte!«, sagte ich besänftigend. »Wir müssen uns deswegen nicht schlagen. Es war keine Absicht.«

Die Empfangsdame stand auf einmal neben uns. »Meine Herren. Bitte.« Der Kerl ließ mein Hemd los. Ein verächtlicher Blick streifte mich.

»Du bist es nicht wert, schwuler Hund«, sagte er.

Und dann rief Annie laut, ich glaube, ohne dass es ihr wirklich bewusst wurde: »Warum setzt du dich nicht endlich und benimmst dich wie ein normaler Mensch, Arschloch?!«

Er setzte sich, lachte kurz auf und sagte: »Das Mädchen hat mehr Mumm als du in den Knochen, Kumpel!«

Das Schweigen der Restaurantgäste folgte mir bis aufs Männerklo.

Ich pinkelte, wusch mir Gesicht und Hände, bedeutete Annie, mir zu folgen, bezahlte die Rechnung, hinterließ ein Trinkgeld und ging aus dem Lokal. Alles geschah wie im Rausch. Mein Gesicht war heiß und rot. Draußen empfing ich dankbar die kalte Brise. Danach fühlte ich mich etwas besser. Annie war still. Jedes Gefühl für *wir* war verschwunden. Keine Romanze mehr. Ich konnte nicht umhin, ein schlechtes Gewissen zu haben, weil ich sie im Stich gelassen hatte. Ich konnte nicht anders, als mich selbst zu hassen.

Als wir in unserem Zimmer waren, sagte Annie: »Tut mir Leid, dass ich mich eingemischt habe, ich …«

»Nein. Wenigstens hat einer von uns ihm gezeigt, wo's *lang*geht.«

»Du hattest Recht. Es gab nichts, was du noch hättest tun müssen.«

»Ich weiß. Was hätte ein Kampf bewiesen? Was stellt die Verletzung eines anderen Menschen, das Aneinanderkleben von zwei Fleischbrocken in der Absicht, sich kaputtzuschlagen, schon richtig? Ein Schubs mit einem Stuhl, ein kleiner Stoß an den Kopf, was ist das schon? Einige beleidigende Worte. Nur Worte, Buchstaben, Laute, nichts Besonderes. Wer schert sich schon darum, was die anderen denken? Wir sind wichtig. Das weiß ich alles. Ich habe das alles im Kopf. Und trotzdem fühle ich mich durch und durch beschissen.«

Annie umarmte mich und legte ihren Kopf an meine Brust.

»Aber ich werde das vergessen. Heute ein bisschen, morgen etwas mehr, mit der Zeit ist es dann ganz weg. Vergessen ist eine große Gabe.« Dann, ohne weiter nachzudenken, stieß ich hervor: »Ich könnte den Kerl zusammenschlagen, der den Machismus erfunden hat!«

Annie lachte. »Du bist zu schlau für mich. Ich habe keine solchen Einsichten wie du. Du kannst eine Sache gleich so klar mit allen komplexen Ebenen erkennen.«

»Was? Du bist doch diejenige, die mir alles klar macht – die mich offen für alles macht. Du siehst immer geradeaus und hast deine untrügliche Wahrheit. Meine Ansichten haben immer viele Haken und Krümmungen und sind oft sehr verzerrt. Es gibt zu viele Realitäten. Ich bin mir nie ganz sicher, was an mir real ist.«

»Lass uns high werden«, sagte Annie.

»Hast du Joints?«

»Ja. Ich dachte, es wäre vielleicht schön, mit dir zusammen zu rauchen.«

Wir rauchten zwei Joints, langsam, einen nach dem anderen. Ich stellte mich auf die Droge ein und öffnete mein Bewusstsein ihrer Macht. Dann schwebten Annie und ich davon …

Auf dem Bettrand *rollend.* Dampfende Körper wie weiß glühende Kohlen in einem Feuer. Sich gegenseitig versengend. Geruchsvehikel oben, unten, innen, außen. Schweiß saugen aus den Achseln und Armbeugen. An den Brustwarzen beißen. Ein Handgemenge auf weichem Fleisch. Ineinander verschlungen. Oben? Unten?

Flüssigkeit vom Bettrand *tropfend.* Zusammengeschüttelt. Aus zwei zu einem zusammenkombiniert. Gefrorenes vermischt sich mit Wasser. Wird zu Orangensaft.

Eine ausgedehnte Erektion, ausgestreckt wie eine aus dem Dienst entlassene Brücke, die eine Insel mit einer anderen verbindet.

Kein Licht. Das Rascheln von Kissen und Betttüchern. Häufige Zusammenstöße. Kratzen. Ich möchte dich saugen. Dich saugen. Lecken. Leck *mich.*

Nase über Zehen, Knöchel, Ohren schnüffelnd. In die Möse. Wundervolle Möse. Hunde, die um ihr Leben schnüffeln. Gib's mir. Gib's mir. Gib's mir. JA! Kopf tief in ihr verborgen. Rücken, zu einem U aufwärts gebogen, krümmt sich um den Hals, kreist langsam um die Brüste, über den Bauch, dann wieder Scheide. Wieder zu Hause.

Warum fühlt sich SCHWANZ so gut an? So stark? Schäumendes Blut rast durch die Venen. Nirgends mehr Blut. Leer. Alles weiß, ausgelaugt. Außer SCHWANZ. SCHWANZ hat alles. Erstickt. Inhaliert trotzdem jeden Tropfen Blut. Blut. Blut. Pulsierende blaue Venen, rote Arterien. GROSS.

Versinken. Im Treibsand. Ertrinken im großen Kessel. Rosarote, erhitzte Flüssigkeit. Glitschig. Klebrig. Schwanztreibend.

Umklammern. Umklammert werden. *Krach.*

Fick mich. Fick mich. Fick mich. Berühr meine Klitoris. Härter. Berühr meine Klitoris. So. Ja, genauso. Wir müssen noch weiter, Arniiiiiie! Jäahh! Arnie. Jäaaah. Arnie. Weiter.

Los. Los, Arnie, los. Los! Arnie, los! Tu es. Tu es. Tu es. Tu es. Loooooos! Arnie!

Arnie, Arnie ist unser Mann. Was er nicht schafft, keiner kann.

»Wo hört deine Scheide eigentlich auf?«, frage ich ruhig.

»Nirgends, mein Lieber. Ich habe eine unendliche Scheide, gekauft bei und geliefert von Acme Scheiden, Inc.«

»Dacht ich mir's doch.«

An Titten ficken und saugen
Ihre Klitoris zwirbeln und ficken
Greifen und beißen
Mit aller Kraft
Und du wirst einen großen Hit landen

Scheißmacho! Scheiß Macho Scheiß Macho Scheiß Macho Scheiß. Sehn Sie, Mister, ich bin ein *Mann*!

Jetzt *kommt's.* Die großen Gewehre bereiten sich auf den Angriff vor. Sie werden schon geladen. Schuss! *Bumm!* Alles versprüht. Schuss. Schuss. Und Schuss. Langer Strahl, wie aus einem Kanister verströmendes Insektenvernichtungsmittel. Mach sie rein. Töte alles Schlechte. Wir sind zusammen rein.

Aaahhh!

Es ist noch nicht vorbei.

Kann nicht aufhören.

Uuuuuuuh, Baby.

Ich plädiere für dieses Gefühl!

Kein Anfang. Kein Ende. Es hört niemals auf. Geht immer weiter. Augen starren wie durch ein Sieb gefiltert, durch einen Filter gesiebt aufeinander.

Komm, fliege mit mir.

Und hier kommt wieder das *Blut.* Gut, dass wir nicht aufgehört haben.

»Entschuldigen Sie bitte, meine Damen und Herren … das an dieser Stelle regulär vorgesehene Programm der Umarmungen, Liebeserklärungen, Ausruhpositionen und des allgemeinen Nachspiels muss bis auf weiteres auf Grund einer unplanmäßig auftretenden, wiederholten Erektion verschoben werden. Wir danken Ihnen und hoffen, dass Sie in Stimmung bleiben.«

Ein Teich aus Schweiß.

Ich schwitze auf dir.

Du schwitzt auf mir.

Wir bilden einen Teich.

Noch einmal.

Sie gehört mir ganz.

Los. Los. Los. Los. Los. Los. Los.

Hey, Arschloch, ich hätte gewettet, du könntest es nicht zweimal hintereinander.

Saug mal hier dran.

Leck mich.

Du Angeber.

Das ist schaaaaaade.

Und nun, für deinen zweiten Höhepunkt dieses Abends, kommt Joe Orgasmus!

Applaus bitte! Etwas herzlicher!

Joe, Joe ist unser Mann. Was er nicht schafft, keiner kann.

Bang!

Du bist gehängt worden, nicht gefickt, nicht gevögelt, nicht geliebt, nicht genommen, nicht von dem ewigen Betrüger übers Ohr gehauen worden. Und das alles *zweimal*!

Ich bin keine Tunte, ich bin kein Schwuler.

Meine Damen und Herren, wir danken Ihnen. Gute Nacht.

Vorhang.

Schlaf.

Als ich am nächsten Morgen meine Augen öffnete, fühlte ich mich immer noch ein bisschen schwindelig, und mein Körper war wund. Ich bemerkte, dass Annie mich mit einem eigenartigen Gesichtsausdruck betrachtete. Es lag mehr darin als nur Liebe, eine zärtliche, passive Vernarrtheit, so als könne sie nicht glauben, dass es mich wirklich gäbe. »Du warst also zuerst wach, was?«, fragte ich. Mein Zeigefinger lag fest in ihre Hand eingewickelt. Sie umklammerte ihn wie ein Baby seine Rassel.

»Nein, nein, ehrlich! Ich war noch nicht wach. Ich habe erst vorhin die Augen geöffnet, nur eine Sekunde lang. Und als ich gesehen hab, dass du noch schläfst, habe ich sie gleich wieder zugemacht.«

Ich lächelte. Es machte mir eigentlich nichts aus, aber sie schien sehr besorgt zu sein, dass es mich stören würde. Ich setzte mich im Bett auf. Ihr Blick lag immer noch auf mir. Ich drehte mich um und sah sie neugierig an.

»Es war wunderbar«, sagte sie. »Du hast mich einfach genommen. Du warst so stark und groß. Ich weiß nicht wie, anders. Ich bin immer nur gekommen und gekommen.«

Wenn ich das Geschehen der letzten Nacht wiederholt hätte – aber ich mag diese Machowelt nicht, und schon gar nicht die Maske der Drogen –, hätte sie ihre Augen wohl nie mehr von mir abgewandt.

Nach dem Frühstück gingen wir zum Skilaufen. In der Umgebung gab es viele Abfahrten, aber wir zogen eine abgeschiedene Loipe zum Langlauf vor. Wir mussten von dem Laden aus, in dem wir die Skier gemietet hatten, über einen Parkplatz laufen, dann noch eine Straße überqueren, und konnten dann erst in eine Loipe unserer Wahl treten. Ich watschelte mit meinen Skiern, die alles andere taten, als in eine parallele, gerade Richtung zu deuten, wie eine Ente an Land. Als ich endlich die ausgefahrene Spur erreicht hatte, die gerade genug Breite für Skier bot, begann ich, ein bisschen zu gleiten. Nach einer Weile fielen mir die gleichmäßig langen, fließenden Bewegungen der Arme und Beine leicht. Ich dachte daran, wie die Langläufer bei den Olympischen Winterspielen im Fernsehen immer aussahen.

Annie lief vor mir und entfernte sich immer weiter. Sie schien ein wenig geschmeidiger und konnte vor allem ihre Knie doch leichter beugen, als ich mit meinen steifen Beinen.

Der Weg sah aus, als ob er im Sommer als gemütlicher Spazierpfad diente. Er schlängelte sich zwischen hohen, grünen Pinien hindurch und führte nun über unebenes, schneebedecktes Gelände. Manchmal war Annie so weit vor mir, dass sie in einer Kurve meinen Blicken entschwand. Eiskalte Luft stach mir in die Nase und kühlte meine Nebenhöhlen. Meine Nase lief, als wolle sie sich selbst säubern. Der Wind nagte an meinen Wangen, die mit der Zeit rot und rau wurden. Der Schnee reflektierte das Sonnenlicht so hell, dass es mich blendete. Als ich hinter einer Baumgruppe auf eine Lichtung einbog, konnte ich einen Augenblick lang fast nichts sehen. Zwischen meinem Körper und der Kleidung staute sich die Hitze. Ich atmete die kalte Luft tief ein und füllte die Lungen.

Mein Kopf wurde plötzlich leicht. Das Schleifen unserer Skier auf dem Schnee und das Klicken der Skistöcke, mit denen wir uns abstießen, um noch mehr Schwung zu erhalten, waren die einzigen Geräusche. Wir liefen stetig in der Spur entlang und tauchten in die Stille ein, die das Oregongebirge einhüllte.

Weit vor mir schnallte Annie ihre Skier los und steckte sie neben die Stöcke in einen Schneehaufen neben der Loipe. Dann kroch sie durch den hüfttiefen Schnee, wobei sie manchmal einsank und Arme und Hände zu Hilfe nehmen musste. Schließlich schaffte sie es, hinter einen Felsen zu klettern. Ich folgte ihr.

Sie ließ sich fallen und ein wenig den Abhang hinunterrollen. Ich schmiss mich neben sie in den Schnee, völlig außer Atem.

»Wir wollen einander lieben«, sagte sie.

»Nein … Liebe im Schnee wäre sicher nett, aber ich bin immer noch so high von all den anderen Dingen. Ich möchte das nicht verwischen. Der Sex würde es auslöschen.«

»Wäre es denn Liebe?«, fragte sie leise.

Ich dachte einen Moment nach. »Ich weiß es nicht, Annie. Liebe scheint mir ein viel zu einfaches Wort zu sein, um damit das, was ich empfinde, fest zu umreißen. Es wäre zu simpel, es zu sagen. Ich möchte es lieber aufbewahren.« Sie schien verletzt. Ich beugte mich über sie und küsste sie zärtlich auf den Mund, dann auf die Augen und wieder auf den Mund. Dann lagen wir Seite an Seite auf dem Rücken, als ob wir im Bett wären, und schauten in den Himmel. Er war blassblau, und kleine Wölkchen segelten wie Baumwollbällchen über uns hin.

Wir liefen noch weiter Ski, wollten alle Muskeln in Anspruch nehmen, strecken. Auf den Berg hinauf, um den Gipfel herum und wieder hinunter. Vor dem Skigeschäft fuhren wir einen kleinen Bogen und schlitterten zum Halt. Es war schon spät am Nachmittag.

Wir aßen Lunch in unserem Hotel. Die Cafeteria hatte Selbstbedienungscharakter. Überall trieben sich Leute in bunten Pullovern und Wollmützen, Skihosen und schweren Stiefeln herum. Alle paar Zentimeter sah man Wasserpfützen von geschmolzenem Schnee auf dem Fußboden. Aus dem Fenster beobachteten wir die eifrigen Läufer, die nass aber glücklich die Hänge heruntergerast kamen. Viele beeilten sich, noch einmal zum Lift zu kommen, um vielleicht noch eine Abfahrt zu schaffen. Alle Menschen um uns herum schienen glücklich und geschäftig. Ich stellte Suppe und ein Käsesandwich auf mein Tablett, Annie nahm sich einen Hamburger und Pommes frites.

Wir fanden einen Platz an einem langen Holztisch, an dem schon viele Leute saßen und aßen. Zuerst mussten wir eine Menge Papierteller und Milchtüten in einen überfüllten Abfalleimer stopfen, damit wir genug Platz hatten. Dann nahmen wir unsere Mahlzeit in Angriff.

»Großartiger Tag zum Skifahren«, sagte der Mann neben mir. Er war klein und dicklich, hatte eine Halbglatze und kleine, kreisrunde, metallgefasste Brillengläser über braunen Augen. »Ich kann gar nicht genug von dem Zeug kriegen habe die Kinder mitgebracht verkaufe orthopädische Einlagen Brian Mapes meine Frau ist mit den Kindern da draußen am Hang wir kommen aus North Bendix.« Das alles stieß er in einem Atemzug hervor.

»Arnie«, sagte ich. »Annie.« Sie nickte, den Mund voll mit Hamburgerfleisch.

»Was für ein Sport!«, fuhr Brian fort. Ich seufzte innerlich, erleichtert, dass er uns nicht fragte, ob wir verheiratet wären. »Ich könnte das jeden Tag haben die Hänge runterrasen Schneeballschlachten mit den Kindern großartiges Training.« Er besah sich lächelnd seinen Bauch. »Einige von uns haben das nötig.« Dann lachte er laut mit zusammengekniffenen Augen. »Natürlich kein Problem hier fröhliche Weihnachten feiern.« Er lachte immer noch. »Ah, oh, das Weib gibt mir das große Zeichen muss gehen war nett hat mich gefreut Sie kennen zu lernen.« Damit ging er weg. Ich atmete auf.

In jeder anderen Situation hätte ich mit ihm lachen können. Aber wenn ich mit Annie in der Öffentlichkeit war, konnte ich mit solch alltäglichen Situationen nicht fertig werden. Ich sah mich misstrauisch um und studierte die Masse der Gesichter, wobei ich mich fragte, ob nicht zufällig ein Einwohner aus Dillistown unter ihnen wäre. Den Rest der Mahlzeit verdrückte ich schweigend.

Sie *musste* nach dem Essen in den Andenkenladen gehen.

Ich wollte schlafen – wir zwei allein, in einer Umarmung. Ich hasse diese Schäbigkeit und den Nepp von Andenkenläden. Deshalb wartete ich draußen und spähte nur durchs Fenster. Annie wanderte da drin herum wie ein Kind auf dem Jahrmarkt, suchte Postkarten aus, nahm einen aus einer Baumwurzel geschnitzten Aschenbecher auf, stellte ihn wieder hin, untersuchte Cowboyhüte, Füller mit Reklameaufschriften, Indianermist, kleine Plaketten, John Travolta, Farrah Fawcett, Cheryl Tiegs Poster (und kaufte eins von Kris Kristofferson), studierte weiterhin Batterien von Uhren, Steinen, Krügen, versteinerten Hölzern, Kalendern, Spielsachen, T-Shirts mit obszönen Aufschriften und so weiter. Ich wartete wie ein ungeduldiger Vater – verärgert, nein, enttäuscht zu sehen, wie jung sie noch war. Gleichzeitig quälte mich die Angst, dass ich versucht hätte, sie zu unterdrücken …

Die Angst, dass Annie und ich in einer realen Welt nicht so gut zusammenpassen würden, nahm ganz und gar Besitz von mir. Sie krabbelte und kribbelte an mir wie ein Bienenschwarm.

Sie kam heraus, lächelte mir zu, fing dann meinen Blick auf und sagte halb entschuldigend: »Ich mag eben gern Dinge kaufen, die mich später an diesen Ort erinnern.«

»Fein. Lass uns gehen.« Sie wusste, was ich dachte. Das *Ich bin zu alt für dich* stand mir auf dem Gesicht geschrieben. Sie war verletzt, aber gleichzeitig auch stinksauer. Ihr Gesicht sagte mir *Ich muss diese Scheiße nicht einfach hinnehmen.*

Was war passiert? Alles war so schön, wenn wir *allein* waren.

Nachdem ich irgendwo Aspirin aufgetrieben hatte, traf ich Annie in unserem Hotelzimmer.

»Kopfschmerzen?«, fragte sie.

»Ja!«

»Jammerschade.«

Ich ignorierte sie. Legte mich einfach aufs Bett und schloss die Augen. Annie ging weg. Ich schlief ein.

Als ich wieder aufwachte, war es dunkel. Annie saß in der anderen Ecke des Zimmers unter einer Stehlampe und las im *Cosmopolitan.* Ich sagte kein Wort, stand auf und ging ins Bad.

Wir benahmen uns ziemlich dämlich. Ich hasse es, den Beleidigten zu spielen, jemanden zu beleidigen. Ich wollte darüber reden, mich entschuldigen. Ich ging zu ihr hinüber, nahm sie in die Arme, und wir küssten uns.

»Lass uns einen Joint rauchen«, sagte sie.

»Nein.«

»Warum nicht?«

»Gestern Nacht war es ganz gut, aber wir brauchen es nicht. Wir brauchen doch nicht davon abhängig zu werden, um uns an etwas freuen zu können. Wir haben es nicht nötig, zu fliehen. Es wäre nicht real. Eine fremde Person würde eine noch fremdere Person lieben. Ich möchte dich auf all deinen verschiedenen Bewusstseinsebenen erleben.

Vögeln mit Pot würde mir nur diese eine Ebene eröffnen. Wir haben doch genug zu erleben ohne das Zeug, nicht wahr?«

Sie antwortete nicht, sondern nahm mich stattdessen noch fester in die Arme. Dann flüsterte sie ganz leise, atemlos:

»Ich liebe dich.«

Sie hatte so viel süße Unschuld. Sie konnte sich einfach zurücklegen und von mir lieben lassen. Vollständig. Ich spürte, wie ihre Zärtlichkeit auf mich übergriff. Ich fühlte sie ganz tief innen. Total. Dann schliefen wir aneinander geschmiegt, umschlungen von dünnen, elastischen Webfäden.

Wir liefen noch einen Tag Ski und fuhren wieder ab. Dieses gemeinsame, vollständige Körpererlebnis von Skilauf und Liebe hatte uns noch tiefer miteinander verbunden. Wir fuhren schweigend durch die Nacht nach Hause und hingen unseren Gedanken an die schöne Zeit, die wir zusammen erlebt hatten, nach. Ich fühlte mich ganzheitlich. Verwahrt. Jenseits der Selbsthingabe. Das Gespür, dass wir einander kannten, das Gefühl für unsere Bedürfnisse, dass wir wussten, wann wir Nähe, wann Ferne brauchten, diese Erfüllung, das Wissen, dass wir uns umeinander sorgten, schuf eine beglückende Mischung aus Zärtlichkeit und Sicherheit.

»Danke, Annie«, sagte ich leise zu mir während des Fahrens.

»Bitte«, hörte ich sie laut sagen.

Oder hatte ich mir das nur eingebildet?

12. Kapitel

Annietage

Shakespeare hatte seine Salattage – ich hatte meine Annietage.

Ferien – keine Lehrerarbeit – ein langer, ausgedehnter Freiraum vor mir und viel Zeit. Keine Aufteilung in Wochentage und Wochenenden. Nur Augenblicke mit Annie.

Wir fuhren nach Portland und besichtigten den Zoo. Es war sehr kalt, und die meisten Tiere waren in den Ställen eingesperrt. Außer uns gab es kaum weitere Besucher.

Wir schlenderten durchs Affenhaus. Ein Schimpanse spürte unsere Aufmerksamkeit und zog vor uns die große Schau ab. Er schwang sich von einem an der Decke hängenden Balken herunter, wälzte sich auf nicht vorhandenen, imaginären Felsen und schnatterte dabei ununterbrochen, wobei er ab und zu seine riesigen, gelben Zähne bleckte.

»Hör auf, dir im Hintern rumzupulen!«, schimpfte ich ihn. Er kreischte laut und schnippte mit den Fingern den Dreck nach mir, den er sich herausgepult hatte. Ich duckte mich.

»Hast du ein Glück, dass du hinter diesen Gittern bist«, drohte ich.

Er kam nah zu uns heran, langte durch die Stäbe und riss mir die Tüte mit den Erdnüssen weg. Schreiend raste er damit in eine Ecke und mampfte dort überglücklich vor sich hin.

»Sieh dir das an«, sagte ich. »Sogar ein Schimpanse stellt mich bloß.« Wir lachten. Annie hakte sich bei mir unter.

»Du bist noch ein Kind«, sagte sie und lachte glucksend.

»Ich bin alt. Ich bin jung.«

»So alt bist du gar nicht.« Wir gingen nach draußen an den Schafen und Lamas vorbei und betrachteten die Bären und Seehunde. »Wir sind nur neun Jahre auseinander. Du bist ein als Lehrer verkleidetes Baby.«

»Nicht so alt, was? Ich kann mich noch an die Zeit erinnern, als es noch keine Postleitzahlen gab. Eines Tages hat man sie erfunden, und unser Lehrer hat uns erklärt, was wir von nun an machen müssten.«

»Sieh an«, sagte Annie mit gespielter Überraschung. »Ich dachte, es hätte schon immer Postleitzahlen gegeben.«

»Nein. Ich meine das ernst. Sie haben dann auch alle Abkürzungen für die Staaten auf zwei Buchstaben beschränkt.«

»Du bist ein Opa.«

»So alt nun auch wieder nicht. Aber als ich klein war, trank jeder frischgepressten Orangensaft zum Frühstück, nicht dieses Tropicanazeug.«

»Beeindruckt mich nicht.«

»Ich kann mich noch an die Zeit erinnern, als jede zweite Fernsehreklame von den Freuden des Rauchens sprach.«

»Daran erinnere ich mich auch noch schwach.«

»Wie ist das …? Ich erinnere mich an die ersten Reklamespots, die einen völligen Wechsel in unserer gesellschaftlichen Wahrnehmung verursacht haben.«

»Was?«

»Abfallprobleme. Jedermann dachte, es wäre ganz okay, Zigarettenschachteln, Papier und alles Mögliche einfach auf die Straße zu werfen. Sie ließen alles aus den Autos fallen, eine Unmenge von Müll. Dann kam es plötzlich zu der riesigen Kampagne in der ganzen Nation: ›Jedes kleine Stück Abfall tut weh.‹ Reklamesendung nach Reklamesendung. Plakatwand nach Plakatwand. Überall wurden Papierkörbe aufgestellt. Und einige Leute, ich betone *einige,* beschlossen plötzlich, dass es schlimm sei, das Kaugummipapier einfach aus dem Fenster flattern zu lassen. Damit war der Umweltschutz erfunden.«

»Nicht schlecht.«

»Ich weiß noch, wann das Mr. Potato Head Spielzeug auf den Markt gekommen ist. Ich erinnere mich noch daran, wie wir vor dem Unterricht beten mussten. Und ich weiß noch genau, wo ich war, als ich hörte, dass Kennedy erschossen worden war.«

»Das weiß ich auch noch.«

»John Kennedy.«

»Oh!«

»Ich war Mitglied im Dennis the Menace Fanclub. Und ich erinnere mich noch an die Zeit, als es noch keine Beatles gab.«

»Heute gibt's auch keine.«

»Das ist es, siehst du? In meiner Vorstellung wird die Zukunft immer Beatles haben. Ihre Musik wird es immer geben … Es ist nicht so wichtig, dass ich so viel älter bin als du, es kommt darauf an, dass ich in den sechziger Jahren aufgewachsen bin. Du gehörst in die siebziger. Unser Begriff von Heranwachsen ist völlig verschieden. Wir haben unterschiedliche Kindheitserinnerungen. Als ich aufwuchs, waren die Zeiten turbulent, und vieles hat sich verändert. Die Geschäftswelt und die Regierung haben die immense Macht der Massenmedien entdeckt. Alle Dinge waren plötzlich frühzeitig veraltet. Es gab Attentate. Demonstrationen. Musik bedeutete Leben. Drogen halfen dabei, zu entfliehen. Entfliehen war das Einzige, was Drogen für uns bedeuteten. Die Regierung war total korrupt. Beinahe wäre ich eingezogen worden, hätte eine Waffe in der Hand halten und schießen müssen. Vielleicht hätte ich sogar getötet. Du bist in einer beständigen Zeit aufgewachsen. Heute herrscht Apathie. Das volle Erblühen der Mittelschichten. Liberale Passivität.«

»Sind die Leute, die während der Sechziger aufgewachsen sind, nicht heute auch ein Teil dieser liberalen Passivität?«, fragte Annie.

»Ja. Meine Generation hat sich vollständig mit der Gesellschaft vermischt … Aber wir haben unsere eigenen, ganz besonderen Frustrationen.«

»Häh?«

»Meine Eltern und die Eltern meiner Freunde waren während der Depression aufgewachsen. Sie haben echten Hunger, echten

Mangel erlebt. Als sie erwachsen wurden, waren die meisten von ihnen zufrieden, nur einen Job zu finden – irgendeinen Job – und die besten waren die, bei denen am meisten bezahlt wurde. Als ich zur Schule ging, sprach jeder von Kreativität und Selbstverwirklichung. Wir hatten die Gabe zu träumen, wir hatten die Chance, uns eine Arbeit, ein Leben vorzustellen, das das Eigentliche, Wesentliche unserer Persönlichkeit zum Ausdruck bringen könnte. Die meisten strauchelten gehörig, nachdem sie das College verlassen hatten. Nur die wenigsten fanden eine Arbeit, die ihnen erlaubte, wirklich zu denken, die ihnen die Möglichkeit gab, etwas von sich selbst in das Geschehen mit einzubringen. Bankangestellter, Mechaniker, Kaufmann, ja sogar Lehrer zu sein, ist sehr frustrierend, wenn man einmal Zen, Nirwana, Musikgötter und LSD-Trips gehabt hat, und dazu noch ein ungeheures Gefühl der Macht, weil du jung warst und zu einer starken Jugendbewegung gehörtest. Nun ist man in die fünfziger Jahre zurückgeworfen. Es herrscht wieder endgültig der Traum, Arzt, Rechtsanwalt zu werden, ein Haus und Familie zu haben, ein wenig Sport zur Abwechslung ... all das bewirkt, dass ich mich manchmal sehr viel älter fühle.«

Annie sah mich überrascht an. Der plötzliche Wortschwall und vor allem meine förmliche Ausdrucksweise hatten sie verwirrt. »Du nimmst alles so ernst«, sagte sie.

»Das ist noch ein weiterer Unterschied.«

Eines Nachmittags in meiner Wohnung lachte Annie auf, als ich ihr verkündete, ich wolle zum Abendessen etwas kochen. Es war ein kurzes, unkontrolliertes Auflachen, das sie schnell unterdrückte, als sie sah, dass es mir ernst damit war.

»Du glaubst wohl, ich kann nicht kochen, was?«, fragte ich.

»Nein. Das ist es nicht.«

»Lüg nicht. Du bist eine Chauvinistensau.«

»Das ist nicht wahr.«

Ich ging auf sie zu, warf sie aufs Bett und fing an, sie zu kitzeln. »Du hängst noch an den alten Stereotypen fest. Gib's zu. Du glaubst, Männer könnten nicht kochen – glaubst, sie hätten überhaupt keine Lust dazu.« Inzwischen krümmte sie sich, schrie und lachte.

»Nein.«

»Gib's zu.« Ich kitzelte ihre Seiten und kniff ihr eben überm Knie ins Bein. Dann kraulte ich sie unterm Kinn.

»Nein!«

»Eine Frau gehört ins Haus. Ein Mann gehört mit einem Bier in den Schaukelstuhl. Wahr? Gib's zu. Das denkst du doch.« Ich fing an, ihr Schuhe und Strümpfe auszuziehen.

»Nein! Nein!«

Ich kitzelte sie an den Fußsohlen. »Du glaubst nicht, dass Männer gleichberechtigt sind. Gib's zu, oder ich höre nie mehr auf.« Sie versuchte, sich wegzuwinden, mich wegzustoßen, aber ich hatte ihr Bein zu fest im Griff. Sie war hilflos.

»Ich werde es nicht zugeben! Niemals!«

Ich fuhr mit der Zunge kurz über den inneren Bogen ihrer Fußsohle. Sie zuckte zusammen, als ihr ein Schauer über die Wirbelsäule rann.

»Nun …?«

»Ja! Ja! Ich gebe es zu. Ich bin eine Chauvinistensau. Ich konnte noch nie anders als in Stereotypen denken. Du hast Recht. Du hast Recht!« Ich hörte auf. Sie holte tief Luft und setzte sich erleichtert auf. Leise fügte sie hinzu. »Aber du bringst es mir bei, Arnie. Ich lerne …«

Schweigen. Nur ein Blick zwischen uns. Sie gab mir das Gefühl, dass mein Leben etwas wert sei. Ich glaubte, dass ich ihr half, erwachsen zu werden. Wir küssten uns lange, nur auf die Lippen. Dann sagte ich: »So, nun verschwinde hier.«

»Was?«

»Ich will niemanden in meiner Küche haben, wenn ich koche.«

»Ich will zusehen.«

»Nichts zu machen.«

»Gleichberechtigung?«

»Du wirst eine gleichberechtigte Menge Essen kriegen.«

»Bitte. Bitte, bitte! Ich tue nichts, großes Indianerehrenwort!«

»Nein. Wiedersehen! Wir sehen uns um sechs. Pünktlich, sonst esse ich ohne dich.«

Maulend zog sie ihre Schnürsenkel zu und trottete hinaus. Kurz bevor sie die Tür hinter sich zuschlug, rief sie mir noch zu: »Ich werde mir heute Nachmittag den Bauch mit Eiscremepudding voll schlagen ...« *Bumm!* Dann hörte ich, wie sie die Stufen hinunterhüpfte und lachte.

Ich musste ebenfalls lachen.

Dann rollte ich mir die Hemdsärmel hoch, wusch die Hände und stellte mich innerlich auf das Kochen ein. Ich wollte meine Spezialität zubereiten – Auberginen auf Parmesaner Art.

Weltberühmt.

Es war genau der richtige Zeitpunkt, die Aubergine, die schon einige Zeit auf meinem Kühlschrank reifte, in Angriff zu nehmen, Mit ihrer dicken, lila Schale sah sie aus wie ein gefärbter Football. Sie würde weich und geschmackvoll sein.

Ich begann, sie vorsichtig mit einem Messer zu schälen, wobei ich immer gespannt war herauszufinden, wie viel Schale ich in einem Stück herunterbekommen würde. Diesmal schaffte ich zwei große Stücke.

Ich schnitt die nackte Aubergine in zwölf dicke Scheiben, die großen, dünnen Eishockeypucks ähnelten. Innen waren viele dunkle Samen, ein Zeichen dafür, dass ich richtig gewählt hatte.

Dann tauchte ich die Scheiben in verquirlte Eier und wälzte sie anschließend in Semmelmehl. Die Brotkrümel bildeten eine dicke Schicht zu beiden Seiten der Scheibchen.

Danach warf ich die Auberginenstücke in eine Pfanne mit erhitztem Öl, wobei ich die Finger schnell vor dem sprühenden heißen Fett zurückzog.

Nachdem beide Seiten angebräunt waren, ließ ich die Aubergine auf einem Papierhandtuch abtropfen. Nun machte ich mich an die Sauce. Den Boden einer Kasserolle bedeckte ich dick mit einer hausgemachten Tomatensoße. Dann nahm ich sechs von den Scheiben und legte sie vorsichtig, drei an jede Seite, in den Topf. Einige Schichten Mozzarellakäse auf jede Scheibe, dann noch mehr Sauce. Darauf folgte eine neue Schicht Auberginenscheibchen und wieder Käse und Sauce. Abgerundet wurde das Ganze mit einigen Paprikastücken und Pilzen. Zum Schluss streute ich Oregano und Parmesankäse darüber und schob das Werk in den vorgeheizten Ofen.

Bald erfüllte die Küche ein Duft von Tomatensauce und geschmolzenem Käse. Ich machte einen grünen Salat an, wärmte den Rest der Sauce auf, setzte Wasser für die Spaghetti auf und wärmte im Ofen italienisches Weißbrot mit Knoblauchbutter.

Annie war pünktlich. Wir sprachen nicht miteinander. Ich servierte ihr alles sorgfältig und mit großer Selbstsicherheit. Eine Auberginenscheibe wurde ihr auf die Spaghetti platziert, wobei ich darauf achtete, dass sie viel von der dicken Sauce abbekam, und Käse sanft zu beiden Seiten hinunterlief.

Erst als die gesamte Mahlzeit vorüber war und Annie jeden Krümel und jeden Tupfer Sauce von ihrem Teller gewischt hatte, lehnte sie sich auf dem Stuhl zurück, lächelte und sagte: »Das war ungeheuer köstlich.«

Ich strahlte.

»Wo hast du das gelernt? Was ist eine Aubergine?«

»Von einer alten Freundin. Ein Gemüse.«

»Hab noch nie davon gehört. Hab auch noch nie so was Ähnliches gegessen. Schmeckt wie eine Art Fleisch.«

»Im Osten gehört es zum italienischen Standardessen.«

»Was kannst du sonst noch kochen?«

»Fast alles. Chinesisches Essen – Ingwerfleisch, Hühnchen mit Austernsauce …«

Sie stand instinktiv auf, um den Tisch abzuräumen. »Nein«, sagte ich.

»Lass mich abspülen.«

»Nein!«

»Abtrocknen.«

»Nein. Du sollst gar nichts machen. Ich koche. Ich wasche ab. Du entspannst dich.«

Sie war es nicht gewohnt, von einem Mann bedient zu werden.

»Weißt du was?«, fragte sie mich strahlend. »Ich könnte nicht mal kochen, wenn ich am Verhungern wäre.«

Wir hatten uns im Stadtpark verabredet. Annie hatte mir einen besonderen Picknicktisch beschrieben, der neben einem *Hunde-mitbringen-verboten*-Schild stehen sollte, und an dem wir uns *zufällig* über den Weg laufen könnten.

Sie war schon vor mir da, saß am Tisch und schnitzte mit einem Schweizer Taschenmesser etwas in die dreckige Platte. Ich ging gelassen auf sie zu. Es waren überhaupt keine Leute zu sehen. Der Tag war grau, und es nieselte leicht.

»Ja, so was. Annie Alston! Witzig, dich hier im Park zu treffen.«

Annie sah auf. »Mr. Lester. Hallo! Wissen Sie, ich habe gerade an Sie gedacht … ich habe mir gedacht, dass Sie mit mir sicher nicht zufrieden sein würden.«

»Wieso?«

»Weil ich noch nicht eine Zeile in dem Buch gelesen habe, seit die Ferien angefangen haben.«

»Annie. Jetzt bin ich aber enttäuscht. Warum hast du noch nichts gelesen?«

»Oh, ich weiß nicht. Vielleicht liegt es daran, dass ich die meiste Zeit damit verbracht habe, von diesem Typen ›aufgespießt‹ zu werden.«

Ich blickte mich entsetzt um und flüsterte: »Annie, bleib cool.«

»Arnie«, antwortete sie in gespieltem, übertriebenem Flüstern. »Es ist absolut kein Mensch hier.«

»Besser, kein Risiko einzugehen.«

»Wie dem auch sei, Mr. Lester«, fuhr sie mit normaler Lautstärke fort. »Wie wäre es, wenn Sie mich in den Wald begleiten würden? Dann könnte ich Ihnen die Blätter zeigen, die ich für das

Biologieprojekt sammeln muss. Ich muss es im Frühling abgeben …« Und wieder flüsternd fügte sie hinzu: »Dann können wir allein sein und sind all den Spionenaugen nicht mehr ausgesetzt.«

»Ah, ja, natürlich, warum nicht, Annie? Das ist ein guter Vorschlag. Ich wollte sowieso gerade ein Stückchen spazieren gehen. Ich bin sicher, dass Mr. Riley, dein Biologielehrer, sehr erfreut sein wird, dass du mit deinem Projekt so gut voranzukommen scheinst.«

Ich drehte mich um und stiefelte los, als Annie mich noch einmal zurückrief und auf eine Tischecke deutete. Zwischen den anderen dreißig oder mehr eingeschnitzten Namen las ich:

Ich hätte mich fast verschluckt. »Wissenschaftliches Projekt, Blätter, ja, wir müssen jetzt gehen.« Ich war schon ein paar Schritte vorausgerannt.

Zehn Minuten später, als wir in einem Dickicht standen, das noch nie ein Mensch betreten zu haben schien, hörte ich Annie plötzlich laut hinter mir lachen.

»Was ist denn so komisch?«, fragte ich.

»Oh, Arnie, du hättest sehen sollen, wie die Schweißtropfen auf deine Stirn getreten sind, als ich ›aufgespießt‹ sagte …«

»Was heißt denn hier Schweißtropfen? Willst du mich verarschen? Das war Nebel!«

»Ha! Und dann dieser süße, rötliche Schimmer auf deinem Gesicht, als du mein Kunstwerk entdeckt hattest.«

»Niemals nicht!« Doch dann musste ich auch lachen. Ich sagte noch: »Später wirst du es wieder auskratzen, nicht wahr?«

Die Temperaturen waren sehr niedrig. Es wurde immer nebliger und dunkler. Wir gingen über einen Teppich von braunen Tannennadeln, die schon seit Zeiten von den großen Bäumen über uns abgefallen waren. Ich sah immer vor mich auf den Boden und den Matsch, die in Moos eingebetteten, kleinen Felsen und die Farne. Überall roch es nach Tannennadeln. Sonst war es absolut still, und die stetige Bewegung half mir, meine Gedanken auf Annie zu konzentrieren.

Ich sah sie im Bett liegen und nach mir langen. Ich fühlte eine herrliche Leichtigkeit, so als ob die Geheimnisse, die ich Annie erzählt hatte, nun eine Last von mir genommen hätten. Ich spürte, dass wir immer mehr zusammengehörten.

Annies Hand schlüpfte plötzlich in meine. Ich sah auf und starrte ihr direkt in die Augen, sonnte mich in ihrem Licht.

»Du bist so gut, Arnie. Das spüre ich. Alles, was du für mich tust, was du mir beibringst, ist gut. Ich habe einfach das Gefühl, dass es richtig ist.«

Wir gingen Hand in Hand weiter, ohne dass das Schweigen uns trennte. Unsere Hände schwangen ein wenig im Tempo unserer Schritte mit.

»Weißt du«, sagte ich, »ich habe mich immer gefragt, warum ich Dinge tue, die als gut gelten. Das ist eins von den Dingen, die mein niemals Frieden gebender, nagender Geist mich ständig fragt.« Wir lächelten beide. »So war es zum Beispiel, wenn ich meiner Mutter beim Einkaufen half. Ich wusste nie, machte ich das nun, weil ich gut war, oder weil ich nur wollte, dass meine Mutter mich lieb hatte, glaubte, dass ich gut wäre. Eine Stimme in mir sagte immer ›Lester, bist du schlecht? Ist nicht alles Gute und Richtige, das du tust, nur bewusst geplant, um der Welt zu zeigen, was für ein großartiger Kerl du bist?‹ Aber in der vergangenen Woche habe ich alles, was ich für dich getan habe und für dich tun wollte, gemacht, ohne alles zu analysieren. Es ist einfach passiert, als ob ich instinktiv gehandelt hätte. Du gibst mir so ein gutes Gefühl, weil du so bist, wie du bist. Ich bin ein besserer Mensch geworden. Vielleicht bin ich wirklich gut.«

Wir umarmten uns und hielten uns lange fest, drückten ganz hart, bis die Muskeln schmerzten, und standen eine lange Weile ganz ruhig zusammen.

Schließlich sagte Annie: »Dein Verstand arbeitet all diese Sachen aus, und dann sagst du sie mir, und alles, was ich vorher nur sehr vage und abstrakt gespürt habe, wird plötzlich kristallklar ... und dann weiß ich sicher, dass ich es genauso empfinde.«

Wir pressten uns noch einmal fest aneinander, bis wir die Knochen spürten. Es gab nur *uns,* still in dem kühlen, ruhigen Wald, und wir waren dankbar, dass wir einander hatten.

»Denkst du eigentlich manchmal, dass die Dinge, die wir tun, pervers sind?«, fragte Annie. Sie war zum Lunch herübergekommen, und wir gingen gleich anschließend ins Bett, um uns zu lieben. Annie saß diesmal oben. Für eine Abwechslung war das mal ganz okay, aber ich glaube nicht, dass einer von uns beiden das Beste davon gehabt hatte.

»Meinst du unser Reden, Ficken, Lecken und Saugen?«, fragte ich lächelnd zurück.

»Ja«, sagte Annie lachend.

»Findest *du* es pervers?«

»Nein«, sagte sie, ohne mit der Wimper zu zucken. »Aber manchmal denke ich, dass wir so ziemlich die einzigen Leute in Dillistown sein müssen, die es auf diese Art machen. Ich meine, kannst du dir das vorstellen? Es gibt hier einige alte Betschwestern in der Stadt, die sogar schon *Saturday Night Fever* abstoßend fanden. ›Hast du gesehen, Agnes, wie die mit den Hüften zusammenstoßen? Abscheulich!‹ Und dann hörte ich einige jüngere Leute sagen, wie schrecklich sie die Promiskuität an der Highschool fänden. Entweder sind das entsetzliche Heuchler, oder aber sie sind grün vor Neid, dass sie selbst so was an ihrer Highschool nicht hatten ... Sie geben sich so cool, dass ich mir kaum vorstellen kann, dass sie anders Liebe machen als mit einem Bettlaken zwischen sich mit einem Loch darin, um den Penis durchzulassen.«

Ich lachte. Wir lagen nackt ineinander verschränkt zwischen meinen Betttüchern. »Ich weiß es nicht, Annie«, sagte ich. »Manchmal glaube ich, dass Sex uns einfach mehr gibt, als anderen Leuten, aber dann wiederum glaube ich, dass die anderen es einfach nur verbergen oder unterdrücken.«

»Wie meinst du das?«

»Na ja, zum Teil liegt es wohl auch daran, dass wir unser eigenes Winesburg, Ohio, hier haben.«

»Was ist das denn?«

»Ein Roman über das Kleinstadtleben, den du irgendwann mal lesen solltest. Von Sherwood Anderson. Der Inhalt ist kurz, dass man in einer kleinen Stadt immer beobachtet wird und nur sehr schwer etwas vor den anderen verbergen kann. So benimmt sich jeder ungeheuer selbstgerecht und tut so, als wäre er ganz sauber. Nach außen hin. Wenn sie sich aber hinter ihren eigenen, geschlossenen Türen befinden, haben sie ihre sexuellen Bedürfnisse entweder so weit unterdrückt, dass sie völlig gereizt und verkrampft sind, oder sie erfinden ihre eigenen kleinen Perversitäten, um sich von der Spannung zu befreien. Einige der Leute in Winesburg haben ganz bestimmt keine Bettlaken benutzt.«

»Ich wette, wenn die Leute hier rausfinden würden, was wir tun, wie viel Spaß es uns macht und wie oft wir miteinander schlafen, würden sie glauben, wir praktizierten hier eine Art Pornografie oder Perversion.«

»Weißt du, ich habe in New York mal dieses erotische Musical gesehen, es heißt *Let My People Cum.* Das war richtig lustig, und vor allem hat es mein Denken verändert …«

»Toller Titel. Ich finde es jetzt schon gut.«

»Es war in einem Nachtclub. Die Bühne war ungeheuer nah, und die Leute saßen alle an kleinen Tischen. Bevor es anfing, gingen die Schauspieler durchs Lokal und unterhielten sich mit den Gästen – bloß wusste da keiner, dass das schon ein Teil der Show war. Das

Ganze bestand aus kleinen Sketchen und Szenen, die hauptsächlich nackt gespielt wurden. Sie bezogen sich auf jedes sexuelle Thema, das man sich nur vorstellen kann. Eine der Nummern hieß ›Der Cunnilingusmeister aus der Kompanie C‹, und dabei wurden auch eindeutige Handlungen vorgeführt. Sie gebrauchten jedes schmutzige Wort, das man finden kann. Zu Anfang war das Publikum sehr verlegen. Ich auch. Aber nach einiger Zeit war es nur noch komisch, und man hatte Spaß daran. Die Schauspieler machten alles so persönlich und natürlich, dass wir unsere Unsicherheit verloren und gar nicht mehr an Pornografie dachten. Jeder machte mit, klatschte, lachte. ›Schwanz, Titte und Möse‹ waren genauso natürliche Worte wie ›Arm, Bein, Hand‹. Eine nackte Frau auf allen vieren sah nicht pervers aus, sie war schön. Am schönsten war es aber zum Schluss, als die Schauspieler vor den Vorhang kamen, um uns auf Wiedersehen zu sagen. Sie sprachen mit allen darüber, was sie gerade gezeigt hatten, und die Leute unterhielten sich angeregt mit ihnen, obwohl sie alle nackt waren. Niemandem fiel das mehr auf, zumindest machte es nichts mehr aus. Frauen, Männer, ja sogar Kinder aus dem Publikum schüttelten ihnen die Hände und lachten dabei. Für mich war es das erste Mal, dass ich neben einer nackten Frau gestanden hatte, ohne dass es mir auffiel. Ich war nicht besonders verlegen oder aufgeregt und hatte auch nicht dieses dumme Gefühl, immer hinsehen zu müssen.«

»Ich möchte diese Show sehen«, sagte Annie. »Glaubst du, dass wir mal hinfahren könnten?« Ich lächelte. »In Dillistown degeneriert der Porno zu einer scheußlichen Sache mit Pech, Federn und Schwefel, das sehe ich jetzt schon.«

»Pornografie existiert nur in der Vorstellung des Einzelnen; je mehr er es will, desto schlimmer wird sie«, sagte ich. »Wörter werden erst dadurch schmutzig, dass Leute es so haben wollen. Ich würde gern in einer Welt leben, in der Sex und die dazugehörigen Wörter nicht gleich als pervers abgestempelt würden, nur weil etwas ein bisschen von der Norm abweicht.«

»Hey, Big Boy«, sagte Annie und öffnete ihre Lippen dabei verführerisch. »Warum lädst du nicht mal dein großes Ding da auf und schießt meine Möse mit deiner heißen Ladung voll?«

Das tat ich.

Der viele Sex und wenig Schlaf brachten mir die Grippe. Annie war da, immer, lief jeden Tag den ganzen Weg zu meiner Wohnung, kam so oft, dass ich dachte, sie wäre nie weg gewesen. Sie konnte keine Hühnersuppe kochen, aber sie konnte die Konservendosen öffnen.

Sie kaufte mir Saft. Aspirin. Toast. Tee. Noch mehr Suppe. Ginger Ale. Wechselte meine Bettwäsche. Wusch meine Kleider. Spülte das Geschirr. Dann ging sie los und kaufte Apfelsauce und eingelegte Mandarinenschnitten, wenn ich einen seltsamen Appetit bekam. Meistens kam ich durch die Fernsehreklamen auf so komische Sachen. Sie nutzten meine Schwäche brutal aus. Sie las mir etwas vor, wobei sie ein Buch von meinem Regal wählte.

Eines Abends las sie eine Reihe von Kurzgeschichten aus Anaïs Nins *Delta der Venus.* Wegen meiner Krankheit konnte ich mich nicht so sehr in die erotische Fiktion hineinsteigern, aber sie tat es begeistert – beschleunigte das Tempo, las abwechselnd mit lauter oder leiser Stimme, je nach Inhalt der interessantesten Stellen, und fügte auch mal keuchend ein schmutziges Wort ein, wenn sie das nötig fand. Als sie sah, dass ich nicht mehr ganz folgen konnte, wechselte sie die Lektüre.

Sie las den Anfang von Steinbecks *Früchte des Zorns.* Ich fühlte mich wie die schwerfällige Schildkröte, die sich zentimeterweise auf dem asphaltierten Oklahomahighway vorwärts zog. Ich konnte die flackernde Hitze und die Trockenheit des ausgedörrten Farmlandes auf meiner Haut spüren.

Annie umarmte und küsste mich und wischte mir den Schweiß aus dem Gesicht. Keine Angst, dass sie sich anstecken könnte. »Ich kriege niemals eine Erkältung.« Und sie bekam keine.

Am vorletzten Ferienabend hatte ich mich völlig erholt. Samstag, Silvester 1979. Um mit ihr zu feiern, bereitete ich ein herrliches

Dinner vor. Eigentlich brauchten wir diese Extravaganzen nicht, um uns einen großartigen Abend zu machen. Unsere Party war ein Nacherleben der gesamten Ferien. Keine Chance für mich, die übliche Neujahrsabenddepression zu kriegen – die Enttäuschung, dass man nicht dieses fantastische super-high-Feriengefühl hatte, woraufhin man dann meistens Unmengen von Geld ausgab, um den anderen erzählen zu können, was man nun Großartiges erlebt hätte, obwohl es im Grunde entsetzlich langweilig gewesen war. Annie und unsere Augenblicke zusammen waren für mich superhigh.

Ich hatte ihr ein Schmuckkästchen aus Glas mit eingefassten gelben Blumen und grünen Stengeln gekauft. Darinnen befand sich dazu passendes Briefpapier mit Umschlägen.

»Es ist wunderschön«, schrie sie jauchzend, nachdem sie das Einwickelpapier schnell in Fetzen gerissen hatte. »Oh, danke, danke. Ich liebe Geschenke.« Sie stellte sich auf die Zehenspitzen, um mich mit einer Hand zu umarmen, während sie das Kästchen mit der anderen von sich weghielt.

Nach dem Essen gingen wir ins Bett, *unser* Bett. Es war ein zu Hause innerhalb des Hauses. Ich küsste sie.

»Nein, Arnie, das ist schon in Ordnung. Ich möchte bloß bei dir sein.«

Sie sah mich glücklich und zärtlich an. Wir umarmten uns nur und lagen schweigend nebeneinander. Ich war froh, dass sie nicht wollte. Ich hatte damit angefangen, weil ich glaubte, sie hätte es erwartet, nachdem wir so lange getrennt gewesen waren. Aber ich fühlte mich immer noch schwach von der Grippe. Und sie wusste, spürte das irgendwie.

Wir zogen uns aus und kletterten unter die Decke. Annie hatte ihrer Mutter schon lange nicht mehr gesagt, dass sie bei Clara übernachten würde. Sie hatte es sich für diesen Abend aufbewahrt. Ein letzter Ferienabend für uns beide zusammen.

Ihre Wärme tat gut … Wir umschlangen einander in verschiedenen Positionen, streichelten mal zärtlich über eine Wange, kniffen sanft in einen Arm, pressten die Schultern aneinander. Im Zimmer war es stockdunkel, aber ich nahm die Linien ihres Körpers wahr, als ob helles Tageslicht hereinfiel.

Wir schliefen ineinander verknäuelt, Arme und Beine untergehakt, ein. Ich träumte. Nein, ich konnte das Ticken des Weckers hören. Auch spürte ich Annies Atem. Mir war bewusst, dass ich mich in meinem Zimmer befand. Aber ich hatte ständig Bilder von Annie und mir im Kopf, laufend, spielend, essend, Liebe machend, lachend, wobei sie ein festes Gewicht bildete, an das ich mich hängen konnte. Ohne Annie war ich nicht ich selbst.

»Weißt du, dass ich schon immer den Wunsch hatte, eine Zigeunerin zu sein?«, fragte sie plötzlich, als füge sie einer gerade stattfindenden Unterhaltung einen neuen Satz zu.

Ich machte die Augen auf und sagte: »Wirklich?«, als wäre es völlig natürlich, mitten in der Nacht, mitten im Schlaf, ein Gespräch zu beginnen.

»Ja. Ich stelle mir dann vor, dass ich wilde Zigeunerkleider tragen würde. Rot, gelb, burgunderfarben, und überall hätte ich blaue Tücher hängen. Grellfarbige, weitschwingende Röcke und Lederstiefel mit eingestanzten Adlerköpfen. Goldschmuck am ganzen Körper. Drei Ringe und eine Feder in jedem Ohrläppchen. Einen Goldreifen um den Bauch. Meine Haare wären dann zu dicken Zöpfen geflochten, in die Perlenschnüre mit eingebunden wären. Alles wäre natürlich parfümiert. Ich würde jede Nacht um ein großes Feuer tanzen und spüren, wie gierige Männeraugen mich beobachteten. Ich würde sehr verführerisch auftreten und ihnen zuzwinkern und mich dann aber umdrehen und mich zu dem schönsten und stärksten Zigeuner hinunterbeugen und ihn in mein Zelt mitnehmen. Wir würden die ganze Nacht durch wilde Zigeunerliebe machen und geheime Zigeunertricks austauschen. Und am nächsten Morgen würde ich ihn einfach hinauswerfen. Er würde winseln und betteln, um bei mir bleiben zu dürfen. Aber ich würde ihn nur auslachen und ihm den Rücken zukehren. Dann würde ich alleine schlafen und mich für die nächste Nacht erholen, für das große Vergnügen.«

»Ich möchte dein Zigeuner sein«, sagte ich.

Sie lachte verlegen. »Ich denke nur manchmal daran.«

»Manchmal«, sagte ich nachdenklich, »möchte ich ein Kavalier sein.« Sie hörte mir aufmerksam zu. »Ich wäre gern ein großer Gigolo mit einem weit offenen Hemd und ganz eng sitzenden Hosen. Ich würde die Straße entlangschlendern, in Restaurants und Geschäfte gehen und nur darauf warten, von einer Frau angesprochen zu werden. Einer Frau, die nie im Traum daran gedacht hätte, einen Mann für Liebe zu bezahlen. Einer Frau, die nie von sich selbst geglaubt hätte, dass sie auf diese Ebene des unpersönlichen Sex hinabsteigen könnte. Ich möchte die Begierden dieser Frau auf ihre wesentlichste Ebene reduzieren, will, dass sie genauso spontan nach Sex verlangt wie die ewig geilen Männer. Sie soll ein Verlangen haben, das genauso schnell und unkontrollierbar anschwillt wie ein Schwanz. Und dann werde ich es so machen, dass sie gar nicht genug kriegen kann.«

»Ich werde dein John sein«, sagte Annie.

»Wo hast du denn das Wort gelernt?«

»Ich habe *Taxi Driver* gesehen. Mit Clara.« Dann fügte sie hinzu: »›Geheimnisse‹ bringt mitten in der Nacht wesentlich mehr Spaß.«

»Ich glaube, wir spielen gerade ein neues Spiel.«

»Welches?«

»*Fantasie.* Es geht noch weiter als *Geheimnisse.* Jeder Mensch hat sexuelle Fantasien, aber es gibt nicht viele, die das zugeben würden …«

»Außer uns.«

»Ja«, sagte ich, »aber ich vermute, das bringt noch lange nicht so viel Spaß, als wenn du jemand anderem deine Fantasien erzählst und sie mit ihm zusammen spielen kannst. Sie sind etwas ganz Spezielles, so bereichernd, dass du *Geheimnisse,* wenn du mal eine Fantasie ausleben könntest, ohne sie sogar erst verbalisieren zu müssen, sofort fahren lassen würdest.«

»Warum schreiben wir uns nicht gegenseitig Briefe mit unseren Fantasien? Dann könnten wir uns abwechselnd damit überraschen, dass wir mit dem Spiel anfangen zu einer Zeit, von der der andere nichts ahnt.«

»Vielleicht«, sagte ich und dachte dabei im Stillen, dass auch nur ein Teenagerhirn auf so eine verrückte Idee kommen könnte.

»Gigolo.«

»Zigeunerbraut.«

Wir küssten uns und Annie kicherte: »Ich habe schon so tolle Vorstellungen, was ich dir schreiben werde.«

Das hatte ich auch. Richtige Fetzer.

Wir schlummerten, umarmten uns, und spürten dabei immer die Nähe des anderen. Einmal öffneten wir in genau demselben Augenblick unsere Augen und starrten uns an. Ich dachte an die Zeit, als ich sie beobachtet hatte, wie sie von meinem Auto wegging, und dabei gedacht hatte, dass sie nur ein mageres Kind mit einem hübschen Gesicht wäre. Jetzt sah ich in ihren Augen, in ihrer Nase, der weichen Linie des Mundes, dem schlanken Oval ihres Gesichts, das von langen Haarbüscheln beschattet wurde, den wunderbaren Schimmer von Lieblichkeit. Sie war die Frau, die ich brauchte.

Bald schliefen wir ein. Dann, viel später, gegen Ende der Nacht, hörte ich, wie Annie flüsternd einen Kindervers vor sich hersagte, wobei sie Buchstaben von *küssen* laut und einzeln betonte …

»Annie und Arnie sitzen auf einem Baum
und KÜSSEN sich
Erst kommt die Liebe
Dann kommt die Hochzeit
Dann kommen Annie und Arnie mit einem Kinderwagen …«

Ich lauschte auf den Rhythmus unserer Namen, als sie den Vers wiederholte. Annie-Arnie. Obwohl wir weit voneinander entfernt waren, als wir anfingen, griffen wir ebenso leicht ineinander über wie die Vokale unserer Namen. Aus Kakophonie war Harmonie geworden. Jede Erfahrung, jedes Bedürfnis, jedes Mitteilen von Stärke und Schwäche, jede Enthüllung unseres tief verborgenen Selbst brachte uns einander näher. Wenn wir allein sind, zusammen, weg von den anderen, mögen, hassen und wollen wir dieselben Dinge. Aus zwei verschiedenen Wesen zu Anfang wurde nun eins.

Ich würde das Liebe nennen.

Dritter Teil

13. Kapitel

Einige werden sagen, dass der Autor
dieses nicht tun könne,
aber dies ist mein Buch,
und ich werde darin alles tun,
wozu ich Lust habe

Es war an einem Sonntag. Das Mädchen lief nach Hause. Sie schritt über Sprünge im Asphalt des Bürgersteigs und achtete darauf, nicht auf Risslinien zu treten. Ein Spiel. Später hüpfte sie den Randstein rauf und runter, zwei Schritte oben, zwei Schritte unten. Einen Augenblick lang rannte sie, um die kalte Luft an den heißen Wangen zu spüren.

»Mom! Bin wieder da!«, rief, sie, als sie die Tür hinter sich schloss.

Keine Antwort. *Muss wieder irgendwo ein Garagenverkauf sein,* dachte das Mädchen. *Nein, doch nicht am ersten Tag im neuen Jahr.* Sie ging in ihr Zimmer hinauf.

Der Raum war klein. Eine Tür führte ins Ankleidezimmer.

Ein altes Bett stand drin, weich und durchgelegen. Sie ließ sich drauffallen und seufzte unbewusst, als ihr Körper in die durchhängende Tiefe in der Mitte rollte. Im Zimmer war gerade genug Platz für einen rosa-weißen Spiegeltisch, das Bett und einen schmalen Gang dazwischen. Das Ankleidezimmer war mit alten Sachen und Kleidungsstücken voll gestopft. Das Mädchen liebte diese alten Dinge. Sie bewahrte alles auf. Auf einem hohen Bord stapelten sich alte Spielzeugkartons mit eingedrückten Ecken. Darunter hingen die Kleider ordentlich auf Bügeln. Es war eine Zusammenstellung von Kinkerlitzchen, Gummikobolde, Plastikpuppen, Weihnachtskarten, Schulhefte, Stifte, Füller, ein Kalender, eine Glaskugel, in der künstlicher Schnee fiel, wenn man sie schüttelte, ein Malbuch.

Im Spiegel steckten alte Fotos von einem Hund, den sie früher einmal besessen hatte, von ihrem Vater, ihrer Mutter, ihr selbst, als sie noch ein kleines Mädchen war. Dazwischen einige Briefe, an denen ihr besonders viel lag, eine alte Geburtstagskarte, ein Foto von ihrem Schulfreund, ausgeschnitten aus einer Zeitung.

Sie hatte keine Lust zu schlafen. Deshalb griff sie zum Telefonhörer und wählte, ohne sich besondere Gedanken darüber zu machen, was sie tat.

»Hey. Komm doch mal rüber. Tschüss.«

Sie lehnte sich zurück und betastete das Schmuckkästchen und das neue Briefpapier mit den gelben Blumen und grünen Stängeln. Dann dachte sie daran, was für wunderbare Ferien sie gehabt hatte. Sie war nicht mehr dieselbe, die sie vor einem Monat noch gewesen war. Wie glücklich war sie doch. Ihr Freund schien sie von Tag zu Tag mehr zu mögen. Wie sehr sie ihn liebte. Wie froh sie war und stolz, jemanden befriedigen zu können, der so viel älter als sie war. Wie schön er war. Wie gut er im Bett war. Wie schön doch das Leben war, wenn *jemand* da war.

Wie könnte das jemals enden?, dachte sie. *Es geht immer nur vorwärts. Wir empfinden so viel füreinander. Wir könnten uns niemals wehtun. Wir haben noch so viele Jahre vor uns. Heiraten? Nein. Doch. Vielleicht. Nein. Sei nicht dumm, Annie. Nun, das ist schon vorgekommen. Marry Lou hat den Footballtrainer der Schule geheiratet, nachdem sie ihren Abschluss gemacht hatte. Warum also nicht? Träum nicht, kleines Mädchen. Du wirst nur verletzt werden. Irgendwie. Aber Arnie könnte dich doch nie verletzen. Seine Haut ist zu weich.*

Es klingelte an der Haustür.

Annie presste den Daumen ihrer rechten Hand gegen Claras Daumen und sagte: »Hey.« Diese kleine Geste hatte nicht mehr viel zu bedeuten, aber als sie noch Kinder gewesen waren, war dies ihr geheimer Gruß gewesen.

»Letzter Ferientag, und du hast tatsächlich beschlossen, noch tagsüber etwas Zeit für mich zu haben, was?« Claras Stimme klang kalt und wütend.

»Du kannst mich mal, Rundkugel«, sagte Annie und rannte schnell die Treppe hinauf, bevor Claras Faustschlag sie erreichen konnte. Aber Clara holte sie in ihrem Zimmer ein, umklammerte sie und warf sie aufs Bett, zog ihren Rock hoch und schlug mit der flachen Hand auf ihren Bauch, bis sie rote Flecke hatte. Annie, hilflos in Claras festem Griff, musste endlich zugeben: »Hör auf. Du bist keine Rundkugel. Ehrlich.«

Clara kicherte, als sie von Annies Bett herunterkletterte und sich auf den Boden setzte. Annie presste ihre Finger auf ihren Bauch und machte damit weiße Flecken in die roten Stellen.

»Hat der charmante weiße Prinz dich also heute versetzt«, stellte Clara fest. »Oder bist du vollständig durchgefickt?«

»Woher weißt du, dass ich ihn Prinz nenne?«

»Nein. Du willst mich wohl verarschen. Sag sofort, dass es nicht so ist ...« Annie lächelte, und Clara wusste, dass sie sie auf den Arm nahm. »Du hast mir einen Schrecken eingejagt. Ich finde, du bist auch so schon blöd genug.«

»Nein. Wir haben heut bloß mal beschlossen, einen Tag allein zu sein. Morgen fängt die Schule wieder an. Wir müssen uns entwöhnen. Die vergangenen Wochen waren einfach vollkommen. Letzte Nacht war am besten. Wir haben nicht mal miteinander geschlafen. Nur geredet und richtig geschlafen. Ich habe mich ihm noch nie so nahe gefühlt. Wir waren immer halb wach und halb haben wir geschlafen. Nein, ich konnte gar nicht mehr unterscheiden, was nun was war. Aber er ist *so gut*! Es war ein herrliches Ende für all diese schönen Tage! Wir wünschten uns beide die Erinnerung an diese Vollkommenheit. Wir werden für eine lange Zeit keine Gelegenheit mehr haben, so etwas zu tun. Und dann die Schule. Scheißschule! Ich werde es hassen, ihn wieder als Mr. Lester zu sehen. ›Also, Janey. Wie oft habe ich dir schon gesagt, dass du keine Zettel in der Klasse rumgehen lassen sollst?‹ Bäh! Aber diese Zeit haben wir zusammen erlebt, und es werden noch andere Tage folgen. Und niemand kann uns das wegnehmen ...«

»Na, dann wart mal nächste Woche ab«, riet Clara. »Finde es

heraus … Wird das junge Mädchen seinen Mann noch lieben? Wird der alte Mann sein kleines Mädchen noch lieben? Kann man zwischen der ersten und zweiten Stunde Liebe machen, ohne zu spät in den Unterricht zu kommen? Finden Sie dieses und noch vieles mehr heraus, während wir mit Spannung die Geschichte zwischen der süßen Annie und dem korrupten Arnie weiterverfolgen.«

»Es kann weitergehen, Penisersatz!«

»Was? So was benutzt er auch?«

»Du weißt, dass es mir ernst ist«, sagte Annie. »Für mich ist es sogar schwer, damit Scherze zu treiben.«

»Tut mir Leid. Ich hatte nicht die Absicht, seine Lordschaft zu beleidigen …«

»Clara, es ist wirklich schön. Erinnerst du dich noch daran, dass ich dir erzählt habe, wie schwierig es für mich wäre, weil ich so unheimlich viele Gefühle für ihn hätte und ihm am liebsten immerzu gesagt hätte: ›Ich liebe dich, ich liebe dich, ich liebe dich?‹ Und wie ich ihn ewig hätte umarmen und küssen können und niemals damit aufhören wollte. Ich hätte alles für ihn tun mögen, aber ich habe mich nicht getraut und mich zurückgehalten, weil ich ahnte, dass er sich unter Druck gefühlt hätte, dass er das Gefühl bekommen hätte, ein vor Liebe blindes Kind würde sich an ihn hängen und er würde mich nicht wieder loswerden, und dann hätte er mich überhaupt nicht gewollt. Weißt du das noch? Nun, heute mache ich mir in dieser Hinsicht gar keine Sorgen mehr. Ich tue einfach, was ich will und was mir gefällt, und ich glaube, das mag er. Er ist auch sehr zärtlich mit mir, wenn wir nicht miteinander schlafen. Ich glaube, ich muss nicht mehr so vorsichtig mit ihm sein. Wenn er mich fallen lassen würde, würde ich sterben. Doch …«

»Mein Gott, dich hat's schlimm erwischt, Mädchen. Sag mir die Wahrheit, was ist er für dich? Wie kann irgendein Kerl all das verdienen?«

»Er ist gut zu mir, das ist alles. Und klug. Er bringt mir sehr viel bei. Wenn ich mit ihm zusammen bin, fühle ich mich älter, reifer. Er macht sich was aus mir. Er ist sensibel. Und er kennt eine Menge Tricks beim Ficken.«

»Na, da haben wir's! Du bist ihm hörig. Irgendein Typ – natürlich ein älterer Typ – verschafft dir einen Orgasmus, und du denkst gleich, das wär Liebe.«

»Ich weiß, was Liebe ist«, sagte Annie vorwurfsvoll. »Bei ihm macht's mir nichts aus, wenn ich keinen Orgasmus kriege.«

»Aber …«

»Aber es ist schön, wenn es passiert«, kicherte Annie.

»Lass uns Clou spielen.«

»In Ordnung«, sagte Annie und holte das Spiel vom Bord in ihrem Ankleideschrank. »Aber was du sagst, ist Scheiße.«

»Erzähl mir was Neues.«

Viel später, als Clara schon lange gegangen war, dachte Annie: *Wenn Arnie nicht diesen dämlichen Lehrerjob hätte, würde jeder sehen können, wie gut er ist. Clara weiß überhaupt nicht, wovon sie redet. Es ist Liebe. Es macht lange nicht mehr so viel Spaß, mit ihr zusammen zu sein, wie früher. Sie will immer noch spielen. Und ich glaube, dass er mich liebt, er will es bloß nicht zugeben. Liebe. Süße Liebe. Unmöglich, dass das einmal aufhört.*

14. Kapitel

Herr – Sklavin

Erinnern Sie sich noch daran, wie schlimm es war, aus den Weihnachtsferien in die Schule zurückzukehren?

Für Lehrer ist das genauso schlimm.

Und konnte ich denn einfach so ins Klassenzimmer gehen, ohne zu Annie zu laufen und ihr die Hand zu streicheln? Am liebsten hätte ich es über die Schulsprechanlage verkünden lassen: *Arnie liebt Annie!* (Ich wartete nur noch auf den richtigen Augenblick, es ihr zu sagen.)

Aber Mr. Lester kehrte ebenfalls aus dem Urlaub zurück. Selbstsicher wie immer. Distanziert. Die Stunden gingen wie üblich über die Bühne. Ich konnte diese Rolle einfach nicht aufgeben.

Ich beschloss, meinen Lunch in dem leeren Klassenzimmer zu essen. Ich hatte keine Lust, in die Lehrercafeteria hinunterzugehen und mir das weitgefächerte Angebot von Ferienklatsch anzuhören – Skiurlaub, Jagdreisen, Verwandtenbesuche, Restaurantbesuche, Diäten angefangen und wieder abgebrochen, Höhepunkte der Footballsaison, wer wen sitzen gelassen habe, welche Jobs immer noch besser als unterrichten wären, und dass das Essen immer noch zum Kotzen sei. Unter ihnen gab es niemanden, der *mich* wirklich kannte. Früher hatte ich mich noch nach einem Jemand unter ihnen umgesehen. Das brauchte ich nun nicht mehr.

Am Ende des Schultages, als ich gerade das letzte Fenster in der Klasse geschlossen hatte und nach meinem Jackett im Schrank griff, bemerkte ich einen weißen Briefumschlag, der aus der Seitentasche hervorlugte. Ich sah einen kleinen gelben Aufdruck mit einem grünen Stängel unten dran. Sofort brach ich das Siegel auf.

Wen immer dies betreffen mag:

Ich sitze an meinem Schreibtisch, den Füller in der Hand, und habe Sehnsucht danach. Nach was? Ich sehne mich. Ich bete. Ich hoffe. Ich fantasiere, dass jemand mich aus Liebe nehmen würde, hart, brutal, nehmen, nehmen, von einem möchte ich genommen werden, der eine überwältigende, männliche Kraft besitzt, Der mich hilflos werden lässt, der mich gebraucht, völlig ausnutzt. Mehr als das, ich sehe das Ganze schon vor meinen Augen.

Ich sehe fern. Mein Geist begibt sich an sehr entlegene Orte. Mein Liebhaber (ein Fremder?) taucht neben mir aus dem Dunkel auf – greift nach mir. Ich widersetze mich. Aber mir bleibt keine Kraft, ihm lange Widerstand zu leisten. Eine überwältigende Lust übermannt mich, ein noch nie gekanntes Verlangen von ihm nach mir, das ist es, was ich hier bekämpfen muss.

Hilflos gegen solche Macht werde ich zum Vergnügen missbraucht. Er gibt es mir ganz.

Meine frühere Feindseligkeit wird nun eine frohe Lust.

Das wünsche ich mir immer.

Natascha

(Die Zigeunerin)

Ich lachte in dem dunklen, verlassenen Klassenzimmer laut auf. Annie konnte sogar aus dem ersten, bescheuerten Montag nach den Ferien etwas Besonderes machen. Sie wollte entfliehen, und sie wollte mich dabeihaben. Ihre Welt gefiel mir weit besser als meine eigene.

Um sieben Uhr klingelte es an der Haustür. Ich ließ Annie herein, ohne ein Wort zu sagen. Sie ging ins Wohnzimmer, wo der Fernseher eingeschaltet war. Ich ließ sie allein.

Fünfzehn, zwanzig, dreißig Minuten vergingen, bevor ich langsam aus meinem Schlafzimmer herausschlich. Annie saß mit dem Rücken zu mir auf einem Stuhl und sah sich einen Sketch an. Aus dem Fernseher … ertönte konserviertes Gelächter.

Ich riss sie von hinten an mich. Sie war ehrlich erschrocken. Dann griff ich nach ihrem Haar auf dem Rücken und zog ihren Kopf nach hinten. Ihre Kehle bearbeitete ich mit der Zunge. Sie brach aus. Ich rannte hinter ihr her. Ihre Augen strahlten, ihr Atem ging schnell und heftig. Dann fing ich sie ein. Fäuste trommelten auf meine Brust, aber nicht zu hart. Sie wand sich. Ich lachte und umklammerte sie in einem festen Griff. Meine Muskeln waren durch das Verlangen nach ihrem Körper gestählt. Sie sollte mir gehören. Ich küsste sie gewaltsam, meine Zunge dick und hart in ihrem Mund. Dann beugte ich die Knie, hob sie hoch und trug sie ins Schlafzimmer auf mein Bett.

In Sekundenschnelle war sie wieder aufgesprungen und versuchte, die Tür zu erreichen. Ich langte nach ihr, riss aber nur einen Knopf von ihrem Rock ab. Ein kurzer Moment, in dem ich das Bedürfnis hatte, mich zu entschuldigen. Doch sofort erinnerte ich mich an meine Rolle. »Ich werde noch gewalttätiger, wenn du so weitermachst«, sagte ich mit so tiefer Stimme, dass ich selbst verblüfft war.

Annie aber leistete immer noch Widerstand. Ich musste ihre Arme nach hinten pressen und dabei mein ganzes Körpergewicht einsetzen. Meine Zunge leckte ihr über den Bauch, als ihr Rock endlich fiel. Ich versuchte, sie in meine Gewalt zu bekommen. Meine Zähne spielten mit ihren Brustwarzen, und sie begann zu stöhnen. Ich drückte mein Knie zwischen ihre Schenkel, dann wanderte mein Mund hinunter zu den empfindlichen Stellen unter dem Gummizug ihres Schlüpfers. Ich schickte ihr abwechselnd heiße und kalte Schauer über den Rücken, erregte sie unaufhörlich und gab ihr das Gefühl, dass sie alles bekommen würde. Trotzdem würde ich mich zurückhalten, wenn es notwendig wäre. Ich spürte, dass sie hilflos war und sich gehen ließ. Für einen winzigen Moment spannte sie ihren ganzen Körper an und brach dann zusammen. Es gab nur noch eine warmherzige Geste des Empfangenwollens. Wie oft hatte ich eine solche Szene schon im Film gesehen?

In alten Filmen greifen die Männer nach der Frau und zwingen ihr einen Kuss auf. Die Kamera zeigt gewöhnlich nur den Rücken des Mannes und ihre kämpfenden Hände, die seine Schultern und seinen Nacken bearbeiten. Und dann, wenn der Kuss sie überwältigt, verändert sich die Bewegung der Hände zu einem zärtlichen bis leidenschaftlichen Streicheln.

Oder noch schlimmer.

In neueren Filmen geschieht diese Szene gleich im Sexakt. In dem Film *Straw Dogs* wird Dustin Hoffmanns Frau von einem Landarbeiter vergewaltigt. Sie kämpft und sträubt sich, bis er sie besiegt, und schließlich öffnen ihre Beine sich bereitwillig und einladend. Und in *Looking for Mr. Goodbar* weist Diane Keaton ihren letzten Liebhaber zurück, weil er schwach und impotent ist. Als er sie aber plötzlich mit barbarischer Wildheit überfällt, widersetzt sie sich zwar zuerst, schreit dann aber wollüstig auf: »Los, gib's mir! Mach zu! Mach zu! Mach zu!«

Wenn ich daran denke, dass manche Männer glauben, Frauen wünschten sich diese Art der Behandlung, bekomme ich immer beklommene, kalte Angstgefühle. Ich habe einen Hass auf den Mann, der die Frau vergewaltigt, und die Frau tut mir meistens entsetzlich Leid.

Und trotzdem erregen solche Szenen mich gewöhnlich.

»Bleib hier!« befahl ich ihr, während ich mich auszog. Sie beobachtete mich. In ihrem Brief hatte sie geschrieben, dass sie nicht einfach nur Liebe machen wollte. Sie wollte jemanden, der sehr stark und mächtig wäre. Ich entfernte den Rest ihrer Kleider und setzte mich mit gespreizten Beinen auf ihre Brust. Mein Schwanz stand direkt vor ihrem Gesicht. »Leck ihn!« Sie tat es. gierig. »Das gefällt dir, nicht wahr?« Sie stöhnte bestätigend. »Er kontrolliert dich, nicht wahr?« Ihr Stöhnen wurde lauter. Ich spielte mit meinen Fingern ganz leicht an ihr. Sie bog ihren Unterkörper meiner Hand entgegen …

»Du musst süchtig gemacht werden?« Ich entzog mich ihrem Griff. Jetzt wurde alles unheimlich real. Zu real. Aber je dreister ich wurde, desto mehr erregte es sie.

»Ja.«

»Folge ihm.«

Zentimeter um Zentimeter bewegte ich mich rückwärts. Sie folgte mir auf den Knien. Ihre Augen guckten voller Verlangen, und sie wandte den Blick nicht einmal von meinem Zentrum ab.

Ich presste ihren Kopf gegen meinen Unterkörper und stand großmächtig über ihrer schmalen Gestalt.

Dann zog ich mich noch ein Stück zurück. Sie folgte. Noch ein bisschen, sie hinterher. Sie brauchte das lange, starke Ding, das sich ihr von mir entgegenreckte. Jetzt überließ ich ihr alles. Sie schrie laut auf, grabschte mit beiden Händen nach meinem Schwanz und tat, als würde sie ihn nie wieder loslassen.

»Streichel dich!«, befahl ich. Gehorsam wanderte ihre rechte Hand nach unten. Warum sollte ich mich schuldig fühlen? »Spürst du, wie ich größer werde?« Ich will sie nicht vergewaltigen. »Ja, fühle, wie ich größer werde!« Annie will nicht vergewaltigt werden. »Schneller! Leck mich schneller!« Wir spielen Herr-Sklave-Situation, und wir tun es, weil wir uns lieben und gegenseitig vertrauen. »Streichle dich schneller!« *Fantasie* ist nur ein Spiel. »Erst, wenn ich komme, erst, wenn ich mich in deinen Mund ergieße, erst, wenn du mich schmeckst, erlaube ich dir zu kommen!« Ich war noch nie so kraftvoll gewesen! Ihre Finger rubbelten auf ihrer Klitoris, ihre Zunge bewegte sich mit wütender Geschwindigkeit. Sie heulte und bettelte, dass ich endlich in sie kommen möge, damit auch sie sich erleichtern könne. Ich hatte sie noch nie so erregt! Mit einem plötzlichen Schwall kam es mir. Energie, die Annie in mir aufgebaut hatte. Sie stöhnte lauter als je und nahm alles in sich auf.

Fertig. Wir entspannten uns. Ich nahm sie behutsam auf meine Arme und trug sie in mein Bett hinüber. Sie drückte sich fest an mich, winzig in meinen Armen. »Ich bin dein, ich bin dein«, hörte ich sie wispern.

Und es überraschte mich nicht, als ich sie sagen zu hören glaubte: »Danke, Daddy.« Dann war es still.

Während einer Hausaufgabenstunde hatte ich am nächsten Tag

vor den Schülern, die ruhig dasaßen und lasen, tatsächlich den Nerv, einen Brief zu verfassen …

Liebe Natascha, Zigeunerblut und der heiße Fluss von Zigeunerwut machen mich ganz wild auf dich. Wenn du mich heute Abend für ein paar Stunden besuchen willst, werde ich dich so total nehmen, dass du nie nach einem anderen verlangen wirst.

Bis dann
Boris
(Der stärkste und schönste Zigeuner)

Am Nachmittag hatte ich eine Freistunde. Ich lief die Gänge entlang und richtete es so ein, dass ich an Annies Schrank vorbeikam. So nervös hätte ich gar nicht zu sein brauchen. Es war absolut nicht ungewöhnlich, dass ein Lehrer durch die Schulgänge lief. Es war in der Mitte einer Unterrichtsstunde, und in den Klassen war der Lehrbetrieb in vollem Gange. Dennoch war ich nervös und glaubte, wenn jemand mich nun sehen würde, würde er sofort bemerken, dass ich nichts Gutes im Schilde führte. Ich dachte darüber nach, was es für mich für ein Gefühl gewesen war, Annie in genau dem Augenblick kommen zu lassen, in dem ich in ihren Mund geschossen hatte. Fast ohne zu denken, bewegten sich meine Finger mit der Geschwindigkeit eines Kartentrickkünstlers und ließen dabei einen weißen Umschlag durch einen Schlitz in Annies Schrank gleiten. Ich hatte nicht einmal angehalten und lief mit einem Lächeln auf den Lippen weiter. Mir gefiel die Verspieltheit dieser Briefe. Und die Anonymität unserer Fantasienamen schien die Wirklichkeit unseres Spiels noch mehr zu entfesseln.

Sie war da. Um Punkt sieben öffnete ich ihr die Tür. Wir verbargen beide voreinander jeden Anflug von Überraschung auf Grund unserer seltsamen Kleidung. Annie trug einen weit schwingenden Rock, eine lose Bauernbluse, Lederstiefel, dunkles Augen-Make-up, und ihre Lippen hatte sie tiefrot geschminkt. Ein Schal war wie ein Stirnband um ihren Kopf gebunden. Beide Enden hingen locker auf ihre Schultern herunter, was sie wie einen Hippie aussehen ließ. Ich hatte sie noch nie mit Make-up gesehen. Ich selbst hatte nichts weiter als eine sehr eng sitzende Jeanshose an.

Ich deutete stumm auf das Schlafzimmer. Annie gehorchte.

Dort stellte ich mich breitbeinig in Supermannposition, eine Hand auf jede Hüfte, und betrachtete sie eingehend von oben bis unten. »Natascha«, sagte ich, »du gefällst mir. Es sei dir erlaubt, meinen Körper zu küssen.« Sie wischte sich den Lippenstift ab und küsste mich auf den Mund, den Hals, die Brust, den Bauch. Sie nahm auch meine Finger in den Mund. Ich blieb völlig passiv. Sie machte den Reißverschluss meiner Hose auf und saugte überrascht die Luft ein, als sie bemerkte, dass ich darunter völlig nackt war. Dann schmiegte sie ihr Gesicht an mich. »Genug! Das Bett.«

Arnie Lester, der nette jüdische Junge aus New York, lauerte irgendwo im Hintergrund meines Geistes und beobachtete mich. Er sah mich in meinen Aktionen, und er sah wohl dabei einen ziemlichen Narren, der dumme Spiele spielte. Aber dann kam Boris, für mich die Chance, mir selbst zu entfliehen und total jemand anderer zu werden. Ein Mann zu werden, der ich natürlicherweise nie sein könnte, der sich niemals mit einer Frau meines Alters solche Dinge leisten könnte, jemand, der Frauen einfach besser gefiel und ihnen mehr gab.

Annie lag schon auf dem Bett und starrte zu mir herauf. Ich band ihr den Schal vom Kopf, feuchtete ihn mit meiner Spucke an und wischte ihr das Make-up aus dem Gesicht. »Dumme Natascha!«, sagte ich. »Versuchst, dich vor Boris zu verstecken. Das kannst du nicht. Boris sieht alles.« Ich zog sie aus. Sie wartete.

Wieder betrachtete ich sie, die runden, jetzt gegen den Körper abgeflachten Brüste, die sanfte Linie ihres Bauches, ihre Hüften und dann das hübsche, schwarzdunkle Schamhaar. Ich legte ihre Hände hinter ihren Kopf. Ihre Beine waren leicht gespreizt. »Deine Handgelenke und deine Knöchel sind jetzt gefesselt. Boris gewaltige Kraft lässt dir keine Bewegungsfreiheit mehr. Wage es ja nicht zu denken, du könntest dich bewegen!« Ich sah auf ihren Mund –

weich, unschuldig, mädchenhaft. Ein Schauer von Angst lief mir über den Rücken. Sollte ich nicht lieber aufhören? Dann sah ich ihr in die Augen – dunkel und verlangend. Und schließlich sah ich in ihr nur noch einen Körper, der mir zur Lust und zu Gefallen festgebunden worden war, bereit, willens, ja, danach verlangend, genommen zu werden.

Sie erwartete, dass ich mich mit Mund oder Händen über sie hermachen würde.

Ich aber zog eine weiße, schlanke Feder aus meiner Nachttischschublade.

»Natascha wird nur Freude empfangen, wenn sie darum bittet.«

Die Feder fuhr ihr übers Gesicht, strich ihr dann über die Stirn, Wangen und Mund. Annie verfolgte es. Ich machte an den Armen weiter, die über den Kopf ausgestreckt lagen, und achtete besonders darauf, die Feder an die blauen Venen zu drücken, die in der Mitte der Arme entlangliefen. Darauf streichelte ich die Innenfläche ihrer Hände. Die Federspitze kitzelte Annie dabei ganz leicht zwischen den Fingerwurzeln. Annie krümmte die Finger und streckte sie wieder aus. Diese angenehme Berührung gefiel ihr. Danach umkreiste ich mit der Feder ihren Bauchnabel, bürstete über ihre Brüste, wurde in der Bewegung immer langsamer, bis ich nur noch winzige Bögen auf ihren Bauch zeichnete. Annie schloss die Augen. Ich fuhr wieder zu ihrem Hals hinauf. Sie bog mir ihren Hals entgegen. Zu einem anderen Zeitpunkt hätte die Feder sie wohl nur zu sehr gekitzelt, aber jetzt wollte sie mir gehören.

Die Feder tastete sich behutsam über ihre Nacktheit, zart, sanft, sie kaum berührend, strich über ihre Beine, reizte sie mit einem kaum wahrnehmbaren, subtilen Druck und erfüllte jede Zelle, jede Kapillare mit unheimlich lebendigen Gefühlen. Ich führte die Feder an ihren Seiten entlang und vermied es immer noch konstant, ihren Geschlechtsbereich zu berühren.

Geduld. Als ich ihr die Fußsohlen kitzelte, fing sie an, mit den Zehen zu zappeln. Sie drehte sich ein wenig auf die Seite, aber dabei bewegte sie weder Arme noch Beine, so als ob sie wirklich festgebunden wäre. Ihren Po, den Rücken und die Rückseite der Beine behandelte ich mit großen Federstrichen. Sie stöhnte.

Streichelnd versetzte ich jeden Nerv in Erregung. Der Geruch ihres sich erhitzenden Körpers hing wie schwerer Sommerduft im Raum.

Plötzlich zuckte sie zusammen. Ihre Haut war flammend rot geworden, und ihr Fleisch war so erregt wie ein flackerndes Feuer – wie ein Rücken, wenn man zu lange auf ihm gekratzt hat. Die Feder flog immer schneller über ihren Körper. Im Augenblick fühlte sich das vielleicht an wie ein kratzender Wollpullover auf sonnenverbrannter Haut oder wie Nadelstiche.

»Hör auf«, sagte sie. »Gib mir deinen Körper.«

»Nein, Natascha. Boris denkt, dass du noch nicht ganz fertig bist.«

Kitzeln, berühren, streicheln, tupfen, die weiße Klaue zitterte bei jeder Anspannung ihres Körpers.

Während der Szene in der letzten Nacht war Arnie kleiner und kleiner geworden. Jetzt verschwand er ganz. Ich machte immer weiter.

»Nein, Boris, nein. Nicht mehr.«

Ihre Augen waren immer noch geschlossen. Sie wand sich auf dem Bett. Die Feder schien zu wachsen, sie bewegte sich immer heftiger.

Dann beschrieb sie kleine Kreise um die Scheide, zu Anfang wieder langsam und zart. »Nein!« Aber ich fuhr immer wieder mit ihr um die Klitoris herum. Ich wollte alle Kraft in Annie auslöschen, alle Stärke, die sie hatte. Ich sah … Natascha war in meiner Gewalt.

Wieder zuckten ihre Hüften auf. Ihre Arme und Beine lagen immer noch in der eingebildeten Umfesselung. Sie wollte stärkeren Druck der Feder, mehr Reibung, damit sie sich endlich von den Fesseln lösen könnte, die ihr Geist ihr vorspielte. Aber ich setzte die Feder weiterhin langsam und methodisch ein. Ihre Säfte liefen auf das Bettlaken. »Bitte. Ich kann nicht mehr. Hör auf.«

Ich konnte nicht. Ich wusste, dass sie von *überwältigender Mas-*

kulinität genommen werden wollte … aber musste es so gründlich sein? Ich dachte, dass ich aufhören müsste, aber ich war genauso hilflos wie beim Masturbieren über dem *Playboy*. Es war so, wenn ich mit der einen Hand die Seiten umschlug, mit der anderen meinen Penis pumpte und eine Stimme in meinem Kopf mir immer sagte: Tu das nicht!

»Nicht weiter! Ich flehe dich an, hör auf!« Ich wollte aber noch mehr. Sie warf ihren Unterkörper jetzt hoch und ließ sich wieder fallen. Meine Kreise wurden schneller und enger.

»Deinen Schwanz! Deinen Mund!«

Mit einer heftigen, abrupten Bewegung fuhr ihr Kopf in die Höhe. Ihre Augen waren weit aufgerissen und schwarz. Sie schien nichts mehr zu sehen. Dann holte sie keuchend Luft.

Ich konnte nicht anders, als auf den Ausdruck ihrer totalen Hilflosigkeit zu starren. Ihr Gesicht – wie schmelzende Butter in einem heißen Tiegel – verzerrte sich vor Schwäche. Dann musste ich aufhören. Ich musste die Feder wegwerfen. Ich musste sie mit dem Mund nehmen, ihr zur Entspannung verhelfen. Sie kam mit einem riesigen, lauten, lang gezogenen Schrei und entlud all die in ihr angestaute Energie.

Ich hielt sie im Arm, wiegte sie zärtlich und wiederholte immer wieder mit leiser, sanfter Stimme: »Es ist okay. Es tut mir Leid. Es ist alles in Ordnung.«

Sie sah zu mir auf, Boris und Natascha waren verschwunden. Ihre Glieder waren wieder frei.

»Oh, Arnie. Das war seltsam. Ich glaube, ich möchte nicht wirklich so hilflos sein.«

Ich entschuldigte mich wieder und wieder. Tief in mir fühlte ich einen Schmerz, weil ich so viel dunkle Macht aus mir hatte hervorsteigen lassen, weil ich mich davon hatte kontrollieren lassen, weil ich zu diesem Männermonstrum geworden war, das den schwächeren Frauenkörper ausgenutzt, die Macht über Annies Verletzlichkeit ausgebeutet hatte, und weil ich einen Menschen verletzt hatte, den ich liebte.

»Ich liebe dich, Annie. Wirklich, ich liebe dich. Ich weiß es, ich fühle es. Ich liebe dich.« Warum hatte ich es ihr nicht schon früher gesagt?

Annie umarmte mich. Aber sie tat es so, als glaubte sie mir nicht ganz, als dächte sie, ich wollte damit jetzt nur alles wieder gutmachen und sie trösten.

Nachdem ich sie nach Hause gefahren hatte, lag ich auf meinem Bett – dem Tatort. Ich wünschte mir meine Annietage zurück. Ich wollte diese endlose Zeit wieder haben, diese unverplanten Tage, an denen wir tun konnten, was wir wollten, Spaß miteinander hatten, uns liebten, miteinander sprachen und uns unser Innerstes mitteilten. Diese Tage schienen mir irgendwie schon in weiter Ferne zu liegen.

Endgültig Schluss mit *Fantasie.*

Warum sollten wir weiter auf einem Weg gehen, der dunkler und dunkler wurde? Wir sollten doch lieber das nähren und erhalten, was für uns das Beste gewesen war. Annie war so verletzlich. Ich wollte nicht das Risiko eingehen, ihr wehzutun. Ich konnte mir nicht weiter einreden, dass es in Ordnung wäre, einen so jungen Menschen wie sie zu dominieren. Wäre eine ältere Frau damit fertig geworden?

Endgültig Schluss mit *Fantasie.*

Dann versuchte ich einzuschlafen, wurde jedoch immer wütender und bekam immer mehr Schuldgefühle, weil allein der Gedanke an die abendliche Erfahrung mein Blut zum Rasen brachte. Die kleinste Erinnerung an *Die Szene* brachte mir eine Erektion.

Endgültig Schluss mit *Fantasie.*

Aber am Schluss des nächsten Schultages fand ich wieder einen versiegelten Briefumschlag in meiner Jackentasche.

Lieber Boris, heute haben die Zigeuner Ferien. Ich möchte tanzen. Es *soll ein großes Fest werden und viel zu trinken geben. Wir sollten uns mit uns selbst voll füllen. Du bist in der Tat Boris, der Kraftvolle,*

Mächtige. Aber heute ist die Nacht der Zigeunerfrauen. Heute feiern sie ein Fest. Ich werde für dich tanzen, und – wenn du Glück hast – wirst du zu Boris, dem Schwachen, werden.

Ich lecke dein Ohr

Natascha

Sie wusste also, dass es nur ein Spiel gewesen war. Endgültig Schluss mit *Fantasie.*

In dem Brief schrieb sie, dass sie nun mich dominieren wolle. Ich musste mir keine Sorgen mehr machen, dass ich zu schwach werden würde. Wir konnten es einfach genießen.

Endgültig Schluss mit *Fantasie.*

Wir sollten uns aber weiterentwickeln.

Endgültig Schluss mit *Fantasie.*

Sie fühlte sich nicht schuldig.

Keine weiteren *Fantasiespiele* mehr! Und das meinte ich ernst.

Zur gewohnten Zeit klopfte Annie kurz an die Tür, anstatt zu klingeln. Sie stolzierte ins Zimmer. Auch heute Abend trug sie wieder den weiten Rock. Kein Begrüßungskuss. Kein Zeichen des Erkennens. In ihrer Hand hielt sie eine Schallplatte.

»Annie, hör mal, ich will kein …«

»Still, Boris!«, befahl sie. »Du sollst nicht sprechen, bis Natascha dir die Erlaubnis dazu erteilt!«

15. Kapitel

Herrin – Sklave

Ich hatte das Bedürfnis zu lächeln, aber ich unterdrückte es. Annie sah sehr ernst aus. Ich hätte sie verletzen können, oder sie hatte sich dämlich gefühlt, wenn ich ihr nicht die Chance eingeräumt hätte, das Fest der Zigeunerfrauen durchzuspielen.

In meinem Schlafzimmer tat ich, was sie mir befahl, und legte mich auf mein Bett. Ich spürte eine bestimmte Sicherheit und Gelassenheit, dass ich jetzt nichts erfinden oder inszenieren müsste, damit jemand von mir unterhalten würde. Ich war zu einer Party eingeladen, anstatt selbst eine schmeißen zu müssen.

Annie legte die Platte auf meine Stereoanlage. Leise, schnelle Bauchtanzmusik erklang aus den Lautsprechern. Kastagnetten, die sie sich um die Finger geschnallt hatte, klapperten zweimal kurz, und dann verkündete Annie:

»Das Fest der Zigeunerfrauen beginnt in diesem Augenblick…«

Sie tanzte. Zuerst langsam, unsicher, sie fühlte sich vor meinem starren, beobachtenden Blick unwohl. Aber bald schloss sie die Augen, und ich konnte sehen, wie die Musik langsam durch ihren Körper drang. Der Rhythmus begann, ihre Bewegungen zu dirigieren.

Ich sah ihr zu. Weit entfernt, unbeteiligt, aber es gefiel mir, dass sie für mich tanzte. Sie wollte mir gefallen.

Ihre Hüften wirbelten von der einen auf die andere Seite, dann ging sie zu einer kreisrunden Bewegung über. Sie streckte die Arme waagerecht von sich, so als würde sie eine Alexis-Sorbas-Imitation versuchen, aber dann beugte sie die Ellenbogen, so dass ihre Hände sich auf ihrer Kopfhöhe befanden und die Kastagnetten ihr in den Ohren klangen. Sie schlug den Takt der Musik mit. Mit unheimlich schnellen Drehungen wirbelte sie durchs Zimmer, ihr

Rock flog weit hoch und gab die Beine frei, ihre Schals erwachten zum Leben. Immer noch mit geschlossenen Augen stampfte sie die Hacken auf den Boden und machte kleine Schritte vor und zurück. Langsam wurde sie zu Natascha.

Meine Faszination bestand aus Interesse und Erstaunen, weil die Musik sie so sehr gefangen zu nehmen schien.

Als das Tempo schneller wurde, wurden ihre Bewegungen wilder und ungehemmter. Ich hatte das Gefühl, dass meine Anwesenheit ihr überhaupt nicht mehr bewusst war. Aus ihren innersten Tiefen kamen Impulse und suchten ihren Ausweg, eine Kraft, die sie vielleicht selbst bisher noch nicht kannte. Ihr Gesicht verzerrte sich, wenn der Musikrhythmus wechselte, sie den Tanzschritt veränderte. Sie hatte die Lippen geschürzt, ihre Zunge schlüpfte aus dem Mund, und sie biss ab und zu darauf. Die Haut um ihre Augen zeigte kleine Fältchen, wenn sie die Lider zusammenkniff, und entspannte sich wieder, wenn sie sich gehen ließ. Ihr Haar flog frei und drehte sich mit ihr, wenn sie wieder eine Pirouette drehte. Ihr Kopf flog von einer Seite auf die andere, und ihre Arme flatterten wie Bänder im Wind.

Die Musik spielte immer weiter. Annie tanzte. Und ich beobachtete sie.

Noch ein Stampfen mit den Füßen, das Rat-tat-tat der Kastagnetten, eine Drehung, ein Sprung in die Luft, und Annie sackte auf dem Boden zusammen wie ein Haufen Kleiderbündel. Die Musik war aus.

Annie, nein, Natascha, sprang auf die Füße, ihr Körper steif und gespannt wie ein Eibenspeer. Haare und Gesicht waren feucht von Schweiß.

Ich hatte den Drang zu klatschen. Ihre Bewegungen hatten sich genau mit dem Höhepunkt in der Musik gesteigert, und sie hatte mich mit sich getragen. Es war sehr gut gewesen. Der Schauer zum Schluss, die folgende Stille und die Vollendung dieser Szene hinterließen in mir ein gähnendes Loch, das ich mit einer Reaktion meinerseits füllen wollte. Aber ich konnte nicht applaudieren. Sie blieb so distanziert, so weit über mir, dass ich mir dachte, ich hätte diese Reaktion nicht verdient. Mir entging keine ihrer Bewegungen. Ich starrte sie an. Wartete.

Sie drehte die Platte um. Die zweite Seite begann mit einem lang gezogenen, klagenden Hornton, aber bald wurde die Musik lebendiger und bekam Ähnlichkeit mit einer Stripteaseversion der indischen Schlangenversion. Langsam erhob sich die Kobra aus dem Korb.

Plötzlich stand sie auf dem Bett, meinen Körper zwischen ihren Beinen. Jetzt bewegte sie nur die Hüften in kleinen Kreisen und senkte ihren Unterkörper langsam zu mir hinunter. Sie näherte sich meinem Gesicht, richtete sich dann aber schnell wieder auf. Doch diesmal verschmolzen ihre Bewegungen wieder vollständig mit der Musik. Sie erhob sich groß über mir.

Ihre Hände wanderten hinter ihren Kopf und hoben die Haare in die Höhe. Natascha tanzte mit geschlossenen Augen.

Sie schien sehr viel Geduld zu besitzen, ganz im Gegensatz zu mir. Ich wollte das, was da unter ihrem Rock auf mich wartete. Ich verlangte sehr danach, aber sie hielt es zurück. Ich hatte Angst, nach ihr zu greifen und ihre Entrücktheit zu zerstören, ihren Tanz zu unterbrechen.

Als ob sie meine Gedanken gelesen hätte, begann sie langsam, sich zu entkleiden.

Ihre Hände öffneten die obersten Knöpfe an ihrer Bluse und sie ließ sie mit einer lasziven Schulterbewegung nach hinten gleiten. Ein Fenster, durch das ich einen Blick werfen konnte. Ihre Brüste sahen wunderschön aus. Sie vibrierten zur Musik. Ich wollte sie in meinem Mund spüren, aber ich musste Geduld aufbringen.

Nachdem sie ihre Finger an den Lippen benetzt hatte, begann sie damit, die Brustwarzen zu erregen. Sie schimmerten verführerisch im gedämpften Licht. Die Kobra erhob sich.

Betont langsam und sorgfältig ließ sie die Bluse zum Takt der Musik auf den Boden sinken. Ebenso behutsam fielen Stiefel, Strümpfe, der Rock, der Slip. Ich war vor Erwartung schon halb verrückt. Sie verbarg ihr Geschlecht mit den Händen: Das Verlangen in mir schmerzte. Ihr Geruch drang in meine Nase, und ich sog ihn tief ein.

Unfähig, mich noch länger zurückzuhalten, fuhr ich die weiche Haut an ihren Beinen hinauf und versuchte, ihre Hände wegzuziehen. Sie trat zurück. »Nein. Du wirst Natascha nicht berühren, bis sie es dir erlaubt.« Ich gehorchte, hatte aber nur noch mehr Verlangen nach ihr.

Sie tanzte mit fließenden Bewegungen, rhythmisch wie ein Hawaiimädchen in einem Grasrock. Nun hatte sie mir den Rücken zugekehrt, und ich konnte die sanft geschwungene Linie, die vom Rücken zum Po überging, deutlich sehen. Ihr Hintern war eine Einladung. Eine Sekunde die Augen schließend, stellte ich mir vor, ihren Körper küssen zu dürfen. Sie streichelte sich überall.

Als sie sich wieder mir zugewandt hatte, enthüllte sie ihren Geschlechtsbereich Millimeter um Millimeter. Mein Schwanz drückte schmerzend gegen den Reißverschluss. Ich hob ihr das Gesicht entgegen, von einer unsichtbaren Macht magisch angezogen. Aber bevor ich sie berühren konnte, hob sie ein Bein und stemmte mir den Fuß auf Mund und Nase, womit sie mich aufs Laken zurückschob. Ich konnte mich nur einen Sekundenbruchteil an der Berührung freuen und leckte schnell noch über ihre Ferse, bevor sie den Fuß wieder zurückzog.

Sich verbergend und dann wieder offenbarend, auf mich zukommend und sich dann wieder entfernend, tanzte sie ihren Tanz, und ich glaubte schon, vor Sehnsucht vergehen zu müssen.

Dann.

Ohne dass es mir bewusst wurde, wanderte meine Hand zum Reißverschluss. Ratsch. Schwanz, hart und präsent, schoss hervor und reagierte erleichtert und freudig auf die Berührung, die er so gewohnt war, aber lange nicht mehr gefühlt hatte.

Zu Anfang hatte ich gewollt, weil sie mich erregt hatte. Aber nun *musste* ich es tun, weil sie mich mit ihrer Kraft kontrollierte.

Sie war besser als die Mädchen in den bewussten Magazinen,

denn sie konnten weder fühlen noch reagieren. Besser als ein Pornofilm, bei dem man zu einem lebenden Bild masturbieren wollte. Aber das wäre wohl zu pervers, oder? In einem Kino? Wie ein Spanner? Sie war nicht mehr meine Liebste, die für mich tanzte, sie war ein heißes, duftendes, bewegungsvolles Traumbild, das für mich zum Leben erwacht war. In meinem Zimmer. Nur für mich.

»Ja«, verordnete Natascha, »du musst es dir selbst machen. Das ist für Natascha eine Freude. Das wird sie sehr glücklich machen.«

Das Bild sprach mit mir! Das Bild (das nun den Namen Natascha trug) hatte mich bisher immer gezwungen zu tun, was ich nicht wollte, und jetzt forderte es, dass Boris kommen sollte. Und das musste ich auch tun.

Spritzen. So überwältigt vom Sehen, Hören, Riechen, Schmecken, so unter Kontrolle dieser starken Kraft (einer Mischung aus tanzenden Titten und einer verborgenen Scheide), zog mein Körper sich zusammen und sprang dann aus dieser Spannung heraus. Ich schloss die Augen, als ich meine Ladung abschoss, die Verkrampfung mich aus ihren Krallen entließ.

Sie warf die Arme zur Seite, kicherte. »Oh, Arnie. Das war ein Spaß. Du hättest dein Gesicht sehen sollen. Ich dachte, du würdest sterben.«

Ich bewegte mich nicht, reagierte nicht auf sie. »Etwas verkehrt?«, fragte sie.

»Nein. Nur müde.«

»Hat es dir nicht gefallen?«

»Doch.«

»Du tust nicht gerade so, als ob es dir Spaß gemacht hätte.«

»Ich weiß es nicht.«

»Warum nicht?«

»Ich glaube, ich habe schon mal gesagt, dass ich nicht gerne wichse.«

»Warum nicht?«

»Ich weiß nicht. Masturbation schien zu den schlimmsten Dingen zu gehören, die man tun konnte. Ich habe immer das Gefühl gehabt, dass ich von einer Macht beobachtet und verurteilt werde. Ich erwarte immer, jedes Mal, wenn ich es tue, dafür bestraft zu werden.«

»Neeeeein.«

»Doch. Zum Beispiel bei dem Wettschwimmen in der Schule. Jedes Mal, wenn ich es mir in der Nacht vorher gemacht hatte, verlor ich am nächsten Tag mit Sicherheit. Seit dem ersten Tag, an dem ich angefangen hatte, mit mir zu spielen, habe ich dabei Schuldgefühle. Früher habe ich mir dabei meine Lehrerin mit den Nylonstrümpfen und den leicht gespreizten Beinen am Lehrertisch sitzend vorgestellt. Es ist nicht so sehr die Tatsache, dass ich es tue, als vielmehr, dass ich dabei Frauen oder einzelne Attribute von ihnen zu Objekten mache, und das gefällt mir ganz und gar nicht. Ich finde das Verhalten schmutzig, so als würde ich Frauen damit Unrecht tun. Es ist ein Gefühl, als hielte ich ein kleines, perverses Geheimnis verborgen, und wenn meine Mutter oder irgendeine Frau das herausfinden würde, würden sie mich ekelhaft finden …«

»Aber ich bin doch hier und kein Objekt.«

»Vor meinem sechzehnten Geburtstag habe ich mit mir selbst einen Vertrag gemacht, in dem ich mir schwor, nie wieder zu masturbieren. Die nächste Nacht schon wichste ich wieder. Ich hoffe immer, dass ich mal ein bestimmtes Alter erreiche, indem das von selbst aufhört. Ich hatte mir immer gedacht, dass Erwachsene niemals masturbierten. Ich weiß, es sollte alles okay sein, aber es überkommt mich immer wieder. Irgendetwas in mir …«

»Aber du bist so schön gekommen, Arnie.«

»Annie. Physisch gesehen ist ein Orgasmus bei mir immer intensiver, wenn ich es mir selbst mache. Meine ganzen Gefühle drehen sich dann nur um meinen Schwanz. Ich kann mich auf jede Berührung, jedes Streicheln konzentrieren. Ich halte es zurück, warte, bis es sich aufbaut, und komme dann genau im richtigen Augenblick. Ich denke nur an mich und wie ich mich dabei fühle. Aber intensiver heißt ja nicht besser. Wenn wir beide miteinander Liebe machen, dann denke ich an dich, was dir gefallen könnte, was wir miteinander teilen. Wenn es vorbei ist, fühle ich mich nicht so leer.«

»Aber du hast mir doch Freude gemacht. Mir hat das Tanzen ungeheuer Spaß gemacht. Ich finde es toll, wenn ich dich so errege. Es war interessant, alle Dinge zu bestimmen und zu dirigieren. Glaub mir, mich hat das auch ganz scharf gemacht.«

»Wirklich?«

»Ja, natürlich.« Dann verhärtete ihr Gesicht sich plötzlich. »Selbstverständlich ist Boris für Natascha eine große Freude gewesen.« Ich lächelte. »Natascha denkt, dass sie Boris noch für eine Weile behalten wird.« Dann griff sie nach meinem Penis. »Wenn Boris das tut, was sie ihm sagt.« Ich lachte, sie lachte. Wir waren wieder Annie und Arnie, die miteinander spielten. Es war alles nur Spaß.

Wir küssten und streichelten uns wie in alten Zeiten, und bald darauf war ich wieder in der Lage, mit ihr zu schlafen. Eine Vorstellung von der tanzenden Natascha im Hinterkopf machte es mir leichter zu kommen.

Ich weiß, dass ich ziemlich entscheidungsschwach wirken muss. Einen Augenblick will ich dies, im anderen das. In einem Moment gefällt mir dies, im anderen das besser. Ich will mal oben, mal unten sein. Von Mr. Arschloch wechsle ich zu Mr. Empfindlichkeit und wieder zu Mr. Arschloch zurück, und: »Wie bist du wirklich?« Ich bin es einfach. Immer das Chamäleon, das die Farben wechselt.

Und jetzt hatte ich wieder große Lust, mit *Fantasie* weiterzumachen. Ich konnte nicht anders, als mir während der Mittagspause am nächsten Schultag wieder Annies tanzenden Körper vorzustellen. Ihre Erotik nachzuspüren, die wogende Hitzewellen über mich gebracht hatte.

Dieser Rollentausch hatte mir gefallen.

Annie hat mir immer die gleichen physischen Dinge zukommen lassen, die ich mit ihr gemacht hatte. Sie hatte von mir gelernt. Normalerweise weiß ich, was ich für sie tun muss, denn ich würde mir in dem Moment dasselbe wünschen. Jetzt schien sie den

Wunsch zu haben, mir auch geistig nicht nachzustehen. Ich hatte mir manchmal schon vorgestellte, von einer Frau dominiert zu werden, und ich glaubte, dass es mir gefallen würde. Aber bisher war mir das noch nie passiert. Meine Freundin im College hatte zwar manchmal versucht, diese Rolle zu übernehmen, indem sie sich auf mich gesetzt und das Tempo bestimmt hatte, aber das war keine richtige Umkehrung gewesen. Sie hatte die notwendigen Bewegungen ohne jedes Selbstvertrauen durchgeführt. Sie hatte einfach nicht das Verlangen gehabt, mich zu kontrollieren, keine Willensstärke. Außerdem hatte ich mich bis jetzt noch bei keiner Frau so sicher gefühlt, dass ich mich wirklich hätte gehen lassen können. Ich hatte bei noch keiner Frau den Wunsch verspürt, mich ihrem Willen zu öffnen.

Vielleicht bringt *Fantasie* uns beide an Orte, die Annie und ich uns noch nie richtig vorgestellt haben. Wir lieben uns und haben Vertrauen zueinander. Wir können uns vorwärts bewegen.

Also …

Liebe Natascha, du hast dich hoch über mich auf ein Podest erhoben, und ich wurde schwach. Du hast mich mit deinem Tanz gefangen genommen und mich zu einem Bettler um deine Liebe gemacht. Ich gehöre dir ganz.

Für mich steht die Zeit still, wenn du nicht bei mir bist, wenn ich nicht in deiner Gewalt bin. Ich spüre einen offenen Raum, so weit wie der sternenlose Zigeunerhimmel, den nur du für mich füllen kannst.

Meine Tür wird immer für dich geöffnet sein. Kontrolliere meine Kraft. Mach mich zu deinem Sklaven. Nimm mich auf diese besondere Weise, wie nur du es kannst.

Ich kann mir die ungezählten Leidenschaften, die du in mir entfesseln kannst, nicht einmal vorstellen. Leidenschaftlichkeit, die sich auch in dir entfesselt.

Heute Nacht, bitte.

Mein Herz schlägt nur für dich
Boris

Ich konnte nicht anders, ich musste diesen Brief ein wenig ausschmücken. Und ich empfand eine fast kindliche Freude an unserer Verspieltheit, als ich den Brief durch den Schlitz in Annies Schulschrank fallen ließ, und dann ganz unauffällig weiterging.

Und dann gefror ich steif vor Angst, als ich am Tagesende eine Notiz in meinem Postfach fand: *Mr. Lester. Bitte kommen Sie so bald wie möglich in mein Büro.*

Gezeichnet: *Malcolm Hargrove, Direktor.*

Meine Beorderung in das Direktorenbüro konnte alle möglichen Gründe haben. Einer meiner Schüler hatte vielleicht Probleme, Mr. Hargrove wollte mit mir über den nächsten Lehrplan reden, oder es könnte auch der Fall sein, dass mein Name ihm durch den Kopf geschossen war, als er sich mal wieder verpflichtet gefühlt hatte, einen aus seiner »Personalfamilie« zu einer freundlichen Unterhaltung vorzuladen. So drückte er sich immer aus. Ab und zu gefiel es ihm, sich mit bestimmten Lehrern zu treffen und ihnen zu zeigen, was für ein netter Kerl er doch war.

Aber ich wusste, es war alles vorbei – er hatte meinen *Fantasie*zettel an Annie entdeckt, meine Nachbarn besaßen Bandaufnahmen von Boris und Natascha in Aktion, Clara hatte geredet, Mrs. Alston war Annie zu meiner Wohnung nachgegangen – und ich hatte das Bedürfnis zu kotzen.

Ich bückte mich zu einem weißen Porzellanbecken hinunter und trank einen großen Schluck Wasser. Meine Knie zitterten. Mein Gesicht war gerötet und heiß. Ich ging den Gang zum Direktorenbüro hinunter. Die Wände waren hier aus grauen Betonblöcken aufgemauert. Ich bekämpfte einen heftigen Schwindelanfall. Der lange, enge, dunkle Flur, die Stille, abgesehen von dem quietschenden Geräusch meiner Schuhsohlen auf dem Gummibelag des Fußbodens und des Alleinseins gaben mir das Gefühl, ich bewegte mich auf einem Pfad, der absolut mein Ende herbeiführte.

Der Henker ging an meiner Seite, der Priester lief, die letzten Riten lesend, eilig hinter mir her. Bekam ein Jude überhaupt einen

Priester? In allen Gefängnisfilmen, die ich gesehen hatte, bekamen die zum Tode Verurteilten einen Priester, der sie zum Galgen begleitete. Warum sollte ich da eine Ausnahme machen?

Mein Klopfen war so leise, dass der Direktor es nicht hörte. Ich wartete lange, bis ich noch einmal lauter klopfte.

»Herein.« Seine Stimme war tief. Ich hörte eine Bewegung. »Oh, Mr. Lester. Ich hatte nicht erwartet, dass sie meine Nachricht vor morgen erhalten würden. Schön, dass Sie schon heute kommen konnten.« Ich ertappte ihn dabei, wie er einen Stapel Patiencekarten in seiner Schreibtischschublade versteckte.

Ich ließ mich auf einem Stuhl nieder, der wesentlich niedriger als sein eigener war.

»Ich habe es vorgezogen, heute noch vorbeizuschauen.«

»Wie bitte? Was sagten Sie?« Er lehnte sich vor. In seinem von Pickeln zernarbten Gesicht schwammen große, wasserblaue Augen. Sein Haar klebte pomadig an seinem Schädel. Er trug einen blauen Anzug, darunter ein weißes Hemd mit kleinem Kragen und einem sehr schmalen, dunkelblauen Schlips. Sein affektierter Teddy-Roosevelt-Schnurrbart hing drohend über mir.

»Oh, nichts, Mr. Hargrove. Gar nichts.«

Er erhob sich von seinem Stuhl und begann, durchs Zimmer zu schreiten, wobei er sich mit den Händen fest an seinen Rockaufschlägen festhielt. Vermutlich hatte er vor zwanzig Jahren, als er diese Stelle erhalten hatte, schon genauso ausgesehen. »Ich mag nicht gern um den heißen Brei herumreden, also ...« Seine Stimme veränderte sich und klang nun so, als begänne er, eine aufgezeichnete Rede auswendig herzusagen. »Die Stellung eines Direktors ist manchmal ein schmieriges Geschäft. Verstehen Sie das?«

»Absolut«, antwortete ich, nun sicher, dass er von Annie und mir wusste. Ich hatte einen fauligen Geschmack im Mund.

»Alle Arten von Geschäften werden mir in diesem Büro angetragen, und ich muss manchmal an ein und demselben Tag die Festigkeit eines Monarchen und die Freundlichkeit eines Vaters haben. Ja manchmal sogar an nur einem Nachmittag.« Bring's hinter dich, Hargrove. »Oft, als junger Lehrer, habe ich mich gefragt, was es wohl für ein Gefühl wäre, hinter diesem Tisch zu sitzen. So viel Verantwortung und …«

»Mr. Hargrove.« Ich konnte nicht umhin, ihn zu unterbrechen, schließlich war ich in Erwartung meines Todesschlags zu nervös, um Geduld aufzubringen. »Gibt es irgendeinen Grund, warum Sie mich sehen wollen?«

»Was? Wieso? Ah, ja, natürlich. Alles zu seiner Zeit, junger Mann. Also, wo war ich stehen geblieben?« Er murmelte die Worte übellaunig. »Ja, Tisch, Verantwortung. Und ich konnte mir nie so ganz vorstellen, wie schwer der Job des Direktors sein würde, bis, natürlich, bis ich selbst Direktor wurde. Verstehen Sie das?«

Ich hätte am liebsten nein gesagt, aber ich nickte nur schwach. Wann würde die Verurteilung beginnen? Würde ich als Kindesverführer ersten Ranges eingestuft und zurück in den Osten unter die ständige Bewachung meiner Eltern abgeschoben werden? Meine Augen suchten seinen Tisch gründlich nach dem *Fantasie*zettel ab. Schweiß rann mir unter den Achseln die Brustseiten hinunter.

»Nun ja, ich erinnere mich daran, dass ich meinem Vater, als ich noch ein Kind war, natürlich, beim Holzhacken helfen wollte. Wir gingen zusammen in den Wald, aber mein Vater verbot mir, ihm zu helfen. Ich lief tiefer in den Wald und weinte, weil mein Vater gesagt hatte, dass ich zu jung dafür wäre. Später, als mein Vater ins Haus zurückgegangen war, wollte ich ihm zeigen, was ich schon konnte. Ich legte also einen Holzklotz auf den Bock und ließ die Axt mit einem großen Hieb darauffallen. Ein Splitter schoss hervor und verletzte mich an der rechten Augenbraue. Hätte mich blind machen können. Die Narbe ist immer noch da. Was für ein Glück, dass ich noch sehe. An dem Tag habe ich meine Lektion gelernt … *Höre immer auf deinen Vater …*

Warum verlängerte er meine Qualen so? Der Teil in mir, der von Angst noch nicht ganz und gar zerfressen war, fühlte sich gereizt, ihm das imitierte Schnarchen vorzuspielen. »Nun, Lester. Eh, Mr. Lester«, fuhr er mit vorsätzlicher Beredsamkeit fort, wobei er durch seine großporige, breitflügelige Nase schnaufte, »die Aufgabe, vor der ich jetzt stehe, ist nicht leicht für mich, und ich mag diese Art von Aufgaben gar nicht. Aber, wie ich schon sagte, beinhaltet diese meine Stellung alle möglichen Arten von Verantwortung, und mir bleibt keine andere Wahl, also ist es, wenn man die Umstände betrachtet …« Er furzte. Es gab einen kaum hörbaren Puff, so als ob er versucht hätte, sich zurückzuhalten, aber der Furz war trotzdem durchgeschlüpft. Er fuhr unbeirrt fort. »Ich fürchte, ich muss Sie leider davon in Kenntnis setzen, natürlich mit aller Würde und Anstand, eben dieser Art von Anstand, die ich immer aufzuzeigen versuche …«

Unfähig, dieses Gewäsch noch weiter zu ertragen, stand ich auf. »Halt, halt. Nun machen Sie schon und sagen Sie es. Ich kann es nicht mehr ertragen.«

Er sah mich an, als könne er sich beim besten Willen nicht vorstellen, warum ich auf einmal so verdrießlich war. »Mr. Lester. Ich glaube kaum, dass wir diese Art von Umgang miteinander nötig haben. Ich bin daran gewöhnt, von Ihren Kollegen Stöhnen und Ablehnung zu hören, wenn ich einem von ihnen sage, dass er für diesen Winterkarneval ausgewählt worden ist, den Fakultätsclown zu spielen, aber Sie verhalten sich lächerlich.«

»Clown«, wiederholte ich ausdruckslos und setzte mich wieder.

»Ja, Clown. Sie wissen doch. Es findet in der Turnhalle statt. Sie sitzen auf einem kleinen Thron, und die Schüler werfen mit Bällen nach einem Ziel. Wenn sie es treffen, fallen Sie ins Wasser. Es ist immer die Hauptattraktion auf dieser Art Feste. Damit verdienen wir am meisten Geld. Die Schüler stellen sich manchmal einen ganzen Tag lang an, um einen Lehrer mal eintauchen zu dürfen, wie sie sich ausdrücken. Da dies für einen Lehrer recht unangenehm ist, wähle ich immer neue Fakultätsmitglieder für diese Aufgabe, sozusagen als Feuertaufe. Es sollte nicht zu schlimm für Sie werden.« Er sah sich um, als erwartete er, von jemandem hinter seinem Bücherregal belauscht zu werden, und flüsterte dann: »Sagen Sie niemandem, dass ich Ihnen diesen Rat gegeben habe, aber ich würde an Ihrer Stelle unter dem Clownskostüm einen Taucheranzug tragen. Sie wissen schon, diese Dinger, die die Tieftaucher immer tragen.«

»Ja, Sir.« Ich lächelte. Mein eigener Anzug fing wieder an zu trocknen. »Clown. Aber mit Vergnügen. Ich freue mich sogar darauf.«

»Ausgezeichnet.« Er bot mir eine Zigarre aus seiner Rosenholzschachtel an.

»Danke, nein. Gibt es sonst noch etwas?«

»Nein, nein. Machen Sie nur weiter …«

In der Freude über diese Gnadenfrist fühlte ich mich wieder sicher. Annie und ich waren einfach zu vorsichtig, um geschnappt zu werden. Sie lief zu meiner Wohnung. Sie hatte mir gesagt, dass noch nie jemand sie dabei beobachtet hätte. Es hätte auch noch nie jemand gesehen, wie sie hineinging. Clara hatte Verschwiegenheit geschworen. In der Schule benahmen wir uns wie zwei Fremde und begegneten uns auch kaum. Diese Sicherheit ließ mich nur noch mehr danach verlangen, wieder mit Annie im Bett zu sein. Ich brauchte sie, brauchte es, dass sie mich nahm, dass sie mich, wie gestern Nacht kontrollierte, und das mehr denn je. Annie …

Um halb sechs bekam ich einen Ständer. Als der Zeiger der sieben immer näher rückte, begann mein Penis gegen den Reißverschluss meiner Hose zu pulsieren. Pawlowsche Reaktion. Ein kratzendes Geräusch an der Tür. Ich öffnete sofort.

»Boris, du sollst mich niemals warten lassen!«, sagte Annie. »Warum hast du die Tür nicht für mich aufgelassen? Warum bist du immer noch angezogen? Warum liegst du nicht schon im Bett? Ich werde mir einen anderen Zigeuner besorgen, wenn das so weitergeht.«

»O nein, Natascha, nein. Vergib mir meine Unverschämtheit. Ich werde mich sofort ausziehen. Darf ich dir eine Pampelmuse schälen?«

Ich sah, dass ihre Oberlippe zitterte. Sie war kurz davor, in Lachen auszubrechen, aber sie beherrschte sich. Unsere Rollen mussten aufrechterhalten werden.

»Ich bin nicht hungrig«, sagte sie. »Du magst mir ins Schlafzimmer folgen.« Das tat ich. Sie betrat den Raum, als wäre er ein Zelt, das ihr allein gehörte. »Zieh dich aus.«

»Was?«

Sie räkelte sich auf dem Bett und betrachtete eingehend ihre Fingernägel. »Wenn du Natascha nicht allen gebührenden Gehorsam bezeugst, wird sie dich verlassen, und du wirst nicht das bekommen, was du brauchst und wonach du Verlangen hast.«

Ich glaubte, sie hätte es ernsthaft fertig gebracht, zu gehen. Deshalb knöpfte ich mein Hemd auf. Sie beobachtete mich, was mir peinlich war. Ich hatte mich noch nie auf diese Weise ausgezogen, bei hellem Licht und von jemandem dabei betrachtet. Als ich nackt war, legte ich die Hände wie Feigenblätter über mein Geschlechtsteil. Sie ließ mich dort stehen und sah mich ruhig und aufmerksam an. Ich wandte den Kopf von ihrem Blick ab und trat schamvoll von einem Fuß auf den anderen.

»Du magst dich mir nähern.« Als ich an das Bett trat, streckte sie faul einen Arm heraus, und meine Hoden landeten direkt in ihrer Handfläche. Mein Blut floss mit einem solchen Sturz in meinen Penis, dass es wehtat. Beinahe versagten mir die Beine.

»Nun darfst du mich ausziehen.« Das tat ich so schnell ich konnte. Sie stand ganz entspannt da und half mir bei keinem Stück. Ich wollte das, was sie mit ihrem kalten Blick zu Eis gefroren hatte, an ihren heißen Körper pressen. Sie war so stark. Als ich ihre Jeans herunterzog, sagte sie: »Zieh mir den Slip mit den Zähnen herunter.« Auch das tat ich. Als ich fertig war, zog sie meinen Kopf an den Haaren an sich. Ich fing sofort an, sie wild zu lecken. Da riss sie mich hoch. »Natascha hat dir nicht die Erlaubnis gegeben, sie zu küssen. Stell dich in die Ecke.«

Das wurde langsam absurd. Ich wollte ihren Körper. Ich wollte, dass sie mich in sich einführte. Ich fing schon an zu protestieren, aber dann fiel mir ein, dass sie vorhin damit gedroht hatte, wieder zu gehen. Also stiefelte ich zögernd in die Ecke. Mit dem Gesicht zur Wand stand ich einige Zentimeter von der Mauer entfernt, mein Schwanz immer noch halb steif. Ich hörte sie auf dem Bett herumfummeln. Was hatte sie vor? Dann hörte ich leises Wimmern, so als stünde sie am Anfang eines Orgasmus. Ich stellte mir ihren nackten Körper auf dem Bett vor, sah, wie ihre Finger an ihr arbeiteten, ihre Beine gespreizt, damit die Hände besseren Zugang hatten. Das Wimmern wurde zu Stöhnen. Ich wollte mich gern umschauen und zusehen. Durfte ich es wagen, mich umzudrehen?

»So gut! So gut!«, wisperte sie. Ich musste mich noch ein paar Zentimeter weiter von der Wand entfernen. Die Sprungfedern in meinem Bett quietschten, als Annie auf und ab hüpfte. Meine Hände wurden zum Schwanz gezogen. Ich begann, ihn zu streicheln, während ich sie mir masturbierend vorstellte. Ich schloss die Augen. Dann sah ich sie tanzen. Natascha wollte, dass ich kam. Ich fantasierte ihren Duft. Er war in meinem Gesicht. Aber das war ja wirklich so. Ihr Körper war ganz nah hinter mir. Sie hielt mir ihren Slip unter die Nase. Ich sog und schmeckte den herrlichen Geruch, nahm ihn in mich auf, als würde sie mir Äther einflößen. Dann seufzte ich tief und leckte über ihre Hose.

»Ja, Boris, das gefällt Natascha.«

Ich bearbeitete meinen Schwanz so hart, dass ich, wenn ich gekommen wäre, vermutlich ein Loch in die Wand geschossen hätte. Aber Natascha (sie war zweifellos immer noch Natascha, und ich, Boris, war ihr ganz zu Willen) erlaubte mir noch nicht zu kommen. Sie griff nach meinen Armen, presste hinter meinem Rücken die Handgelenke aneinander. »Deine Hände sind jetzt gefesselt. Sie werden von der Macht Nataschas unbeweglich gehalten. Wage nicht einmal zu denken, dass du sie noch bewegen könntest.«

»Ja.«

»Du wirst alles tun, was ich dir sage.«

»Ja.«

»Ich bin dein Meister. Du bist mein Sklave.«

»Dein Sklave.«

Sie kratzte mit ihren Nägeln meinen Rücken entlang. Ich schauerte vor Erregung zusammen. Dann wanderten ihre Nägel an die Innenseite meiner Oberschenkel. Alles Blut strömte zum Schwanz. Dann war es wieder ihre Zunge, die an meinem Rücken hinauf und hinunter fuhr. Nein, ihre Nägel, ihre Zunge. Waren da zwei Annies?

»Wie heiße ich?«

»Natascha.«

»Lauter.«

»Natascha!«

»Und du?«

»Boris.«

»Ja, Boris. Wirst du jetzt alles tun, was ich dir sage?«

»Alles.«

»Wirst du mich immer ficken, wenn ich dich brauche?«

»Ja.«

»Wirst du immer zu mir kommen, wenn ich es befehle?«

»Ja.«

»Wirst du Clara ficken, wenn ich es wünsche?«

»Ja.«

»Wirst du mich auf dem Tisch des Direktors bis zum Orgasmus lecken?«

»Ja.«

»Lauter.«

»Ja!«

»Und wirst du Annie Alston eine Eins in Englisch geben?« Ihre Zunge flatterte über mich hin.

»Ja, ja, ja, Natascha.« Vielleicht brachte es ihr Spaß, aber ich war ja Boris und sie Natascha. Ich lachte nicht. Ich hätte ihr all diese Dinge erfüllt.

»Beug dich vor.«

Ich tat es sofort.

Von unten saugte ihr Mund sich an mir fest. Ich musste tief Luft holen. Ihre Finger waren überall. Meine Augen waren immer noch geschlossen. Jetzt nahm Natascha mich endlich. Ich gab mich ihr ganz hin. Dann stand sie auf und drückte ihren Körper von hinten an mich. Ihr heißer Unterleib mahlte an meinem Arsch. Sie fickte mich tatsächlich direkt hier an der Wand stehend. Dann wurde mein Schwanz in die Hände genommen, aber nicht von mir. Meine eigenen Hände hingen bewegungslos hinter meinem Rücken zusammengefesselt. Es war die überwältigende Kraft von Natascha, die hier meinen Penis melkte. Dieser Kraft hatte ich nichts entgegenzusetzen. Ich konnte gegen ihre Stärke nicht angehen. Ich war völlig in ihrer Hand. Meine Besinnung war so umwölkt, dass ich in Ohnmacht zu fallen glaubte.

Ich stolperte aufs Bett und brach da zusammen. Es war der intensivste Orgasmus, den ich je erlebt hatte. Und ich musste mich hinterher fünf Minuten lang ausruhen, bevor ich die Augen wieder öffnen konnte.

Als ich sie aufmachte, sah ich, dass sie neben mir stand und mich beobachtete.

Für den Bruchteil einer Sekunde erlebte ich sie noch als Natascha. Ich wollte, dass sie mich in die Arme nähme und gegen ihre Brust drückte. Ich wollte noch ihr Eigentum sein. Aber dann huschte ein bübisches Lächeln über Annies Gesicht, und mir wurde klar, dass *Fantasie* fürs Erste vorbei war.

»Wo zum Teufel hast du das aufgegabelt?«

Annie lächelte mich mit triumphierendem Blick an und sagte: »Aus einem Roman.«

Sie ließ sich aufs Bett fallen, wir kugelten übereinander und lachten so stark, dass uns Tränen in die Augen traten. Zwischen Gelächter und Jauchzern konnte ich noch den Satz quetschen: »Gut, sage mir Autor und Titel, und ich werde ihn zur Pflichtlektüre der Abschlussklasse machen!«

Ich fühlte mich so erfüllt und glücklich, dass es gleich wie ein doppelter Schock über mich kam, als Annie mir, während ich sie zu Hause absetzte, sagte: »Lass uns morgen Nacht getrennt verbringen.«

16. Kapitel

Zweifel

Als ich Annie fragte, warum sie Freitag Abend ohne mich verbringen wollte, sagte sie: »Stell dir mal vor, wie scharf wir aufeinander sein werden, wenn wir uns mal einen Tag nicht gesehen haben.« Ich würde das mit Sicherheit sein. »Außerdem beklagt Clara sich dauernd bei mir, dass ich nie Zeit für sie hätte.« Dann fügte sie noch hinzu, ich sollte mir keine Sorgen machen, und versprach, die Nacht von Samstag auf Sonntag mit mir zu verbringen.

Während meiner früheren Freundschaften hatte ich immer mal eine Zeit gebraucht, in der ich vom Partner getrennt gewesen war. Sonst wären die schönen Gefühle zu schnell fad geworden. Mit Annie brauchte ich das nicht. Sie schien mir immer mehr geben zu können. Jedes Zusammensein mit ihr hatte seine eigenen Qualitäten: Und das, was wir jetzt neu hatten, schien so frisch und unverbraucht, dass ich mir nicht vorstellen konnte, je genug davon zu kriegen.

Trotzdem konnte ich verstehen, dass sie mal einen Tag für sich selbst haben wollte. Die letzten vier Tage waren schon ziemlich starker Tobak gewesen. Und Clara war schließlich ihre beste Freundin aus der Kindheit.

Aber warum gerade Freitag Nacht? Ich sah mir eine Reihe Shows im Fernsehen an und versuchte, so viel Mädchen in Bikinis wie möglich zu entdecken, aber es waren keine da. Der Gedanke an Masturbation geisterte wieder in meinem Kopf herum. Ich dachte an all die anderen, die diese Nacht mit einer Liebhaberin verbringen durften. Außerdem war ich besorgt, ob nicht die letzten zwei Nächte, in denen Annie die Macht gehabt hatte, vielleicht etwas in ihrer Einstellung zu unserer Beziehung oder überhaupt zu mir verändert hätten.

Am Samstag rief Annie mich an und sagte, dass sie mit mir auf einem ganz verlassenen Teich irgendwo in den Bergen Schlittschuh laufen wollte. Sie kannte den Teich, und die Fahrt würde nur eine Stunde dauern. Während der letzten Wochen war der sonst milde Oregonwinter hart gewesen, und es hatte viel Schnee gegeben. Ich fuhr in ein Sportgeschäft und lieh mir ein Paar Schlittschuhe aus. Es waren alte, ausgefahrene Lederstiefel mit Kufen, die an den Schnürsenkeln zusammengebunden waren. Meinem Plan gemäß fuhr ich aus der Stadt hinaus. Annie wollte auf der Landstraße gehen und so tun, als würde sie hitchhiken, obwohl sie natürlich erst den Daumen raushalten würde, wenn sie meinen Wagen sähe.

Bald schon sah ich sie, den Daumen auf die Straße streckend, in aufgekrempelten Jeans, schweren Lederstiefeln, ihrer üblichen Lederjacke und eine gestrickte Pudelmütze auf dem Kopf. Auch ihre Schlittschuhe waren zusammengeknotet und hingen lässig über ihre Schulter. Ich hielt an, und sie stieg ein. Ihre Wangen waren vor Kälte gerötet. Ihre Augen strahlten Vitalität und Lebenslust aus. Die Samstagnachmittagswinterspaßstimmung schien sie zu umflirren. Ich liebte das.

»Hab dich vermisst, Annie. Sehr.«

»Hab dich auch vermisst.«

Ich hatte nichts gegen das Getrenntsein. Kein Problem. Sie liebte mich. Das konnte ich spüren.

»Für mich war's langweilig«, sagte ich, »Hab ferngesehen. Konnte nicht schlafen. Dann habe ich Arbeiten zensiert. So was habe ich noch nie Freitagabends gemacht.«

»Ich würde dir ja auch zu gern erzählen, dass es mich gelangweilt hätte, aber gestern Abend war einfach toll.«

Ich sagte mir, dass es kindisch gewesen wäre, enttäuscht zu sein, weil sie einen schönen Abend gehabt hatte. »Was hast du gemacht?«

»Clara ist in der letzten Zeit häufig mit dieser neuen Gruppe von vielleicht fünf, sechs Jungen und Mädchen zusammen gewesen. Gehen alle auf die Highschool. Ich habe mich ja auch nicht viel um sie gekümmert in der letzten Zeit. Gestern bin ich mit ihnen ausgegangen. Nur Highschoolzeug. Für dich wär's stinklangweilig gewesen. Dämlich.«

»Überhaupt nicht.«

»Wir sind nur in der Gegend herumgefahren und haben eine Flasche Rotwein rumgehen lassen. Kennst das ja. Es war lustig.«

Vermutlich brauchte sie so etwas noch. »Habt ihr einen schönen Mondscheinflecken zum Parken gefunden?«

»Eifersüchtig?«

Nein, ich war nicht eifersüchtig. Annie und ich hatten zu viel gemeinsam erlebt, und das war etwas so Besonderes, dass es nicht von einigen Highschooljungen auf der Pirsch gestört werden konnte.

Weit hinter Dillistown bat Annie mich, an den Rand zu fahren, damit wir die Plätze tauschen könnten. Sie wollte fahren. »Ich möchte mich daran gewöhnen, eine Gangschaltung zu bedienen«, sagte sie.

Auf dem Beifahrersitz stemmte ich die Hände in Erwartung eines ruckweisen Starts fest gegen das Armaturenbrett. Der Start verlief überraschend glatt.

Ich lehnte mich in den Sitz zurück und fühlte mich ruhig und sicher, während sie fuhr. Im Vergleich zu den Bergen, in denen wir Skilaufen gewesen waren, waren dies hier kleine Hügel. Ich berichtete ihr von meinem Schockerlebnis im Büro des Direktors. Annie lachte und sagte: »Weißt du, Arnie, manchmal bist du wirklich paranoid.«

Ich war sprachlos. Sie hatte Recht. Aber ich hatte es sie noch nie zuvor sagen hören.

Der Teich war von Bäumen umgeben. Weit und breit kein Haus in Sicht. Fahles Sonnenlicht fiel durch die Zweige. Man konnte kilometerweite Schneefelder sehen, die von keinem Fuß berührt worden waren.

»Wie kommt man mit diesen Dingern zurecht?«, fragte ich, ungeduldig mit meinen Schnürsenkeln hantierend.

Annie hatte schon beide Schuhe fertig angezogen. »Du musst sie durch die Haken nach oben binden. Was übrig bleibt, wird um den Knöchel gewickelt. Binde sie sehr fest, damit du Halt in den Schuhen hast.«

Der einzige Wintersport, den ich wirklich beherrschte, war Hallenschwimmen. Annie half mir schließlich, und dann waren wir bereit.

Ich wackelte zum Eis. »He«, rief ich. »Wo sind diese kleinen Wände, die immer die Eisfläche umranden?« Annie verdrehte fragend die Augen. »Und die Musik? Wo ist die Musik? Da muss es doch so eine kleine Orgel geben, die ›*Tie a Yellow Ribbon Round the Old Oak Tree*‹ spielt.« Mir war klar, dass das hier nicht so leicht wie Langlaufski werden würde. »Ich brauche wirklich eine Mauer. Meine Mutter ist, wenn ich mich recht erinnere, nur einmal mit mir zum Schlittschuhlaufen gegangen, und ich habe das nur überstanden, weil ich mich immer an der Mauer am Rand festhalten konnte.«

»Komm endlich her, du großes Baby.« Aber ich stand am Ufer und bewegte mich nicht, starrte nur auf die Eisfläche und Annie. Ihr Körper wirkte ungeheuer locker.

Ihr Gesicht war intensiv gespannt und zeigte deutlich ihre Konzentration. Ihre Beine beugten und streckten sich, glitten mit entspannter Leichtigkeit übers Eis und beschrieben am Uferrand herrliche, sanft geschwungene Bögen. Dann lief sie rückwärts, und die Kufen blitzten ab und zu in der Sonne auf. Zuerst streckte sie die Arme vom Körper weg, um das Gleichgewicht zu halten. Ihre Figur sah wunderschön symmetrisch aus. Dann, als sie sicherer wurde, hatte sie Lust, ein wenig anzugeben. Sie fuhr eine waghalsige Acht und beendete die Übung mit einer Pirouette in der Mitte des Teiches. Magnetisiert von ihren weichen Bewegungen stellte ich sie mir schon als die Weltmeisterin im Eiskunstlauf in »Wide World of Sports« vor. Sie würde ein grellbuntes Kleidchen tragen, unter dessen kurzem Röckchen ihre bestrumpften Beine hervorwachsen würden. Annie, wie sie über den großen Teich glitt, der von beiden

Seiten mit schönem weißen Schnee eingerahmt war, überall war Weiß. Nur die dunkle, ästhetisch-artistische Erscheinung, die sich dort über die Fläche bewegte, bildete einen Kontrast von reiner Grazie und vollendeter, weiblicher Athletik.

Ich hörte, wie sie mir zurief: »Nun komm schon, Arnie. So schwer ist es auch wieder nicht.«

Aber wie hätte ich mit ihr Schritt halten können?

Ich meine, ich hatte schon ein bisschen gezittert, als ich zugesagt hatte, mit ihr aufs Eis zu gehen, denn ich wusste, dass es ziemlich schlimm werden würde. Aber, na, wenn schon, hatte ich mir gesagt, was soll's. Da hatte ich ja noch nicht gewusst, dass ich auf dem Weg zu einer Verabredung mit Peggy Flemming war.

Sie führte mich aufs Eis hinaus, und meine Beine sackten unter mir weg. Jeder Schritt war eine äußerst vorsichtige Vorwärtsbewegung, die mich ständig in Angst hielt, jeden Augenblick zu einem Haufen zusammenzusinken. Nachdem sie mich bis zur Teichmitte begleitet hatte, ließ Annie mich allein stehen. »He!«, rief ich verärgert. Sie wollte mich necken. »Schwimm oder geh unter. Das ist die einzige Art, es zu lernen.«

Sie hatte zwar nicht die Geduld eines guten Lehrers, aber dafür hatte sie das Herz am rechten Fleck.

Von meiner Froschperspektive auf der Teichmitte beobachtete ich, wie Annie immer größere Kreise um mich zog. Sie streckte die Zunge aus dem Mund und fuhr sich oft mit dem Daumen an die Nasenspitze. Sie hatte ihren Spaß. Ich spürte die gewöhnliche Gemeinsamkeit, die wir bei diesen Unternehmungen sonst zusammen hatten, nicht mehr. Das Verwirrte mich total.

Schließlich wagte ich einen Schritt vorwärts. Nicht gleitend, sondern auf den blinkenden Kufen stolpernd, fiel ich prompt auf den Hintern. Es war hart, tat aber nicht so weh, wie ich mir vorgestellt hatte. Den Schnee von meiner Hose klopfend, ging ich ein paar Schritte weiter. Wieder fiel ich hin und stand auf. Plötzlich sah ich mich selbst – den altmodischen, bebrillten Freund in dem Film *Rocky* –, wie ich übers Eis glitt (stöckelte) und ein Stadion zur Verfügung hatte, das für die Öffentlichkeit geschlossen war. Annie war Rocky – ihre Geschicklichkeit und Stärke gaben ihr diesen muskulösen, kräftigen Schwung –, die so geschmeidig neben mir glitt.

Ich flatterte wild mit den Armen, wie ein Vogel, der mitten im Flug das Vertrauen in seine Flugfähigkeit verlor. Ich fiel hin, stand auf und fiel wieder.

Annie kam herüber und nahm mich an die Hand. »Du musst deine Muskeln entkrampfen. Versuche, deinen Körper im Gleichgewicht zu halten, so ähnlich wie beim Rad fahren. Lass deine Beine einfach gleiten und hab nicht ständig Angst hinzufallen. Du brauchst dir keine Sorgen zu machen.«

Langsam und mit vielen Missgeschicken brachte Annie mir das Schlittschuhlaufen bei.

Als wir wieder in meiner Wohnung waren, kochte ich das Abendessen. Annie schlug mich einmal im Scrabble. Danach sahen wir uns noch etwas im Fernsehen an und gingen früh ins Bett.

Ich dachte an die Zeit zurück, in der es mir unmöglich oder zumindest äußerst unangenehm gewesen war, die ganze Nacht mit einer Frau im Bett zu sein. Nach der Liebe hatte ich immer das Bedürfnis gehabt, allein zu sein. Ich konnte nur schlafen, wenn ich mich auf die Seite rollte und mir vorstellte, dass niemand außer mir da wäre. Bei Annie hatte ich Schwierigkeiten zu schlafen, wenn sie nicht bei mir war. Wir verknäulen uns in allen möglichen Schlafpositionen und haben nie Ärger mit kitzelnden Haaren oder eingeschlafenen Gliedern. Wir passen hervorragend zusammen.

Wir fingen an, uns wie in alten Zeiten zu berühren. Ich lag wieder über ihr, küsste sie, streichelte sie und zog sie langsam aus. Ich hatte die Kontrolle wieder, ohne sie dabei zu dominieren.

In dem Sekundenbruchteil, in dem sie sich weit für mich öffnete, in dem winzigen Zeitraum, in dem ich spürte, dass etwas Außenstehendes, sich von mir Wegstreckendes in etwas Inneres,

Empfangendes schlüpfen musste, spürte ich, wie ich sie kontrollierte, wie sie in meinem Griff hilflos wurde.

Ein instinktives, ausgesprochenes Männlichkeitsgefühl gab mir die Worte ein: »Jetzt gehörst du mir.«

Sie stimmte bereitwillig zu.

Ich bewegte mich kreisend zu ihr. Dann zog ich mich zurück und berührte mit der Eichel ihre Klitoris. Ihre Fingernägel gruben sich in meinen Rücken.

»Ja«, sagte sie. »Genauso mag ich es. Du bist so kraftvoll. Ich hoffe nur, dass ich es auch wert bin, dir zu gefallen. Nimm mich.«

Es schien alles ganz natürlich. Ich war der Mann. Ich musste ja der Dominierende sein. Mir oblag es, den Sexakt zu bestimmen. Frauen hatten wohl die Macht, solange man auf der Jagd nach ihnen war und sich nach ihnen sehnte – die Frauen in den Reklamen wirkten immer geschmeidig und stark, wenn sie ihre Körper zur Schau stellten und sich verführerisch die Lippen mit der Zunge befeuchteten – aber wenn der Mann erst mal sein Ding in sie hineingesteckt hat – eine gewisse Kraft, die eine empfangende Schwäche überwältigte – schien es fast immer das Natürlichste von der Welt, dass sie sich ihm völlig überließ. Die Frauen, die ich getroffen hatte, gaben mir jedes Mal das Gefühl, für sie sei es ganz natürlich, wenn ich beim Sex alles bestimmen würde, wann der Zeitpunkt zum Ausziehen gekommen sei, wann es richtig losging etc. Sie legten sich dann einfach auf den Rücken, völlig passiv, und ließen mich machen. Sie mochten es, beim Ficken meine Macht zu spüren. So viele Fernsehsendungen und Kinofilme – erinnern Sie sich an »*Vater weiß es am besten?*« (mein Vater hatte zu Hause auch die Hosen in der Familie an), oder können Sie sich vorstellen, dass Clint Eastwood sich passiv auf dem Rücken liegend von einer Frau ficken lassen würde? – also, in all diesen Sendungen wird einem der Eindruck vermittelt, dass der Mann bei der Liebe der Dominierende zu sein habe. Wenn die Jungen, mit denen ich aufgewachsen bin, wüssten, dass ich mir von einem Mädchen sagen ließe, was ich zu tun hätte, würden sie mich für verrückt halten, wenn nicht für einen Schwulen. Nein. Das bin ich nicht. Aber ist das natürlich? Oder ist es nur meine Konditionierung?

Ich plante jeden Impuls bei Annie, jede Veränderung ihrer Empfindungen, jede Bewegung bis hin zum Orgasmus. *Ich fand es gut, dass Annie und ich die überkommenen Männer- und Frauenrollen durch* Fantasie *überwunden hatten.* Ich wurde langsamer und beschleunigte ihren Rhythmus dann wieder. Ich will nicht immer das Sagen haben, für das Gelingen des Sexaktes und für die Frau verantwortlich sein. Ich bin verletzlich. Ich kann manchmal auch schwach sein. Ich kann Fehler machen. Und ich brauche auch ab und zu mal die Stärke eines anderen Menschen. Tiefe Stöße riefen ein tiefes Stöhnen hervor, heftige, kleine, produzierten schnelle Atemstöße. *War es ihr deshalb so leicht gefallen, sich Freitag Abend von mir zu trennen, weil die Macht, die sie gespürt hatte, von ihr Besitz ergriffen hatte? War sie vielleicht jetzt enttäuscht, weil ich mich auf dem Eis wie ein Idiot angestellt hatte? Konnte sie auch stark sein, wenn sie nicht Natascha spielte?* Ich spürte, dass sie am Rande des Orgasmus war, und stellte mich darauf ein, zu kommen, damit wir den Höhepunkt gleichzeitig erleben würden. Bei einer Rückwärtsbewegung ging ich ein kleines Stück zu weit und schlüpfte heraus. Nur eine Sekunde. Ich hörte einen scharfen, enttäuschten Atemzug. Schnell drang ich wieder in sie ein, aber Annie war aus dem Takt gekommen und musste wieder von vorn anfangen.

»Bitte«, sagte sie flehend. »Schneller. Nimm mich doch ganz.«

In ihr herrschte so viel Verlangen. Ich wollte ihr zum Höhepunkt verhelfen. Ich arbeitete wie wild, schneller, tiefer.

»Oh, jetzt gibst du's mir aber, nicht wahr?«

Eine Welle von Müdigkeit rann durch meinen Körper. Vermutlich von dem anstrengenden Eislauf; schließlich hatte ich dabei Muskeln einsetzen müssen, die ich noch nie gebraucht hatte. Mein Penis schrumpfte zusammen, als wäre er einem eiskalten Windhauch ausgesetzt gewesen.

Annie stieß ihren Unterkörper an mich, sie wollte den starken Schwanz, den sie eben noch in sich gespürt hatte.

Ich musste langsamer werden.

»Nein, bitte, hör nicht auf. Nicht jetzt.«

Ich hatte das Gefühl, dass ich kommen müsste, aber nicht konnte. Es war, wie wenn man im Bus dringend auf die Toilette muss, aber wegen der vielen Leute nicht raus kann und die eigene Station noch meilenweit entfernt ist. Ich hätte es ja gern durchgehalten, damit Annie wenigstens kommen könnte, aber Schwanz wurde kleiner und kleiner. Sie zeigte immer mehr Ungeduld. Und dabei war der Anfang so viel versprechend gewesen.

Sie sollte auf keinen Fall von mir denken, dass ich es nicht bringen würde. Frauen glaubten immer, dass es für einen Mann so leicht wäre, eine Erektion zu kriegen. Und Kommen sei schon überhaupt kein Problem.

Also aktivierte ich das letzte bisschen Extraenergie, das einem dazu verhilft, die eigenen Grenzen zu überschreiten.

Bisher hatte ich noch nie Schwierigkeiten gehabt, mit Annie zu schlafen.

War meine Müdigkeit der einzige Grund dafür?

Nun befielen mich Zweifel, ob es richtig gewesen war, ihr die Macht über mich zu überlassen. Ich hatte Angst, dass sie mich jetzt nicht mehr so sehr wollen würde. Dennoch schien es so gut zu klappen. Und trotzdem hatte sie es mir angetan, Freitag Nacht ohne mich zu verbringen. Als wir auf dem Eis waren, hatte ich mich wie ein dummer Junge gefühlt. Vielleicht konnte ich meine Liebste nicht ohne das überlegene (männliche) Selbstvertrauen befriedigen? Vielleicht sollte ich sie lieber in der Gewalt haben?

Sie griff mit ihren Händen nach meinem Hintern und presste mich hart an sich. Stöhnend warf sie den Kopf zur Seite. Ohne dass es mir bewusst geworden war, hatte ich angehalten, um nach Luft zu schnappen. Annie brauchte ihre Befriedigung.

Ich fing wieder von vorne an.

Aber dabei fühlte ich mich, als würde ich in einem Teich von persönlichen Problemen ertrinken.

Der Same, den der Zweifel mir ins Gehirn gesetzt hatte, fasste langsam Wurzeln und brachte das Gleichgewicht, die Harmonie und vor allem mein Sicherheitsgefühl total aus der Bahn. Nichts war mehr da von der Leichtigkeit, mit der zwei Liebende sich im Sex begegneten.

»Nur noch ein bisschen mehr«, flüsterte sie.

Ich hatte das Gefühl, dass mein Schwanz ganz klein werden würde, wenn ich so weitermachte, und Annie mich schlichtweg aus sich herauspressen würde. Würde Annie dann von mir denken, dass ich jetzt auch noch im Bett zum Schlappschwanz geworden war?

Ich versuchte, mich an ihren Tanz zu erinnern. Ja, das war's. Ich muss einen großen Ständer kriegen, ich muss sie befriedigen! (Fantasieorgasmen waren wesentlich einfacher.) Ich sah sie mit den Hüften kreisen, die mich erregten, stellte mir vor, wie sie ihre Macht über mich ausübte, mir verbot, sie zu berühren. Schwanz wurde wieder größer. Ich bewegte mich schneller in ihr.

»Ja. Das ist gut.«

Dann hörte ich die verführerischen Laute der Bauchtanzmusik. Ihr kräftiger Fuß auf meinem Mund – herzlos und brutal, aber so aufregend –, der mich wieder auf den Rücken zwang.

»Ah, gut, so gut. Nur noch ein bisschen. Du bist so groß.« Natascha als Vorstellung in mir. Sie hatte mich wieder in ihrer Hand. Ich stand nackend in einer Ecke. Ihre Höschen, der Geruch in meiner Nase. Meine Arme hilflos hinter meinem Rücken gefesselt. Ihre Zunge, ihre Fingernägel.

»Nimm mich!«

Ihre Hände, die meinen Penis molken.

»Nimm mich.«

Ihre Möse, die mich an die Wand drückte.

»Nimm mich.«

Plötzlich machte ich eine Rolle, weil ich sie auf mir haben wollte, spüren wollte, wie sie auf mir kam! Aber in dem Moment, in dem ich auf dem Rücken lag und sie hochkam, glitt ich wieder aus ihr heraus. Und zusätzlich war ich jetzt so erregt, dass allein der

Druck ihres Bauches auf meinen Penis den Samenerguss auslöste. Es ging einfach los und kam auf uns beide runter. Ich war so verlegen, dass ich mich am liebsten unter der Bettdecke verkrochen und mich versteckt hätte.

Annie schien erschrocken. »Was hatte denn das nun zu bedeuten?«

»Annie, es tut mir Leid.« Ich konnte ihr nicht in die Augen sehen. Warum erzählte ich ihr nicht einfach, dass ich Angst hatte, sie zu verlieren? Dass ich ihre Stärke auch manchmal brauchte? »Ich war ein wenig abgelenkt. Dachte, ich müsste mal was Neues ausprobieren. Aber dadurch habe ich es wohl bloß vermasselt. Entschuldige.« Es schien jetzt angebracht, nicht noch mehr Schwäche zu offenbaren. Ich hätte sie ganz verlieren können. Ich fing an, sie auf den Hals zu küssen, dann auf die Brüste, den Bauch … Doch sie wandte sich brüsk ab.

»Schon in Ordnung, Arnie. Mach dir nichts draus.«

In ihrer Stimme entdeckte ich denselben lehrerhaften Ton, den ich manchmal bei meinen Schülern anwandte.

17. Kapitel

Die Unmenschlichkeit des Mannes gegenüber der Frau

Am nächsten Morgen versuchten wir so zu tun, als wäre überhaupt nichts geschehen. Doch das klappte nicht.

Wir waren nicht unfreundlich zueinander; wir waren nur nicht fröhlich. Ich hatte ein schlechtes Gewissen, denn ich hätte ihr einiges erklären müssen, doch ich tat es nicht. Sie fühlte sich vermutlich unwohl, weil sie mir gegenüber in einem Moment der Schwäche so barsch reagiert hatte. Sie wollte sich wahrscheinlich nicht damit auseinander setzen, was unsere Worte bewirkt hatten. Ich suchte nach irgendeinem Witz, der die Stimmung etwas hätte auflockern können, aber mir fiel nichts ein. Nicht einmal eine beiläufige Bemerkung. Es tat weh, in diesem Schweigen zu duschen und sich anzuziehen.

Annie versuchte schließlich, uns mit Konversationsfragen zu helfen: »Welche Kurse hast du im College belegt? Wer ist dein Lieblingskomponist? Was ist es für ein Gefühl, Jude zu sein? Wie ist deine Familie eigentlich? Welche von den Lehrern würdest du als deine Freunde bezeichnen? Gefällt es dir in Oregon?«

Und ich fragte sie: »Was hast du nach der Schule vor? Was gefällt dir besser, Schlittschuh- oder Skilaufen? Worüber redest du mit deiner Mutter? Was für ein Auto würdest du dir kaufen, wenn du das Geld hättest? Willst du mal New York sehen?«

Wir sprachen über Dinge, die wir sonst nie erwähnten, ja, gar nicht als Gesprächsstoff brauchten. Sie war eine andere Annie, ich ein anderer Arnie. Wir konnten uns so leicht verstellen.

Sie sagte, dass es langsam spät und ihre Mutter auf sie warten würde. Ich brauchte sie aber nicht nach Hause zu fahren.

Nachdem sie gegangen war, schien meine Wohnung entsetzlich leer.

Was geschah dann?

In der Schule lief alles wie immer. Ich war Mr. Lester, sie die stille, in Gedanken versunkene Annie. Nur mit einem Unterschied. Wenn wir uns früher getroffen hatten, entweder im Gang, oder wenn ich in die Klasse kam, sie den Raum verließ, dann hatte es eine Art von Kontakt gegeben. Dazu war nicht mal ein Blick nötig gewesen. Es war ein Austausch von dem Bewusstsein, dass wir einander hatten und nichts weiter für uns von Bedeutung war. Dieses geschah während der nächsten Woche überhaupt nicht. An den Abenden sahen wir uns eine Woche lang auch nicht mehr.

Es braucht nicht viel, um eine Sache zu verpfuschen.

Dann, am Freitagabend, klingelte das Telefon.

»Hey«, sagte Annie strahlend wie immer. Die Zutraulichkeit in ihrer Stimme machte mir klar, dass alles wieder in Ordnung war.

»Hallo.«

»Hör mal. Ich habe da eine Tante, die in einer Reiseagentur arbeitet. Sie verkaufen dort auch Konzertkarten, zumindest, wenn es sich um die richtig großen Veranstaltungen in Portland handelt. Und jetzt haben sie noch ein paar Karten für das Jerry Garcia Konzert übrig. Meine Tante hat mir zwei gekauft. Wenn wir gleich losfahren, können wir es noch schaffen. Was sagst du dazu?«

»Aber was war mit letzter Woche? Wie kannst du mir erklären, dass wir uns plötzlich überhaupt nicht mehr gesehen haben?«

»Was für eine Woche meinst du? Ich kann mich an nichts erinnern.« Sie lachte nervös. Dann Stille. »Wir müssen darüber nicht reden. Es ist einfach passiert. Alter Kaffee. Ich möchte jetzt ein bisschen Spaß mit dir zusammen haben.«

Sie ließ sich nicht durch ständige Analysen irritieren. Sie hatte weder Zweifel, noch machte sie sich Sorgen. Sie konnte einfach tun, was sie wollte, ohne dass ihr dabei immerzu die Vernunft im Wege stand. Das konnte ich von ihr lernen.

»Okay. Lass uns in das Konzert gehen.«

»Ich wusste gar nicht, dass du Jerry Garcia magst«, sagte ich, während ich beim Fahren auf die Straße achtete.

»Jerry Garcia, *außerordentlicher* Gitarrenspieler, Leadgitarrist bei *The Greatful Dead,* willst du mich verarschen? Ich bin ganz versessen auf den Sound der Sechziger. Zu Hause habe ich sogar ein Hendrixalbum. Clara übrigens auch. Eine Menge Kinder aus der Schule mögen die alten Gruppen lieber.«

»Du willst damit sagen, dass die Leute deines Alters scharf auf Jimmy Hendrix sind?!«

»Kennst du das Plattengeschäft in Salem, das *Waxed Wheels*?«

»Nein.«

»Na ja, jedenfalls verkaufen die nur Platten aus den sechziger Jahren. Keine Discomusik. Er ist der bestgehendste Plattenladen in der ganzen Stadt, und es gehen fast nur Teenies dorthin.«

»Ich wusste zwar, dass die Schüler wieder auf das Zeug aus den Fünfzigern abfahren, all dieses ›Happy days‹-Gesäusel, aber mir war noch nicht klar, dass die Sechziger schon für ein Comeback bereit sind.«

Annie sah mich überrascht an. »In Eugene gibt es jetzt sogar eine Bewegung, die ein neues Festival mit den alten Gruppen zustande bringen soll. Woodstock und so. In diesem Sommer soll ein Fest zum zehnten Jahrestag stattfinden. Eine Gruppe von Schülern versucht, so einen Typen ausfindig zu machen, der das Ganze organisieren soll, er lebt irgendwo da unten. War während der Sechziger ein großer Hit. Du kennst ihn. Es ist der Mann, der den Film *Einer flog übers Kuckucksnest* geschrieben hat.«

»Ken Kesey«, sagte ich, von Minute zu Minute erschütterter. »Er hat das Buch geschrieben.«

Die ganze Sache war keine Wiedergeburt, sondern nur ein Aufwärmen.

Jerry Garcia kam mit seiner Gitarre und einer aus dreißig Instrumenten bestehenden Backgroundband auf die Bühne. Das Konzert fand in einem Stadion statt, in dem sonst professionelle Hockey- und Baseballspiele ausgetragen wurden. Die Akustik war ausgezeichnet, wenn es darauf ankam, den Pfiff eines Schiedsrichters wahrzunehmen. Ich hätte ein Fernglas gebraucht, um Jerry weit unten auf der Bühne erkennen zu können. Wir saßen ganz oben auf Plastiksitzen.

Aber es wurde noch schlimmer.

Dieses Konzert glich einer Festwiese für Teenypopper.

Viele der Kinder waren noch jünger als Annie. Ich hätte ein Hörrohr gebraucht, um bei dem Geschnatter noch etwas von der Musik mitbekommen zu können.

Bonbonverkäufer. *Candy!* Bei einem Rockkonzert! Die jüngeren Schüler liefen mit klebriger Brause, Popcorn und Erdnusstüten herum, die großen trugen Bierdosen in braunen Hängetaschen versteckt. Niemand blieb auf seinem Platz. Niemand hörte auf die Musik. Sie warfen Frisbees, Tennisbälle, Gummibälle. Sie ließen Luftballons steigen. Überall Gelächter, Verspieltheit.

Jerry kümmerte sich nicht darum, er spielte unverdrossen.

Es waren nicht nur Kinder da (ich will es nicht übertreiben), sondern auch vereinzelte Gruppen von älteren Zuhörern, die versuchten, sich auf die Musik zu konzentrieren. Leute in *meinem Alter.* Aber der hohe Geräuschpegel, der durch die Luft schwirrte, und das ständige Gehüpfe über die Bankreihen gaben mir das Gefühl, als ob ich mich auf einem Spielplatz befände.

Viele dieser Kinder konnten unmöglich wissen, wer Jerry Garcia eigentlich war. Sie hatten irgendwo wohl etwas von einem *Konzert* gehört und waren halt hingegangen. Ein großer Spaß und ein Ereignis voller Spiel und Toberei.

Vielleicht konnten einige wenige von ihnen mit der Musik sogar etwas anfangen. Aber auch das war für sie nur eine theoretische Vorstellung von der Vergangenheit. Die Gesinnung, das Leben fehlten. Die Einheit von musikalischer Intensität und der entsprechenden des lauschenden Publikums war überhaupt nicht vorhanden.

Klar, wir haben damals auch bei den Konzerten *gespielt* – aber mit der Musik.

War es wirklich schon so lange her, dass mein älterer Bruder mit mir nach Fillmore East, New York, gefahren war, um die wirklichen *Greatful Dead* zu hören, nein, zu erleben? Damals waren wir wie in einem Dampfkessel eingeschlossen gewesen, in einer Masse, die die Musik in sich einsog, sich zu ihren Höhen aufschwang, in dem Bewusstsein von ihrer Bedeutung ein Teil davon wurde. Die Wellen der elektrisch verstärkten Gitarren brachen auf uns nieder und setzten sich vibrierend in unseren Körpern fort. Wir tanzten. Im Bewusstsein der Zuhörer herrschte Einheit und Zusammengehörigkeit – aber wir waren ja nicht nur Zuschauer, wir wollten uns nicht nur unterhalten lassen, sondern waren zu einem bestimmten Zweck dorthin gegangen, so vage dieser auch gewesen sein mag, er hatte uns miteinander vereint.

Jerry spielte noch einen kurzen Akkord, winkte und verließ die Bühne. Nach einem wilden Applaus und einer schimmernden Feuerwerksimitation von unzähligen, aufleuchtenden Streichhölzern und Feuerzeugen, kam er noch mal heraus und spielte eine Zugabe. Wieder ging er. Jemand ließ Feuerwerkskörper knallen. Wir gingen auch.

Verstört, mit zusammengepressten Lippen schob ich mich durch den Wagenpark mit wartenden Eltern, die ihre Kinder wieder nach Hause holen wollten. In meinem Wagen sagte Annie plötzlich: »Großartiges Konzert, nicht wahr?«

Ich starrte sie an und durchsuchte ihre Augen gründlich nach einem Ausdruck von Sarkasmus. Sie meinte es jedoch ernst.

Den ganzen Abend hatte sie sich damit unterhalten, entweder die Leute zu beobachten, oder auf die Musik zu hören. Dennoch hatte ich irgendwo erwartet, dass sie in gewisser Weise die ähnliche Reaktion auf das Geschehen zeigen würde, wie ich selbst.

Jedoch, warum hätte das so sein sollen? Vermutlich hatte sie noch nie eine andere Art Konzert als dieses erlebt.

Ich legte den ersten Gang ein und fuhr los.

Ich konnte ihr nicht antworten.

Ich war wütend und traurig.

Annie missverstand mein Schweigen. Sie musste wohl glauben, dass ich wieder ein hinterhältiges Arschlochspiel mit ihr triebe. Sie warf sich im Beifahrersitz zurück und verschränkte die Arme in einer feindlich verteidigenden Haltung vor der Brust.

Den ganzen Rückweg über wechselten wir kein Wort.

Bilder dieses Partiegehabes auf dem heutigen Rockkonzert schossen zickzackartig durch meinen Kopf. Wie sollte ich Annie etwas erklären, das in ihren Augen mit Recht wie eine Ungerechtigkeit erscheinen würde? Lasst die Sechziger sterben, aber tanzt nicht auf ihrem Grab.

Ich musste die richtigen Worte finden. Ich musste ihr meine ganz besonderen Erinnerungen erklären können. Ich wollte nicht noch eine Woche durchmachen müssen, in der wir uns nicht sehen, nicht miteinander sprechen würden.

Ich beschloss zu warten, bis wir in meinem Schlafzimmer wären. Erst wenn wir in unserer Welt allein waren, konnte ich ihr meine Verstimmung erklären. Ich wollte, dass die Außenwelt wieder ausgeschlossen war. Aber als ich den Wagen vor meinem Haus parkte, stieg Annie wortlos aus, knallte die Tür hinter sich zu und machte sich auf den Heimweg.

Ich rief ihr nicht hinterher.

Ich versuchte auch nicht, sie übers Telefon zu erreichen.

Träge ging ich die Stufen zu meiner Wohnung hinauf und lief direkt ins Badezimmer. Dort bog ich meinen Kopf so weit zum Spiegel vor, dass mir das Licht genau ins Gesicht fiel. Sorgfältig untersuchte ich meinen Schopf nach den ersten grauen Haaren.

Der Rest des Wochenendes verlief äußerst deprimierend. Ich hatte nichts weiter zu tun, als mich und meinen Schwanz masturbierend übers Ohr zu hauen und mir Gedanken über Annie und mich zu machen. Wo machten wir unsere Fehler?

Vielleicht lag es nur daran, dass wir uns gegenseitig nicht mehr so vertrauten – so, als würden wir jetzt wirklich zwei andere Persönlichkeiten werden und langsam daran zweifeln, ob das, was wir miteinander taten, wirklich gut für den anderen wäre.

Ich hatte doch in der Nacht nach dem Schlittschuhlaufen nur versucht, sie zu befriedigen. Warum hatte sie dort nicht einsehen können, wie schwierig es für mich gewesen war, mit ihr zu schlafen? Und warum hatte sie nicht verstehen können, dass ich sie gerne oben gehabt hätte? Wie oft hatten wir schon so miteinander Liebe gemacht, dass Annie auf mir saß und den dominierenden Teil übernommen hatte? Und in der besagten Nacht hatte ich diesen Teil ja schon eine ziemliche Weile lang erfüllt gehabt. Konnte sie denn gar nicht einsehen, dass ich die Umkehrung gerade in dem Augenblick gebraucht hätte, wenigstens das bisschen?

Aber was das Konzert betraf, war ich auch nicht gerade nett zu ihr gewesen. Es hatte mich verletzt, aber immerhin war sie es nicht gewesen, die mir wehgetan hatte. Es handelte sich nur um eine Verletzung meiner Erinnerungen. Warum hatte ich es ihr nur nicht auf Anhieb gesagt? Ich musste ja wirklich den Anschein erweckt haben, als wäre ich grundlos stinksauer auf sie gewesen.

Annie und ich hatten eine weitere ganze Woche keinen Kontakt miteinander. In der Schule sahen wir uns nicht einmal an. Beide stur, spielten wir unser dämliches Spiel, wobei jeder darauf wartete, dass der andere den ersten Schritt tun würde.

Wie kam es, dass die Beziehung zu Annie mir manchmal das Gefühl gab, sechzig Jahre alt zu sein, und manchmal erst sechs?

Aber am Freitag, am Ende des letzten Schultages einer Woche, in der ich mich ständig mit dem Drang herumgeschlagen hatte, ihr zu sagen, dass sie im Unrecht wäre, sie um Verzeihung zu bitten für meine Ungerechtigkeit, am Ende dieses Tages also ließ die Annie, die ich von Anfang an als stark und unverlogen geliebt hatte, einen weiteren gelbgeblümten, grünstängeligen Briefumschlag in die Tasche meines Jacketts gleiten.

Ich war sehr aufgeregt. Mir schien, dass sie sich während der

Schule, also wenn ich den Lehrer und sie die Schülerin spielte (sie mehr der Teenager, ich mehr der Erwachsene?), ganz gut mit der Trennung zurechtfinden könnte. Sie tat so, als hätte sie mich ganz vergessen. Aber am Wochenende, die Zeit, die es einem schwer machte, allein zu sein, fühlte sie sich doch wieder zu mir hingedrängt. Dann konnten wir uns Zeit für die Liebe lassen, und dann waren wir wieder allein mit uns und unserer Welt. Ich beneidete sie um diese Kraft.

Aber als ich den Brief zu öffnen begann, wechselte die Erregung schlagartig in entsetzliche Angst. Angenommen, dies war nun kein weiterer *Fantasie*zettel? Angenommen, Annie wollte mit diesem Brief unsere Beziehung beenden?

Ich machte mich auf das Schlimmste gefasst.

Lieber Boris,

Es ist eine lange Zeit her, dass wir uns gesehen haben – Boris.

Ich vermisse dich. Mein Körper sehnt sich nach dir. Mein Körper sehnt sich auch danach, dir zu gefallen. Ich weiß, dass du es nicht lange aushältst, von mir getrennt zu sein. Du brauchst meinen Geruch. Du brauchst meine Brust in deinem Mund. Du brauchst meine Beine, die sich um deine Hüften legen.

Mein Körper ist das Streichholz, das gegen dich gerieben werden muss, um dein Feuer zu entfachen.

Ich werde das erlauben.

Meine Kristallkugel sagt mir, dass die heutige Nacht, die ganze Nacht, die unsrige sein wird. Mach dir keine Sorgen. Denke nicht darüber nach, was du zu tun hast. Ich werde das alles für dich übernehmen.

Du hast keine andere Wahl, als auf mich zu warten und zu beten, dass ich das tun werde, was ich sage.

Deine Lehrerin
Natascha

Was sagte noch der alte Indianerhäuptling in *Little Big Man* immer … *mein Herz schwang sich hinauf in die Lüfte wie ein Adler.* Ja, das war's, was ich wollte. Ich musste ihre Macht spüren. Ich musste ihr gehören.

Aber warum hatte sie diesen Brief nicht schon am letzten Wochenende geschrieben? Hatte sie, in Wirklichkeit vielleicht gar keine Lust, mich zu nehmen? Machte sie es vielleicht nur, um mir einen Gefallen zu tun? Hatte ich sie so auf meine Bedürfnisse hintrainiert, ohne es zu merken?

Hör endlich damit auf! Oder du wirst dich selbst noch in deinem eigenen Kuckucksnest in eine Zwangsjacke stecken lassen. Und lass endlich diese blöde Vorstellung, immer im Film zu sein, sausen. Nicht alles im Leben vollzieht sich wie in einem Film. (War es nur mein Film?)

»Marsch, ins Schlafzimmer, Boris!«, kommandierte Natascha, als sie mein Wohnzimmer betrat. Sie war vier Stunden nach der gewohnten Zeit gekommen, um mich warten zu lassen. Und während ich auf sie gewartet hatte, war es mir sehr schwer gefallen, mich nicht selbst zu befriedigen. Ich hatte daran gedacht, wie Natascha für mich getanzt hatte, wie sie mir ihren Slip ins Gesicht gehalten hatte, wie sie mir gesagt hatte, was ich tun sollte. Ich folgte ihr ins Schlafzimmer. »Leg eine Platte auf!« Ich gehorchte. »Komm her!« Ich kam näher. Sie zog meinen Kopf so weit an den Haaren nach hinten, dass meine Kehle ihr ausgeliefert war. Dann leckte sie mit ihrer Zunge kräftig über meinen Adamsapfel. Ich schloss die Augen. In der Dunkelheit war ich sehr schwach.

Sie schmiss mich aufs Bett, setzte sich rittlings auf mich, streckte die Beine parallel zu meinem Körper aus und hörte nicht auf, meinen Hals zu küssen.

Ich brachte gerade genug Energie auf, ihren Rücken liebevoll mit meinen Händen zu streicheln.

Dann zog sie mich aus. Sie zwirbelte meine Brustwarzen zwischen den Fingern und kniff so viel Haut auf der Brust hoch, wie sie gerade erreichen konnte. Diese Hautfalten knutschte sie.

Auch ihre Kleider fielen. »Sieh mich an!«, sagte sie. »Sieh, wie mein Körper sich dir langsam offenbart. Du kannst deine Augen nicht von mir abwenden. Stell dir nur die Freuden vor, die ich, Natascha, für dich bereithalte, und die dir bald zur Verfügung stehen werden.«

Nackt ritt sie auf meiner Brust, ihr Zentrum nur wenige Zentimeter von meinem Kinn entfernt. Ihr Geruch strich mir über das Gesicht. Ich beugte mich hoch, um den Duft einzuatmen. Sie schob meinen Kopf grob zurück. »Berühr mich nicht, bis Natascha es dir befiehlt!«

Ganz langsam rieb sie sich über mir. Ihre Schamhaare kitzelten an meinen Warzen. Ihre Beinmuskeln strafften sich an meinen Seiten. Sie aber blieb völlig distanziert, verbarg ihre Erregung, damit sie nichts von ihrem Ziel ablenken konnte.

»Natascha, bitte …«

»Du verdienst es nicht, die Reichtümer, die Natascha zu bieten hat, zu schmecken.«

Mein Schwanz war so groß und dick, dass es wehtat. Ich dachte, er müsste ihr schon den Rücken hinaufkriechen. Ihre lang gezogenen Streichelbewegungen näherten ihren Körper allmählich meinem Mund. Aber niemals nah genug, dass ich sie hätte berühren können. Ohne mir dessen bewusst zu werden, hob ich wieder den Kopf und bog ihn ihr entgegen.

Sie schlug mich.

Nicht hart, aber fest. Eine Sekunde lang sah sie mich überrascht an – Annie war überrascht, so als hätte sie es nicht so gemeint, aber dann verhärtete sich ihr Gesichtsausdruck wieder, und mit einem Anflug von echter Feindseligkeit raunzte sie: »Hund! Wenn du nicht hören willst, musst du fühlen!«

»Ja.«

»Ein Hund ist für mich nicht gut genug!«

Sie drehte sich um, so dass ihre Brüste nun auf meine Füße gerichtet waren, und setzte sich auf mein Gesicht.

»Besseres hast du nicht verdient!«

Ich war glücklich, nun das zu bekommen, was ich verdient hatte, und leckte wild.

Ihre Finger brachten mich an den Rand des Höhepunkts, kniffen dann aber einmal kurz und fest zu, so dass das Gefühl sofort wieder abklang. Ich erbebte unter ihrem Gewicht. Sie kontrollierte mich wieder.

Dennoch brauchte ich verzweifelt einen Orgasmus. Ich musste einfach die Energie freilassen, die sich während der letzten zwei Wochen und in all den Stunden voll Erwartung, seit ich den Brief gelesen hatte, aufgestaut hatte. Natascha aber spielte immer weiter mit mir – baute meinen Höhepunkt auf und würgte ihn kurz vorher wieder ab. Dann hatte ich plötzlich keine Lust mehr. Ich verspürte eine große Gier, mich an den dunklen Ort über mir zu verlieren, seine brütende Hitze zu spüren. Natascha weckte in mir auch noch das letzte bisschen verborgene männliche Lust – auch die, die ich sonst verdrängte, die Lust, die einen Mann zu einem Ungeheuer machen kann. Alles forderte mich auf einzutreten, ja, verlangte es direkt von mir.

Die Lüsternheit gab mir so viel Kraft, dass ich unter ihr wegschlüpfen, sie auf alle viere drängen und den Kopf meines Penis an ihre andere Öffnung pressen konnte.

»He!« Sie war mit einem Satz weg.

Schwanz wurde sofort schlaff, und ich konnte in dem Nebel langsam Realität von *Fantasie* trennen. »Oh, Annie. Nein. Das wollte ich nicht. Ich konnte nicht anders, aber ich hatte nicht die Absicht, das zu tun. Es hat mich übermannt. Bitte, Annie, es tut mir Leid. Ehrlich.«

»Nein, das tut es nicht. Wir sind jetzt vielleicht auf Abwege geraten. Wir haben einige verrückte Sachen gemacht, aber das will ich nicht. Allein der Gedanke daran tut ja schon weh.«

»Nein. Ich will es ja auch nicht tun. Du hast mich als Natascha so verrückt gemacht, dass ich den Verstand verloren habe.«

»Okay, okay, jetzt keine Panik. Wir haben wohl beide etwas den Kopf verloren.« Schweigen, außer unseren heftigen Atemzügen.

Beide wussten wir nicht so recht, was wir sagen sollten. Wir waren durch den abrupten Wechsel von Natascha und Boris zu Annie und Arnie sehr verlegen. »Hör mal. Ich bin jetzt einfach nicht in Stimmung, noch irgendwas zu machen. In Ordnung?« Sie löschte das Licht, packte sich unter die Decke und drehte mir den Rücken zu. Nicht mal eine »Gute Nacht«.

Es muss schon Stunden später gewesen sein. Ich lag immer noch wach auf dem Rücken und dachte darüber nach, wie das nun wieder hatte geschehen können. War es deshalb gekommen, weil ich mich immer noch fragte, warum sie diesen einen Freitagabend unbedingt mit Clara hatte verbringen müssen? Oder machte ich mir immer noch Sorgen darum, was sie seit dem Eislaufen von mir denken mochte? War es einfach nur die blöde Erfindung von Natascha und Boris? Zu Anfang war das doch so gut gegangen. Sie schien sehr glücklich gewesen zu sein, als ich sie mit Gewalt genommen hatte. Ich war für sie eine Vaterfigur gewesen. Und auch der Rollentausch hatte sie offensichtlich befriedigt. Aber vielleicht – auch wenn sie lachte und so tat, als ob es ihr Spaß brächte – konnte sie nicht anders, als den Respekt vor mir zu verlieren, wenn ich so wimmernd und unterwürfig vor ihr im Bett saß und ihr völlig zu Willen war. Und jetzt gab es zwischen uns nur noch *Zweifel.* Kein Vertrauen mehr. Und Liebe? Es schien ihr während der letzten Wochen sehr leicht gefallen zu sein, nicht mit mir zusammen zu sein. In der Schule stellte sie immer einen Gesichtsausdruck zur Schau, der besagte, dass ihr das alles überhaupt nichts ausmachte. Und dann war sie so scharf und ungeduldig, wenn der Sex nicht richtig klappte. Aber vermasselt hatte ich das Ganze wohl nach dem Konzert. Es sah so aus, als hätten wir es noch einmal schaffen können – es war ja schließlich ihre Idee gewesen, noch einmal Natascha zu sein –, aber heute Nacht hatte es den Anschein gehabt, als wäre sie richtig wütend auf mich gewesen. Noch schlimmer, ich war so in meine Lust verrannt gewesen, dass ich ihr beinahe meinen Prügel in den Hintern gezwungen hätte, und damit hätte ich ihr sehr wehgetan. Konnte man das noch Liebe nennen?

Ich hatte Angst davor einzuschlafen. Sicherlich lauerte jetzt in meinem Unterbewusstsein ein Alptraum, der mich mit allen Peinlichkeiten und Schuldgefühlen bestrafen würde.

Vorsichtig schlüpfte ich unter der Decke hervor und kroch aus dem Bett. Ich hatte das Bedürfnis, mich hin und her zu wälzen, und damit hätte ich Annie, die einen sehr leichten Schlaf hatte, geweckt. Deshalb öffnete ich auch nicht die Schranktür, um mir Bademantel und Sandalen herauszuholen. Die Tür quietschte. Nackt rannte ich im Wohnzimmer hin und her. Wenn man mir zu Weihnachten gesagt hätte, dass Annie und ich einmal so gegeneinander aufbegehren würden, hätte ich diesen Jemand für verrückt erklärt.

Es war so seltsam, wie sehr es mir gefallen hatte, von Annie dominiert zu werden. Ich war ihr völlig unterworfen gewesen. Der Geruch, der Geschmack hatten mich überwältigt. Ich hätte vermutlich alles in der Welt getan, um meinen Schwanz hineinstecken zu dürfen. Aber als es damit vorbei war, als ich sie wieder als Annie wahrgenommen hatte, war mir sofort klar geworden, wie widerwärtig egoistisch es von mir gewesen war, sie dazu zu bringen. Und was noch schlimmer war, es einem so jungen Menschen aufzuzwingen! War ich jetzt pervers? Aber seit *Fantasie* vorbei war, verspürte ich absolut keinen Drang mehr, ihr meinen Schwanz dort hineinzupressen. Und genauso wenig hatte ich diesen Wunsch verspürt, bevor die *Fantasie*spiele begonnen hatten.

Aber als das Spiel einmal im Gang gewesen war, hatte ich dieses Verlangen sehr wohl gehabt.

Und mögen nicht die meisten Schwulen analen Sex?

Ich musste mich entspannen. *Fantasie* musste jetzt ein für alle Mal aufhören. Ich musste diese Beziehung auf die Ebene zurückführen, die sie vorher gehabt hatte. Ich wollte Annie nicht verlieren. Doch, Natascha hatte mich so gründlich in ihre Gewalt gebracht, dass meine Sinne ungeheuer gereizt waren.

Meine Erektion pulsierte immer stärker.

Mir fiel ein, dass ich immer noch ganz unten im Küchenschrank vergraben, unter dem Stapel alter Zeitungen, meine *Notausgabe* von *Playboy* versteckte. Diese Ausgabe bewahrte ich immer auf. Die Titelseite war vom häufigen Gebrauch schon sehr abgenutzt. Das Heft beinhaltete meine Lieblingsbilder, die, nach denen ich am besten kommen konnte. Es blieb immer bei mir, für den Fall, dass ich die anderen schon alle weggeschmissen hätte, aber plötzlich doch das dringende Bedürfnis verspürte, nackte Frauen zu sehen. Wenn ich nicht mehr anders konnte, musste dieses Heft herhalten.

Ich musste immer noch den Druck loswerden, der schon die ganze Nacht in meinen Hoden rumort und sich wie ein wilder Affe in einem Käfig gebärdet hatte.

Ich nahm das *Playboy*heft ins Badezimmer mit und platzierte es auf dem Waschbeckenrand. Mein Gesicht im Spiegel, von der Neonröhre beleuchtet, hatte einen halb dunklen, halb erleuchteten, halb traurigschwachen, halb erwartungsvollen und hungrigen Ausdruck. Einerseits war ich erschüttert über das, was ich jetzt wieder vorhatte, andrerseits war die Gier danach unbezwingbar.

Mit einer gemächlichen Auf- und Ab-Bewegung streichelte ich meinen Penis, während ich das Heft nach dem richtigen Bild, das ich noch in Erinnerung hatte, durchblätterte.

Da war es. Frau. Lange, dünne Beine auf unverschämt hohen Stöckelabsätzen. Auch sie stand in einem Badezimmer. Sie beugte sich vor. Ihre Hände lagen auf dem Waschbeckenrand. Sie betrachtete sich selbst im Spiegel. Aber was noch viel schöner war … der Brennpunkt des Atelierlichts, der Blickwinkel, aus dem das Foto geschossen worden war, und die Komposition des Druckes (die Linien waren beim Entwickeln lang und eng gezogen worden) konzentrierten sich alle direkt auf den scheinbar vollkommenen, scheinbar gloriosen – *Arsch* – dieser Frau!

Ich schlug einen festen, fröhlichen Rhythmus an und konzentrierte mich dabei auf das fleckige Fleisch und die verborgene Symmetrie des Hinterns. Dann kam die Ejakulation, die ich so dringend gebraucht hatte, doch kurz vorher drehte ich mich aus einem bestimmten Gefühl heraus plötzlich um und betrachtete die Badezimmertür. Ich fühlte mich beobachtet. Ich hörte Geräusche von jemandem, der sich schnell entfernte, um unbemerkt wieder ins Bett zu gelangen. Mein Herz setzte einen Schlag lang aus. Annie hatte mich gesehen, wie ich mir über dem *Playboy* einen runterholte! Wie hatte ich nur so verdammt blöd sein und vergessen können, die Tür abzusperren? (Meine böse Wollust war wirklich drauf und dran, mich gänzlich zu zerstören.) Ein schuldbeladener kleiner Orgasmus explodierte aus mir heraus. Ich hielt meine Augen viel länger geschlossen, als ich es gewöhnlich machte. Ich sah einen wunderschön gebauten, ganzen großen Turm aus Ziegelsteinen mit einem Schlag zusammenbrechen.

18. Kapitel

Die Umkehrung

Ich räumte auf und steckte das *Playboy*heft ganz tief in den Abfalleimer in der Küche (ich wollte es nie wieder sehen). Dann ging ich ins Schlafzimmer zurück, alles andere als fähig, jetzt mit Annies Zorn konfrontiert zu werden.

In der Dunkelheit konnte ich ihren Körper unter der Bettdecke ausmachen. Ihr Atem schien tief und regelmäßig, so als ob sie fest schliefe. Aber sie hatte sich ganz auf die andere Seite des Bettes verkrochen, weit, weit von mir entfernt. Sie bewegte sich nicht, noch sagte sie etwas. Hatte sie nun gesehen, wie ich mir einen abgewichst hatte?

Am Morgen, während ich kurz aufwachte, um mich vom Rücken auf die Seite drehen zu können, öffnete ich die Augen einen Spalt. Annie war weg.

Ich fühlte mich unendlich verlassen und traurig. Sie hätte mich wenigstens wissen lassen können, dass sie gehen wollte. Dann hörte ich Geräusche in der Küche. Und dann fiel mir wieder ein, dass meine Wichserei am Abend vorher kein böser Traum gewesen war und dass Annie vermutlich alles darüber wusste. (Ob sie jetzt wohl gerade unter den Küchenabfällen nach dem *Playboy* suchte?) Und als wir ins Bett gegangen waren, das heißt als wir einschlafen wollten, war Annie mit Recht aufgeregt und sauer gewesen, weil ich etwas Unerlaubtes versucht hatte.

Ich wäre am liebsten im Bett liegen geblieben, bis alles vorbei gewesen wäre.

Aber das hätte eine weitere Woche feindliches Schweigen, oder noch schlimmer, den Verlust von Annie bedeutet. Ich brauchte sie. Ich liebte sie. Ich musste mich bei ihr entschuldigen und mich damit der Situation stellen.

Sie saß am Küchentisch und langte gerade nach einer Schachtel *Cheerios.*

»Annie, ich würde gern ...«

»Frühstück?« Ihre Stimme war leise, und ich spürte subtile, eiskalte Wut hinter jeder Silbe.

»Nein, im Augenblick nicht. Da sind ein paar Dinge, die ich dir sagen muss.« Sie war aufgestanden und knallte nun die Kühlschranktür zu, kehrte mir den Rücken und öffnete auf der Suche nach irgendetwas die Kühlschranktür. »Ich weiß, dass ich kein Recht dazu hatte, ich meine, was ich gestern Abend getan habe ...«

»Sei nicht so verkrampft, Arnie. Setz dich.« Immer noch die beherrschte Feindseligkeit in ihrer Stimme. Sie schüttete sich Cornflakes und Milch in eine Schüssel.

»Wir können nicht so weitermachen wie jetzt. Ich möchte darüber reden.«

Sie setzte sich hin, hielt sich einen Löffel voll Cornflakes vor den Mund, zog die Schachtel zu sich heran und las aufmerksam die Beschreibung der grandiosen *Star-Wars*-Spielsachen durch, die hintendrauf aufgedruckt war. Sie hätte sie per Coupon bestellen können.

Was war so schlimm am Masturbieren, dass sie sich so verschlossen gab und mir nicht einmal die Chance einräumte, mich zu entschuldigen? War es der gescheiterte Versuch mit dem analen Sex? Oder beides? Ich hatte keine Lust, darüber nachzugrübeln.

So machte ich mir auch eine Schüssel mit Cornflakes zurecht und setzte mich zu ihr an den kleinen Küchentisch. Zwischen uns türmte sich eine gigantische, gelbe *Cheerios*schachtel auf. Alles, was ich sehen durfte, war das vorn abgedruckte Bild mit den Erdbeeren.

Die Stille war bösartig.

Die Energie, die wir dazu benutzten, nicht an den anderen zu denken, die Energie, die wir aufbrachten um klar zu stellen, was für ein Schwein der andere war, schlug auf uns nieder wie die heftige Hitzewelle eines Hochofens.

Schließlich.

»Weißt du, dass du im Schlaf mit den Zähnen knirschst?«, fragte sie schnippisch.

»Das hält sie glatt«, antwortete ich böse.

Wir schlürften unser Frühstück weiter.

»Ich dachte, du hättest mir auf dem Weg zum Skifahren gesagt, dass wir immer zusammen aufwachen wollten«, begann ich vorwurfsvoll.

»Oh, heute hat es mir gefallen, lange vor dir wach zu sein«, war die Antwort.

Dann kalte Höflichkeit, die sich mit kurzen, verächtlich ausgetauschten Blicken paarte.

»Hättest du Lust auf etwas mehr Toast, *Arnold*?«, fragte sie nach einer Weile.

»Nein danke. Sehr freundlich von dir, danach zu fragen.«

»Hättest du etwas dagegen, wenn ich mir von deinem Brot einen Teil nähme?«

»Nein, um Himmels willen, bedien dich doch.«

Ihre Lippen waren fest zusammengepresst, ihre Augen konzentrierten sich scharf auf etwas in weiter Ferne, die Haut über ihren Wangenknochen war gespannt, so weit es überhaupt ging. Ich sah vermutlich genauso aus. Dann machte ich mir selbst einen Toast.

Sie räumte den Tisch ab, wobei sie mir den Teller wegnahm, bevor ich fertig war.

»Ich werde abwaschen«, sagte ich.

»Nein, das ist schon in Ordnung so.«

»Mein Geschirr werde ich aber selbst abspülen.«

»Bitte! Bitte! Ich war zuerst wach. Erlaube mir also bitte, das Geschirr abzuspülen.«

Ich ging als Erster unter die Dusche. Allein.

Ich dampfte, das Wasser dampfte.

So war es also klar, sie hatte mich gestern Nacht gesehen. Sie hatte zwar schon gewusst, dass ich so etwas tat, aber nun hatte sie mich dabei erwischt. Es war falsch von mir gewesen, aber ich hatte nun mal einen schwachen Augenblick gehabt. Und schließlich hatte ich ja versucht, mich zu entschuldigen. Hatte ich mich sogar schon in der Nacht entschuldigt? Ich hatte es besprechen wollen, aber sie hatte mich nicht gelassen.

Und trotzdem war ich ein verdammter Idiot. Und dennoch braucht es zwei, um Spiele zu spielen.

Ich musste es lernen, diese Situation ohne feindschaftliche Gedanken zu betrachten.

Als ich aus dem Bad ins Schlafzimmer trat, wurde ich von einem riesigen Schild begrüßt, das aus Notizblättern zusammengeklebt war und nun von der Decke hing. Darauf stand in großen, schwarzen Druckbuchstaben:

ARNIE LESTER IST EIN ARSCHLOCH!!!!

Ich lachte laut, herausplatzend – weil das Schild so liebevoll sorgfältig zusammengeschustert worden war, weil sie vier Ausrufungszeichen dahinter gesetzt hatte … und weil sie Recht hatte. (Sind wir nicht alle mal Arschlöcher?!)

Ich hörte sie auch lachen, aus dem Wohnzimmer. Wir trafen uns im Flur, umarmten uns stürmisch.

»Du hast so Recht, Annie. Ich bin ein Arschloch.«

Sie lächelte. »Wir sind beide eins.«

»Es tut mir Leid, dass ich mich nach dem Konzert wie ein Lackaffe benommen habe. Es tut mir Leid, dass ich versucht habe, dich von hinten zu nehmen. Es tut mir Leid, dass ich es während der letzten zwei Wochen zugelassen habe, dass sich zwischen uns so eine Distanz bilden konnte, dass ich nicht angerufen oder irgendetwas anderes unternommen habe, um die Sache mit dir wieder ins Reine zu bringen.«

»Es tut mir Leid, dass ich so wütend reagiert habe, als du mich nach oben ziehen wolltest. Es tut mir Leid, dass ich so gemein zu dir war, nachdem du versucht hast, in mich einzudringen. Ich hätte deine Entschuldigung annehmen sollen. Ich hätte verstehen sollen, dass du nicht vorgehabt hast, mir damit wehzutun. Es tut mir Leid, dass ich in der Schule immer so schnodderig und gleichgültig zu dir war. Und dass ich dich nicht angerufen habe. Schließlich ist es für mich wesentlich einfacher, anzurufen, als für dich. Wir haben uns beide ganz seltsam zueinander verhalten.«

»Das ist wohl das *Fucking-Up*-Syndrom.« Annie saß auf der Couch und hörte mir wieder so aufmerksam zu wie in den alten Zeiten. »Aus irgendeinem Grund haben Menschen immer Schwierigkeiten, Harmonie über einen längeren Zeitraum hinweg zu akzeptieren. Besonders in einer Zweierbeziehung. Es liegt wohl an unserer grundsätzlichen Unsicherheit, unseren Selbstzweifeln. Alles kann ganz fantastisch laufen, bis man plötzlich, aus heiterem Himmel merkt, dass es schon zwei Tage her ist, dass der eine angerufen hat. Man fragt sich, ob die letzte Bemerkung nur freundliche Ironie oder wirklich ein ernst gemeinter Schlag gewesen sei. Oder es fällt ein Wort, auf das nur ein Schweigen folgt. Das wiederum kann Zustimmung oder Ablehnung bedeuten, aber man weiß es nicht mehr sicher. Derjenige, der gesprochen hat, fühlt sich verunsichert und findet einen Weg, seinen Ärger zu zeigen. Daraufhin wird der andere wütend, und somit hat die Lawine eingesetzt.«

»Klingt vertraut.«

»In uns Menschen steckt eine Zerbrechlichkeit, eine ganz plötzlich auftretende Neigung, alles anzuzweifeln, was eine Minute vorher noch das Schönste auf der Welt gewesen sein kann.«

»Das, was du sagst, passt zu der Beschreibung, die meine Mutter mir oft von ihrer Ehe gegeben hat. Das erste Jahr war wunderschön. Dad war sehr aufmerksam zu ihr. Sie gingen oft aus. Aber, wie sie das immer ausdrückte: ›Bald war die Party zu Ende.‹ Und sie konnte sich überhaupt nicht denken, warum. Er wurde unruhig und verlor die Geduld mit ihr. Sie fand mehrere Möglichkeiten zurückzuschlagen: lausige Mahlzeiten, Nörgeln. Er ging immer öfter allein weg. Sie kämpften, stritten. Ich kann mich an beide eigentlich nur so erinnern, dass sie sich völlig fremd waren.«

»Meine Collegefreundin und ich hatten sogar schon beschlossen zu heiraten. Dann kamen wir aus der Schule und wechselten unsere Umgebung. Das Bild, das sich jeder von der Persönlichkeit des anderen gemacht hatte, verblasste. Es hatte sowieso nur für die beiden existiert.

Dann ging es los. Ich *musste* mehr Zeit mit meinen Studienfreunden verbringen. Sie *musste* sich mehr um ihre Mutter kümmern. Ich ging auf die Fachschule. Sie hatte ihren Job. Ich spielte den Coolen. Sie wurde besitzergreifend. Dann sagte sie, dass sie Schluss machen wolle. Ich bat sie, zu mir zurückzukommen. Wir haben von da an alles falsch gemacht und sind voll in die alte Sache von Streit und Feindseligkeit hineingeschlittert. Und hinterher habe ich so sehr bedauert, wie schlimm das alles geendet hat … Annie, wir müssen über das, was geschieht, miteinander reden.«

»Ich weiß. Ich hatte es nicht gewollt. Ich hatte Angst, dass ich nun alles verlieren würde. Ich wollte einfach nur mit dir zusammen Spaß haben, genauso wie zu Weihnachten. Aber ich weiß, wie wichtig es ist, dass wir darüber reden. Ich war nach dem Konzert wirklich sauer auf dich. Es war auch keine Art, mich so zu behandeln. Ich hätte nicht so wütend auf dich sein sollen, nur weil ich keinen Orgasmus gekriegt hatte. Wir haben uns beide kindisch wie Babys in der Schule verhalten. Gott, was musst du gelitten haben, als ich einfach so eingeschlafen bin, nachdem du versucht hattest, mich so zu nehmen. Und – ich weiß, es ist kindisch –, aber ich fand es ganz schön Scheiße, dass ich immer diejenige sein sollte, die uns wieder zusammenbrachte. Dennoch ist es nicht recht von mir, dir auf alle mögliche Weise mit solcher Feindlichkeit zu begegnen. Ich habe mich für das, was ich getan habe, gehasst.«

Ich holte tief Luft und fragte dann vorsichtig: »Und was war mit dem Sex?«

Annie sah einen Augenblick lang weg, dann wieder zu mir her. »Mir hat es sehr gefallen, als Boris mich in seiner Gewalt hatte. Sogar die Feder war toll. Als ich später noch mal darüber nachgedacht hatte, fand ich, dass ich mir nicht so viel Sorgen darüber zu machen brauchte, wenn ich auch mal ganz hilflos ausgeliefert wäre.

Ich habe dann allein darüber fantasiert, dass mir das nochmal passieren würde … Und dann bringt es mir Spaß, wenn Natascha dich kontrolliert.«

»Ehrlich?«

»Ja. Aber es ist eine ganz andere Art von Spaß. Ich muss gestehen, dass ich zu Anfang ein bisschen Angst gekriegt hatte, vor allem, als ich bemerkte, dass du so großes Verlangen danach hattest. Ich hatte dich vorher noch nie so gesehen. Deshalb habe ich manchmal auch Witze darüber gemacht. Ich hatte Angst, dass ich damit nicht fertig werden würde, wenn es Ernst gewesen wäre. Dennoch hatte ich das Gefühl, ich musste es mitmachen, vor allem letzte Nacht, sonst würde ich dich verlieren. Und dann wiederum habe ich es dir übel genommen. Ich war mir nicht sicher, was ich eigentlich wollte. Ich hätte dich nicht schlagen dürfen.«

»Hast du jetzt das Gefühl, dass das Dominieren dir nach alledem zu viel werden würde?«

»Ich bin mir nicht sicher. Etwas daran hat mir schon gefallen. Das Tanzen zum Beispiel. Ich hatte mich noch nie so wohl mit mir selbst gefühlt. Ich war diejenige, die zuerst einmal bestimmte, was getan wurde und was sich zu verändern hatte. Ich dachte, es wäre mal ein Spaß … Ich weiß, dass ich von nun an nur Dinge tun werde, die ich selber will.«

»Ich würde von dir gar nichts anderes wollen. Es hat mich einfach übermannt. Ich habe dir meine Lust aufgezwungen. Du hattest da etwas in mir entfesselt, und ich habe mich dem überlassen, weil ich dir vertraute und ich dich so sehr liebe. Es war so aufregend für mich, die ganze Verantwortung aus den Händen legen zu dürfen. So was Ähnliches war's wohl. Verantwortung auch für mich selbst. Aber ich habe es auf eine Art gemacht, dass dir dabei kaum eine Chance geblieben ist.«

»Verdammt kompliziert, dieses Leben«, sagte Annie lächelnd.

Ich sah ihr in die Augen. Dann berührte ich ihre Hand und spürte dabei wieder die Kraft, die wir beide zusammen bildeten. »Annie, du hast mich von meiner schlechtesten Seite kennen gelernt, und du bist trotzdem noch hier. Dafür bin ich dir sehr dankbar. Wir wollen uns gegenseitig versprechen, nie wieder so gemein zueinander zu sein, ja? Auch nicht, wenn es zu Ende ist. Dann lass es uns einfach sagen. Keine Kämpfe. Keine stummen Vorwürfe. Wir wollen uns nicht gegenseitig Stück für Stück auseinander nehmen … Lass uns niemals die Erinnerung an das, was wir hatten, durch den Schmutz ziehen.«

»Ich will nicht, dass es aufhört. Du bist das Beste, was ich in meinem Leben gehabt habe, und ich will dich nicht verlieren. Du hast mir so viel beigebracht. Wenn es nur um mich gegangen wäre, dann hätte ich die Dinge auch laufen lassen, wie sie waren. Ich kann es einfach nicht ertragen, ohne deine Kraft zu leben. Ja, in den letzten zwei Wochen habe ich dich auf eine ganz andere Art gesehen. Ich habe mir sogar vorzustellen versucht, wie es ohne dich wäre. Sagte mir, dass ich dich nicht bräuchte. Aber das stimmt nicht. Ich brauche dich. Ich war so einsam. Trotz Clara und meiner Mutter. Ich brauche noch jemand anderes.«

Wir umarmten uns. »Du bist gut«, sagte sie. »Ich wusste es. Ich weiß es.«

Vielleicht war ich doch nicht so ein Schwein. Ein Schwein, das von einem anderen Schwein an der Leine geführt wurde.

Wir umarmten uns nochmal.

Ich lehnte mich etwas zurück und fragte: »Habe ich, eh, besteht die Möglichkeit, dass ich dich gestern Nacht, als ich kurz mal aufgestanden bin, dass ich dich da geweckt habe?«

»Nein, wieso?«

Ich nahm sie fest in meine Arme.

»Lass uns einen Dauerlauf machen«, schlug Annie vor, als ich es mir gerade auf dem Sofa bequem machen wollte. Es lief ein *Abbot und Costello*-Film.

»Im Regen?«

Sie runzelte die Stirn. »Oh, Arnie. Es regnet doch nicht richtig. Komm mit, das wird ein Spaß.«

Ich dachte wieder an das Schlittschuhlaufen. Im Laufen war ich sehr gut, na ja, einigermaßen. In der Schule wäre ich fast im Leichtathletikteam aufgenommen worden. Sie konnte mir also nicht noch mal eine Laien-Experten-Lehrstunde aufdrängen.

»Okay«, sagte ich. »Wenn du darauf bestehst. Aber ich warne dich. Ich war mal als Lester, der Blitz, bekannt.«

»Hatte das was mit deinen Leistungen im Bett zu tun?« Ich musste lächeln. Es war sogar schwieriger geworden, sie im Necken zu schlagen.

Annie wartete, während ich mich umzog. Sie wollte in ihrer üblichen Armeehose und den Sportschuhen laufen. Ich zog meine Tennissocken bis zu den Waden hinauf, stieg in meine Turnhose aus Nylon, zog die Trainingshose darüber, um die Muskeln warm zu halten, band meine noch nicht sehr abgenutzten Joggingschuhe fest zu und wählte dann das passende Sweetshirt mit der Aufschrift *Marathonläufer machen es länger*, ja, scheute mich nicht, auch noch ein in der Farbe darauf abgestimmtes Stirnband über den Kopf zu ziehen.

»Es handelt sich nicht um die Olympischen Spiele«, bemerkte Annie lachend.

»Wenn ich unterrichte, brauche ich mein Sportjackett. Wenn ich laufen will, brauche ich einen Trainingsanzug. Ich mache alles besser, wenn ich mich ganz in die Rolle hineinversetze.«

»Himmel, die Dinge werden kompliziert, wenn man alt wird.«

Dies Gespött war viel liebevoller als unser Schweigen.

Draußen war die Luft sehr warm. Ein gleichmäßiger Regen fiel. Es war kein eigentlicher Regen, eher eine Ansammlung winziger Wasserpartikel, die durch die Luft schwebten. Annie wäre es recht gewesen, wenn wir gleich vor meiner Haustür mit dem Rennen begonnen hätten. Aber wir zwei, joggend, durch Dillistown? Ich fuhr dreißig Meilen zu dem leeren Sportplatz einer benachbarten Highschool.

Wir gingen den Pfad zum Sportfeld entlang, nachdem ich den Wagen auf dem Parkplatz abgestellt hatte. Der Sprühregen wusch mir das Gesicht, und ich senkte den Kopf. »Das Geheimnis«, deklamierte Annie, »mit dem Nordwestregen fertig zu werden, ist, nicht dagegen anzukämpfen. Er ist da. Man muss mit ihm leben. Halte den Kopf hoch und lass ihn dir ins Gesicht fallen. Gleite zwischen den Tropfen hindurch.«

»Danke, Prof«, sagte ich grinsend und blickte geradeaus. Sie hatte Recht.

Eine tiefe Wolkendecke, die verschiedene Farbtöne von grau bis metallisch blau aufwies, legte sich über den Platz. Die Aschenbahn war matschig. Sie führte um ein sumpfiges Fußballfeld. Wir gingen an den leeren Rängen vorbei zu den Startblöcken. Annie begann zu joggen. »Einen Moment, junge Dame«, unterbrach ich sie in meiner besten Lehrertonart. »Lektion eins … vor dem Rennen immer erst die Muskeln dehnen.«

»Und was ist die zweite Lektion?«

»Immer nach dem Rennen die Muskeln strecken.«

»Die dritte?«

»Niemals den Lehrer in Frage stellen.« Sie streckte mir die Zunge raus.

Ich zeigte ihr verschiedene Übungen, um die Muskeln in den Beinen und Rücken zu strecken. »Nein, nein, du darfst dich nicht einfach rauf und runter beugen«, sagte ich, als wir versuchten, mit durchgedrückten Knien unsere Zehen zu erreichen. »Muskeln sind wie Menschen. Wenn du sie zu schnell überfährst, ziehen sie sich sofort zurück. Beuge dich tief hinunter, entspanne die Muskeln und halte dich so ruhig. Lass sie sich völlig an ihre neue Länge gewöhnen.«

Annie befolgte meine Anweisungen pflichtgemäß. Es tat gut, nach der Misere auf dem Eis wieder etwas zu sagen zu haben.

KÄMPFEN
ANNIE UND ARNIE HEISS IN EINEM HOT TROTT
(Ein Stück in vier Runden)
von A. L.

Runde I

Wir fingen gemächlich an. Zu Beginn liefen wir ungleichmäßig. Meine ausgreifenden Schritte brachten mich nach vorne. Aber sie holte mich ein.

»Wie weit möchtest du laufen?«, fragte ich.

»Kannst du eine Meile durchhalten?«

Ich vermeinte, in ihrer Stimme einen Anflug von Herausforderung zu hören. »Wenn du es kannst.« Ich hatte mir eigentlich nicht vorgestellt, ein Wettrennen daraus zu machen, aber … was hatte sie vor?

Unsere Körper lehnten sich etwas aneinander, als wir die erste Kurve nahmen. Ich ließ Annie auf der Innenspur laufen, da sie hier eine kürzere Entfernung zu bewältigen hatte. Mein alter Trainer fiel mir ein. Ich glaube, es war noch auf der Highschool gewesen. Er hatte mir beigebracht, wie wichtig es war, meine Arme immer parallel zum Boden und in gleichmäßiger Bewegung zu halten. Immer vor und zurück, vor und zurück …

Annies Haare wehten hinter ihr her. Ihre fließenden Bewegungen, Arme vor, Arme nach hinten, Beine gebeugt, Beine gestreckt, verliehen ihr dieselbe Grazie, die sie schon auf dem Eis gezeigt hatte.

Ich hatte mal einen Freund gehabt, für den ich eine Mischung von äußerst ambivalenten Gefühlen empfunden hatte. Sein Haar war immer fettig gewesen, er kratzte sich öfter in aller Öffentlichkeit an den Hoden und war niemals, aber auch niemals pünktlich gewesen. Aber wenn er sich einmal entspannte, wenn er sich auf etwas konzentrierte, wenn er seine Kräfte sammelte, um Flöte zu spielen, wurde er zu der schönsten, ausdrucksvollsten Persönlichkeit auf der Welt. Etwas tief in ihm Verborgenes offenbarte sich dann, tauchte an die Oberfläche und verlieh seiner Erscheinung einen ganz eigenen Glanz.

Annie drückte sich selbst vollständig auf diese Weise aus, wenn ihr Blut pulsierte. Ihr ganzer Körper war eine Bewegung. Ein Teenagermädchen, das sonst ziemlich unscheinbar aussehen konnte und normalerweise ein ruhiges Wesen an den Tag legte, konnte zu einer wunderschönen Frau werden und ihre gesunde, vibrierende Energie voll ausschöpfen.

Wir liefen schneller. Beide waren wir aufgeregt, da wir uns gegenseitig hochschaukelten, indem jeder noch einen Schritt zulegte.

Der Regen war nicht mehr von Bedeutung. Ich zerschmetterte die Wasserpartikel gnadenlos und durchschnitt sie mit meinem Körper.

Runde II

Nachdem wir die zweite Kurve genommen hatten, befanden wir uns wieder auf der Geraden, auf der wir angefangen hatten. Der Wind blies uns nun erneut von vorne an. Ich blinzelte heftig, als mir die Wassertropfen in die Augen fielen. Mein Puls ging jetzt schneller. Ich senkte den Kopf und schnappte nach Luft.

Die Anstrengung nach der ersten Runde war auch bei Annie zu spüren. Wir fielen in einen langsameren Trott. Ich lächelte. Ihre Nase krauste sich. Es war schön, das Gleiche wie sie zu empfinden.

Als wir uns dem Ende der zweiten Runde näherten, fühlte ich mich stark wie nie zuvor. Unsere Beine bewegten sich jetzt im Gleichschritt, unser Tempo war perfekt aufeinander abgestimmt. Es war eine Einheit, die da das Feld umkreiste.

Runde III

Plötzlich lag ich in Führung.

War sie zufällig langsamer geworden? Oder hatte ich unbewusst das Tempo verschärft?

Doch Annie zog wieder an mir vorbei. Sie brachte alle Kraft auf, um eine größere Schrittlänge zu schaffen. Auch ich verschnellerte mein Tempo. Zu Beginn hatte ich keine Lust und auch nicht das Bedürfnis gehabt, sie zu schlagen und zu gewinnen. Aber wenn sie mich so herausforderte, gut, dann nahm ich das an.

Trotzdem war es lächerlich. Warum musste irgendjemand irgendetwas beweisen? Ich lief wieder langsamer. Annie vergrößerte ihren Vorsprung.

Eine Sekunde lang wendete sie ihren Kopf und schaute zurück. Ich meinte, ein leises Kichern zu hören, oder war dies etwa ein ausgewachsenes Lachen gewesen? Oder hatte sie vielleicht doch nur den Kopf zur Seite gedreht, um besser Luft holen zu können?

Auf einmal hatte ich das Gefühl, dass da vorn eine Schülerin rannte, die den Lehrer herausfordern wollte (Kind gegen Erwachsenen?). Sie war gewachsen, hatte mehr Macht erlangt, und nun hatte sie das Bedürfnis, sie an mir auszuprobieren. Zumindest war es die Herausforderung zu fragen, ob ich immer noch genug Männlichkeit für sie besäße – sonst hätte sie sich verdientermaßen die Siegerkrone aufs Haupt setzen dürfen.

Ich dachte daran, ihr das Rennen einfach zu überlassen. Sollte sie es doch gewinnen. Aber in mir steckte immer noch ein Teil der Lehrerrolle, ein bisschen Macho.

Ich konnte sie nicht gewinnen lassen.

Runde IV

Ich beschleunigte mein Tempo und aktivierte noch mehr Energie. Der Wind warf mich zurück, aber ich hielt den Kopf hoch und raste vorwärts. Ich hätte einen regelmäßigen Rhythmus laufen müssen, um in Form zu bleiben, aber als ehemaliger Wettschwimmer in der Highschool und eifriger Sportler hatte ich immer noch eine innere Reserve, die ich notfalls jederzeit einsetzen konnte, egal, wie lang die Strecke noch sein würde. Aber schließlich begann auch diese Reserve zu schwinden. Es war schon mehrere Jahre her seit meiner Teenagerzeit.

Lester, du bist noch kein alter Mann! Bring deinen Hintern endlich in Schwung!

Ich rannte an Annie vorbei, ohne sie anzusehen. Aber ich stellte mir ihren überraschten Gesichtsausdruck vor.

Ich musste sie einfach schlagen. Ich musste die Marke am Ende der Strecke, die Startblöcke, von denen aus wir das Rennen begonnen hatten, unbedingt als Erster erreichen.

Immer noch kräftig. Schweiß brach aus allen Poren, Hitzeschauer jagten durch meinen Körper. Das Klopfen meiner Schuhe auf dem Boden hallte in meinen Ohren wider. Immer schneller. Ich spürte ein Rauschen im Kopf. Aber immer noch fühlte ich mich stark genug.

Vielleicht wurde ich doch etwas langsamer? Aber jetzt konnte ich auch noch nicht alles rauslassen. Etwas musste für den Endspurt übrig bleiben.

Der graue, tiefe Himmel, grüne Pinien, brauner Matsch, dunkles Gras, all das verschwamm vor meinen Augen.

Als ich mich der Kurve näherte, die uns zum Ausgangspunkt brachte, wusste ich, jetzt galt es, jetzt oder nie. Annie lief neben mir. Eine Zeit lang waren wir auf genau gleicher Höhe.

Ich fand die Kraft, noch schneller zu rennen, und befand mich auch einen Augenblick in Führung. Aber Annie war scharf hinter mir.

Ich musste sprinten.

Mich streckend, alle Reserven ausbeutend, keuchte ich nach Luft. Meine Beine fühlten sich an wie dicke Bolzen, die auf den Boden stampften. Es war, als ob alles Fleisch von ihnen abgefallen und nur noch die Knochen übrig geblieben wären. Meine Hacken platschten heftig in den Matsch. Ich musste diese Geschwindigkeit halten.

Nahe am Ziel sah ich plötzlich ein imaginäres Band, als ob es von einem Schiedsrichter quer über die Bahn gespannt worden wäre. Ich musste da durchrennen. Es musste einfach sein.

Dann wurde ich schwächer.

Vielleicht noch hundert Meter, dann würde das Frühstück, das jetzt schon in meinem Magen gurgelte, wieder ans Tageslicht kommen. Meine Schritte nahmen die lässige, weiche, stöckerige Bewegung an, die Marionetten zu eigen ist.

Annie sauste mit der leichten Grazie, derselben fließenden Bewegung an mir vorbei, die sie schon das ganze Rennen über gezeigt hatte. Die Anmut der Schönheit und Jugend. Sie gewann.

EPILOG

Ich hustete und keuchte und versuchte, dicken Speichel loszuwerden, der penetrant vor meinem Mund hing. Ich wischte ihn mit Daumen und Zeigefinger weg, um ihn zu Boden zu schnippen, aber er klebte zu fest. Ich zwang mich dazu, weiterzugehen. Mir war schwindelig. Annie brauchte keine Erholungsphase. Sie kam zu mir zurück, um nachzusehen, wie es mir ging.

Ich sah auf – und lächelte.

Sie warf ihre Arme um mich und drückte mich fest an sich.

Verloren? Was hatte ich verloren? Einen kurzen Dauerlauf im Regen? Meine Männlichkeit? Ich hätte Annie verlieren können. Sie hatte die Kraft, die es verdiente, zu gewinnen. Wir hatten beide unsere Energie aufgebraucht und jeder nach seinem Können versucht, das Beste zu geben. Aber was noch wichtiger war, unser Bewusstsein, unsere Sicherheit im Umgang miteinander hatten sich verändert. Wir verglichen uns und forderten uns gegenseitig heraus. Ich versuchte, die Überlegenheit zurückzuholen, die ich vorher gehabt hatte. Ich konnte sie nicht mehr finden. Aber Annie hatte sich gemausert. Eine neue Stufe des Selbstvertrauens hatte ihr den Glauben gegeben, dass sie gewinnen könnte, und dann hätte sie gewinnen müssen. Ich brauchte ihre Stärke. Ich brauchte einen harten, kräftigen Arm, der mich aus der milchigen Suppe von Unsicherheiten herausführte.

Mein selbstverteidigendes Lächeln und mein Aufgeben von geistiger Überlegenheit waren genug, um ihr klar zu machen, dass ich jetzt ihr gehörte.

DAS ENDE (DER ANFANG?)

Was dann folgte, brauchte keine *Fantasie*briefe, um sich entfalten zu können, keine Worte, um Empfindungen anzustacheln, keine bewussten Maßnahmen, um die Körper zu dirigieren. Die zwischen Boris und Natascha herrschende Grobheit war verschwunden. Verschwunden waren die Rollen vom wimmernden Sklaven, der vom Meister gedemütigt werden wollte, vom dominierenden Meister, der seine Macht missbrauchen muss. Es passierte, als wäre es das Natürlichste von der Welt gewesen.

Der Regentag warf ein beschützendes Dämmerlicht in mein Schlafzimmer. Sie schloss die Läden und schaltete das Licht aus. Wir zogen uns gegenseitig aus.

Es war nicht wie in der Nacht davor, als sie mich kontrolliert hatte. Wir teilten alles. Diese Gleichheit erinnerte mich an unsere Weihnachtsferien. Wir liebten uns auf derselben Ebene. Doch heute gab es einen Unterschied.

Als wir beide nackt waren, küssten wir uns und drängten die Körper eng aneinander. Sie legte sich auf mich, ich blieb entspannt auf dem Rücken liegen. Zärtliche, liebevolle Berührungen. Meine Erektion stieg langsam, stetig. Sie ließ sich sanft auf mich herab. Wir lächelten glücklich, unsere Einheit wurde immer begründeter. Eine entspannte, verträumte Stille umhüllte uns.

Wir hatten uns schon oft auf diese Weise geliebt, aber immer war es so gewesen, dass ich Annie kontrolliert hatte, sobald ich einmal in sie eingedrungen war. Ich hatte mich gebogen und ihr meinen Unterkörper entgegengehoben, ihre Klitoris gestreichelt, ihren

Hintern auseinander gezogen und wieder zusammengepresst, nur damit sie das Gefühl bekäme, dass ich die Sache in der Hand hätte.

Aber jetzt strichen meine Arme nur sanft über ihre Schultern. Ich entspannte meinen Körper. Ich ließ meine männliche Kraft einfach gehen. Annie nahm mich mit ihrer femininen Stärke. Dabei verlor ich das bloße physische Gefühl, dass nur mein Penis sich von mir wegstreckte, um ihr entgegenzugehen. Es war eher die Empfindung von einem meiner Muskeln, der sich in sie hineinversenkte – und gleichzeitig wurde auch ich durchdrungen, penetriert. Ich wollte, dass dieses Gefühl stärker, deutlicher wurde.

Aber Annie beschleunigte ihren Rhythmus. Mein Körpergefühl fing an, mein psychisches Bewusstsein auszuschalten. Wenn ich oben gewesen wäre, hätte ich jetzt vermutlich langsamer gemacht, vielleicht sogar eine Weile aufgehört, bis dieser Rausch vorbei gewesen wäre. Aber im Augenblick hatte ich keine Bestimmungsgewalt. Und Annie saugte meine Ejakulation mit ihren Kontraktionen tief in sich auf.

Als sie mein Kommen spürte, öffnete sie die Augen. Dann begann sie sich wie wild zu bewegen, weil sie wusste, dass meine Erektion manchmal bestehen blieb.

Sie machte immer weiter, und ich glaube, dass sie kam. Ihr Atem wurde langsamer. Ihr Körper beruhigte sich.

Ich fühlte mich sehr erfüllt.

Sie hatte alle Fäden von Selbstverteidigungsmechanismen aus mir herausgezogen, in mir war nicht das letzte bisschen Abwehr zurückgeblieben. Ich brauchte sie vollständig, ich war total abhängig von ihr. Es gab keinen Weg zurück. Und obwohl ich Angst davor hatte, nun wieder total verletzlich zu sein, Angst, dass ich jetzt wieder ins offene Messer laufen könnte, hatte ich genug Vertrauen zu Annie, Vertrauen in unsere Liebe, um mich wohl zu fühlen. Diese Erfahrung von gänzlicher Verletzlichkeit, die nicht ausgenutzt wurde, war eines meiner höchsten Glücksgefühle.

»Annie, das war wunderschön, ich danke dir.«

»Ich bin so glücklich.«

Wir hatten in dem bunten Gewirr von Angeboten auf dem Plan des Monopolyspiels, bei dem jeder etwas anderes wollte, unsere Parkplätze gefunden und waren damit zufrieden.

19. Kapitel

Fransen

Annie hatte mir gesagt, dass sie am Montagabend nach dem Essen vorbeikommen wollte. Ich war sehr froh. Bis zum nächsten Wochenende zu warten, wäre mir sehr schwer gefallen. Ich brauchte sie, sie machte einen Tag vollständig.

Ich dachte dabei auch gar nicht an Sex. Eher stellte ich mir vor, dass wir beide an einem verborgenen Flecken spazieren gehen würden, Hand in Hand im Mondlicht stehen und zärtlich zueinander sein würden. Vielleicht eine ausgedehnte Autofahrt, bei der wir viel miteinander reden und lachen könnten? Ich wollte ihr alles über mich erzählen, Wollte, dass sie die Last dieser schweren Zeit mit mir teilte. Ich wollte ihr mitteilen, wie schwer es war, ein Oststaatler aus New York in einer mittelwestlichen Kleinstadt, ein Jude innerhalb einer christlichen Kultur zu sein. Ich spürte immer noch Neid, wenn ich die Lehrer in Gruppen an den quadratischen Tischen in der Lehrercafeteria beobachten musste, ohne richtig dazuzugehören. Ich wollte es aber schaffen. Ich wollte einen Platz finden und erreichen, dass ich weit von zu Hause entfernt leben könnte, ohne all das, was ich gewohnt war, zu vermissen. Ich stellte mir vor, ihr zu sagen, dass ich im Augenblick das Gefühl hätte, in einem Alter zu sein, in dem ich die ersten echten Prüfungen zu bestehen hatte, und dass alles andere vorher nur eine Vorbereitung darauf gewesen wäre. Eine Schulung zum Erwachsenwerden. Und ich hatte Zweifel, ob ich meinen Job an der Schule wirklich gut machte. Ja, und die Schule überhaupt. Ich hatte den Eindruck, dass die Kinder mich mochten. Ich glaubte, dass ihre Ergebnisse in meinem Fach relativ gut waren, innerhalb des Systems natürlich. Aber ich hatte ja auch gleichzeitig das Gefühl, dass das Verhältnis zwischen dem alles wissenden Lehrer und den immer konsumieren müssenden, lernen müssenden Schülern auf diese Art ungesund war. Ich hätte in den Schülern zu gern ein freies Denken entfacht, ihnen erlaubt, kritischere Fragen zu stellen, Zweifel, Ablehnung und eigene Gedanken anerkannt. Ihr zwei plus zwei hätte auf ihrem eigenen Wege vier ergeben sollen. Ich wollte freundlich, zuversichtlich sein, und offen für ihre Fragen, damit ich selber darüber nachdenken und daraus lernen konnte. Ich hätte es gern gesehen, wenn meine Schüler sich in der Klasse genauso verhalten hätten, wie sie es draußen beim Spiel taten. Nicht so zensurengeil, hochnäsig oder unerträglich förmlich, wie sie eben mit mir umgingen. Dann wäre ich auch in der Klasse der gewesen, der ich außerhalb der Schule war. Ich hätte gern Zeit gefunden, ihnen einige meiner Gedanken mitzuteilen und mich mit ihnen über Lebensfragen zu unterhalten, aber nicht auf die Art, dass sie alles auswendig lernen mussten, wie ein Sonett von Shakespeare, sondern in gegenseitigem Geben und Nehmen. Und außerdem wollte ich Annie noch sagen, dass ich mir wegen meiner Männlichkeit immer noch Sorgen machte. Das war sicher kindisch, aber ich tat es trotzdem. Ich zweifelte, ob ich eine Familie von meinem Lehrergehalt ernähren könnte, stellte mir vor, wie viel einfacher alles wäre, wenn die Frau mitverdienen würde, fragte mich aber, ob ich es vertragen könnte, wenn sie mehr verdiente. Ich fragte mich, ob ich ein guter Ehemann und Vater sein würde. Ich musste ihr sagen, dass ich in Wirklichkeit keine großen Erfahrungen mit Freundinnen hatte, wenig Mädchen gekannt hatte. Ich war unsicher, ob bei ihr nicht der Eindruck entstanden war, dass ich in der Hinsicht angegeben hatte. Ab jetzt wollte ich ihr nichts mehr vormachen. Ich wollte ihr sagen, wie viel sie mir bedeutete. Durch sie hatte ich erfahren, dass Erwachsensein auch damit zu tun hat, Verantwortung in einer ernsthaften Beziehung zu übernehmen. Ich brauchte so sehr eine Frau, die mich kannte und das Leben mit mir teilte. Ich wollte sie alle meine Ängste, Spannungen, Gedanken, Probleme, Zweifel wissen lassen – um die Last mit ihr zu teilen, ihren Rat einzuholen, um jemanden zu haben, der ganz einfach darum wusste.

Ja, das hätte ich mit ihr gemacht, ich hätte ihr wirklich alles gesagt.

Wenn sie gekommen wäre.

Um sieben Uhr hielt ich durch das Fenster nach ihr Ausschau. Ich horchte nach ihren Fußtritten auf den Treppenstufen. Dann durchschritt ich meine Wohnung, fragte mich, was wohl los sei, und schaute noch einmal durchs Fenster. Meine fröhliche Erwartung war in Ungeduld umgeschlagen, und als es immer später wurde, wuchs diese Ungeduld sich zu Furcht aus. Wo blieb sie? Ich hatte viel zu viel Schiss, bei ihr anzurufen. Warum gerade heute Nacht?

Wenn ich mich setzte, hüpfte mein rechtes Knie vor Nervosität auf und ab. Wenn ich ging, wurde mir von dem ständigen Herumkreisen im Zimmer auf die Dauer schwindelig. Meine Spannung stieg. Alle Muskeln verkrampften sich. Auch tiefes Durchatmen half nicht, den Knoten in meiner Brust zu lösen. Ich machte mir Sorgen, dass ihr etwas passiert sein könnte. Ein Unfall? Ein Notfall? Sie war noch nie einfach so nicht gekommen. Andererseits war ich unruhig, dass sie diesen Abend vielleicht vergessen hätte, oder dass er ihr nicht so wichtig war. Vielleicht sagte sie sich, dass die Verabredung ja nur ganz vage gewesen sei und dass es nicht so viel ausmache, wenn sie mal nicht käme. Ich fragte mich, ob nicht mein Aufgeben bei dem Wettrennen dazu geführt hatte, dass sie jetzt allen Respekt vor mir verloren hatte. Vielleicht war ihr das nicht einmal bewusst. Ich wollte den Abend so gern mit ihr zusammen verbringen, und sie war nicht da. Ihr schien es ohne mich ganz gut zu gehen. Manchmal sagte ich mir: »Okay, sie ist nicht gekommen, also was soll's, keine große Sache.« Oder sogar: »Ich brauche sie ja nicht.« Aber alle meine Verteidigungsmechanismen waren kaputt. Ich hatte mir eingestanden, dass ich ohne sie nicht mehr leben konnte, und das hatte ich ihr auch gesagt. Unmöglich. Und nun kam sie nicht. Ich hatte ja schon vorher gewusst, dass meine totale Verletzlichkeit zu ungeheuer intensiven Schmerzen führen konnte.

Ich wollte mich befriedigen. Ich war böse. Wie konnte sie mir das antun? Ich war sehr verletzt. Konnte sie mir eine Wunde beibringen, die niemals wieder heilen würde? Ich wollte mich entladen, damit meine Wut ihren Höhepunkt erreichen und mit den Spermien meinen Körper verlassen konnte Danach wollte ich die Lage mit der nötigen Rationalität einschätzen und nicht mit diesem unkontrollierten Ärger. Ich wollte mich auf etwas anderes konzentrieren und den Schmerz nicht mehr fühlen. Ich fühlte mich von meiner Liebsten verstoßen, wobei ich mich ihr doch so vollständig hingegeben hatte.

Aber den *Playboy* hatte ich ja vernichtet.

Ich wollte es auch gar nicht. Ich wollte nicht wieder hinterher bestraft werden. Ich wollte keine Frau mehr zu einem Objekt meiner Begierde machen, mir kein neues Frauenimage schaffen. Die Dinge sollten nicht noch schlimmer werden.

Während ich an das Foto des Frauenhinterns im *Playboy*heft dachte, rieb ich mir unbewusst den Pimmel durch die Hose. Meine Vorstellungskraft (war dies die gute Seite an mir?) versagte jedoch.

Ich zog die Hand wieder weg, stand auf, ging ins Bad und versuchte zu pinkeln. Es kam aber nichts.

So allein. Ich brauchte Annie wie noch nie jemanden zuvor. Ich war allein.

In alten Ausgaben von *Time* und *The New Yorker* suchte ich nach Reklamen mit Modellen, die mich erregen konnten. Aber keine von ihnen war deutlich genug. Ich sah ein Fotobuch mit Filmaufnahmen durch – das feuchte Lächeln von Marilyn Monroe, Betty Grable in einem Badeanzug, Marlene Dietrich, die sich gerade Nylonstrümpfe überzieht, Jayne Mansfield, die eine rosige Brustwarze preisgibt. Diese Fotos kannte ich schon zu gut. Ich wollte mich befriedigen, und ich wollte es gleichzeitig nicht. Die Zeitung flog in Fetzen, bis ich endlich die Seite mit den Fernsehprogrammen gefunden hatte. Ein Blick auf die unzüchtigen Fotos, mit denen die Pornofilme in Salem angekündigt wurden – *Donna macht es mit Dino, Teenage Cowgirl Truckers, Ungepflückte Kirschen, Baseball in der Nacht.* Abscheulich! Die Fotos? Oder ich?

Ich sehnte mich so nach Annie, und sie war nicht hier. Wenn ich mir jetzt nicht einen runterholten, würde die Traurigkeit mich vollends zu Boden werfen.

Ich blickte zum Fenster hinüber. Das Fernsehen könnte mich ablenken. Ich hatte davor schon Stunden meines Lebens verbracht und auf das dumme Gewäsch gehört. Das Fernsehen konnte mich zu allem bringen, was es mir vorgaukelte. Die Dame in *Romper Room* hatte hübsche Beine, und sie strich immer so liebevoll über die Köpfe von kleinen Jungen. Dann *Sonny und Cher*, weil Cher immer so ein ausladendes Dekolletee zur Schau stellte. Ich konnte Supermann sein, der Lois Lane mit einem riesigen, nie ermüdenden Ständer fickte. Oder Johnny Carson, der vor vielen Millionen Zuschauern unentdeckt hinter seinem Pappmachéschreibtisch sich selbst befriedigte. »Hiiiiieeerrrr's Johnny!« Charlies Engel wiederum machten mich weniger an…

Ich machte also den Fernseher an, damit er mich anmachte. Eine geraume Weile stand ich vor dem 69er Zenith Farbmodell und schaltete suchend von einem Kanal auf den anderen. Die aufflackernden Lichter hatten den gleichen Takt wie die SOS-Signale von meinem Geschlecht. Reklamen …

Eine Frau in der Badewanne, das Haar sorgfältig hochgesteckt. Ich rannte zur Couch und starrte erwartungsvoll hin.

Die Kamera fährt näher heran. Schlanke, wohlgeformte Waden recken sich in die Luft, die Zehen sind graziös gestreckt. Sanfte Wasserwellen gleiten über den glatten Körper. Hände planschen ein wenig Wasser über die Beine. Das Wasser tropft auf unsichtbares Fleisch zurück. Kann nicht mal einer den Schaum da wegblasen?

Aber ich will's ja gar nicht sehen. Ich will ja gar nichts. Annie, wo bleibst du bloß?

Die Frau gurrt: »Es ist dieses Badeöl, das in Ihrer Haut das Verlangen weckt, gestreichelt zu werden.«

Ich reiße meine Jeans auf.

Die Reklame ist vorbei.

Jetzt hänge ich in der Luft. Ich stehe auf und schalte um.

Macho-Cowboy-Western …

Die Cowboys sitzen um ein Lagerfeuer. Ein Mädchen kommt ins Bild, den Rücken zur Kamera. Sie trägt ein Modellkleid, obwohl da draußen sicher eine frostkalte Prärienacht herrscht. Sie wendet sich an den einen Cowboy und fragt: »Zucker in den Kaffee?« Jetzt würde sie sich sicher vorbeugen, die Kamera die Vordereinstellung zeigen und ich könnte ein herrliches, volles, enthüllendes Cowboyfilmheroinnendekolletee sehen. Spitzenbordüre unter der Brust. Der kalte Präriewind hat die Titten erigiert.

Cowboy sagt: »Es hat keinen Sinn, mich aufhalten zu wollen, Lady. Ich habe gesagt, dass ich es tun werde, also werde ich es auch tun.«

Mädchen geht weg. Ich halte die Hand ruhig. Das Blut geht wieder zurück.

Mädchen wird von vorn gezeigt, beugt sich zu irgendetwas hinunter. Feuerschein flimmert auf ihrer Brust. Ich arbeite schwitzend (ist es die Hitze des Feuers?).

Nahaufnahme von Cowboy. Ich höre auf. Nahaufnahme von Mädchen. Wieder Neuanfang. Mädchen lehnt sich über Cowboy, Brust stößt gegen sein Gesicht. Ich pumpe drauflos. Stelle mir das Mädchen mit heruntergerissenen Kleidern vor, sie versucht mit aller Kraft, Cowboy daran zu hindem, *es* zu tun. Plötzlich …

Schnitt. Der nächste Morgen. Cowboy reitet lässig in die Stadt.

Frustriert stehe ich auf, stolpere über meine Hose und wechsle erneut den Sender.

Predigender Pfarrer. Talk-Show-Leiter aus Portland interviewt dickleibige Politikerin, die nicht gerade sehr ansprechend aussieht. Godzilla, oder dessen Sohn, frisst gerade eine Brücke auf. Viele Japaner sehen ihm entsetzt dabei zu. Diskussionssendung über Kindesmisshandlung. Cowboy killt Gegner, nachdem er eine Kugel in die Eingeweide empfangen hat.

Ob das Mädchen noch mal wieder auftaucht? Klar, der Held stirbt ja nie. Sie wird wohl in der Arztpraxis sitzen. Die von dem Arzt, der erst mit sechsundzwanzig Tassen Kaffee wieder nüchtern gemacht werden muss, um operieren zu können. Ich beschließe, nachher noch mal darauf zurückzukommen, und erst mal den Fleischberg von Politikerin eingehender zu betrachten.

»Ich glaube, wir brauchen eine verstärkte Gesetzgebung, um die Huren ... eh, ich meine, die Prostituierten von der Straße zu kriegen.« Dicke Politikerin sagt Huren. Ich greife nach meinem schlaffen Pimmel, studiere aufmerksam die ballonartigen Beine in Nylonstrümpfen, die mit Stahl verstärkt sein müssen. Meine Augen gleiten über ihren ganzen Körper. Wo sind bloß die Brüste? »Kinderpornografie, schlüpfrige Literatur, Massagesalons, Zuhälterei, Pornofilme, das alles hat aufzuhören.« Ich beschleunige meinen Rhythmus.

»Es tut mir Leid, dass die Zeit schon wieder um ist«, bedauert der Diskussionsleiter.

Verfluchtes, verdammtes Scheißfernsehen! Wieder zurück zu dem rekonvaleszierenden Cowboy. Mädchen ist bei ihm, trägt immer noch dasselbe Kleid, beugt sich über ihn, flüstert, während der Busen über seinem Gesicht hängt. »Jetzt bist du mein!«

Schwanz versteift sich, werde schneller, gebe zu, dass ich ihr gehören würde, fühle plötzlich eine ungeheure Kraft in mir.

Meine Bewegungen werden wild, fast bin ich bereit, zu kommen. Lippen begegnen sich.

Nachspann. Schwanz immer noch unbefriedigt in meiner Hand.

Wieder und wieder wechsle ich die Kanäle, ungeduldig, Schweißperlen auf der Stirn, und suche nach der weiblichen Krankenhilfe, deren Name in Großbuchstaben ERLEICHTERUNG bedeutet.

Godzilla hat sich inzwischen über Autos hergemacht. Konserviertes Gelächter. Nachrichten ... Badeölreklame!!!

Ich werfe mich auf die Couch, Hand schon am Penis. Der Spot

hat eben begonnen, ich weiß also, ich habe jetzt sechzig Sekunden Zeit, meine Ladung loszuwerden,

Die Zehen der Frau deuten wieder nach oben. Ich starre auf das Bein. »Sie haben sich sicher noch nie so wohl gefühlt.« Die Frau lächelt.

Ich pumpe und pumpe und pumpe, mache es mir krampfhaft selbst und konzentriere dabei meine Fantasie und meine Visionen auf dieses Bein.

Um vier Uhr morgens wachte ich auf. Ich lag immer noch auf der Couch. Flecken bedeckten meinen Pullover. Der Fernseher strahlte ein unpersönliches, programmloses Licht aus. Ich konnte mich noch an ein Klingeln erinnern, das mir ab und zu ins Unterbewusstsein gedrungen war. Es hallte in meinen Träumen wider. Klingelingeling.

Am Dienstag in der Schule sah Annie ganz gesund aus. So war ihr also nichts passiert, dachte ich. Ich war erleichtert. Aber wie hatte sie vergessen können, dass wir für die Nacht verabredet gewesen waren? Warum unternahm sie nicht wenigstens den Versuch, sich zu entschuldigen? Irgendwo hätte sie mich sicher anhalten und mit mir reden können. Als sie aus meinem Klassenzimmer ging, sah sie wieder ungeheuer distanziert und selbstsicher aus. Spielte sie nur mit mir? Wie konnte sie so rücksichtslos sein? Ich meine, wie konnte sie sich so hexenbösartig gemein benehmen? So war sie eben. Keine weiteren Erklärungen. Wenn sie mich wirklich geliebt hätte, hätte sie alles von mir gewollt. Ich hatte ihr alles gegeben, und nun wollte sie es nicht mehr. Und gerade als ich geglaubt hatte, dass nun alles so prima liefe. Ich hätte ihr am liebsten ins Gesicht geschrien.

Um sechs Uhr abends rief sie an.

»Hey, wie geht's dir?«

Ich wusste, dass ich meinen Ärger jetzt nicht rauslassen durfte. Ich durfte keine große Affäre aus einer Sache machen, die für sie vermutlich vollkommen normal aussah. Ich brauchte sie.

»Fein, Annie, und dir?«

»Okay. Tut mir Leid, wegen gestern Abend. Es gibt keine Entschuldigung dafür, dass ich so rücksichtslos war. Ich war schon drauf und dran, zu dir zu gehen, und rate mal, wer dann vorbeigekommen ist.«

»Clara.«

»Richtig. Sie war völlig aufgeregt und in Eile. Erzählte mir, dass die Gruppe, mit der sie in letzter Zeit immer rumhängt, draußen im Auto säße und warte. Sie hätten den Motor angelassen, weil wir sofort abhauen müssten. Wenn ich also nicht gleich mitkäme, müssten sie ohne mich fahren. Sie schubste mich zur Tür, griff nach meinem Mantel und zog mich quasi zum Auto. Sie sagte, wir müssten rechtzeitig bis halb neun dort sein, in Rapier Point, was ungefähr hundert Meilen von hier entfernt liegt, sonst würden wir diesen Kometen verpassen, der nur alle hundert Jahre einmal zu sehen wäre. Ich konnte dich nicht anrufen, aber als wir wieder zurück waren, habe ich es wieder und wieder versucht, bis spät in die Nacht hinein. Es ist aber niemand rangegangen. Es war einfach wundervoll. Der Himmel war ganz klar, und wir waren in echt guter Stimmung. Der Komet stand wie ein Feuerwerk am Himmel. Sah aus wie am vierten Juli. Und dann haben wir uns betrunken und geraucht. Lagen flach auf dem Rücken und haben in den Himmel geschaut. Ich habe ihnen deinen Trick von der Highschool gezeigt, weißt du, wenn man den Joint verkehrtrum in den Mund schiebt und dem anderen den Rauch ins Gesicht bläst. Natürlich habe ich ihnen nicht erzählt, wer mir das beigebracht hat. Oh, sei bitte nicht böse, und denk nicht, dass ich so dumm bin.«

Ich hätte sie gern gefragt, warum sie heute in der Schule nicht mit mir gesprochen hatte. Ich hätte ihr gern erzählt, was ich für gestern Abend geplant, was ich ihr alles gesagt hätte, wenn sie gekommen wäre, und wie verletzt ich deswegen war.

»Ich bin nicht böse«, sagte ich leise. »Klingt, als hättest du ein schönes Erlebnis gehabt.«

»Du bist lieb.«

»Hättest du Lust, heute Abend herzukommen? Ich hol dich ab.«

»Nicht nötig, bin schon unterwegs. Hab dich vermisst.«

Ich war froh, dass ich meinen Zorn nicht gezeigt und die Stimmung dadurch verdorben hatte. Es gefiel mir, derjenige zu sein, der die Harmonie aufrechterhielt.

Ich machte das Abendessen und versuchte dabei, all die Gefühle und Gedanken wieder heraufzubeschwören, die ich letzte Nacht mit ihr hätte teilen wollen. Wir könnten Händchenhalten, eine Autofahrt machen, spazieren gehen und reden. Heute Nacht.

Sie hatte ein Mikrominikleid an, rot mit dünnweißen Streifen. Ihr Haar war kunstvoll hochgetürmt, und die Beine steckten in kniehohen weißen Lacklederstiefeln. An ihren Augenwinkeln glitzerte Flitter. Die ganze Aufmachung erinnerte an die Mode der sechziger Jahre. Das Kleid war oben tief ausgeschnitten und sollte wohl den Busen betonen, aber Annies Brust war so flach, dass kaum eine Wölbung zu sehen war. Ich wusste nicht einmal, dass Annie ein Kleid besaß. Vermutlich hatte sie es von ihrer Mutter ausgeliehen.

Ich wollte protestieren. Ich wollte ihr klar machen, dass alles in Ordnung sei, dass wir *Fantasie* nicht mehr bräuchten.

»Sieh zu, dass du ins Schlafzimmer kommst, Rabe«, sagte sie rau. Ihre Unterlippe schob sich vor, so dass es den Eindruck erweckte, sie habe eine Zigarette im Mundwinkel. »Und dann könnte es passieren, dass du heute Nacht so hergenommen wirst, dass du nicht mehr aus den Augen gucken kannst. Beweg dich.«

Ich nahm ihr Gesicht in meine Hände und gab ihr einen zarten Kuss auf die Wange. »Annie, ist schon gut. Nicht heute Nacht.«

Sie streichelte meinen Penis, und er dehnte sich aus wie ein leerer Ballon, in den plötzlich Gas geblasen wird. Dann sagte sie: »Tu, was ich dir sage. Oder ich lass dich hier so stehen, und du siehst zu, wie du damit fertig wirst.«

Im Schlafzimmer zog sie mich aus, spielerisch und selbstsicher. Mein Körper war vor ihr ausgestreckt, nackt und kalt.

Ich beobachtete sie beim Ausziehen. Sie sah wunderschön aus. Stark, stämmig, wie eine junge Amazone. »Bitte, küss mich«, bettelte ich.

Sie lachte, stieg auf mich und brach mit der Gewalt eines Gewitters, mit all ihrer Hitze über mich herein. Ich schoss elektrische Spermien in ihr Inneres, lieferte mich einer übermächtigen Gewalt aus, die sich nun gegen mich presste und mit immenser Kraft auf mich herniederkam.

Noch lange nachdem es vorbei war und ich meine Augen wieder geöffnet hatte, schwelgte ich in dem Gefühl der Schwäche, das ich gerade erlebt hatte. Annie ritt mich immer noch wild, schneller werdend, ihre gelöste Eintrittskarte nutzend. Sie profitierte von meiner beständigen Erektion, die durch den gewaltigen Orgasmus ermöglicht worden war.

Dann war es vorbei. Müde erholte sie sich an meiner Seite. Sie schien sich ihren Höhepunkt geholt zu haben, aber irgendwie war alles anders. Wenn ich auf ihr liege und sie dann kommt, kann ich das an ihrem heftigen, stoßweisen Atmen bemerken. Nun schien sie regungslos und ziemlich ruhig, wenn auch ermüdet.

Sie legte sich neben mich. Ich rollte mich auf die Seite, kuschelte mich an sie und drückte meinen Kopf an ihre Brust. Sie kroch mit dem Arm unter meinem Hals durch, legte die Hand auf meine Schulter und zog mich noch fester an sich. Mit der anderen Hand hob sie die Bettdecke und zog sie über uns. Willkommene Wärme.

»Hat es dir gefallen?«, fragte sie leise.

Ich dachte an meine Erwartungen. Gern hätte ich einen Abend ohne Sex mit ihr verbracht. Ich hatte mich sehr gefreut, dass Annie ohne eine fordernde, einseitige Boris-Einladung herübergekommen war. Ich dachte an meine anfängliche Enttäuschung, als ich sie in ihrem Aufzug gesehen hatte.

»Ja«, antwortete ich. »Es hat mir sehr gut gefallen.« Sie hatte gewonnen, hatte meinen Widerstand gebrochen, mit mir getan, was sie wollte. Ich hatte keine andere Alternative, als ihr zu sagen, dass es mir gefallen hatte.

Sie schien damit zufrieden. »Ich hatte schon Angst, dass es nicht so wäre.«

»Ich weiß es nicht. Im Augenblick fühle ich mich irgendwie sehr umsorgt.« Sie drückte sich fester an mich. Dann fragte ich zögernd und ängstlich, aber um die Unterhaltung in Gang zu halten: »Hat es dir gefallen, die Dominierende zu sein? Ich weiß, dass du mal deine Zweifel deswegen hattest.«

»Diesmal fehlte das Gefühl, dass du es mir aufgezwungen hattest. Ich wollte es tun. Ich wollte diese *Fantasie* … für dich.«

»Glaubst … eh, glaubst du, dass es dich befriedigt hat?«

»Nun, physisch, ja. Aber, ehrlich gesagt, nicht in derselben psychischen Weise, wie es mit dir geschehen ist. Ich weiß nicht, ob ich dir den Unterschied klar machen kann.«

»Lag es daran, dass du niemals das Gefühl verloren hast, es würde sich ja doch nur um ein Spiel handeln?«

»Ja. Du weißt wohl immer Bescheid, was? Genau das war's. Ich hatte dauernd das Gefühl zu spielen, aber ich dachte immer, dass du das, was passiert, ernst nimmst.«

Ich fragte mich, was sie dann wohl dabei empfunden hatte, als ich die Vaterfigur für sie gespielt hatte. Ob das für sie auch nur Spiel gewesen war? »Das ist vermutlich einer der Unterschiede zwischen Jungen und Mädchen.«

»Was?«

»Jungen wachsen mit einer vollkommen sexuell orientierten Vorstellung auf. Mädchen nicht. Ein Stück Oberschenkel, ein bisschen Brust, ein Blick auf einen BH, all das hat eine fantasieanstachelnde Aura, eine bestimmte erotische Konkretheit. Wir haben Pornohefte und schmutzige Geschichten. Wir werden schon im Heranwachsen von Fernsehreklamen verführt. Von den wohlgeformten Frauenbeinen und dem ›Ich gehöre dir ganz‹-Blick. Nimm zum Beispiel mal die Unterwäsche. Wenn du einen Mann in Unterhosen siehst, dann ist das für dich eben ein Mann, der Unterhosen trägt. Aber wenn ich Frauenslips sehe, die sich um eine versteckte Kostbarkeit hüllen, dann hat das für mich eine einladende Wirkung, diesen verborgenen exotischen Ort zu betreten. Ich bin dann sofort erregt. Weil diese Erregung für uns schon mit Titten und Hintern und Reizwäsche zusammenhängt, ist es vielleicht so viel leichter, zu kommen, aber auch das verliert sich mit der Zeit. Zumindest bei mir. Ich bin masturbationssüchtig, mache Frauen zu Lustobjekten und hasse mich selbst dafür. Es scheint Frauen leichter zu fallen, sowohl mit dem Körper als auch mit der Seele Kontakt aufzunehmen und beides zu akzeptieren. Für Männer ist es außerordentlich schwierig, an das eigentliche Ich heranzukommen. Und deshalb sieht es auch oft so aus, als wäre der Sexakt für uns etwas sehr Oberflächliches. Wenn Frauen doch nur verstehen könnten, was all dieses Sexgetue, diese verführerischen Fotos, schlüpfrigen Fernsehreklamen, dreckigen Bücher und Pornofilme für uns bedeuten, wie uns all das bearbeitet und manipuliert, so dass wir ständig das ungebändigte sexuelle Verlangen in uns spüren und jederzeit bereit sind, zu explodieren. Verstünden sie es, dann würden sie uns vielleicht viel lieber mögen und Mitleid mit uns haben, ja, sie könnten unsere Oberflächlichkeit und unseren Chauvinismus besser verstehen. Ich bin auf so viele Reaktionen konditioniert, dass schart das Gefühl, den Körper zu vergessen und mich dadurch gleich einer Frau fühlen zu können, ein erheblicher Willensakt ist.

Weißt du, so weit ich zurückdenken kann, hatte ich immer die Vorstellung, dass Frauen viel bessere Menschen als Männer wären, und ...«

»Arnie, Arnie, hör endlich auf. Beruhige dich.«

Ich hatte auf dem Rücken gelegen und an die Decke gestarrt, alles aus mir rausfließen lassen und sie dabei vergessen. »Tut mir Leid, Annie. Hat mich wohl ein bisschen überrollt ... Vielleicht sollte ich mal ein Buch schreiben.«

»Ja. Dann kann ich mich wenigstens rühmen, mit einem berühmten Autor geschlafen zu haben.«

»Hast du mal *Portnoys Klagen* gelesen?«

»Nein.«

»Nun, in diesem Buch masturbiert der Typ andauernd, um den Druck loszuwerden, den seine Mutter auf ihn ausübt. Manchmal fühle ich mich genau wie Portnoy. Nur dass ich, glaube ich, masturbiere, um den Druck loszuwerden, ein Mann sein zu müssen. Ich meine, es gibt ganz viele verschiedene Arten von Druck, die ein Mann auszuhalten hat. Er muss stark sein, ein Macho, in der Umgebung von Frauen *männliche* Entscheidungen fällen. Er muss seine pornografische Sexualität überwinden und die Frau als Person sehen lernen, und er darf sich nicht geringer fühlen, weil er von ihrem Körper beherrscht wird und die Kontrolle über sich selbst verliert. Er muss einen guten Job finden. Geld machen, erfolgreich sein. Ein Mann, der keine Frau findet, steht ganz gewaltig unter Druck. Aber das Wichsen hinterlässt statt des Drucks nur Leere und Einsamkeit.«

»Was ist denn los, Arnie? Hast du etwa einen Käfer im Hintern? Lass mich mal nachsehen.« Sie nahm die Bettdecke hoch und drehte mich auf die Seite, um meinen Hintern näher untersuchen zu können. Dann fing sie an, mich zu kitzeln, und obwohl ich geglaubt hatte, ich sei überhaupt nicht mehr kitzelig, brachte Annie mich dazu, zu lachen und meinen ganzen Körper zu winden. Tränen strömten mir aus den Augen und über die Wangen.

»Stop, Annie, hör auf! Ich verspreche es dir, keine Reden mehr zu halten.« Und ich war glücklich. Weil ich wieder mit ihr zusammen war.

»In Ordnung, ich hör auf. Aber nur, weil du mich mit deinem Gerede nervst.«

»Annie«, sagte ich, »du hast überhaupt keine Ahnung, was du mir bedeutest, wie sehr mir deine Freundschaft dabei hilft, den ganzen Scheiß, von dem ich gerade geredet habe, zu vergessen.«

Darauf sagte sie: »Weißt du, ich finde gar nicht, dass es einen so großen Unterschied zwischen Jungen und Mädchen gibt.«

Ich wette, nun denken Sie, dass wieder alles glatt lief und in Ordnung war?

Falsch.

Ich sah Annie weder am Mittwoch noch am Donnerstag, noch am Freitag. Kein Anruf, kein Brief. Ihr Blick in der Klasse war so fremd und distanziert, dass ich den Eindruck hatte, man hätte uns einander vorstellen müssen, wenn wir uns auf dem Gang begegnet wären.

Zu Hause fand für mich ein Krieg statt. Ich bekam Angst, dass unsere Beziehung nie wieder in Ordnung kommen könnte, und ich war wütend, weil ich glaubte, ich hätte eine Erklärung verdient, warum sie mich so ignorierte. Je größer die Angst, je größer die Wut, desto mehr hatte ich den Wunsch zu masturbieren.

Ich tat es nicht – als ob diese Entsagung die noch einzige Garantie dafür gewesen wäre, uns zusammenzuhalten. Ich hatte nur den Wunsch, offen zu ihr zu sein, ihr noch näher zu kommen, alles zu erzählen und aus unserer Liebe eine noch gründlichere, festere Beziehung werden zu lassen. Dennoch streichelte ich meinen Penis jede Nacht, bis er steif und hart war; wobei ich die Hand jedes Mal kurz vor dem Kommen wegzog. Meine Frustration war immer schwerer zu ertragen.

Zumindest hatte ich erwartet, sie am Wochenende zu sehen, aber es war keine Annie da. Dies war das erste Wochenende, das ich ohne sie verlebte, seit wir uns richtig miteinander eingelassen hatten.

Es wurde so schlimm, dass ich mich in der folgenden Woche mehrmals dabei ertappte, wie ich sie in der Klasse einfach anstarrte. Nicht absichtlich: Es war nur so, dass ich sie in ruhigen Minuten, wenn die Schüler lasen oder ich meine Vorlesung hielt, nachdenklich anblickte. Und dann fiel mir plötzlich auf, dass ich es ein paar Sekunden zu lange tat. Ich könnte nicht sagen, ob es jemandem aufgefallen war.

Am Donnerstag war ich völlig verzweifelt. Ich hörte mich mit bester Lehrerstimme sagen: »Annie, kann ich dich nach der Stunde bitte einen Moment sprechen?« Wie idiotisch. So naiv waren die Kinder nun auch wieder nicht. Erst das Anstarren und dann die

Einladung, nach der Stunde noch etwas zu bleiben! Ich machte mir Vorwürfe, war aber erleichtert, als ein paar Schüler ein gefühlvolles »Ah« und »Oh« fallen ließen, so als ob sie annähmen, Annie hätte Schulschwierigkeiten. Sogar sie sah ein wenig ängstlich aus.

Als der letzte Schüler den Raum verlassen hatte, wechselte Annies Gesichtsausdruck schlagartig von ängstlich zu strahlendem Lächeln. Was für eine Schauspielerin.

»Ich sollte nach der Stunde nicht mit dir sprechen, aber ich bin so voller Zweifel, dass ich etwas unvorsichtig wurde. Annie, wo bist du gewesen?«

»Wirst du langsam geil?«

»Ich sehne mich nach dir. Für einen Rückzug bin ich nicht genug vorbereitet.«

»Das ist es ja, was ich will. Ich will dich in einen Zustand hochgradigen Fiebers versetzen. Du sollst die ganze Zeit an mich denken. Dann bist du leichter zu beherrschen.«

»Annie, du kannst mich doch jederzeit beherrschen.«

»Mag sein ... aber ich will den harten Kerl mit Butterknien sehen«

»Bitte.«

»Vielleicht bald. Vielleicht auch nicht.«

»Annie ...« Ich wollte ihr sagen, dass sie es nicht mehr nötig hätte, mich beherrschen zu wollen. Wir brauchten *Fantasie* nicht mehr. Aber ein Schüler aus der nächsten Klasse kam ins Zimmer.

»Muss jetzt gehen. Komme sonst zu spät zur zweiten Stunde«, sagte sie und setzte flüsternd hinzu: »Wie geht's deinem Nachtschlaf?«

Hatte ich irgendein Ereignis nicht mitgekriegt? Eine bestimmte Emotion, eine schief gelaufene Unterhaltung zwischen uns, die sie dazu veranlasste, sich mir wieder zu entziehen? Ich hatte meine Besonderheit für sie verloren. Ich hatte es mit dem Sex zu weit getrieben. Für sie ging jetzt alles zu einfach. Sie liebte mich einfach nicht mehr. Das war's doch, oder? Sie sollte es mir aber sagen. Wo war unsere Ehrlichkeit geblieben?

An diesem Abend brannte mein Essen an, weil ich an Annie dachte. Ich versuchte es mit Lesen, aber meine Hand wanderte immer wieder meine Schenkel rauf und runter, drückte ab und zu kurz auf den Penis. Meine Hoden juckten. Alles, was das Fernsehen zu bieten hatte, schien sexueller Natur.

Dann sah ich wieder Annie vor mir, wie sie vormittags in der Schule mit mir geredet hatte – so grausam und selbstsicher, so quälerisch mit ihrem »Vielleicht bald. Vielleicht auch nicht«.

Sie war dabei, mich in den Kerl mit Butterknien zu verwandeln. Das gelang ihr ganz gut. Je mehr sie mir aus den Händen glitt, desto stärker verblasste auch das Bedürfnis, mit ihr über meine intimen Gedanken sprechen zu wollen und darüber, mit dem Sex in Zukunft etwas langsamer zu machen. Immer stärker wurde dafür wieder das Verlangen, von ihr genommen zu werden.

Ich stellte mir vor, Annie hätte zu Anfang der zweiten Stunde nicht mein Klassenzimmer verlassen, sondern sich unter das Lehrerpult verkrochen. Und während ich den Unterricht hielt, versuchte sie, mich aus der Fassung zu bringen, indem sie den Reißverschluss meiner Hose öffnete und begann, mich unter dem Tisch zu streicheln. Ich konnte mit der offenen Hose nicht einfach aufstehen und weggehen, also redete ich mit scheinbar unbeteiligtem Gesicht weiter, während ihre Zungenspitze über meine Eichel flog. Ich würde so angespannt sein, erregt, und jetzt war meine Hose wirklich offen, und die ganze Situation erschien mir unendlich sinnlos. Ich hatte keine Willenskraft mehr, die mich vom Wichsen abhalten konnte.

Annie klopfte an die Tür.

Das musste sie sein.

Sonst besuchte mich nie jemand.

Ich wartete ein paar Sekunden, um meinen Schwanz wieder in die Hose stecken zu können. »Komme schon!«

»Was sagtest du, hast du gerade gemacht?«, fragte Annie anstelle einer Begrüßung. Ich wurde rot. Vielleicht wusste sie tatsächlich, was ich gerade getan hatte? Und ich war überrascht. Annie hatte eine Polyesterbluse mit großem Blumenmuster angezogen. Dazu trug sie einen einfachen blauen Jeansrock, natürlich Mini, eine schwarze Baskenmütze keck schräg auf den Kopf gesetzt und – für sie äußerst ungewöhnlich – Nylonstrümpfe an den Beinen. Ich konnte diese Beine einfach nur anstarren. Vielleicht hatte sie diese Kleidung auch wieder irgendwo ausgeliehen, obwohl ihr alles wie angegossen passte. Ich hätte nicht geglaubt, dass Annie überhaupt wusste, wie man Nylonstrümpfe anzog. Aber sie waren da und bedeckten ihre festen, dünnen, schön geschwungenen Beine. Diese Art Beine gehörten zu den fantastisch aussehenden, stereotypen blonden Sekretärinnen. Sie hatte eine Menge Make-up aufgelegt, was ihr das Aussehen eines glamourös aufgemachten *Cosmopolitan*-Modells verlieh. Ein Bild meiner Vorstellung, das genau zum rechten Zeitpunkt erschienen war.

Ich küsste sie und konnte es nicht lassen, mit der Hand unter ihren Rock zu wandern. Die Nylonstrümpfe waren einfach zu verführerisch. »Nein«, wehrte sie mich ab. »Kein Sex. Ich bin nur zu einem freundlichen Besuch vorbeigekommen.«

»Was?« Ich studierte ihr Gesicht. Sie hatte mich durch das elende Wartenlassen und meine Zweifel inzwischen so weit gebracht, dass ich nicht mehr unterscheiden konnte, ob es sich hier um ein Präludium zu einer weiteren Fantasie handelte, oder ob sie es wirklich ernst meinte. Sie stolzierte ins Wohnzimmer und setzte sich auf die Couch.

Jetzt war der richtige Zeitpunkt. Jetzt hätte ich ihr sagen müssen, dass ich all unsere Spiele zum Teufel wünschte. Dass ich mit ihr daran arbeiten wollte, für uns beide eine Erfüllung zu finden. Ich wollte, dass sie alles von mir wusste. Und ich wollte alles über sie wissen.

»Hast du ein Kartenspiel?«, fragte sie.

»Karten!« Sie schlug die Beine übereinander. »Klar. Natürlich habe ich Spielkarten.«

Wir setzten uns in der Küche an den Tisch, und Annie teilte eine Partie Ginrommé aus. Sie wollte mich also noch mehr zittern sehen. Mich nervte es, dass sie jetzt aus allem ein *Fantasie*spiel machen musste. Jetzt war wieder eine Gelegenheit, ihr meine Meinung zu sagen. Ich musste ihr beweisen, dass sie nicht die ganze Zeit mit mir spielen konnte. Und dass ich eine Weile ganz gut auch ohne Sex auskam. Ich hatte ja noch meinen Stolz (männlichen Stolz!). So würden es heute Abend also Kartenspiele sein, außer, wenn *sie* etwas anderes vorhatte.

Wir spielten eine Runde zu Ende, und ich teilte von neuem die Karten aus. Die Konzentration aufs Spiel fiel mir sehr leicht. Annie spürte, dass ich in Gedanken nicht bei ihr war.

Das zweite Spiel hatte gerade begonnen, da sammelte ich schon ein Paar Neuner und eine Reihe von Herz vier, fünf und sechs auf der Hand. Sonst nichts. Annie war dran. Sie ließ sich Zeit. Sie schien sich mit den Karten in ihrer rechten Hand zu beschäftigen, aber ihre Linke spielte unaufhörlich mit dem dritten Blusenknopf von oben. Die ersten zwei waren schon geöffnet. Ich beobachtete die fummelnden Finger. Ihre Handfläche lag ruhig auf der Brust. Die Bluse gab einen Mittelstreifen ihrer schönen Haut frei. Unter dem Stoff wölbte sich der leichte Busenansatz. Annie trug heute keinen BH. Ich stellte mir ihre süßen kleinen braunen Titten in meinem Mund vor. Ich konnte sie direkt vor mir sehen. Bei Annie kannte ich jeden Zentimeter ihres Fleisches, als wäre sie eine Landkarte, die ich auswendig gelernt hatte.

Plötzlich warf Annie eine Karte auf den Tisch. Ich nahm mir eine neue vom Stapel und bemerkte gar nicht, dass sie mir eine Neun serviert hatte. Dann war es zu spät. Lässig streckte sie die Beine an der Seite des Tisches aus und schlug sie dann scheinbar abwesend übereinander. Der Rock rutschte ein ganz schönes Stück höher. Es waren zwei vollkommen geformte Beine, die ich unablässig anstarrte.

Aber das Spiel, mich abzulenken und aufzuregen, indem ich nur hinsehen, aber nicht berühren durfte, sollte ihr nicht gelingen. Sie schwang das obere Bein wie eine Sekretärin, die ein Diktat aufnimmt und dabei versucht, den Chef aus der Fassung zu bringen.

Wir spielten noch ein paar Runden. Ganz unauffällig und diskret gelang es Annie, den Rock immer mehr in die Höhe zu schieben. Der ganze Oberschenkel kam in Sicht. Meine Augen wanderten ihre Beine hinauf, verzehrten jeden Millimeter und suchten unter ihrem Rock.

Ich spielte sehr schlecht. Mit ihrer halb verhüllenden, halb offenbarenden Art bearbeitete sie meine Psyche. Je mehr ich versuchte, ihr zu widerstehen, desto größer wurde meine Geilheit. Jetzt war der dritte Knopf ganz auf und eine ihrer Brüste trat voll ins Licht. Mein Schwanz rührte sich.

Annie manipulierte mich wie eine Prostituierte auf der Straße, ein sexausbeuterisches Modell in einer Zeitschrift oder im Fernsehen. Alles an ihr erregte mich. Ihr Körper und ihre Bewegungen waren für mich nur noch intensiver, weil mir ihre gloriose Aufmachung im Grunde nicht gefiel und weil ich vor allem nicht von ihr dirigiert werden wollte.

Sie streichelte ihre Nylonstrümpfe zärtlich, als hätte das Material eine erregende Wirkung auf ihre Fingerspitzen. In der Küche herrschte eine gespannte Stille, die nur durch das Geräusch der Plastikkarten und mein heftiges Atmen unterbrochen wurde.

Ihre Hände spielten mit ihrer Brust durch den Stoff der Polyesterbluse. Allmählich näherte sie sich der rechten Titte. Sie quetschte sie leicht.

Plötzlich wurde Annie zu Faye Dunnaway, und ich war Steve McQueen. Wir befanden uns in einer bestimmten Szene aus dem Film *The Thomas Crown Affair.*

Sie spielen Schach. Faye, eine Detektivin, hat die Absicht, Steve zu verführen. Er soll ihr sein kriminelles Leben offenbaren, damit sie ihn festnehmen kann. Langsam streicht sie ihre Fingerspitzen über ihr tief ausgeschnittenes Seidenkleid. Ihre glatten, schmalen Schultern und die perfekten, weichen Brüste sind deutlich zu sehen. Steve beobachtet sie, unfähig, sich auf das Spiel zu konzentrieren. Er ist so schwach, dass er alles für sie tun würde – ihr alles erzählen, sich durch den Dreck ziehen lassen, ihr all sein Geld, ja sogar jemanden töten würde, wenn sie nur seine sexuelle Erregung weiter anstachelte. Faye fährt mit der Zunge über ihre feuchten, roten Lippen

»Rommé!«, schrie Annie.

Ich konnte ihre Karten nicht überprüfen. Mir war es in dem Moment scheißegal, wer gewann, wer verlor. Ich brauchte diese Beine.

Auf den Knien zwischen Annies Beinen zerrte ich mit dem Mund an den Nylonenden der Strümpfe. Ich rieb mein Gesicht an ihrem Oberschenkel und vergrub den Kopf tief unter ihrem Rock. Meinen Unterkörper rieb ich an ihrer Wade auf und ab wie ein geiler Hund. Annie strich mir über den Kopf.

»Braver Junge. Arnie weiß, dass er Annie braucht. Arnie weiß, dass er ihr nicht widerstehen kann. Er braucht sie so dringend.«

»Ja!«, murmelte ich, die Stimme von ihrem Fleisch erstickt.

Ich konnte nicht mal darüber nachdenken, was sie bei dieser neuerlichen Unterwerfung von mir empfinden musste, ich war nur dankbar, dass sie mir endlich erlaubte, sie zu berühren. Ich keuchte und wand mich in ihrem honiggleichen Duft.

Sie führte mich ins Schlafzimmer. Sie erlaubte mir, sie beim Ausziehen zu beobachten. Verführerisch und betont langsam entfernte sie ein Kleidungsstück nach dem anderen. Sie legte meinen Kopf sanft auf das Kissen zurück, näherte ihre Oberschenkel meinem Mund und ließ mich lecken, damit auch sie feucht würde. Ich hörte sie stöhnen. Heute schien es anders zu sein als zwischen Boris und Natascha, wo sie mich vollkommen beherrscht hatte. Ich spürte, dass sie jetzt auch an sich dachte und sich gehen ließ, anstatt sich auf das zu konzentrieren, was sie mit mir machte. Diesmal wollte sie dieselben sexuellen Höhen erreichen, die ich spürte. Aber ich war schon so aufgewühlt und verrückt nach ihr, dass ich sofort kam, als sie sich auf mich hinuntersenkte.

Es war so schnell passiert. Ich fühlte mich grenzenlos leer. Was aber noch viel schlimmer war – der kurze Augenblick, in dem auf Annies Gesicht ein angeekelter Ausdruck erschien, als ich aus ihr herausschlüpfte. Der Blick kam und ging so blitzartig schnell wie ein Elektroschock. Aber ich hatte ihn gesehen. Ich kroch in mich zusammen, als ich ihn wahrnahm. Schnell drehte ich mich um und krümmte mich mit dem Rücken zu ihr auf meiner Bettseite zusammen wie ein Embryo.

Dieser Blick hätte nicht anders sein können, wenn Annie plötzlich auf eine tote, verwesende Ratte gestoßen wäre. Dieser Blick schmerzte mich im Hirn, ich war wie betäubt.

Sex! Dieser verdammte Sex war's, der die Dinge hatte so entgleisen lassen. Diese in uns verankerte Gier, der Hunger nach Erfüllung, der uns um unserer Selbstbefriedigung willen so egoistisch gegeneinander kämpfen ließ. Ich hatte meine Bedürfnisse vor Annie hinausgeschrien und sie in sie gepflanzt, und ihr damit keine andere Alternative gelassen, als eine Beziehung zu nähren, die auf sexueller Erfüllung basierte. Ich fühlte mich so nutzlos und leer. Ich hatte eine ganz natürliche Teenagerlust in perverse Spielerei verkehrt. Ich musste mein Gesicht mit den Händen bedecken. Sex. Ich hatte alles verpfuscht. Ich, ich, immer ich. Wie konnte Annie mich nur gern haben, wenn ich nichts, aber auch überhaupt nichts für sie tat? Ich war verflucht dämlich. Verdammtes Rationalisieren. Ich hatte mich selbst auf die Ebene eines gemeinen, niedrigen Pervertierten reduziert, und das konnte einer Frau einfach nicht genügen. In Wirklichkeit hatte ich das die ganze Zeit über schon gewusst. Aber ich hatte es gleichzeitig abgeblockt, meinen Empfindungen nicht getraut, sie als harmlos abgetan – bis sie mich eben erschlagen mussten.

»Arnie, was ist mit dir?«, fragte Annie und versuchte, mich dazu zu bringen, sie anzusehen.

Ich hielt mein Gesicht weiterhin versteckt. »Kann jetzt nicht reden. Bitte geh. Ich kann jetzt nicht.«

Sie zog sich schweigend an. Kurz bevor sie ging, sagte sie leise, wie bei einem trauerverhangenen Abschied in einem der Filme: »Bitte vergiss nicht – ich liebe dich.«

Verfluchte Filme. Verfluchte Faye Dunnaway. Verfluchter Steve McQueen. Zur Hölle mit mir.

Lieber Arnie,

ich weiß nicht, was geschehen ist. Aber ich weiß, dass du die Dinge ganz bestimmt nicht laufen lassen willst, wie sie jetzt sind – dramatisch, schmerzhaft, verwirrend, Soap Qpera City –, dort, wo jedes andere normale Liebespaar im Streit verbleiben würde. Aber wir nicht. Wir sind beide etwas anders. Das wollen wir auch bleiben.

Du sagst mir den Zeitpunkt, und ich werde sofort bei dir sein. Ich würde nicht einmal mehr das Wort »Liebe« gebrauchen, um dir zu sagen, was ich für dich empfinde; ich habe dir gegenüber die positivsten Gefühle, die ich besonders als Annie aufbringen kann.

Annie

Ich las diesen Brief am nächsten Morgen vor der ersten Stunde. Mein Magen war flau. Ich hatte Lust, sofort nach Hause zu gehen. Heute besaß ich einfach nicht die Kraft, meinem Lehrerberuf nachzukommen. Annie zeigte mir, was Stärke war. Sie versteckte sich nicht. Ich war schlecht. Sie war gut.

Zum Unterricht erschien sie nicht. Wollte sie erst mal ihren Brief wirken lassen? Wollte sie es mir ersparen, sie sogleich wieder in körperlicher Anwesenheit erleben zu müssen? Unter diesen Umständen wäre es tatsächlich schwierig gewesen. Ich war ihr dankbar. Unglaublich, aber ich durchstand den ganzen Tag, wobei ich mich an jeden Zipfel »Mr. Lester« klammerte, dessen ich habhaft werden konnte.

Am Nachmittag begegnete ich ihr kurz in der Halle. Während wir aneinander vorbeigingen, gelang es mir, ihr zuzuflüstern: »Heute Abend. Komme heute Abend herüber.« Schnell eilte ich weiter. Ich hatte nicht den Mut, Annie in die Augen zu sehen.

Nein. Ich konnte nicht aufhören. Nein. Kein Ende. Kein Aufhören mit der Liebe. Nein. Kein Aufhören des Verlangens. Nein. *Gar nichts hörte auf!* Nein!

Annie betrat meine Wohnung. Ich war ihr sofort dankbar und erleichtert, dass sie in ihrer normalen Armeehose, den Turnschuhen,

Sweatshirt und ihrer Lederjacke gekommen war. Ich sagte schüchtern: »Hallo.« – »Hey«, antwortete sie ebenso scheu. Dann wollte sie ins Wohnzimmer gehen, stoppte plötzlich neben mir und gab mir einen schnellen Kuss auf die Wange, so, als ob sie nicht sicher wäre, ob das im Augenblick das Richtige sei, als ob sie es aber trotzdem tun wollte. Ich wollte sie wieder küssen. Ich wollte von ihr ergattern, was immer ich konnte.

»Nun?«, sagte sie und setzte sich auf die Couch.

»Ja, also«, antwortete ich, unsicher wo ich anfangen, nicht wissend, womit ich überhaupt beginnen sollte.

»Wir haben diese Woche die Endspiele verloren«, sagte Annie und füllte damit die Stille, die ich hinterlassen hatte. »Damit ist die Saison vorbei.«

»Meinst du die Basketballspiele?«

»Klar. Was sonst?«

»Schade.«

»Jaha.«

Sie stand auf und schaltete den Fernseher ein. Vielleicht brauchte sie ein summendes Nebengeräusch, auf das wir uns konzentrieren konnten, anstatt darüber zu reden, was schief gelaufen war. Das Gesabber der Schauspieler half ein wenig, aber wir fühlten uns echt unwohl. Annie durchsuchte den Kühlschrank.

»Nichts Essbares da, Lester«, sagte sie beiläufig, als versuchte sie, eine gezwungene Stimmung aufkommen zu lassen.

»Habe seit langer Zeit nichts mehr eingekauft.« Sie fand ein paar Kekse und Erdnussbutter, woraus sie Minisandwiches produzierte.

Wo sollte ich nur anfangen? Ich hätte einfach nur von Liebe reden wollen. Heile mit Liebe. Ich liebe dich. Lass uns alles mit Liebe in Ordnung bringen. Wie können die Dinge schlecht stehen, wenn Liebe vorhanden ist?

Aber ich sagte nur: »Die Kekse sind alt.«

»Das sagst du mir?«, antwortete sie lachend. »Schließlich bin ich diejenige, die Sägemehl mit Erdnussbutter essen muss.«

Auch ich lachte höflich, nicht zu begeistert, denn es war ja nicht wirklich komisch. Vielleicht zu einem anderen Zeitpunkt, aber jetzt war mir nur zu klar, dass Annie versucht hatte, mich damit etwas aufzumuntern. Wir waren beide verlegen, weil wir uns so auf uns konzentrieren mussten und nicht reden konnten.

Wir machten weiter Konversation, sahen ab und zu ins Fernsehen und sprachen nach einer Weile, ich will verdammt sein, über die Inflation. Sollte sie doch zur Hölle fahren, diese Inflation. Dann Pausen. Stille. Wir konnten uns gegenseitig atmen hören. Ich tat so, als konzentrierte ich mich auf den uralten Gangsterfilm, der über den Bildschirm flimmerte. Dann hatte ich plötzlich einen Gedanken, der mir genauso schmerzhaft durchs Gehirn schoss und meine Gedärme aufwühlte, wie die Kugel auf dem Bildschirm, die eben den Bauch eines Gangsters erreicht hatte. *Vielleicht liebt Annie mich nicht mehr.* Vielleicht hängt sie nur bei mir herum, um mir was Gutes zu tun, oder weil sie sich bei mir immer noch ein wenig wohl fühlt. Liebhabers Fehler Nummer achtundneunzig: Es ist vorbei. Ein Partner liebt schon etwas weniger, beendet aber die Beziehung nicht aus Angst, den anderen damit zu verletzen. Liebhabers Fehler Nummer neunundneunzig: Es ist vorbei. Ein Partner liebt schon etwas weniger, bleibt aber in der Beziehung, weil sich zurzeit niemand anderes findet, mit dem man sich wohl fühlen könnte. Vor wem könnte Annie sich schließlich noch so natürlich ausziehen? Ihre Leidenschaft hinausschreien?

Ich hätte es nicht ertragen können, sie immer noch so zu lieben, wenn das nicht auf Gegenseitigkeit beruhte.

»Liebst du mich noch?«, platzte ich heraus. Laut, *mit* beleidigter Stimme und selbst verblüfft von meinen eigenen Worten.

Sie sah mich an. Ihr Haar fiel zu beiden Seiten ihres Gesichts in sanftem Schwung nach unten. »Ja, das tue ich.«

Und obwohl es sich hier wieder um eine Szene handelte, die schon tausend- und abertausendmal von unzähligen Liebenden durchgespielt worden war, war ich froh, ihr »ja« zu hören.

»Es tut mir Leid, Annie.«

»Dass ich dich liebe?«

»Nein, nein. Es tut mir Leid, dass ich dich in die falsche Richtung geführt habe...«

»Arnie, ich möchte dir sagen ...«

»Nein. Wir waren ein so schönes Paar, und alles zwischen uns lief hervorragend. Bis ich das geändert habe. Ich war ungeheuer egozentrisch. Ich habe mich um deine Bedürfnisse einen Dreck gekümmert. Du hattest mir gesagt, dass du nicht sicher wärest, ob du die dominierende Rolle spielen könntest. Ich aber hatte gewusst, dass du es nicht könntest. Dann bin ich trotzdem rücksichtslos und egoistisch vorgegangen und habe mich dir vollständig unterworfen. Das war nach dem Rennen. Ich war so ekelerregend passiv, was hättest du also anderes tun sollen? Ich tauchte ein in das herrliche Gefühl, von jemand anderem bestimmt zu werden. Ich hielt das für Glück, schloss meine Augen und sah weder die Veränderung in dir noch deine Bedürfnisse. Ich hatte meine sexuelle Verlassenheit überhand nehmen lassen. Annie, es tut mir so Leid ... Aber weißt du, seit dem Tag, an dem wir Joggen waren, habe ich wirklich versucht, es zu ändern. Ich wollte alles, was mit *Fantasie* zusammenhing, vergessen. Ich wollte langsamer mit dem Sex machen und mich mehr darauf konzentrieren, dich besser kennen zu lernen. Wir sollten uns über den Orgasmus hinaus lieben lernen. Und das ist irgendwie nie passiert. Wir schienen nur noch durch Sex miteinander kommunizieren zu können. Und ich konnte nicht anders. Ich musste jedes Mal umfallen, wenn du wieder anfingst, mich zu kontrollieren. Schließlich bist du eine so wundervolle Person, um es mal auszuprobieren ...«

»Nicht, bitte, sag es nicht ...«

»Annie, ich werde es besser machen. Von nun an wird alles besser, das verspreche ich dir. Wir werden uns besser verstehen, uns tiefer lieben, besser miteinander spielen, besser miteinander reden. Zieh dich nicht wieder zurück. Gib dich mir ganz. Ich brauche alles, was du bist.«

Meine Hand ruhte auf dem abgenutzten Polsterstoff der gebraucht gekauften Wohnzimmercouch. Meine Finger spielten mit den Fransen.

»Arnie. Es ist doch in Ordnung. Es ist wirklich alles in Ordnung. Ich kann nicht leugnen, dass die Dinge nun ein wenig anders sind als zu Anfang, und ich weiß bestimmt nicht, wo uns das hinführen wird, aber das ist doch alles auf gleicher Ebene. Wir haben doch immer noch die Grundlage unserer Liebe. Und du hast mich in gar nichts hineingestoßen. Es war nicht dein Fehler. Ich wollte diese letzten zwei *Fantasien* für dich. Ehrlich.« Sie stand auf und stellte das Fernsehen leiser. »Es hat auch eine Menge damit zu tun, dass ich angefangen habe, *Playgirl* zu lesen. Du weißt schon, die Bilder von nackten Männern, Sexgeschichten usw.« *Playgirl!* Ich fragte mich, ob sie dabei masturbierte, zu nackten Männerbildern. Wenn sie es tat, hatte *sie* dabei wenigstens kein schlechtes Gewissen. »Ich musste darüber nachdenken, dass Männer toll aufgemachte Frauen, sexy Frauen im Grunde viel lieber mochten. So sahen zumindest alle Frauen in den Anzeigen aus. Ich wollte dich geil machen. Ich wollte auch diese Rolle für dich spielen können. Du solltest immer auf mich warten, scharf auf mich sein ...« Glaubten Frauen insgeheim, dass Männer gern kontrolliert würden, genauso wie Männer glaubten, dass Frauen vergewaltigt werden wollten? »So dachte ich mir, ich müsste es für dich immer schwieriger machen, mich zu kriegen. Ich wollte dich in einem Zustand der Dauererregung halten, so dass ich dich beherrschen konnte, und das würde dich dann nur noch mehr befriedigen. Ich gebe zu, dass es nicht nett von mir war, dich so lange warten zu lassen, ja sogar ein Wochenende zu übergehen. Aber ich hatte das Gefühl, dass ich es nur tun könnte, wenn ich genug Zeit hätte, Kraft für mich zu sammeln. Ich wollte genug Energie haben, die ich dir geben könnte. Ich brauchte diese Zeit für mich. Aber diese *Fantasien* wollte ich dir noch geben. Als Geschenk. Jetzt fühle ich mich ganz schön blöd.«

»Sie waren Geschenke für mich. Ich habe es genossen, dir so gründlich zu gehören. Aber das letzte Mal habe ich mich dabei ganz scheußlich gefühlt, als ich merkte, dass für dich so gut wie nichts dabei herauskam. Ich will doch auch, dass du bekommst, was du wünschst.«

»Aber ich habe doch, was ich will«, sagte Annie flehend. »Ich hatte schon angefangen zu glauben, ich wäre so was wie ein Mauerblümchen. Es gab ja immer nur Clara und mich, und wir hingen ständig zusammen. Wir versuchten, uns selbst zu genügen und machten uns vor, dass *wir* keine Freunde bräuchten. Keine Liebesgeschichten. Und diese unreifen Highschoolbabys brauchten wir schon gar nicht. Clara und ich schlossen uns immer mehr zusammen, bis wir es nicht einmal mehr zu versuchen brauchten. Außerdem hatte ich mich für einen schlechten Menschen gehalten. Du weißt ja, ich gab mir die Schuld, dass die Ehe meiner Eltern auseinander gebrochen ist. Ich dachte, dass mich niemand mochte. Ich wollte sogar Cheerleader werden, damit man mich beachtete, aber ich hatte Angst, aus mir herauszugehen. Angst, dass sie über mich lachen würden. Ich war so scheu und hatte keine großen Titten und nicht mal die wilde blonde Mähne einer Farah Fawcett. Aber ich mag mich selbst als die Liebhaberin von Arnie. Ich finde, dass du jemand ganz Besonderes bist, und du machst mich auch zu etwas Besonderem, indem ich dich befriedigen kann. Und das kann ich ziemlich gut, glaub ich. Wir können uns nicht einfach so auseinander reißen. Nein. Dazu ist es zu gut. Ich werde tun, was immer du von mir verlangst. Ich brauche dich. Ich werde nicht so einfach loslassen …«

Einsamkeit scheint uns alle dazu zu bringen, etwas zu tun, was wir normalerweise nie tun würden.

Sie verbarg ihren Kopf an meiner Brust. Ich streichelte ihr übers Haar und ließ es dabei durch meine Finger gleiten. Ein schönes Gefühl, das ich genoss. Wie sie an mir lehnte, verlieh mir Sicherheit. »Es ist alles gut«, sagte ich leise. »Es wird schon gehen. Wir werden es gutmachen. Liebe heilt …«

Wir drückten uns fest aneinander, als ob unsere Energie alle Wunden schließen könnte.

Unsere Worte hatten sicher nicht anders geklungen als die von den berühmten Paaren in den Soap Operas, aber wir gaben einander damit wieder Hoffnung, und das war genau das, was wir so nötig brauchten.

Was geschah als Nächstes?

Natürlich. Wir lagen auf dem dicken Wohnzimmerteppich vor dem Fernseher. Mein Körper über ihr ausgestreckt, sie ruhig und entspannt unten. Das Geplapper aus dem Fernseher schwirrte über unsere Köpfe hinweg.

Eine lange, zärtliche Berührung unserer Lippen. Es war schon so lange her, dass wir uns einfach nur so geküsst hatten. Mund gegen Mund, offen. Ich spürte die Rundung ihres Wangenknochens auf meinen Lippen. Ich spürte die Haut ihrer Ohren an meinen Fingerspitzen. Ich spürte ihre raue Zunge auf meinem Gaumen. Entkrampft. Es geschah einfach. Keine Angst mehr vor einem Schlappschwanz oder frühzeitiger Ejakulation. Keine Angst, sie zu verführen, keine Sorge darum, was sie erregen könnte. Es war auch nicht schlimm, wieder oben zu liegen. Wir waren vollkommen offen füreinander. Ich hätte gern eine Stimme gehört, die immer wieder Annie-Arnie, Annie-Arnie, Annie-Arnie sang.

Sie knöpfte mein Hemd auf und fuhr mit der Hand über meine Brust. Ich beeilte mich, ihr alle Kleider auszuziehen und sie überall zu berühren. Wie in alten Zeiten fühlte ich mich sicher und stark. Ich wusste, sie konnte es nicht erwarten, mich wieder so zu erleben.

Ihre Hand führte mich zu ihr, und es war absolut real, dass ich ihn jetzt wieder in der feuchten, warmen Tiefe spürte. Die Hitze, die Nässe, das Nachvornüberfallen. Wir umarmten uns fest, und ich blieb einfach in ihr liegen, ohne mich zu bewegen. Annie-Arnie. Ich konzentrierte mich auf das Gefühl, wieder in einer Frau zu sein, den Körper eines anderen Menschen von innen zu spüren. Wir beide waren miteinander verbunden, tief im Gefühl, fest *mit* den Körpern, beide gemeinsam die Wärme und eine Muschelschale teilend, wie siamesische Zwillinge. Ich wollte mich nicht bewegen. Ich hatte keine Lust, diese emotionale Einheit durch den Orgasmus zu unterbrechen.

Annie begann, sich gegen mich zu heben. Das konnte ich nicht lange durchhalten. Ich zog mich zurück, sie spannte sich an. Ich drang wieder ein. Sie öffnete sich. Sie presste ihre Handflächen auf meinen Hintern und murmelte:

»Schön, Arnie. Einfach schön.« Und das alte, wieder neu gewonnene Machtgefühl – ich füllte sie schließlich aus – brach wieder hervor. Ich beobachtete wieder, wie meine Stöße ihre Atmung beeinflussten. Ich fühlte, dass sie großes Verlangen danach hatte, von mir beherrscht zu werden. Ich sollte das Tempo bestimmen – so wie ich es am besten konnte –, und sie konnte dann so wie schon oft in der Vergangenheit explodieren.

»Ja, Arnie.« Mit aller Energie und Konzentration brachte ich sie auf ein hohes Plateau der Gefühle und machte es bis zum Ende, wobei ich harte, schnelle Gewalt einsetzte. Meine eigenen Orgasmuswünsche vergaß ich dabei vollkommen. Ich war nur froh, sie wieder bei mir zu haben.

Ich begann, von neuem anzufangen, damit sie einen Abend erleben sollte, den sie niemals vergessen würde. Überraschenderweise sammelte Annie aber neue Energie, und ich spürte ihre Hand plötzlich um meine Hoden. Sie liebkoste mich und alles, was sie da unten fand und was nur darauf wartete, abzusegeln.

Es schien, die Hand wäre dazu da, mir etwas anderes, neues zu geben. (Weil ich ihr einen so schönen Orgasmus verschafft hatte?) Das sanfte Reiben schien die Venen in meinem Geschlechtsbereich zu weiten. Eine Menge Blut rauschte hinein. Der Druck ihrer Finger belebte meine gesamte Kraft.

Sie beschleunigte ihre Bewegungen, streckte sich und hörte nicht auf, mich zu streicheln. Ich entspannte mich auf ihr und konzentrierte mich voll auf diesen Bereich. Annie schien alles Interesse an einem weiteren Orgasmus ihrerseits verloren zu haben.

Langsam, unendlich sanft verlagerte sie ihr Gewicht nach vorn und drehte mich herum. Sie hielt mich sicher und gab Acht. Dann saß sie oben.

Obwohl ich versuchte, meine Passivität zu bekämpfen, konnte

ich doch einfach nur unter ihr liegen und die Situation genießen. Regungslos mit geschlossenen Augen.

Mit abwechselnd langen und kurzen Hebungen bewegte sie sich. Ich spürte den rauen, dicken Teppich an meinem Hintern. Immer noch hatte ich keine Lust zu kommen. Ich kämpfte mit mir, um es zurückzuhalten, damit sie auch in dieser Stellung noch etwas davon hätte. Aber ihre spielenden Finger, ihr starker Wille und ihre Bewegungen legten es darauf an, mich näher und näher zu bringen.

Ich öffnete die Augen, um zu erforschen, ob es ihr auch Spaß brachte. Ihre Augen waren weit aufgerissen, starrten aber nicht auf mich, sondern irgendetwas hinter mir. Ich drehte den Kopf zurück, um nachzusehen, was sie so faszinierte. Auf dem Bildschirm war ein Mann zu sehen. Er trug eine eng anliegende Badehose aus Nylon. Ein Gewichtheber. Seine Muskeln traten deutlich hervor, runde, sich wölbende Konturen, die schön aufeinander geschichtet waren.

Seine kräftigen Arme waren eingeölt und glänzten schimmernd im Scheinwerferlicht. Er zeigte einen harten, männlich herausfordernden Blick – männliche Konzentration. Gerade war er dabei, eine Eisenstange mit zwei schweren Kugeln an jeder Seite zu heben, sie erst zur Brust hochzuziehen, dann hochzustemmen und sie wieder fallen zu lassen. Seine Muskeln schwollen und wurden größer und größer.

Ich fühlte mich wie ein kleiner Abfalleimer voll Scheiße, als ob gar nichts mehr von Bedeutung wäre, als ob ich missbraucht worden wäre (die armen kleinen Frauen, die immer missbraucht wurden?!), so, als wäre ich gar nicht vorhanden.

Annie beobachtete in der Tat einen Bodybuilder. Sie schlief mit *ihm.* Ihr Rhythmus stimmte genau mit dem Rhythmus seiner Bewegungen beim Heben und Stoßen des Gewichts überein.

20. Kapitel

(Do It to Me) One More Time
oder auf deutsch:
(Gib's mir) noch einmal

Plötzlich wurde ihr bewusst, dass ich sie beobachtete und bemerkt hatte, wie sie den Muskelprotz im Fernseher anstarrte. Sie hielt sofort in ihrer Bewegung inne. »Es … es ist nicht so, wie du glaubst!«, beeilte sie sich zu stammeln.

»Was soll ich denn glauben, Annie? Bitte, lass mich aufstehen.« Sie stieg von mir herunter, und ich setzte mich niedergeschlagen auf die Couch und ließ den Kopf hängen. »Heute Abend hat doch alles so schön angefangen. Du hast mir gesagt, dass du mich liebst. Du hast mir gesagt, wie sehr du mich brauchst … und dann liebst du einen anderen … während ich dabei bin!« Ich spürte Tränen in meinen Augen aufsteigen. Wir waren wirklich dabei, uns gegenseitig Stück für Stück auseinander zu nehmen.

Sie begann, sich anzuziehen. »Du bist wirklich ein Hundesohn!« Ich starrte sie an, entsetzt über die Gehässigkeit in ihrem Ton. »Denk doch, was du willst! Das tust du ja sowieso immer!« Ich spürte, dass sie das nicht wirklich hatte sagen wollen. Aber es war ihr peinlich, dass ich sie erwischt hatte. »Ich weiß gar nicht, warum ich mich so lange mit einem Kerl abgegeben habe, der nicht mal genug Mut und Selbstvertrauen besitzt, mit einer Frau auszugehen, die so alt ist wie du.«

Sie schaffte es, mich sehr zu verletzen. »Nachdem ich dich und den Kerl auf dem Bildschirm zusammen gesehen hab, versteh ich, warum du glaubst, dass es zwischen Jungen und Mädchen keinen großen Unterschied gibt!«

Sie war jetzt angezogen und befand sich auf dem Weg zur Wohnungstür. Wütend wie eine eben eingefangene Tigerin schrie sie:

»Zur Hölle mit dir, Arnie Lester! Scheiß auf dich! Ich habe einen anderen gefickt, weil ich endlich mal jemand anderes in mir drin fühlen wollte. Das war der Grund. So, und jetzt mach's dir selbst! Viel Spaß!«

Tränen liefen ihr übers Gesicht, als sie die Tür mit aller Wucht hinter sich zuknallte.

Es gab immer noch Liebe. Wir liebten uns. Nur deshalb konnten die Worte uns so tief verletzen und der Hass so plötzlich aufsteigen.

Ich hatte gelernt: Die *totalen* Proportionen einer sich auflösenden Beziehung sind stets allgegenwärtig und bauen sich stetig auf, bis man eines Tages zu spüren bekommt, dass nichts so ist, wie man es sich vorgestellt hatte.

Ich ließ mich auf mein Bett fallen. Es wäre zu simpel gewesen, den Tränen freien Lauf zu lassen. Ich machte kein Geräusch. Es war so leicht, sich an die Einsamkeit zu erinnern und wieder daran zu gewöhnen.

Montag Morgen in der Schule hörte ich im Vorbeigehen jemanden sagen, wie schlecht der Winterkarneval am Samstag gewesen sei. Ich bekam noch mit, dass Hargrove persönlich den Clown auf dem Wasserthron hatte spielen müssen, und dabei hätte er noch nicht mal einen Taucheranzug beschaffen können, und die Schlangen vor diesem Stand waren natürlich ganz besonders lang gewesen. Es war unverantwortlich von mir gewesen. Es gab keine andere Betrachtungsweise.

Dann kam Annie die ganze Woche nicht zur Schule. Schließlich hielt ich es nicht mehr aus und fragte Clara, was denn los wäre. »Sie ist krank, Mr. Lester«, sagte Clara geringschätzig. »Nicht liebeskrank. Sie hat sich einen seltenen Virus aufgegabelt. Und sie will Sie nicht sehen. Das hat sie mir gesagt.«

Glücklich lief sie von mir weg. Ich musste daran denken, wie Annie mich bei meiner Grippe gepflegt hatte. Ich wollte bei meiner Liebsten sein, ihr Medizin reichen, ihre Hand halten, ihr etwas vorlesen, sie aufmuntern. Aber vermutlich entsprach es ja nicht mehr der Realität, sie meine Liebste nennen zu dürfen. Annie war krank. Annie war weg. Ich *hatte* Liebeskummer.

Manchmal, wenn ich Arbeiten korrigierte, unterrichtete, die Stunden vorbereitete oder längst fällige Briefe an alte Freunde schrieb, konnte ich für eine Weile vergessen, was mit uns geschehen war. Aber dann überfiel es mich plötzlich bei meiner Beschäftigung, und mir wurde wieder bewusst, wie weh wir uns gegenseitig getan hatten. Wie weit wir doch jetzt voneinander entfernt waren. Dann erfasste mich eine jähe Spannung – kein richtiger Schmerz, nur ein vages, schwer zu erfassendes Wehtun, wobei das Herz ein-, zweimal schneller schlug – und der Gedanke, dass es nun keine Annie mehr gäbe, nistete sich beharrlich in mein Bewusstsein ein. Ich spürte, dass ich ihn von nun an zu einer mich leise begleitenden Wehmut umwandeln müsste.

Sie hatte überhaupt nichts gespürt, als ich in ihr war.

Ich hatte sie zu Dingen verleitet, die sie eigentlich nicht hatte tun wollen.

Ich hatte vermutlich versucht, einen Mann aus ihr zu machen; wahrscheinlich war ich doch schwul.

Vermutlich hatte ich es fertig gebracht, dass sie sich jetzt selbst hasste, weil sie all diese Worte im Grunde nicht hatte sagen wollen. Aber ich hatte sie in diese Position gebracht.

Ich war für eine ältere Frau möglicherweise wirklich nicht selbstsicher genug.

Ich habe ein sechzehnjähriges Mädchen missbraucht.

Und dennoch hatte ich während der ganzen Woche, in der ich auf ihren leeren Stuhl starrte, unaufhörlich aufs Telefon lauschte, nach ihren Schritten auf der Treppe hörte und natürlich masturbierte, immer das Gefühl, dass nur Annie die Welt für mich wieder in Ordnung bringen könnte.

Am Montag kam sie wieder in die Schule. Ihr Gesicht war sehr blass, die Augen trübe, sie blickte abwesend und teilnahmslos vor sich hin. Mich sah sie nicht ein einziges Mal an.

Ich konnte verstehen, warum sie nicht angerufen hatte, nicht einmal vorbeigekommen war. Ich hatte ihr solchen Kummer bereitet, dass sie mich am liebsten wohl nie im Leben wieder gesehen hätte. Ich konnte den Kontakt zu ihr nicht von mir aus aufnehmen. Ich wollte sie nicht mehr verletzen. Und ich wollte die schwache Hoffnung in mir nicht verlieren, dass wir doch noch mal zusammenkommen könnten.

Es wurde so schlimm mit mir, dass ich mich kaum noch an unsere glücklichen Zeiten erinnern konnte. Mir fielen nur unsere sich immer mehr vergrößernde Fremdheit, das grobe Schweigen und unsere gemeinen Worte ein.

Als am Donnerstag der Unterricht vorbei war und ich in der Klasse stand, um die Tafel noch abzuwischen, kam Annie wieder herein. »Wir haben doch nicht gemeint, was wir gesagt haben. Ich habe es nicht so gemeint, was ich gesagt habe.«

Ich ließ ihre Worte auf mich wirken. Dann sah ich sie an – sie war ruhig, stark, wunderschön. Ich wollte auf sie zueilen, sie in die Arme nehmen, aber ich stand wie angegossen.

»Oh, Arnie. Wir können uns doch gar nicht so wehtun. Wir hatten doch gesagt, dass wir das nie tun wollten. Wir können nicht alles in dieser Scheiße enden lassen. Wir müssen auch weiterhin gut zueinander sein. Sieh mal, ich muss dir sagen, dass ich ...«

»Annie«, sagte ich plötzlich. Nur um überhaupt etwas zu sagen (hatte ich Schiss?), um sie zu unterbrechen, um mich selbst zum Reden zu bringen. »Lass uns dieses Wochenende zusammen wegfahren.« Diese Idee kam mir, während ich sprach. Ich wollte fort, weg von allem, wieder mit ihr allein sein. »Lass uns nach Seattle fahren. Ich bin noch nie dort gewesen. Lass uns sehen, was uns noch geblieben ist. Wir verdienen eine weitere Chance.«

Sie dachte nach. Ich hatte den Eindruck, dass es noch etwas anderes gäbe, das sie mir außer ja oder nein mitteilen wollte. »In Ordnung«, antwortete sie dann ruhig.

Ich lief zu ihr und umarmte sie fest. Wir drückten uns eng aneinander. Ich konnte die wahre, tiefe Übermittlung ihrer Gefühle spüren und mir wurde ganz warm. Sie liebte mich immer noch.

Meine Liebe schäumte über und schien die Körpergrenzen aufzuheben.

Malcolm Hargrove betrat das Klassenzimmer.

Ich bekam einen kleinen Herzanfall – obwohl er erst kurz nachdem wir uns voneinander gelöst hatten, gekommen war.

»Mr. Lester«, sagte er förmlich. »Ich freue mich, dass ich Sie noch erreichen konnte, bevor Sie nach Hause gegangen sind. Junge Dame, würden Sie bitte einen Augenblick draußen warten?« Annie sah nervös zu mir herüber. Ich fragte mich, ob er nicht doch noch unsere Umarmung durch das Fenster in der Tür gesehen hatte. Sie ging hinaus. »Ja. Nun. Was wollte ich Ihnen sagen?« Ohne seinen Schreibtisch vor sich sah Hargrove wesentlich kleiner aus. Mir fiel sofort auf, dass er eine blaue und eine braune Socke trug. War mein Verhaftungsbefehl schon unterzeichnet? Hatte er die Aufgabe, mich mit seinem Gefasel festzuhalten, bis die Polizei eintraf? »O ja, jetzt fällt's mir wieder ein. Der Winterkarneval. Mr. Lester, ich muss Ihnen sagen, ich war über Ihre Abwesenheit am Samstag zutiefst enttäuscht. Und noch mehr hat es mich getroffen, dass mir nicht ein Wort der Entschuldigung Ihrerseits zu Ohren gekommen ist. Ich hätte von Ihnen erwartet, da Sie bis heute wahrlich genug Zeit hatten, in mein Büro zu kommen, dass Sie mir ihr Nichterscheinen persönlich erklären würden.«

»O ja. Es tut mir außerordentlich Leid.« Schnelle Entschuldigungen wie eine tote Tante, Leukämie, Allergie gegen Clownsmakeup, Autoexplosionen usw. schossen mir durch den Kopf. Aber ich sagte: »Um ehrlich zu sein, ich hatte es total vergessen. Ich hatte das Datum des Winterkarnevals vergessen. Ich bin nicht in Ihr Büro gekommen, um mich zu entschuldigen, weil es mir zu peinlich war.«

»Sehr ungewöhnlich«, antwortete er darauf. »Aber Ihre Ehrlichkeit imponiert mir. Haben Sie in Zukunft keine Angst mehr, mit mir über alles und jedes zu sprechen. Und da Sie Ihre Arbeit ansonsten so vorzüglich machen, werde ich es diesmal so durchgehen lassen. Ich akzeptiere Ihre Entschuldigung, Wussten Sie übrigens, dass Ihre Juniorklassen bei den PSAT-Tests am besten abgeschnitten haben?«

»Wirklich?«

»Ja. Und ich wollte Sie auch noch davon in Kenntnis setzen, dass beim letzten Elternsprechtag einige Mütter von Ihren Schülerinnen zu mir gekommen sind und mir berichtet haben, dass die Mädchen Sie wie eine frische Brise im Schulalltag empfänden und dass sie seit Ihrem Unterrichtsbeginn viel mehr läsen und weniger vor dem Fernseher säßen.«

»Freut mich zu hören.«

»Ja, ich dachte, ich könnte Ihnen die süße Pille gleich zusammen mit der bitteren reichen. Im Ganzen haben Sie sich hervorragend eingearbeitet, sowohl in den höheren als auch den unteren Klassen. Sie rechtfertigen Ihre guten Zeugnisse vollständig. Ich werde wieder gehen und Ihnen die junge Dame hereinschicken. Es tut mir Leid, dass ich ihre Schülerkonferenz unterbrechen musste. Machen Sie weiter so und viel Erfolg.«

Hargrove hielt mich für einen guten Lehrer. Und dieses Wochenende durfte ich wieder zusammen mit meiner Liebsten verbringen. Jetzt kam alles wieder in Ordnung.

Nach dem Schulschluss am Freitag praktizierte Annie wieder ihre gewöhnliche Hitchhikerroutine, und ich sammelte sie kurz hinter Dillistown auf. Sie hatte eine alte Jeans an, dazu ein Rugbysweatshirt und eine Windjacke, die eigentlich für Jungen gemacht war. Ihre Lederjacke war diesmal zu Hause geblieben, da schon ein lauer Frühlingswind die Luft erwärmte. Und es regnete nicht.

Sie warf ihren Rucksack auf den Rücksitz. Wir wollten das ganze Wochenende zusammen in Seattle verbringen, weg von allem, was uns vertraut war und belastete. Annie erzählte, dass ihre Mutter schon gar nicht mehr auf ihre Entschuldigung, warum sie wieder fortführe, gehört hätte. »Ihr war schon lange klar, dass ich ziemlich heftig in einer Beziehung engagiert bin. Schließlich ist sie nicht dumm. Manchmal habe ich das Gefühl, dass sie mich gern ein wenig auf die Seite nehmen und mir einen guten Rat geben würde, aber das traut sie sich schon seit langem nicht mehr.« Annie bekam wieder diesen abwesenden Blick. Ich wusste, was sie im Augenblick vor sich sah.

Wir fuhren auf dem langen Highway immer geradeaus, manchmal fünfzig Meilen in der Stunde, wenn die Straße durch flaches Farmland führte, dann langsamer mit zwanzig, wenn wir Ortschaften durchfahren mussten. Wir kamen durch sieben oder acht Ortschaften. Die meisten Städte hatten so zwischen 300 und 25 000 Einwohner. Für uns schienen alle ein Schild: *Eintritt verboten!* zu tragen. Ab und zu sah man Leuchtreklamen: Kiwanis Club, Rotary Club, Kolumbusritter, Elche. Eine kleine Geschäftsreihe säumte zumeist die Straßen, oder, wenn es sich um eine größere Stadt handelte, Einkaufszentren, Schnellimbissstuben mit Hamburgern, Hähnchen, Fisch oder Pizza. Wir fuhren auf ein *Verlassen Sie jetzt die Autobahn-Schild* zu, und ich nahm von da an die Landstraße. Das Gebiet lag vor uns ausgebreitet, als ob dieser Teil des Staates aus verschiedenen Flicken von Städten, Dörfern und Ackerland sauber zusammengenäht worden wäre.

Annie und ich sprachen kaum miteinander. Vermutlich ging uns beiden noch die Wut, die Intensität und die Überraschung im Kopf herum, die wir bei unserem letzten Zusammensein in meiner Wohnung erlebt hatten. Wir beobachteten im Vorbeifahren die Leute, die entweder ihren gewöhnlichen Freitagnachmittagsbeschäftigungen nachgingen oder sich auf Wochenendfahrten vorbereiteten. Ansonsten betrachteten wir die Landschaft. Als wir die Interstate 5 erreichten, beschleunigte ich. Mir schien, dass es an der Zeit wäre, endlich etwas zu sagen.

»Weißt du, was ich irgendwo mal gelesen habe?«, fragte Annie. »Männer hätten in ihrem Hintern ein Sexzentrum.«

»Was?« Sie liebte es nicht, um den heißen Brei herumzureden.

»Weißt du eigentlich, wie empfindlich dein Hintern ist?«, fuhr sie fort. »Also, in diesem Artikel stand, dass Männerhintern mit dem Sexualbereich des Penis in Verbindung stehen. Es hat, glaube ich, etwas mit der Prostata zu tun. Die wird dann gereizt oder so was Ähnliches.«

Ich musste an meine Schwulenerfahrung denken. »Klingt logisch.« Und dann fragte ich in väterlichem Tonfall: »Wo zum Teufel hast du das wieder gelesen?«

»*Penthouse Forum*. Das ist ein kleines, monatlich erscheinendes Heft mit Sexartikeln und so weiter und…«

»Ich weiß, was das ist. Junge, Junge, zuerst *Playgirl*, und jetzt auch noch *Penthouse Forum*!«

»Die schmutzigen Liebesbriefe am Schluss mag ich besonders gern.«

Dann eine Weile Schweigen. Annie beschäftigte sich mit der Straßenkarte von Seattle, die ich sicherheitshalber noch gekauft hatte.

Ich dachte daran, sie zu fragen, ob sie das »Ich habe jemand andern gefickt, weil ich endlich mal jemand anders in mir fühlen wollte« wirklich ernst gemeint hatte, oder ob überhaupt ein Körnchen Wahrheit daran wäre. Ich hätte sagen wollen: »Annie, wir haben immer versucht, ehrlich zueinander zu sein. Warum du unsere Beziehung jetzt so haben willst, wie du sie dir vorstellst, würdest du mich dann lieber wieder so wie am Anfang wollen, als ich noch die Macht in Händen hatte?« Aber ich sagte gar nichts. Ich hatte das Gefühl, wenn ich ihr zu diesem Zeitpunkt Fragen aus meiner Unsicherheit heraus stellte, würde es so klingen, als bettelte ich um Verständnis, womit ich noch mehr Schwäche preisgeben würde. Und das half uns jetzt auch nicht weiter.

»In meinem Koffer steckt etwas, das dich interessieren könnte«, sagte ich stattdessen.

Sie langte auf den Hintersitz und lächelte erwartungsvoll. Dachte sie vielleicht an ein Geschenk? Sie riss den Reißverschluss meiner Reisetasche auf und zog ein Schuljahrbuch hervor, Jahrgang 1972.

Hastig blätterte sie die ersten Seiten um. Als sie auf farbige Großaufnahmen stieß, die ein paar von den Schülern auf dem Schulrasen rumlungernd zeigten, schrie sie auf: »Ihr wart echte Freaks! Alle! Sieh dir mal den mit dem langen Haar an. Es geht bis zu seinem Hintern. Und mit dem fransigen Lederanzug sieht er aus wie Buffalo Bull. Das ist toll, Arnie. Jede Seite sieht aus wie das Cover einer alten Rockplatte. Und ihr seht alle schon so alt aus.« Sie starrte, jedes Mal von neuem erstaunt, auf die folgenden Fotos. Ihre Überraschung machte mir Spaß.

»Es ist seltsam«, sagte ich, »aber ich kann mich daran erinnern, dass ich damals auf der Highschool immer gedacht habe, wie komisch die Leute in den älteren Jahrbüchern aussehen würden. Diese Jacketts, Schlipse und das kurz geschnittene Haar. Nun bist du von unseren Haaren und unserer Kleidung schockiert. Und dabei könnten einige Fotos aus den letzten Dillistown-Jahrbüchern für Fotos aus den frühen Sechzigern, wenn nicht sogar Fünfzigern weggehen. Ich glaube, meine Klasse war der Anfang vom Ende einer neuen Rasse ... Wart mal, bis du mein Konterfei siehst.«

Annie arbeitete sich vorsichtig zu den Schülerporträts vor bis sie bei L angekommen war. Dann ließ sie den Mund offen. Ein paar Jahre vor meinem Abschluss hatten die Schüler einen Protest veranstaltet und erreicht, dass man von da an sein eigenes Wunschbild im Jahrbuch abdrucken lassen durfte, anstatt für den Schulfotografen posieren zu müssen. Ich kannte meine Vorlage noch gut. Meine Arme waren wie mexikanische Patronengürtel über der Brust gekreuzt. Ein eindeutig zweideutig verschmitztes Lächeln zierte mein Gesicht. Die Haare hingen in einem langen Pferdeschwanz herunter, und ich trug weder Hemd noch Pullover.

»Arnie, in Dillistown würde man dich dafür wegen unanständiger Zurschaustellung einsperren.«

»Mein Foto ist ja noch zahm, verglichen mit den anderen.«

Sie las die Sprechblase unter dem Bild laut vor: »Arnie Lester. *Zombooey.* Rettichmann. Rotaugenexpress. Vorsitzender des Marihuanaclubs. Schwimmteam (Jocko). Niemals fairer Wettermann.

Gut für großartige Laune und einen guten Fick … und ein bisschen ZEN. B.R., E.L., M.K. danken …« Annie lachte. »Du warst ganz schön clever, was? Und diese Initialen sind vermutlich Mädchen, die du gekannt hast?«

Ich wurde rot.

»Weißt du, Arnie, ich bekomme immer mehr das Gefühl, dass ihr Typen etwas Besonderes gewesen seid. Ihr seid in einer besseren Zeit aufgewachsen. Eure Geheimnisse waren bedeutungsvoller. Die Leute, die mit mir zur Schule gehen, sind wie kleine Kinder. Aber die Leute in diesem Jahrbuch sehen alle aus, als ob sie schon etwas wüssten.«

»Hör mal, Annie. Das meiste von dem, was wir gemacht haben, war nur ein Spiel. Ich will keine falsche Vorstellung in dir erwecken. Radikalität war in, und es war unsere Art, cool zu sein. Genauso wie die Knaben in Dillistown, die ihre Wagen frisieren, wie die Mädchen, die hoffen, dass sie in die Cheerleadergruppe aufgenommen werden, um bei den Footballspielen das Publikum unterhalten zu können … Aber dennoch glaube ich, dass wir vitaler waren. Wir hatten nicht diese Passivität wie die Leute, die heute von der Highschool abgehen. Wir waren nicht so leicht bereit, uns mit verschränkten Armen zurückzulehnen und darauf zu warten, dass die Gesellschaft uns schluckte. Wir hatten wirklich die Absicht, die Dinge etwas aufzurütteln, die Verhaltensmuster zu verändern und alles besser zu machen. Aber jetzt sind wir auch verschluckt worden. Niemand würde uns noch aus der Masse der Amerikaner herausfinden können.«

Annie sah nachdenklich auf die Straße. Dann spürte ich, dass sie mich beobachtete. Wieder lag etwas von der alten Vertrautheit zwischen uns. Ich der Lehrer, sie die Schülerin. Und ich spürte auch etwas von ihrer alten, anfänglichen Bewunderung.

Im Motel würde ich sie wieder so wie früher lieben. Ich würde alles bestimmen. Und wenn wir dann fertig wären, wenn sie sich ausgeglichen und zufrieden fühlen würde, wenn ich mein altes Selbstvertrauen und meine Stärke wiedererlangt haben würde, dann könnten wir miteinander reden und die Grenzen abstecken, und jeder würde deutlich machen, was er sich vorstellte.

Wir erreichten Portland. Die Straße gabelte sich hier, und einige Hinweisschilder deuteten in Richtung Innenstadt und zum Flughafen. Ich blieb auf der I-5 und folgte den Schildern nach Seattle.

Bald breitete sich unter uns der Columbia River aus, der die Grenze zwischen Washington und Oregon bildet. Ein bläuliches Schimmern ging von ihm aus. Ein riesiger Berg, rund und umfassend wie eine Eiscremekugel, war in der Ferne des Staates Washington zu sehen.

Ich wusste nicht mehr, warum ich Seattle vorgeschlagen hatte. Ich wollte irgendetwas sagen. Im Klassenzimmer hatte Annie so ausgesehen, als wollte sie mir etwas mitteilen, das ich unter keinen Umständen hören wollte. Ich hatte nur den Wunsch verspürt, mit ihr abzuhauen.

Es war schon dunkel, als wir uns der Stadt näherten. Seit viereinhalb Stunden befanden wir uns schon auf der Straße. Annie hatte unterwegs mal gefragt, ob sie fahren dürfe, aber ich hatte Lust gehabt, hinter dem Steuer zu bleiben. Seattle wirkte sogar nachts elegant. Vielleicht war es aber auch nur mein Wunsch, dass der Ort, in dem wir blieben, einmalig sein sollte.

Ich fuhr den Wagen auf den Parkplatz eines Motels. Viele der Apartmentfenster waren beleuchtet. Als ich aus dem Wagen stieg und zur Empfangshalle hinüberging, fing ich plötzlich an zu frieren. Ich zog die Schultern hoch und schloss schnell den Reißverschluss meiner Strickjacke. Die Sonne war untergegangen und hatte einen kalten Abend zurückgelassen.

Das Registrieren war kein Problem mehr. Darin war ich ja nun ein alter Hase. Ruhig unterschrieb ich mit *Mr. und Mrs. Holden Caulfield.*

Das Zimmer war sauber – mottenkugelsauber und steril –, aber lange nicht so ungemütlich wie der Raum in dem ersten Strandmotel mit den auf Samt aufgeklebten Stierkampfbildern. Zwei zusammenpassende Drucke mit Blumenmotiven hingen jeweils über einem der getrennt stehenden Betten. Ein Doppelbett hatten wir nicht arrangieren können. So schoben Annie und ich die Betten zusammen. Ich ging ins Bad und machte mich frisch. Annie durchsuchte die Nachttischschubladen nach Briefpapier, das sie als Erinnerung mit nach Hause nehmen könnte.

»Lass uns essen gehen«, sagte sie.

Da wir keine Lust zum Fahren mehr hatten, gingen wir einfach über die Straße in ein Restaurant mit dem Namen *Soup's On.*

Wir bestellten beide Spargelkremesuppe und Quiche Lorraine. Jedes Essen kam zusammen mit warmen Brötchen, Käse, grünem Salat und einem Früchtebecher als Nachtisch.

Stumm betrachteten wir die Einrichtung und die Wände, die mit allerlei Kitschsachen und dekorativen Drucken behängt waren. Annie fragte plötzlich in einem Anfall von Humor mit imitierter Witzeerzählerstimme: »Wie trennen die Griechen die Jungen von den Männern?«

»Weiß ich nicht.«

»Mit einer Brechstange.«

Sie bemerkte meinen mürrischen Gesichtsausdruck und lachte nervös.

»Warum bist du jetzt gerade mit dem gekommen?«, fragte ich und dachte dabei an unsere frühere Unterhaltung über das Sexzentrum in Männerhintern.

»Ach, ich weiß nicht. Du warst ziemlich still, und ich hab wohl nur versucht, die Stimmung etwas zu lockern.«

Unser Humor war schon mal leichter und natürlicher gekommen.

Ich fühlte mich gezwungen, einen Gegenwitz zu erzählen.

»Da war mal dieses Bauernmädchen, verstehst du ...«

»Jaah!«

»Nun«, fuhr ich fort, »es hatte das Landleben gründlich satt. Traf niemals einen Jungen, hatte keine Ahnung, was in der Welt so los war. Eines Tages packte sie ihre Sachen und fuhr in die nächste große Stadt. Ihrer Mutter brach das Herz.«

Die Kellnerin brachte unser Essen, und ich wartete, bis sie wieder weggegangen war.

»Bald fand das Mädchen einen Job in dieser Stadt, aber sie blieb immer noch ziemlich naiv und unerfahren, denn sie hatte zu viel Schiss, irgendwo hinzugehen und Leute zu treffen. Ihre Mutter schrieb ihr jeden Tag, aber sie beantwortete die Briefe nie, weil sie einfach keine Lust zum Schreiben hatte. Dennoch plagte sie das schlechte Gewissen. Als sie eines Tages einen anderen Weg von der Arbeit nach Hause ging, kam sie an einem Laden vorbei, in dem ein Schild im Fenster stand: *Machen Sie Ihre eigenen Schallplatten.* Das Mädchen beschloss, seiner Mutter eine solche Schallplatte nach Hause zu schicken … Kommst du noch mit?«

»Mach dir darum keine Sorgen.«

»Im Laden erzählte das Mädchen dem Verkäufer, dass es gern eine Schallplatte an seine Mutter schicken würde. Der Typ nickt und sagt, das koste fünfzig Dollar. So viel hat sie natürlich nicht, muss sie doch immer am Monatsende Schulden machen. Das sagt sie ihm. Der Typ mustert sie von oben bis unten, und offenbar gefällt sie ihm. Mit lasziver Stimme sagt er: ›Vielleicht können wir nach hinten gehen und uns dort etwas ausdenken.‹ – ›Klar‹, sagt das Mädchen. Im Hinterzimmer zieht der Kerl die Hosen runter, wippt seinen Penis hervor und erklärt dem Mädchen, dass es jetzt hinknien und gleich loslegen solle. Das Mädchen beugt sich hinunter, lehnt sich vor, leckt sich einmal über die Lippen und spricht dann: ›Hallo, Mammi, wie geht's dir? Mir geht es gut.‹«

Ich musste lachen, denn es war wirklich einer der komischsten Witze, die ich kannte. Annies Gesicht blieb ausdruckslos. Hatte sie es persönlich genommen?

»Hab ich schon gehört«, sagte sie dann gelangweilt.

Mit einigem Ärger in der Stimme fragte ich: »Und wieso hast du mich dann nicht unterbrochen?«

»Es ist mir bis zum Ende nicht aufgefallen, Arnie.« Auch ihre Stimme war schärfer geworden. »Verflixt, ich habe eben eine andere Version gehört.«

Wir aßen schweigend weiter. Die Suppe war kalt, die Brötchen matschig, und für die Quiche hatten sie Pfannkuchenteig verwendet. Kein Zweifel, Annie und ich waren wieder dabei, uns zu beleidigen.

Als wir zum Motel zurückgingen, fragte ich: »Lust, ins Kino zu gehen?«

»Nein.«

Eine Pause. Dann sagte ich: »Es tut mir Leid, dass ich so ärgerlich reagiert habe, und dann wegen eines so dummen Witzes.«

»Ach, Arnie. Wie konnten wir zwei uns nur durch so eine bedeutungslose Sache aus der Bahn bringen lassen?«

»Ich weiß es nicht. Wir müssen wohl wieder damit anfangen, uns gegenseitig vollkommen zu vertrauen.«

»Lass uns zu Bett gehen«, antwortete sie darauf.

Wir schlossen die Tür hinter uns ab. In der Dunkelheit des Motelzimmers standen wir uns gegenüber und küssten uns. Ich beugte den Kopf hinunter, um Annies Mund zu finden. Sie streckte mir ihren Körper entgegen. So standen wir aneinander gelehnt, und ich verspürte den Wunsch, sie nie im Leben wieder loszulassen. »Sollen wir das Licht anmachen oder auslassen?«, fragte sie.

»Aus«, sagte ich. Früher war so etwas zwischen uns kein Thema gewesen.

Wir lagen beide auf dem Rand unserer Betten und trafen uns dann in der Mitte auf dem harten Zwischenstück, um uns auf der Seite liegend wieder zu küssen. In meinem Kopf schwang eine leise Jazzmelodie, ein sanftes Klavier und Saiteninstrument. Annie griff nach ihrem Radiowecker und stellte einen Sender ein, der Countrymusik spielte. Ab und zu mochte sie das.

»Bist du nervös, oder was ist los?«, fragte ich.

»Nein, nein, überhaupt nicht. Ich dachte nur, es wäre besser, etwas Musik laufen zu lassen, damit uns die Zimmernachbarn nicht hören können, wenn wir in Gang kommen und es etwas lauter werden sollte.«

Ich konnte ihre festen Muskeln durch die Kleidung spüren. Warum wollte sie eigentlich unbedingt Cheerleader werden, wo es doch ganz offensichtlich war, dass sie einen Athletenkörper hatte? Wir umschlangen uns in einer langen Umarmung, jeder das Kinn auf der Schulter des anderen verstauend. Ich hatte das Gefühl wegzusegeln. Ihr Körper war eine feste, sichere Form, die sie an meinen anpasste. Ich wurde größer und stärker. Dann hielt mich irgendetwas zurück. Wenn ich jetzt nicht die Macht übernahm, würde ich sie ganz verlieren. Ich musste meinen Plan durchführen, sie ganz unter Gewalt zu haben, ihr das Vertrauen in mich wiedergeben, und dann ausführlich mit ihr darüber reden.

Also legte ich Annie auf den Rücken, wobei ich sie in ihr Bett hinüberschubste, und streckte mich auf ihr aus. Meine Küsse wurden heftiger, schneller, ich knöpfte ihre Bluse auf, um ihre erogenen Stellen an Bauch und Brust erregen zu können.

Sie aber ließ sich nicht gehen und dachte gar nicht daran, alles mir zu überlassen. Sie zog mir das Hemd über den Kopf, spielte mit meinen Brustwarzen, saugte mit Lippen und Zähnen daran. Meine Zunge umspielte ihre Kehle und wanderte dann zu ihren Brustwarzen hinunter. Die alte Annie hätte mein Vorspiel nun passiv genossen, aber sie hatte sich mittlerweile daran gewöhnt, Mitinitiator zu sein und machte nun instinktiv, was ihr beigebracht worden war. Ich leckte über die weiche Rundung an ihren Rippen, gerade da, wo die Brust begann, aber ich vermisste das heftigere Atmen, das normalerweise sonst einsetzte. Ihre Finger wanderten sicher über die Innenseite meiner Oberschenkel.

Keiner von uns berührte den Geschlechtsbereich des anderen.

Wir kannten all unsere Tricks, alle Spiele, alle Vorlieben und Abneigungen. (Lehrer? Schülerin?) Wir wussten, dass mehr Befriedigung, mehr Macht und Intensität erreicht werden konnte, wenn man zuerst streichelte, berührte, küsste, leckte und den wichtigsten Teil bis zum Schluss aufbewahrte.

Durch Annies Manipulationen wurde ich sehr hart. Ich versuchte, meine Bedürfnisse zu bekämpfen. Grob warf ich sie auf das Bett zurück und zog sie nun ganz aus. Mit der linken Hand klemmte ich ihre Arme hinter ihrem Kopf ein. Ihre schmalen Handgelenke presste ich dabei so aneinander, dass sie wie gefesselt schienen. Mein Mund bewegte sich überall auf ihrem Oberkörper. Sie wand sich unter mir. Ich ließ ihre Hände frei und konzentrierte mich immer mehr auf ihre Beine. »Du bist immer noch gefesselt«, raunte ich. »An mich gefesselt. Du kannst dich nicht bewegen. Du musst still liegen bleiben. Ich werde mit dir tun, was ich will.« Ich spreizte ihre Beine und flatterte mit der Zunge über ihre Schenkel. Ihr Körper entspannte sich, der Hintern sank tiefer in die Bettdecke. Ich rieb über ihre Brüste. »Das brauchst du«, sagte ich mit tiefer, dröhnender Stimme. »Ich sage dir, was du willst, und du musst nur noch gehorchen.« Sie wurde geil. Ihre Augen waren jetzt geschlossen. Ich bog ihr meinen Unterkörper entgegen und setzte mich voll auf ihre Brust. Es musste wehtun. »Versuche, mir zu gefallen – aber ich weiß ja, dass du das nicht kannst.«

Sie machte die Augen auf.

Helle, schimmernde, weite Pupillen starrten mich herausfordernd an. Sie warf mich auf den Bauch auf das andere Bett hinüber und kletterte sofort auf mich.

Sie fuhr mit ihrer Zunge an meiner Wirbelsäule entlang, unaufhörlich, und mich durchzuckte ein Schauer nach dem anderen. Sie knetete meine Pobacken mit ihren Händen und stach die Fingernägel an den empfindlichsten Stellen ins Fleisch. Sie leckte meine Fußsohlen und saugte an den Zehen. Ich wurde schwächer.

Wir hatten uns immer noch nicht am Geschlechtsbereich berührt. Ich hatte Angst, dass ich ihr wieder ganz verfallen würde, wenn sie ihren Mund um meinen Penis legen oder mich von oben nehmen würde. Außerdem wusste ich, dass ich sie für immer verlieren würde, wenn das wieder passierte.

Sie wollte immer noch Macht spüren.

Sie drehte mich auf den Rücken und legte sich in 69er Position auf mich.

»Du bist nur ein Stück Fleisch, das gierig auf meinen Körper ist«, sagte sie. Ich hatte das Gefühl, wir spielten die Rollen eines Paares, das sich in einem von den pornographischen Liebesbriefen aus *Penthouse Forum* ausließ. »Ich habe dich völlig unter Kontrolle. Du musst mich das tun lassen, was mir gefällt. Du bist schwach. Du hast alle deine Macht verloren …«

Ich glaubte ihr und fühlte mich unfähig, klein und unbedeutend, verletzt und wütend, weil es so aussah, als nutzte sie meine Schwäche aus und machte sich darüber lustig. Plötzlich entwickelte ich Kräfte, die ich nie vermutet hatte, schoss unter ihr hervor und warf sie wieder auf das andere Bett. Dann ließ ich mich auf sie fallen.

Ich hatte Mühe, ihre wedelnden Arme in den Griff zu kriegen. Sie war jetzt sauer, weil ich sie gewaltsam übermannt hatte. Ihr Handrücken schlug mir auf die Nase. Es war ein Zufall. Ich drehte sie auf den Bauch und nagelte sie mit meinem Gewicht fest. Mein steifer Schwanz presste sich in ihre Pospalte. Ich war nicht unfähig. Im Gegenteil, ich würde jetzt auf die dominanteste Art von hinten in sie eindringen. Ich würde ihr schon beibringen, daran Gefallen zu finden. Ich würde sie ganz hörig machen, sie sollte nur noch mir gehören, und es würde nie wieder die Frage auftauchen, wer hier die Macht hätte.

Aber als ich sie auf alle viere zog, gelang es ihr, sich zu entwinden. Ich grabschte nach ihr und kratzte ihr dabei ungewollt den Rücken auf. Sie grunzte, als sie mich in mein eigenes Bett zurückschob. Ihre Kraft, ihre Wut überraschten mich.

Wir kämpften, rangen, schlugen uns um die Oberhand. Ich spürte keinen Schmerz. Schwanz wurde und wurde nicht weicher. Wir rollten uns von einem Bett aufs andere, mal sie oben, dann wieder ich, hin und her. Wir beschimpften uns gegenseitig und kämpften weiter. Jeder versuchte, den anderen unterzukriegen, nach dem Pimmel beziehungsweise der Möse zu greifen, den Sieg dadurch zu erlangen, dass man den anderen als ersten zum Orgasmus bringen würde. All unsere Feindschaft der letzten Wochen, unsere Verletzungen, dass wir den anderen zu Dingen gezwungen hatten, die er eigentlich nicht wollte, baute sich jetzt zu einem einzigen Höhepunkt auf. Jeder hatte sich egozentrisch verhalten, jedem gefiel das nicht, und unserer beider Wut prallte aufeinander.

Annies Kräfte schienen unbegrenzt. Ich fühlte mich müde und ausgelaugt und konnte nur noch daran denken, wie schön und nett es doch wäre, mich einfach zurückzulegen und mich Annie zu ergeben. Nein. Kampf war die Devise!

Ich lag auf meinem Bett. Annie saß auf mir. Sie hatte es geschafft, mich unterzukriegen, und jetzt mahlte sie ihren Unterkörper gegen meinen. Ich stöhnte. Das war einfach zu viel. Nicht nachgeben. Nein, bloß das nicht. Aber meine Augen blieben geschlossen.

Sie liebkoste mich mit den Händen. Meine Arme lagen bewegungslos an meiner Seite. Es hatte ja doch keinen Sinn. Annie war zu stark für mich. Ich ließ mich einfach treiben und wartete darauf, dass sie auf mir kommen sollte.

Aber sie drehte mich wieder um. Jetzt kniete ich auf allen vieren wie ein Hund. Ich schrie und stöhnte gleichzeitig.

Sie bearbeitete mich mit den Fingern. Ich wendete den Kopf und sah Annie an. Eine Frau, eine schöne Liebhaberin. Auch sie hockte auf den Knien. Über mir. Ihre Hand steckte zwischen ihren Beinen. Ihre Finger spielten mit mir, während sie ihre Hüften vor und zurück schob.

Meine Sexpartnerin nahm mich!

»Sooo guuut, Annie«, stöhnte ich. »So schön war es noch nie.«

»Du bist mein«, sagte sie.

»Ich bin dein. Ja. Das ist es, was ich brauche. Was ich will. Mehr davon. Gib's mir. Noch mehr. Du bist mir über. Du bist in mir. Bitte.« Sie steigerte ihre Bewegungen, stemmte sich immer heftiger gegen mich. Sie füllte mich aus. Sie machte mich vollständig.

Ich wollte nicht kommen. Ich wollte nicht, dass das je aufhörte. Ich wollte mich nur noch weiter und weiter hingeben. Doch dann griff sie mein in den in Nacken hängendes Haar mit der Faust und fing buchstäblich an, auf mir zu reiten. Ich kämpfte darum, jedes Gramm ihres stimulierenden Gewichts in mich aufzusaugen.

Annies harte, unbeugsame Weiblichkeit sollte sich immer mehr an mich pressen – in Annies Rhythmus, mit Annies Liebe. Sie sollte kommen.

Ihre Macht war für mich jedoch zu viel. Ich bettelte, ein gellender Schrei, der tief aus meinem Innersten kam:

»Nimm mich. Nimm mich. Nimm mich. Nimm mich. Nimm mich. Nimm mich. Nimm mich. Nimm mich.«

21. Kapitel

Die unerwünschte Wahrheit

Am nächsten Morgen würde alles wieder in Ordnung sein. Die Kratzer und blauen Flecken von unserer Schlacht machten sich langsam bemerkbar. Und als der letzte Tropfen Samen aus der Tiefe meines Körpers durch den Penis ans Licht geschossen war, konnte ich nicht umhin zu denken, dass das jetzt das Ende zwischen Annie und mir gewesen war. Wir würden nie wieder zusammenkommen. Trotzdem war ich wieder von dem Verlangen überwältigt worden, von meiner Liebsten, von Annie so total geliebt zu werden. Als Annie gesehen hatte, dass ich kam, kroch sie schweigend auf ihre Bettseite und stopfte die Decke fest um sich. Ihr Gesicht war eine kalte, unbewegliche Maske. Sie hatte mir gegeben, was ich brauchte, aber dabei war sie wütend gewesen, und jetzt verlangte sie nichts mehr von mir.

Am nächsten Morgen würde alles wieder in Ordnung sein. Zeit heilt. Lass uns alles vergessen. Annie. Fangen wir noch mal von vorn an. Lass uns doch vergessen.

Ich schlief ein. Alles Schlimme, was in der letzten Zeit geschehen war, sollte in meinem Hirn wie ausgelöscht sein. Wie ein Boxer, der sich weigert, zu Boden zu gehen, egal, wie oft er niedergeschlagen wird, egal, wie oft der Schiedsrichter zu zählen anfängt, stand ich immer wieder auf. Ich wollte alles noch mal versuchen. Ich wollte noch mehr haben. Aber ich steckte nur wieder Schläge ein. Wie sollte man mich auszählen können. Ich liebte sie wie nie zuvor.

Was würde ich ohne Annie sein?

Ich wachte früh am Morgen auf, stand auf und spähte durch einen Spalt in der Jalousie. Ein wunderschöner, sonniger Tag. Ja, wir würden vergessen können, wir würden noch einmal von vorn anfangen. Annie und ich würden es schon schaffen. Wenn wir nach all diesem Scheiß noch zusammenbleiben würden, könnte nichts auf der Welt uns wieder voneinander trennen. Ich rollte die Jalousie ganz hoch. Annie wurde nun direkt von der Sonne gebadet. Sie richtete sich auf. »Okay, Schlafmütze«, sagte ich fröhlich. »Steh auf und erstrahle im Morgenlicht. Ein wundervoller Tag. Eine wunderschöne Stadt liegt uns zu Füßen. Liebende begeben sich auf die Pirsch.« Annie drehte sich auf die Seite und zog die Decke über den Kopf. Immer noch nackt, ging ich auf Zehenspitzen zu ihrem Bett hinüber, steckte den Kopf unter das Fußende ihrer Decke und begann, ihre Füße zu kitzeln. »Ja, ich weiß, du bist noch sehr schläfrig.« Sie zog ihren Fuß weg. »Du hast eine anstrengende Nacht hinter dir.« Ich fand ihren Fuß wieder und nahm ihn in die Hände. »Aber jetzt ist es Zeit aufzustehen und den Tag zu feiern.« Meine Stimme wurde lauter, so als würde ich versuchen, eine Menge zur Begeisterung anzustacheln. »Wir müssen aufwachen und den Sonnenschein begrüßen, der extra für unsere Feier hier eingetroffen ist. Die frische Luft, der blaue Himmel. Wir müssen unsere Liebe feiern. Denn, ja, das stimmt, Liebe ist der Schlüssel zum Universum. Das Kernstück, um das sich alles andere dreht. Wir wollen es allen zeigen, du und ich. Wir gehören zusammen. Annie und Arnie. Zwei süße, verliebte Liebende. Wir werden diese nette kleine Stadt zusammen erobern« – ich zog ihr die Decke weg; das war die Art, wie meine Mutter mich immer aus dem Bett gekriegt hatte – »und wir werden über alle Dächer und Schornsteine hinweg von der Spitze des höchsten Bauwerks unsere Liebe hinausschreien, verkünden, feiern …«

»Arnie!« Sie setzte sich im Bett auf. Ihr Gesicht war schmerzvoll verzogen, so als täten meine Worte ihr weh. »Ich kann es jetzt nicht mehr länger aushalten. Arnie! Ich bin in jemand anderes verliebt.«

Der Schock lähmte mich. Es dauerte ein paar Sekunden, bis meine Gedanken das Gesagte aufnahmen, ich mir des jähen Sturzes von kindischem Optimismus zur tiefsten Tragödie bewusst wurde.

Ich vergaß meine früheren Zweifel, meine Probleme, die einfältige Hoffnung, dass es irgendwie doch noch klappen könnte. Der Gedanke, dass Annie jemand anderen liebte, überwältigte mich.

Ich raste im Zimmer hin und her. Etwas musste jetzt sofort umgestoßen werden, da, der Papierkorb – Scheiße, leer. »Scheiße. Warum? Scheiße! Gott, o mein Gott. Scheiße, Scheiße, Scheiße.«

Das war es. Ich konnte mich jetzt nicht mehr länger selbst an der Nase herumführen. Annie liebte einen anderen. Es war vorbei.

»Arnie, hör mir doch mal eine Sekunde zu. Es ist nicht so schlimm, wie du denkst.«

Wie hätte es nicht so schlimm sein können, wie ich es jetzt fühlte?! Sie liebte einen anderen. Schlicht und einfach. Nein, sie war nicht nur in einen anderen verliebt, sie konnte es mit mir ganz einfach nicht mehr länger aushalten. Sie hatte diesen Kerl also schon länger geliebt. Sie hatte mir gesagt, dass sie mich liebe, während sie in Wirklichkeit schon einen anderen liebte. Sie hatte mit mir geschlafen, obwohl und während sie dabei an einen anderen dachte. Wenn schon der Muskelprotz im Fernseher für mich ein Schlag ins Gesicht gewesen war, das hier war die Vernichtung.

»Zieh dich an!«, donnerte ich. Ich wollte es nicht zugeben, aber ich fühlte mich zutiefst gedemütigt. Noch nie war ich mir so unbedeutend, so dämlich vorgekommen. Nie wieder würde ich jemandem meine Liebe schenken können. Was für Liebe eigentlich? Ich hatte nichts mehr davon übrig.

»Arnie. Jetzt beruhige dich doch mal etwas, und hör mir zu! Bitte! Ich habe doch nicht gesagt, dass ich dich nicht mehr lieben würde. Ich habe bloß auch …«

Ich griff zur Nachttischlampe und schmiss sie mit aller Gewalt gegen die Wand. Sie zersplitterte in tausend Stücke. Annie langte nach ihren Kleidern, flüchtete ins Bad und schloss die Tür hinter sich ab. Ich hasste sie. Ich wollte ihr nicht die Schuld geben. Ich wollte sie nicht hassen. Ich wollte sie nicht verletzen. (Aber dieser ganze Kummer kam schließlich durch sie.) Ich musste meine Wut an Gegenständen auslassen, weiter um mich schlagen, Dinge zertrümmern, mit den Füßen danach stoßen. Sie war ja nur ein Kind. Sie hatte sich bemüht. Gott, wie sehr sie sich angestrengt hatte. Ich hasste mich.

»Ich sollte dich in diesem Scheißkaff allein lassen, ohne einen Pfennig Geld! Wirklich, das sollte ich tun!«

»Arniiiiie!«, schrie sie aus dem Badezimmer. »Lass mich doch erklären. Wirst du mir jetzt mal zuhören?!«

Ich warf den Aschenbecher nach der Badezimmertür. All die Liebe, Aufrichtigkeit, Sorge für nichts und wieder nichts. Für einen Scheißdreck. Mein Leben, meine Liebe waren für immer verschissen.

Ich hämmerte gegen die Tür. »Zieh dich endlich an. Es gibt nichts zu erklären. Ich werde dich nach Hause fahren. Ich fahre dich direkt zu seinem Bett, wenn du willst!«

Meine Armmuskeln schwollen an. Zorneshitze, wütende Energie und die beißende, auflodernde Flamme des Hasses machten mich ungeheuer stark. Und wenn ich nur einen winzigen Teil davon fahren lassen würde, würde ich auf der Stelle zusammenbrechen und heulen. Ich müsste heulen, weil mir dann klar würde, dass die Frau, die ich liebte, einen anderen vorzog.

So war ich lieber stinkwütend.

Annie spähte vorsichtig um die Badezimmertür herum. Sie testete die Stimmung. Würde ich sie schlagen? Ich raste bloß weiterhin durchs Zimmer, von einer Wand zur anderen und wieder zurück. Meine Fäuste gegen die Wand rammend, meinen Kopf zwischen die Schultern gezogen wie ein gereizter spanischer Stier. Sie schlüpfte heraus und begann, ihren Rucksack zu packen.

Piepsend stieß sie hervor: »Es tut mir Leid. Wirklich. Ich wollte es dir schon früher sagen, aber ich …«

Ich stieß mit dem Fuß nach den Lampenscherben. Ihre Erklärungen interessierten mich nicht. Ich wollte nur allein sein, sie nicht mehr sehen müssen, damit ich endlich in meinem Selbstmitleid ertrinken konnte. Ich wollte nie mehr an die Oberfläche tauchen.

Etwas mehr Mut sammelnd sagte sie mit fester Stimme: »Du benimmst dich wie ein kleines Kind. Können wir nicht einfach darüber reden?«

Ich riss die Laken aus dem Bett heraus, schmiss das Gestell mitsamt den Matratzen um und versuchte, den Stahlrahmen auseinander zu brechen. Ich stemmte so lange daran herum, bis die Knöchel meiner Hände weiß hervortraten. Dann stieß ich einen wilden, dröhnenden Schrei aus.

Mein Verhalten war so gottverdammt scheußlich, dass ich am liebsten sofort damit aufgehört hätte. Ich wollte einfach nur vergessen, an nichts mehr denken, nur lieb zu ihr sein, auch wenn sie mich nicht mehr liebte. Aber ich konnte nicht.

Annie rannte hinaus. Ich stürmte, eine halb gepackte Reisetasche über der Schulter, immer noch nur halb angezogen und mit einer Menge loser Kleidungsstücke im Arm hinter ihr her, schloss die Wagentür auf und schmiss meine Sachen verächtlich auf den Rücksitz. Der Hotelmanager stolzierte auf uns zu. Er war ein untersetzter, dicker Mann mit einem Brustkasten wie ein Bierfass. Seine Hemdsärmel waren aufgekrempelt und gaben starke Unterarme frei, die mit pelzigem Haar fast bedeckt waren. Ich stellte fest, dass eine Menge Hotelgäste in Schlafanzügen oder Unterwäsche am Fenster oder in den Apartmenttüren standen. »Was zum Teufel ist hier los?«, bellte er. »Beeilen Sie sich lieber, eine vernünftige Erklärung zu finden, sonst passiert etwas, Sie Arschloch!«

Meine Erinnerung kam erst später wieder, und es war bestimmt anders, als ich es jetzt beschreibe: Ich baute mich vor ihm auf, legte mein ganzes Gewicht in den nächsten Schritt, holte weit aus und legte ihn mit einem Faustschlag, begleitet von einem röhrenden Schrei, flach auf den Rücken. Dann warf ich ihm den Zimmerschlüssel auf den Bauch.

Annie saß mit zusammengekniffenen Lippen im Wagen. Sie traute sich nicht, ein Wort zu sagen.

Ich fuhr sehr schnell. Jedes machtvolle Einlegen eines neuen Ganges verschaffte mir mehr Luft.

Nachdem wir eine Stunde lang auf der Straße entlanggerast waren, nachdem ich eine Stunde lang mein Bewusstsein mit unglaublichen Machofantasien und Männlichkeitsvorstellungen aufgeputscht hatte – um ja das Denken zu verhindern –, nachdem ich im Geiste eine Stunde lang gegen Annie gewütet hatte – um ihr nicht wirklich einen Schaden zuzufügen –, kam mir langsam, schleppend die Realität ins Bewusstsein. Ich sah die gesamte Situation, jedes Detail, jede Implikation deutlich vor mir. *Es war vorbei!* Ich fuhr auf den Seitenstreifen, legte den Kopf in die Hände, die das Steuerrad umklammerten, und heulte los.

Zuerst Stöhnen und Wimmern, dann eine Flut von Tränen und unbeherrschtes Keuchen.

Annie ließ mich eine geraume Weile in Ruhe. Vermutlich kämpfte sie jetzt innerlich mit ihrer Abneigung gegen mich, gegen das, was passiert war. Vielleicht wollte sie mir aber auch nur die Möglichkeit geben, mich auszuweinen. Dann stieg sie aus, ging um den Wagen herum und öffnete meine Tür. Sie half mir beim Aussteigen und setzte mich ins Gras. Ein ziemliches Stück von der Straße entfernt saßen wir nebeneinander und weinten. Die Autos surrten vorbei.

»Arnie«, sagte sie endlich leise. »Ich hab's verschissen. Ich bin nicht besser als jede andere. Ich hab's verschissen.«

»Meine Hand ist gebrochen!«, schnaubte ich. Die Knöchel waren rotblau verfärbt und dick angeschwollen. Ich konnte die Finger nicht mehr biegen.

»Um Gottes willen, wie bist du damit gefahren?«, fragte sie entsetzt.

»Weiß ich nicht. Hab's bis jetzt noch gar nicht bemerkt. Erst jetzt im Augenblick fange ich an, die Schmerzen zu spüren.«

Die nächsten drei Stunden saß ich zusammengekrümmt und stumm im Beifahrersitz und streichelte mit der linken meine rechte gebrochene Hand. Total erschlagen. Annie fuhr. Eine völlige Erschöpfung überfiel mich urplötzlich, und ich schlief ein. So musste ich nicht denken.

Ungefähr eine halbe Stunde vor Dillistown fuhr ich hoch. Ich spürte eine neue, erschreckende Stärke, als ob mir jemand einen Eimer Eiswasser in die Hose gegossen hätte. Ich sah Annie an. Kalt, selbstgefällig konzentrierte sie sich auf die Straße. Ich war ja nicht blöd. Ich sah, wie sie mich die ganze Zeit zum Narren gehalten hatte.

Sie hatte ihr Interesse an mir verloren, als Natascha begonnen hatte, mich zu beherrschen. Sie war froh gewesen, an dem bestimmten Freitag von mir wegzukommen und sich mit Clara und der neuen Freundesclique herumzutreiben. Sie war mit den anderen durch die Stadt gegurkt und hatte sich am lässig warmen Freizeittrost berauscht. Sie hatten wahrscheinlich auf einem versteckten Parkplatz oder in der Nähe eines Friedhofs gehalten, und Annie war von einem Kerl gefickt geworden. Sie war so betrunken und deshalb so geil gewesen, dass sie es einfach hatte geschehen lassen. Sie hatte wohl gedacht, es sei eine ganz normale Sache für eine Nacht gewesen, nichts Besonderes. Oder aber sie hatte nur mal sehen wollen, ob es mit einem anderen auch anders ginge. Nein, sie hatte es mal erleben wollen, dass jemand es ihr mit dem männlichen Einsatz gab, den ich so sehr vermissen ließ. Dann, als wir Schlittschuhlaufen waren, hatte sie gesehen, was, sie im Grunde schon wusste, ich war Boris der Schwache. Ich war nur ein weiterer zerbrechlicher Mensch. Mein dämlicher Verfolgungswahn in bezug auf Hargrove, meine dämliche Angst vor dem Schlittschuhlaufen. Sie konnte mir noch etwas beibringen. Ich konnte nicht immer Mr. Lester sein. Und als ich dann versucht hatte, mit ihr zu schlafen, bekam ich eine winzige Erektion, konnte nicht kommen, drehte sie nach oben, hatte einen Orgasmus, während sie leer ausging, und da hatte sie die absolute Sicherheit, dass ich unfähig wäre. Der Typ in der Nacht davor war ja so viel besser gewesen. Sie hat die ganze Woche danach nicht mit mir gesprochen und sich ständig mit dem Kerl getroffen. Wir gingen in dieses Konzert, und sie beschloss, dass ich um die sechziger Jahre zu viel Geschiss gemacht hätte und überempfindlich wäre. Wieder ignorierte sie mich eine ganze Woche, hatte Verabredungen mit dem anderen und stellte dabei fest, wie viel schöner und einfacher es war, in einer unkomplizierten Beziehung nur Spaß zu haben. Sie hielt mich mit diesen *Fantasien* bei Laune, sie dominierte mich, weil sie das Gefühl hatte, mir etwas schuldig zu sein. Nein, es war wohl eher so, dass sie den Mann, der sie entjungfert hatte, nicht einfach so aufgeben konnte. Viele Highschool- oder Collegemädchen konnten ihren Entjungferer nicht fahren lassen, weil das den Akt der Entjungferung bedeutungslos gemacht hätte. Doch gleichzeitig wurde sie ganz zu Unrecht sauer, wenn ich mal versagte. Ein kleines bisschen Versagen, und so eine Strafe! Es war toll für sie gewesen, mich beim Rennen in den Hintern zu treten. O ja, es hätte mich interessiert, mit wem zusammen sie sich diesen Kometen angesehen hatte. Wem hatte sie das Jointrauchen auf meine Weise beigebracht? Sie hielt daran fest, den Sex weiter zum Fantasiespiel zu machen, damit ich ja nichts herausfinden konnte. Sie hatte mich nicht verlieren wollen, denn es war ja immerhin ganz schön cool, einen Lehrer als Liebhaber zu haben. Sie hatte mir die Knie weich gemacht und mich wimmern lassen, während sie sich gleichzeitig mit einem anderen Liebhaber über mich lustig machte. Beim Ficken!

Ganz tief in mir tauchte der Gedanke auf, dass ich mir etwas vormachte. Ich log. Annie und ich waren uns zu nahe gekommen, hatten zu viele wirkliche Momente der Liebe geteilt, so dass das, was ich jetzt dachte, unmöglich wahr sein konnte. Sie hätte mich nicht so leicht täuschen können. Neben der Wut in meinem Kopf musste es noch eine andere Realität geben.

Ob er wohl Gewichtheber war? Ein Olympiasieger im Eiskunstlauf? Waren sie wohl in der Woche, in der sie angeblich krank war, zusammen in Urlaub gefahren? Ein seltener Virus! Noch so ein beschissener Lehrer? Sie war mit mir noch einmal weggefahren, um einen letzten Triumph auszukosten. Vielleicht brauchte sie weitere Schlappschwanzgeschichten, um ihren neuen Freund in Stimmung zu halten. Sicher ein Macho. Von Liebe war gar nichts mehr übrig geblieben. Sie hatte mich nur lächerlich gemacht. Sie wollte meine

Verletzbarkeit ausnutzen, Sie wollte mich schwächer und schwächer haben, damit sie sich letztendlich an meinen impotenten Betteleien erfreuen konnte. Konnte ich mir unsere guten Zeiten überhaupt noch vorstellen?

Ich musste einen Ausweg finden. Wenn ich wieder an Annie dachte, wie sie wirklich war, diese besondere, liebe Persönlichkeit, wurde der Schmerz zu real und unerträglich. Und vor allem machte das aus mir einen schlechten Menschen. Ich musste sie völlig ausblenden, aus den Gedanken verbannen. Ich konnte mir nicht eingestehen, dass ich mich selbst zum Narren machte, dass ich uns in diese Klemme gedrängt hatte, in der wir jetzt festsaßen. Ich hatte nicht losgelassen, als der richtige Zeitpunkt dafür gekommen war.

Und egal, wie ich die Dinge auch betrachtete, ihre Ehrlichkeit mir gegenüber war verschwunden. Das, was ich am meisten an ihr geschätzt und was mir neue Wege eröffnet hatte, was mich dazu veranlasst hatte, mein Leben überschäumen zu lassen, was mich in ihren Bannkreis zog, war nicht mehr vorhanden. Sie hatte diesen Kerl häufig genug gesehen, um sich richtig in ihn verlieben zu können, aber sie hatte mir nie etwas davon gesagt. Sie hatte mich nach Strich und Faden betrogen.

»Ich kann nicht glauben, dass du einen anderen liebst«, sagte ich mit rauer, unbeherrschter Stimme. Die plötzlichen Worte erschreckten Annie.

»Jetzt nicht.« Sie hielt den Blick auf die Straße gerichtet. Ihre Stimme war gefühllos.

»Ich will jetzt auch gar nicht mit dir reden. Ich will nur nach Hause und vergessen, dass ich dich je gekannt habe.« Es gab noch tausendmal schlimmere Dinge, die ich ihr in dem Augenblick am liebsten gesagt hätte. Ich verfluchte sie. Ich wollte ihr meine Wut vor die Füße spucken. Aber etwas in mir hatte noch ein wenig Selbstbeherrschung, und ich hielt mich zurück. »Es war sowieso alles bedeutungslos.« Ich hasste mich wirklich selbst, ich hasste es, dass ich mich auf diese tierische Ebene hinabsinken ließ und nur noch das kaputtmachen wollte, was ich so sehr geliebt hatte. Mit jeder auf Annie zielenden, stechenden Bemerkung spürte ich, dass ich in immer schlimmere Tiefen sank, aus denen ich vielleicht nie wieder auftauchen konnte.

»Arnie, da sind ein paar Dinge, die ich dir erklären muss. Es wird mich sicher nicht reinwaschen, das will ich auch gar nicht, aber es wird diese ganze Sache etwas weniger schrecklich machen, als sie im Augenblick ist.«

»Keine Erklärungen, bitte.«

Annie spürte, dass meine Gewalttätigkeit, die ich im Motel zur Schau gestellt hatte – um mir zu beweisen, dass ich immer noch ein Mann war – zum größten Teil vergangen war, obwohl ich noch Ärger in meine Stimme legte. Sie wurde wütend.

»Ich weiß, wie schlimm das für dich ist. Aber mir macht es auch nicht gerade Spaß, das kannst du mir glauben. Mir tut die Sache auch weh.« Ich weigerte mich, ihren Standpunkt zu sehen. »Du bist ja nicht mal fähig, mir wenigstens die Chance zu geben, ein paar Dinge zu klären. Du kleiner, lieber Muttersohn, dem man so viel Unrecht getan hat, der so viel leiden muss, willst ja bloß, dass ich mich gemein fühle.« Sie fuhr rücksichtslos durch die Nebenstraßen. Ich ignorierte sie weiterhin. »Jetzt hast du wohl nichts mehr zu sagen, was? Du hast es so weit gebracht, dass ich leide. Jetzt bist du zufrieden.«

»Es gibt keinen Grund, warum ich dir überhaupt zuhören oder glauben sollte, was du sagst. Schließlich bist du ja diejenige, die mit einem anderen rumgevögelt hat.«

Tränen kullerten ihre Wangen hinunter. Sie bremste mit quietschenden Reifen vor ihrem Haus und hatte den Rucksack schon in der Hand. Sie wandte ihren Kopf zu mir, sprühende, dunkle, zusammengekniffene Augen gifteten mich an.

Ihr starker Wille und ihre wütende Stimme sprangen mich an wie das geöffnete Maul eines Menschenfresserhais. Ich zuckte feige zusammen.

»Es ist ja wahr, verdammt noch mal, Arnie, ich habe alles beschissen gemacht. Aber ich habe es nicht nötig, einfach hier zu sitzen und mich von, dir Stück für Stück auseinander nehmen zu lassen. Ich muss mich nicht von dir dazu bringen lassen, mich selbst zu verachten, während du dein Selbstmitleid vor mir auskotzt. Ich hätte wirklich geglaubt, dass wir etwas Besseres gemeinsam hätten. Wir sind wohl beide nur zwei Scheißhaufen. Aber ich lasse es nicht zu, dass du mir das ständig vor Augen hältst. Dazu hast du kein Recht …« Ihr Gesicht wurde rot und vor Schmerz und Tränen verzerrt. Sie verlor die Beherrschung und kreischte los:

»Du hast kein verdammtes bisschen Rückgrat!« Und dann fügte sie mit aller Wucht, als hätte sie das Beste zum Schluss aufbewahrt, noch hinzu: »Du bist ein verschrobener Scheißkerl! Du, du Arschloch! Du fickst wie ein gottverdammtes Stück Pferdemist! Ich habe es gehasst, auf dir zu sitzen und habe alle Erregung nur imitiert. Dein Schwanz hat gerade genug Größe, eine Mücke zu befriedigen! Ich kann dich sogar noch in einem Rückwärtswettrennen besiegen! Sogar meine Großmutter kann noch besser Schlittschuh laufen als du! Ich habe gesehen, wie du dich über dem *Playboy* befriedigt hast! Ich habe in den letzten Wochen nur deshalb mit dir geschlafen, weil das Fernsehprogramm einfach beschissen war! Du bist eine Tunte, mein Lieber, und das wirst du auch bleiben! Scheiß auf dich, Arnie Lester! FAHR ZUR HÖLLE!«

Sie knallte die Tür so heftig zu, dass der Wagen noch einige Sekunden lang zitterte.

Die ganze Zeit über, die sie mich ausgeschimpft hatte, konnte ich immer nur auf die blaue, pulsierende Vene über ihrer rechten Augenbraue gucken.

Als sie den Weg zur Haustür halb zurückgelegt hatte, drehte sie sich brüsk um, kam zurück, riss die Wagentür noch einmal auf und schrie:

»Und du bist ein lausiger Lehrer!«

Ich fuhr im ersten Gang nach Hause. Die rechte Hand schmerzte zu sehr, um schalten zu können. Ich hatte Schwierigkeiten, die Straße überhaupt zu sehen. Das, was Arnie Annie, was Annie

Arnie, angetan hatte, hatte so große Qualen verursacht, dass alles in Nebel gehüllt schien.

Es war die Hölle.

Vierter Teil

22. Kapitel

Kot

Der Notaufnahmeraum des Samt Vincent Memorial Hospitals (ein zweistöckiges Gebäude) war kalt, verlassen und glänzte vor Chrom und Stahl. Harte Stühle mit noch härteren Rückenlehnen, lang verjährte Zeitschriften mit zerfetzten Seiten, abgerissenen Titelblättern, eine Krankenschwester, untersetzt und in ihrer papierknisternden Uniform völlig steril. Meine Handknöchel fühlten sich an, als wären sie mit Blut überfüllt, und jedes Mal zuckte ein gemeiner Schmerz durch die Venen, wenn sie sich zusammenzogen. Ein sprühendes Feuerwerk.

»Name … Adresse … Geburtsdatum?«, fragte die Schwester.

Ich gab monoton Auskunft.

Der Schmerz war gut. Ich konnte darin Trost finden. Ich hatte ihn verdient.

Die Röntgenaufnahmen zeigten zwei gebrochene Mittelhandknochen.

»Haben Sie versucht, damit ein Auto aufzuhalten?«, fragte der Arzt, ein Inder, und gipste meinen Arm bis zum Ellenbogen ein. Was hatte ein Inder in Dillistown zu suchen? »Halten Sie ihn die ganze Nacht über hoch, sonst schwillt die Verletzung noch mehr an.«

»Es tut jetzt verdammt weh.« Ich wollte die Nadel, eine Droge, die mir direkt ins Hirn schießen würde, eine, die mich mit süßen Siruppträumen erfüllen würde – oder mich leer werden ließe.

»Ich werde Ihnen ein schmerzstillendes Mittel mitgeben.«

»Geben Sie mir das Stärkste, was Sie haben.« Schlaf würde mir die ersehnte Flucht bringen. Aber vielleicht bekam ich dann Albträume. Vielleicht würde ich nie wieder aufwachen müssen.

»Okay«, sagte er lächelnd. »Ich werde ihnen einen Stoff mitgeben, der Sie Kinderreime im Bett singen lassen wird.« Er lachte und erwartete wohl eine Antwort darauf. Ich starrte aus dem Fenster.

Immer noch im ersten Gang brachte ich den Wagen nach Hause. Mein kaputter Arm hing jetzt rechtwinklig in einer Schlinge. Dicke, graue Wolken rollten gemächlich über den Himmel. Der Winter war immer noch da. In meiner dünnen Strickjacke, die jetzt lose über der einen Schulter hing, fror und zitterte ich.

Ich hatte schon im Krankenhaus zwei Pillen genommen, obwohl nur eine vorgeschrieben war. Als ich es endlich fertig gebracht hatte mich auszuziehen, die Bettdecke um mich zu wickeln und meinen Arm auf einen Berg Kissen aufzustützen, hatte ich das Gefühl, der ganze Unrat wäre aus meinem Kopf herausgesaugt worden. Innen befand sich nur noch ein großes Vakuum, das von meinem Schädel eingeschlossen wurde. Ich zitterte immer noch.

Ich muss wohl so vierzehn Stunden geschlafen haben. Als ich die Augen aufmachte, schoss meine Hand in stechendem Schmerz in die Höhe. Mein Kopf tat auch weh. Meine Zunge war dick und trocken wie Sägemehl. Ich schluckte zwei weitere Pillen mit Ginger Ale hinunter und benetzte damit den trockenen Mund und die raue Kehle. Schlaf. Ich blieb im Bett, und das Schmerzmittel betäubte mich von neuem. Als ich das nächste Mal die Augen öffnete, war es dunkel. Gegen meine Schläfen hämmerte ein Springball, und ein Ring spannte sich fest um meine Stirn. Wieder nahm ich zwei Tabletten. Meine Hände zitterten, und ich wusste, dass ich innerlich ausbrannte. Essen. Ich konnte zwei feuchte Kekse hinunterschlucken und trank noch ein Glas Milch, bevor ich alles wieder hochwürgte.

Da ich nicht wieder einschlafen konnte, begann ich durchs Wohnzimmer zu rasen. Ich wünschte mir nichts sehnsüchtiger, als den Knopf zu finden, mit dem ich mein Gehirn ausschalten konnte. Ich nahm den Telefonhörer auf und klemmte ihn zwischen das linke Ohr und die Schulter.

Dann eine Pause. Mir fiel die Nummer der Auskunft nicht mehr ein. Mit Hilfe des Amtes, das große O (für *Operator)* konnte ich gerade noch erkennen, fand ich die Nummer des Motels in Seattle heraus.

»Hallo, spreche ich mit dem Geschäftsführer?« Meine Stimme war rau und belegt. Meine Augen fühlten sich staubtrocken an.

»Jaah!«, war die genuschelte Antwort. »Kurzer, stämmiger Kerl?«

»Genau der.«

»Hören Sie zu, hier ist der Typ, Sie wissen schon, der Sie in die Fresse …«

»Hurensohn! Ich …«

»Moment!«, rief ich und versuchte, meine Gedanken zu ordnen. »Ich hatte den Kopf verloren. Bitte. Ich war in einer ziemlich schlimmen Situation. Ich hab gar nicht mehr nachgedacht.«

»Verdammt noch mal, Mr. Caulfield, ich habe die Polizei alarmiert«, sagte er frohlockend.

Ich sah das Gefängnis sofort vor mir. Ich, allein, ohne Besucher, in einer Zelle, eingesperrt, einsam und verlassen, die Zeit totschlagend und mir einmal die Stunde einen runterholend.

»Ich komme für den Schaden auf. Der Name und die Adresse, die ich Ihnen gegeben habe, stimmen nicht. Und das Mädchen, das bei mir war, ist auch nicht meine Frau …«

»Glauben Sie wirklich, dass der Geschäftsführer eines Motels sich einen Scheiß drum kümmert, wer mit wem verheiratet ist?«

»Die Polizei wird mich niemals finden. Lassen Sie mich bezahlen. Behalten Sie das Geld, das ich Ihnen für beide Nächte gegeben habe. Ich bin wirklich …«

»Sie sind ein gutes Herz, Baby, aber sie stecken ganz schön tief in der Scheiße. Ich hatte mir ihre Autonummer notiert. Ich weiß, dass es die richtige ist.«

»Wie geht es Ihrem Mund?«

»Eh, ja …« Ich hörte, dass er seine Verlegenheit kaschieren musste. »Nur ein kleiner Schnitt, innen an der Lippe.«

»Meine Hand ist gebrochen. Gleich zwei Knochen. Sie müssen einen Kiefer wie ein Bulle haben.«

»Wollen Sie mich verarschen? Zwei Knochen?«

»Ich habe einen Gips bis hinauf zum Ellenbogen.«

»Da soll mich doch einer …«

»Hören Sie, lassen Sie mich Ihnen Geld schicken.« Ich war verzweifelt bemüht, ihn zu überzeugen. »Blasen Sie das mit der Polizei ab, und lassen Sie uns die ganze Geschichte vergessen. Es tut mir wirklich sehr Leid.«

»Ich weiß nicht so recht …«

»Kommen Sie. Sind mit Ihnen noch niemals die Pferde durchgegangen?«

»Darauf können Sie wetten«, antwortete er stolz. »Neulich zum Beispiel habe ich meine Frau mit dem Gürtel … Na ja, wie dem auch sei, das kostet Sie fünfundsiebzig Dollar für die Lampe.«

»Gehört schon Ihnen.«

»Ja, okay. Schicken Sie das Geld her, und ich pfeife die Polizei zurück.« Ich atmete erleichtert auf. »Hey, wissen Sie, dass Sie ziemlich flinke Fäuste haben? Ich hab mal 'n bisschen Amateurboxen gemacht, nur so zum Spaß. Ihre Faust habe ich überhaupt nicht kommen sehen.«

»Ich hab gar nicht bemerkt, dass sie losging.«

Er gab mir seine Adresse, und wir verabschiedeten uns. Seine letzte Bemerkung überraschte mich. »Geben Sie gut auf diese Hand da Acht, hä!« Vermutlich hatte er für jeden Kerl Respekt, der ihn aufs Kreuz legen konnte.

Aber Annie hielt mich für einen Schwächling.

Annie!

Ich konnte diese ganze verdammte Hölle, durch die wir uns gejagt hatten, nicht vergessen.

Ich musste es aber vergessen.

Ich nahm noch eine Tablette.

Ich schlief im Bademantel ein.

Das Telefon weckte mich mit schrillem Gekreisch, das wie dröhnende Pauken gegen mein Trommelfell schlug.

»Mr. Lester? Hier ist Mrs. Williams, die Sekretärin der Schule. Es ist fast acht Uhr, und wir haben uns gefragt, wo Sie bleiben.«

»Krank«, stieß ich hervor und musste husten. »Tut mir Leid, dass ich nicht angerufen habe.« In meinem Kopf explodierte ein Schuss, und gleich darauf begann ein Schrottautorennen. Knall, puff, suuum, päng. »Hab verschlafen. Nehme ein paar Tage frei. Lasse mich krankschreiben. Rufe an, wann ich wieder kommen kann. Entschuldigung.«

Alles war nur noch ein Meer von Schmerz, in dem ich ertrank.

Vielleicht. Vielleicht damals, als ich noch ein Kind war und der Nachbarjunge mich »Judenschwein« genannt hatte, was mich zutiefst verletzte, obwohl ich noch nicht einmal wusste, was das bedeutete, oder wenn meine Mutter mich für etwas, das ich nicht getan hatte, zur Strafe ins Zimmer einsperrte und mir meine Geburtstagsgeschenke wieder wegnahm, oder als ich daneben stand und zusah, wie mein Lieblingshund von den walzenden Rädern eines Lastwagens zermalmt worden war, vielleicht damals ...

Vielleicht, als ich noch zu klein war und nicht die intellektuelle Fähigkeit besaß, Beleidigungen von Erwachsenen einfach nur als Worte hinzunehmen, als ich noch nicht die Selbstsicherheit besaß zu akzeptieren, dass auch andere, vor allem Erwachsene, Fehler machen konnten, als ich noch nicht rationalisieren konnte, um mich vor seelischen Verletzungen zu schützen, vielleicht ... Vielleicht habe ich da schon mal solche Qualen durchgestanden.

Oder vielleicht jetzt, da ich alle Schutzwände eingerissen hatte, die ich während meiner Schul-, College- und Ausbildungszeit aufgebaut hatte, als ich den Schleier der Drogen von mir gerissen, als ich mich völlig verletzlich gemacht und jemanden so total geliebt hatte, dass nur jetzt nur wieder die Einsicht blieb, ich bin ein Mann ohne Frau, ein Mann, der sich nicht mal dazu aufraffen konnte, um zur Arbeit zu gehen, vielleicht jetzt ... Vielleicht waren die Qualen jetzt noch viel größer.

Ich hatte keinen Grund aufzustehen, mich anzuziehen, zur Arbeit zu gehen, irgendwo hinzugehen, repräsentativ auszusehen, irgendjemand zu sein, irgendwo hinzugehören, mich anzupassen.

Niemand kümmerte sich um mich. Ich hatte den Menschen verloren, den ich liebte. Jetzt war das Leben völlig einfach. Ich konnte mich total gehen lassen. Ich ließ jede Art von Selbstachtung Stundenplänen, Disziplin fallen. Ich brauchte keinen Stolz mehr. Ich hatte nicht den Wunsch, mich vorwärts zu bewegen, nicht den Ehrgeiz, in irgendetwas gut zu sein. Warum arbeiten? Warum mich mitteilen? Ich war ja sowieso hässlich. Ich hatte eine wundervolle Person geliebt und dann alles ins Hässliche verkehrt, indem ich meine niedrigsten Instinkte überhand nehmen ließ. Und zum Schluss war ich so gemein und unfair geworden, dass ich Annie womöglich irreparablen Schaden zugefügt hatte. Dem wollte ich mich nicht stellen. Für mich gab es keinen Grund mehr zu existieren.

Ich hatte größte Lust, mich mit den Tabletten ständig im Zustand des Vakuums zu belassen. Aber ich konnte mich nicht mehr dazu bringen, noch eine einzige von den grässlichen Dingern zu schlucken. Ich wollte richtige Drogen, aber ich kannte die Verbindungen hier nicht.

Annie war mein einziger Kontakt in Oregon gewesen. In den ersten Monaten hier war ich unsicher und deprimiert gewesen. Aber jetzt war es noch wesentlich schlimmer, weil ich jemanden verloren hatte, der mich da rausziehen konnte. Und in der ganzen Familie, im ehemaligen Freundeskreis gab es niemanden, den ich hätte anrufen, der mich hätte trösten können. Niemand würde mich verstehen. Die Telefongespräche würden in etwa so lauten: »Wie geht's dir?« – »Gut.« – »Gibt's was Neues?« – »Nein.« – »Wie gefällt's dir im Nordwesten?« – »Ziemlich gut.« Alles oberflächliches Zeug. Ich hatte meine Familie verlassen, um ein neues Leben zu beginnen. Ich hatte alle Brücken hinter mir abgebrochen. Nur Annie hatte diese wichtigen letzten Wochen meines Lebens mit mir geteilt. Niemand außer Annie wusste, wie meine Tage aussahen. Niemand außer ihr konnte meine Gefühle verstehen, kannte meine Wohnung, meinen Beruf, meine Probleme. Jedenfalls war es mal so gewesen. Jetzt war es wohl eher so, dass auch sie nicht mehr in der Lage war, meine Empfindungen richtig zu verstehen. Meine Depression! Vielleicht hatte sie ja auch nie so viel von mir verstanden, wie ich es mir einbildete? Ob das so war? Vielleicht hatte ich auch von ihr nicht so viel begriffen, wie ich immer dachte? Ich war so sicher gewesen, dass sie mich liebte. Aber sie liebte jetzt einen anderen.

Ich schwebte. Völlig abgehängt. Von niemandem gebraucht (und geliebt?). In den unendlichen Raum hinauskatapultiert und dort hängen gelassen – ein Nichts, das sich am Nichts festklammerte. Keine Rückkoppelung, keine Antworten, keine Reaktion, völlige Bedeutungslosigkeit.

Wozu arbeiten?

Wozu lieben?

Zeit war nur eine nicht endenwollende Übelkeit.

Ich aß. Ich schlief. Ich masturbierte. Ich verlor jegliches Gefühl für Zeit. Abend und Morgen waren für mich nicht mehr zu unterscheiden. Ich konnte genauso gut um drei Uhr nachts wie abends um sechs aufwachen. Stunden des Schlafens, Stunden des Sichgehenlassens. Dazwischen nichts. Keine Beherrschung. Kein Wertgefühl.

Ab und zu ging ich unter die Dusche, zum Teil aus Langeweile, aber hauptsächlich, weil ich verschwitzt war und anfing zu stinken. Ich hörte auf, mich zu rasieren, und hatte bald einen schwarzen Urwald im Gesicht. Jeden Tag hatte ich dieselben ungewaschenen Jeans und denselben dreckigen Rollkragenpullover an. Keine Lust zu kochen, also ernährte ich mich von verschiedenen Schnellimbissen und bestellte Abendessen. Der Abfalleimer in der Küche lief über von fettigem, schmierigem Pappgeschirr und Einwickelpapier. Mein Bauch begann sich ballonartig über dem Jeansgürtel zu wölben. Ich schaltete den Fernsehsender nie um, sondern ließ mich nur durch die endlose Abfolge von Schnulzen – Quizshow – Talkshow –Werbung – Krimi –Filme – Nachrichten treiben.

Und wichsen natürlich.

Playboy, ha! Dass ich nicht lache. Viel zu ästhetisch. Viel zu sauber. Wie Statuen im Museum. Ich brauchte knallharten Stoff.

Den Anfang bildeten *Penthouse, Hustler, Oui, Club*. Ich riss mit unkontrollierten Händen die Seiten um und entdeckte in den Körpern keine Menschlichkeit mehr. Es gab nur noch für mich hergestellte Körperteile, mir zur Freude, Titten, die mit mir sprachen und mir befahlen zu wichsen, Löcher, die mich wegen meiner Unfähigkeit, in sie einzudringen, auslachten – obwohl ich wiederholt versuchte, sie unter meinen Bauch zu klemmen und den Akt nachzuahmen – rasierte Schambeine, vereiste Brustwarzen, dicke pflaumenrote Schamlippen, weit auseinander gespreizte Hautfetzen. Ich machte mir die Bilder real, um Erleichterung von all den Schmerzen zu finden, zu vergessen und tief in die innere Dunkelheit einzutauchen, die ich so lange unterdrückt hatte. Ich – der Lehrer, der Erzieher – konnte so niedrig und gemein sein, all das zu tun. Waren Männer wirklich so verrückt? Oder war ich es bloß?

Dann brachten mir diese Männermagazine mit ihren Artikeln aus dem wahren Leben, ihren Ereignisberichten, ihren echten Interviews mit lebenden Persönlichkeiten, die sowieso niemand las, nicht mehr viel. Der Supermarkt, der die ganze Nacht über geöffnet war und dessen Geschäftsführer mir öfter das Essen herüberschickte, hatte leider auch keine schmutzigeren Sachen auf Lager.

Ich zog mir meinen alten Columbo-Regenmantel über und ging auf die Straße. Von dem Licht geblendet, blinzelte ich wie ein Gefangener, der aus Dunkelhaft entlassen worden war. Ich stieg ins Auto und fuhr kreuz und quer durch Salem. Meine Handknöchel waren wieder abgeschwollen, so dass ich die Gänge einigermaßen einlegen konnte. Ich durchkreuzte das Glasscherbenviertel, vorbei an verlassenen alten Warenlagern, deren Fensterlöcher offen gähnten, über die Bahngleise auf die andere Seite der Straße, und fand dann eine belebte Hausfassade, an der eine große Leuchtreklame hing: BÜCHER NUR FÜR ERWACHSENE. Es wirkte, als ob nur reife Menschen dort ihre Geschäfte erledigten. Ich stieg aus dem

Wagen, zog den Mantelkragen hoch und betrat den Laden. (Obwohl, wen kümmerte es hier schon, wer ich war. Ich spielte nur eine Rolle. Ich war eine Unperson, und Unpersonen lebten von diesem Dreck.) Ich ging an den mit Vorhängen verhüllten Boxeneingängen vorbei, in denen man für fünfzig Cents einen Super-8-Film sehen konnte. Billig. (Welchen Film zeigten sie wohl da drinnen?) Dann passierte ich eine große Vitrine, in der alle Dinge aufgebahrt lagen, die *das Leben etwas erheiterten:* Peitschen und Lederstreifen, Schwanzringe, Penisvergrößerer, alle Arten von Vibratoren, Dildos, Öle und Salben, Strümpfe, Hüftgürtel, Korsette, Slips und Schlüpfer mit Löchern, Reißverschlüsse (einige davon essbar), Pariser in allen Regenbogenfarben, flüssige Gleitmittel, Federn, Gummimösen, mehrere Sätze Titten, lebensgroße Gummipuppen (blas sie auf, und sie erwachen zum Leben), Lederanzüge, Gummianzüge, Handschellen (ich hätte sie am liebsten gefragt, ob es dort auch mit Stacheldraht versehene Unterwäsche gäbe).

Doch ich begab mich direkt zum Zeitschriften- und Bücherstand. Ich wollte Literatur, die eine deutliche Sprache spräche und mich nicht an der Nase herumführte. Und ich deckte mich gleich für mehrere Tage ein, *Buttfucker Forum, Tongues and Cheeks, Lesbo Journal, Highway Sodomy.* Ich wollte überall Schwänze, Gewehre, Flaschen, Stöcke, Finger, Zungen sehen, die sich in jedes Loch steckten. Ich brauchte Nahaufnahmen. Frauen, die es mit Frauen machten. Männer, die ihre Spermien auf den Boden schossen. Ich brauchte sexuelle Verführung und Schmierigkeit, die mir von all den Seiten herunter ins Gesicht sprang.

Ich fuhr wieder nach Hause und machte mir dort ein großes Fest. Langsam, genießerisch drehte ich jede Seite um und strich gleichzeitig über meinen wunden Penis, so verkrampft wie ein Epileptiker, wobei meine Hand so schnell auf und ab ging, dass das Auge sie kaum mehr erfassen konnte. Foto für Foto half mir dabei, den Akt zu vollenden. Ich quetschte, pumpte, stieß jeden letzten Tropfen Ejakulation aus mir heraus, um damit die Krankheit, die mich manipulierende Macht *rauszukriegen.* (Je mehr bei jedem Mal herauskam, desto länger konnte ich die Pausen dazwischen aushalten.)

Die Zeit wurde nur noch an der Fähigkeit gemessen, wann ich das nächste Mal zum Orgasmus kommen konnte.

Der Teil meines Gehirns, in dem die Fantasie steckte, öffnete seine Pforten weit, und ich wurde sehr potent. Ich wurde wieder zu einem Heranwachsenden voll sexueller Energie, was daran lag, dass ich von den verbotenen Früchten gegessen hatte. Überreife Früchte.

Ich verwandelte mein Wohnzimmer in eine intime Privatwelt, von der niemand etwas wissen durfte. Ich tat, was ich wollte und was ich nur *allein* tun konnte.

Wieder fuhr ich nach Salem und ging einfach an dem unrasierten Kassierer vorbei, der schon erkennend nickte. Er akzeptierte mich wohl schon als *Stammgast.*

Ich suchte mir ein paar Romane aus der verbotenen *Kollektion* aus. Obwohl ich nicht viel Geld hatte, gab ich es unbekümmert aus. Ich wollte mittellos sein, ein Penner. Das Wichsen über Bildern war passé. Nicht pervers, nicht aufregend genug. Ich streichelte mich, während ich die schmutzigen Geschichten zu Hause auf der Couch las. Zuerst ein gemächlicher Rhythmus, der mit zunehmender Erregung schneller wurde. Ich wurde zu einem Teil der beschriebenen Orgien, Ausschweifungen, Vergewaltigungen, Inzestakten. Dann, wenn ich es nicht mehr länger zurückhalten konnte, blätterte ich schnell zu einem von den weise im Buch verstreuten Frauenakten und entlud mich.

Das war großartig. Wenn ich zuerst die Geschichten las und mich danach über einem der Fotos abreagierte, war es fast wie ein Vorspiel mit abschließendem Geschlechtsverkehr und Orgasmus.

Die meisten Vorworte, Titel und Autoren liefen mir wie warmer Sirup den Rücken hinunter – ein fantastischer Akt der Selbstrechtfertigung.

It's a Wonderful Life von *Solomon Gomorrah,* ein *Bekenntnis.* Vorwort von dem namhaften Psychologen, Dr. Dan.

VORWORT

Dieses Buch, oder besser, dieses Bekenntnis, wie Mr. Gomorrah es zu nennen wünscht, ist ein klassisches Beispiel für die allgegenwärtige Theorie der *kognitiven Dissonanz.*

Obwohl Mr. Gomorrahs Stil ein lebendiger, frohlockender ist, der dem Leser zeigen will, dass er sich über die Vielfältigkeit seiner sexuellen Erfahrung (oder Fantasien, wie ich es eher nennen würde) lustig macht, lässt der unterschwellige Ton seine Schuldgefühle deutlich werden. Er wünscht, seine innere Vulgarität zu verzerren, die beachtliche Promiskuität, die er in sein Bewusstsein eindringen ließ, zu rechtfertigen, und verdreht deshalb alles, um bei Ihnen, lieber Leser, hoffnungsvolle Annahme zu finden.

Hier ein Beispiel. Er beginnt seine Einleitung mit der Aussage … »Ich schreibe keine Pornografie. Für mich ist Pornografie nichts weiter als die simple Präsentation und Ausbeutung eines sexuellen Aktes mit dem Ziel, zu erregen und zu reizen – was überhaupt kein Verdienst sein kann. Alles, was ich in diesem Buch beschrieben habe, dient dazu, meiner Lebensfreude Ausdruck zu geben. Ihrer Lebensfreude. Von all den sexuellen Erfahrungen wurde berichtet, um Ihnen die Entwicklung meines Charakters deutlich zu machen und darzustellen, wie subtil menschliche Interaktionen sein können. Sex, egal wie ausdrücklich er beschrieben wird, ist Literatur, sobald die Absicht des Autors über den bloßen Wunsch zu erregen und die simple Ausbeutung hinausreicht.«

Nun glaube ich kaum, dass »meine Hoden klatschen glücklich gegen die Arschbacken« etwas über die Subtilität der menschlichen Interaktionen aussagt.

Aber lassen Sie mich abschließend darauf hinweisen, dass *It's a Wonderful Life* meines Erachtens eine exzellente Lektüre für Studenten, Professoren, den Laien und den Kenner ist, für jeden, der sich für dieses Feld interessiert … es ist angewandte Psychologie.

Auf diese Ebene war ich also schon hinabgesunken. (Ja, das war ein wundervolles Leben.) Physisch und psychisch völlig aus dem Rhythmus gekommen, wollte ich nicht länger mit mir selbst zusammen sein.

Die Augenblicke nach der Masturbation waren immer noch voller Schuldgefühle. Immer hasste ich mich selbst danach. Ich warf das Buch oder die Zeitschrift dann auf den Boden, lief ins Bad, setzte mich aufs Klo und ließ den Kopf hängen. Wenn ich am Spiegel vorbeikam, achtete ich sorgfältig darauf, nicht hineinzusehen. Ich kannte mein Gesicht zu gut. Aufgeschwemmte, ungesunde Wangen durch zu vieles Essen. Wilder, urwüchsiger schwarzer Backenbart. Gerötete Augen. Eine nervöse Zuckung um den Mundwinkel, die man nicht sehen, die ich aber ständig spüren konnte. Mein Gesicht war schlagartig alt geworden und von einer seltsamen Traurigkeit gekennzeichnet. Wie ein alter Bergarbeiter, der nach all den Jahren harter Arbeit müde ist.

Während der vielen Depressionen dachte ich an Annie, außer wenn ich es geschafft hatte, mir wieder einen runterzuholen, wodurch ich dann mal essen, schlafen oder mich aufs Fernsehen konzentrieren konnte. Sie erstand dann wieder in ihrer alten Reinheit und Unbescholtenheit vor mir, und ich konnte nicht anders, als mir die Bilder unserer Verbindung heraufzubeschwören. Annie war für mich die Erlösung von all dem Kot, in dem ich jetzt steckte.

Wenn wir doch nur irgendwo hingehen und ganz allein sein könnten, weg von hier. (Eine verborgene Hütte in den Bergen?) Ich wusste, dass wir es schaffen könnten, Liebe, Hochzeit, ANNIE-ARNIE!

Ich würde keine Fantasien mehr haben.

Ich würde ein Macho werden.

Ich würde mich nicht drum scheren, wenn sie den Muskelmann haben wollte.

Ich würde schneller rennen, besser Schlittschuh laufen, ein Schwanzvergrößerungsmittel einnehmen.

Ich würde nie wieder von ihr verlangen, dass sie etwas Besonderes mit mir machte.

Sie würde nie wieder oben zu sitzen brauchen, damit sie nie wieder nur so tun müsste, als ob es ihr gefiele.

Ich würde ihr klar machen, dass es alles nur ein Scherz gewesen wäre. Männer mochten es überhaupt nicht, wenn Frauen die gesamte Macht haben und sie mit Gewalt nehmen.

Ich würde ihr alles verzeihen. Ob sie mir meine Fehler ebenfalls verzeihen konnte? Konnte sie meinen Lippen vergeben, dass sie so arglos gesprochen hatten?

Ich würde kochen, abspülen, sauber machen, alles, wenn sie nur glücklich war.

Aber sie denkt ja, ich sei schwul.

Bin ich's denn?

Wie viele Kerle würden aufräumen und kochen?

Das war's doch, was alles verdorben hatte.

Ich wollte einfach nicht glauben, dass ich schwul wäre, aber wenn ich in einem Buch davon las, dass es zwei Männer miteinander machten, wurde ich sehr erregt. Hatte ich den Wunsch, einer von diesen Männern zu sein? Oder war es nur diese erotisierende Wirkung, diese Perversität des *Verbotenen,* die mich da anmachte?

Schwul oder nicht, sie liebte einen anderen.

Wer war der Kerl? Wie hatte sie ihn getroffen?

Schwul oder nicht, sie war zu jung.

Aber die meisten Männer hatten Freundinnen, bei denen der Altersunterschied noch wesentlich größer war als bei Annie und mir.

Aber eines war klar: Ich war ein Monstrum, faul, stinkend, verachtenswert und abstoßend. Keine Frau würde je mit einem so widerlichen Menschen wie mir zusammen sein wollen.

»Ich könnte mich verändern. Ich könnte es lernen, meine sexuellen Begierden unter Kontrolle zu bekommen und anständig zu leben.

Aber vielleicht könnte ich mich auch nie wieder so total zu einem Menschen bekennen. Ich würde meine Liebe jedenfalls nie wieder so eingestehen. Wollte nicht jeder in Wirklichkeit immer nur das, was er nicht kriegen konnte?

Ich fand keine Antworten. Am liebsten hätte ich laut geschrien: »Liebe, Liebe, du liebst mich nicht, ich liebe dich, liebst du mich nicht, doch, nicht wahr?« Aus Mangel an Glauben an mich selbst brauchte ich hohle Worte, an die ich mich klammern konnte. Ich wollte an meiner einfältigen Einstellung festhalten – die hinten am Wagen festgebundenen leeren Konservendosen und das JUST MARRIED-Schild rasselten mir immer wieder durch den Kopf, begleiteten mich auf Schritt und Tritt. Annie würde für mich einfach alles wieder in Ordnung bringen.

Aber ich setzte mich nur wieder resigniert an das nächste Kapitel von *It's a Wondcrful Life,* oder was sonst gerade herumlag. Diese Ausflüchte in die Masturbation über pornografischem Schund mussten mir statt Annie helfen.

Ja, und auch die Masturbation war aus dem Takt gekommen, da meine rechte Hand ja gebrochen war und ich die linke benutzen musste. Ich konnte einfach kein richtiges Timing finden.

Die Schlagzeilen der Sonntagszeitung verkündeten eines der großen Ereignisse in der Geschichte Oregons … die Premiere des ersten Films mit pornografischem Inhalt in einem regulären Kino. In Salem. Der Film *Emanuelle* eroberte jetzt Amerika im Sturm, während er in ganz Europa schon mit überwältigendem Erfolg gelaufen war. Er galt als der geschmackvollste aller geschmackvollen erotischen Filme. Ich hatte ihn in New York schon einmal gesehen und fragte mich, warum er es geschafft hatte, die Menschen davon zu überzeugen, dass der Sex, der in ihm geschildert wurde, von Bedeutung wäre, dass die Erotik in diesem Film eben keine Pornografie sei. Irgendwie hatte er die feine Grenze überschritten, die das

Schmutzige vom Achtbaren trennte, und ganz normale Leute hatten plötzlich das Gefühl, es sei okay, sich diesen Film anzusehen (hatten sie die richtige Werbeagentur erwischt?). Ich beschloss, an diesem Ereignis teilzunehmen.

Cinemaplex 3 befand sich in Salems Innenstadt. Die Straßen waren hell erleuchtet. Überall Autos. Ich war etwas verlegen, dass ich jetzt in einen Pornofilm gehen wollte, allein, verdreckt, in meinem alten Regenmantel, während sonst nur *normale* Menschen anwesend sein und sofort erkennen würden, was aus mir geworden war. Aber ich hatte nicht mehr die Kraft, mir klar zu machen, dass ich nur wegen des Sexaktes hineinging. Ich wollte Sex als Kunst sehen. Ich wusste genau, warum ich hergekommen war.

Ich parkte meinen Wagen in der Nähe einer Tankstelle, die um die Ecke lag. Der Film fing um halb neun an. Ich wartete bis zwanzig vor neun und kaufte dann schnell eine Karte, leise »Eine« zur Verkäuferin nuschelnd und froh, dass die Leute vor mir alle schon saßen und sich auf die Leinwand konzentrierten. Die Dunkelheit im Kino machte mich zu irgendeinem Schattenwesen. Ich fand einen Sitzplatz, der weit von der Menge entfernt war.

Während der letzten Wochen war ich oft in diesen Buchladen gegangen, hatte mich noch etwas in der Gegend herumgetrieben und ab und zu auch mal eins von diesen Kinos besucht. Dort hatte ich nie Probleme gehabt, mir einfach eine Karte zu kaufen und mit allen Leuten zusammen reinzugehen. Alle gingen mit gesenktem Kopf und sahen niemals hoch, alles Männer. Und wir setzten uns instinktiv weit auseinander, weit nach vorn, ganz nach hinten, häufig direkt an den Rand oder »in« die Logen ... Eine unheimliche Stille erfüllte das Kino, wenn sich auf der Leinwand Frauen liebten oder mit sich selbst spielten. Das Theater hätte bestimmt nicht viel anders ausgesehen, als wenn es leer gewesen wäre. Die wenigen Köpfe, die über die Sitzlehnen hinausragten, bewegten sich nie.

Bei *Emanuelle* überraschte mich unvermittelt die Zusammensetzung des Publikums. Alle waren paarweise erschienen, die meisten beschäftigten sich raschelnd geräuschvoll mit Popcorntüten,

Bonbonpapier und Ähnlichem, und fast alle saßen auf den besten Mittelplätzen. Der Film jedoch, der Europa im Sturm genommen hatte, war nichts anderes, als was ich in den letzten Wochen gesehen hatte. Vielleicht ein wenig besser in der Charakterisierung der Darsteller, eine etwas bessere Aufnahmetechnik – aber wollte nicht auch Solomon Gomorrah die Entwicklung seines Charakter schildern? – Das meiste war eine Aneinanderreihung von Sex, so als hätte der Regisseur ständig folgende Anweisungen erteilt: »Okay, die Frontalposition haben wir jetzt im Kasten, nun lasst uns die Rückenlage durchgehen, wie wär's mit ein bisschen Fellatio ...«

Die Vorstellung war für ein paar Zuschauer (hauptsächlich biedere Stadtleute oder einfaches Volk vom Land) verblüffend. Vermutlich hatten sie einen *wirklichen* Film mit Handlung und allem erwartet, und jetzt passierte nichts weiter als eine geballte Ladung Sex. Viele waren gespannt oder verlegen. Man hörte ständige nervöse Bewegungen, Beine, die übereinander geschlagen wurden, Füße, die über den Boden rutschten, wenn die Zungen, Mösen, Schwänze, Finger auf der Leinwand sich wild, schnell und heftig bewegten. Einige gingen hinaus.

Weil der Film eiskalt von einer knallharten Sexszene zur anderen hinüberwechselte, wurden die Zuschauer, die geblieben waren, zwangsläufig zu Voyeuren. Einige fühlten sich unbehaglich. Sie spürten irgendwie, dass dies hier im Vergleich zu den Filmen, in die sie sonst ungeniert hineingingen, etwas Anrüchiges hatte, wollten aber insgeheim doch noch mehr davon sehen (besonders die Männer). Ich hörte, wie ein Mann in den Fünfzigern zu seiner Frau sagte: »Das ist einfach ekelerregend, mein Liebling!« Aber er gehörte nicht zu denen, die früh hinausgegangen waren. Zu Hause im Bett würde er sicher mit aufgefrischter Potenz antreten.

Ich überließ mich der Macht der laufenden Bilder, lehnte mich tief in den Sitz zurück und glaubte den Typen auf der Leinwand. Ich wollte einfach, dass ihr Sex real wäre. In meiner Hose wuchs eine ausgedehnte Erektion – Schwanz drückte schmerzhaft gegen den Reißverschluss. Und als eine Frau sich das Kleid über den Kopf zog und die Kamera eine Totale ihres wunderschönen nackten Körpers einfing, schwarze Schamhaare gegen weiche, weiße Haut schimmerten und sie begann, den Mann vor ihr anzubetteln, dass er sie ficken möge, wäre ich am liebsten hineingesprungen und hätte es für ihn getan. Ich hatte keine andere Wahl, als mit der Hand unter den Regenmantel zu schlüpfen und den Reißverschluss aufzuziehen. Aber ich konnte die Hand nicht bewegen. Warum nicht? In den anderen Kinos hatte ich es doch auch gemacht. Ich konnte es so unauffällig erledigen, dass mein Kopf und Körper sich kaum bewegten. Ich war schon so erregt, dass ich vermutlich bei der ersten Berührung mit den Fingern kommen würde. Warum also nicht? Ich würde das Kino sowieso vor allen anderen verlassen. Die Bilder verführten mich, es zu tun. Mein Schwanz schrie nach Befriedigung. Warum nicht? Dann war ich eben in Gesellschaft von *Normalbürgern*! Sie hatten genau wie ich bezahlt, um eingelassen zu werden. Warum nicht? Ich war ein verschrobenes Arschloch. Ich hatte keine Integrität mehr. Als menschliches Wesen unter aller Sau, eine Sau, die sich in der eigenen Scheiße suhlte. Eindeutig ein Schwanz, der vom Schwanz an der Nase herumgeführt wurde. Endlich alt genug geworden, mein eigenes Geld zu verdienen, meine eigenen Entscheidungen zu fällen, vollständig selbst dafür verantwortlich zu: sein, ob ich gewann oder verlor. Zum ersten Mal allein draußen in einer Welt, die mir befahl, Karriere zu machen, eine Frau zu haben, ein *Mann* zu sein, und was war geschehen? Ich scheiterte … hundertprozentig, vollkommen, unbezweifelfickbar. Aber warum nicht?

Meine linke Hand wanderte endlich zum Reißverschluss, ballte sich zur Faust und schlug kräftig auf Penis und Hoden.

Es war ein Kampf, diese Schmerzen durchzuhalten. Zwei stechende Messer fuhren mir durch die Nieren. Ich griff nach der Rückenlehne vor mir, um nicht umzukippen. Dann holte ich sechsmal tief Luft. Es gelang mir, auf die Füße zu kommen und durch den Gang zu humpeln. Ich musste weg von hier. Ich musste mich irgendwo allein vergraben. Als ich zum Ausgang kam, wechselte die Szene von Innen- zu Außenaufnahmen. Das plötzlich erscheinende helle Licht erleuchtete die Gesichter der Zuschauer in den ersten Reihen. Ich sah Annie in der Mitte des Kinos sitzen. Neben ihr ein Junge, den ich vom Basketballteam der Schule her kannte. Auf der Leinwand sah man zwei Frauen in der Wüste, die sich gegenseitig leckten, während zwei Pferde daneben ihr Frühstück aufmampften und sie interessiert dabei beobachteten. Annie starrte intensiv auf die Bilder. Plötzlich warf sie den Kopf in den Nacken und lachte herzlich.

23. Kapitel

Neuanfang

Am nächsten Morgen, es war ein Freitag und der letzte Schultag vor den Frühjahrsferien, der letzte Tag aller neun Krankheitstage, die ich von der Schule wegbleiben durfte, stand ich sehr früh auf.

Ich wollte mich von der Depression erholen.

Ich räumte die Wohnung auf und reinigte alle Teppiche mit dem Staubsauger. Dann schrubbte ich das Sofa ab, das mittlerweile grauschwarz geworden war. Ich nahm einen Waschlappen und tauchte ihn tief in die Seifenlauge. Danach lief ich ein paar Schritte auf der Stelle, machte Liegestütz und Kniebeugen. Ich schwitzte und duschte mich, so heiß es nur ging, wobei ich die gebrochene Hand mit einer Plastiktüte umwickelte.

Ich wollte kein Trauma zur Grundlage meines Lebens machen. Ich putzte die Zähne, gurgelte mit Mundwasser und beschloss, den Anfang des Bartes stehen und wachsen zu lassen. Jedes Schnippselchen Papier, das noch an Pornografie erinnern konnte, wurde vernichtet.

Ich wollte kein Leben, das aus Traurigkeit, Einsamkeit, Verletzungen und Selbstmitleid bestand.

Ich aß ein großes, warmes Bauernfrühstück und spielte dabei mein Lieblingslied: *Feelin' Groovy.* Danach zog ich mir einen perfekt sitzenden Anzug an und warf die Armschlinge weg.

Ich hatte mir gestern Abend in *Emanuelle* keinen mehr runtergeholt.

»Hallo, hier spricht Arnie Lester«, sagte ich zu Mrs. Williams im Schulbüro. »Ich werde heute wieder in die Schule kommen.«

Annie hatte genau denselben Film gesehen, der mich fast in Stücke gerissen hätte, und sie hatte gelacht.

Zum ersten Mal überhaupt rief ich bei ihr zu Hause an und bat sie, mich vor dem Unterricht noch an dem Picknicktisch auf dem Sportfeld zu treffen, dem Tisch, an dem wir zum ersten Mal unser Lunch verzehrt hatten. Sie stimmte zu.

Derselbe unerklärliche Drang, der mir die Fähigkeit gegeben hatte, eine Sechzehnjährige als meine Idealliebe zu betrachten, der mir den selbstzerstörerischen Zweifel eingebleut hatte, die Welt und mich selbst nur noch als hässlich wahrzunehmen, half mir jetzt, die Situation zu bewältigen.

Ich hatte doch die Wahl.

Die letzte Rolle meines Filmes war eingelegt …

Ich saß an der Rückwand der Schule an dem von Bäumen umgebenen Picknicktisch, das Baseballfeld vor mir, dahinter, in weiter Ferne, das Oregongebirge. Die Luft war mild. Am Himmel bewegten sich schwere graue Wolken, die eine klare Bläue durchschimmern ließen. Offenbar hatte der Frühling sich endgültig eingenistet. Annie kam auf mich zugelaufen.

Ich sah ihr Gesicht, ihre Figur. Sie war so wundervoll für mich, zu mir gewesen. Ich konnte ja nicht ewig in der Depression verharren. Ich wollte, dass sie sich wohl fühlte, Ich wollte mich selbst wohl fühlen. Dieser Augenblick sollte vollkommen sein.

»Wie geht's deiner Hand?«, fragte sie und blickte auf den unter meinem Jackett verborgenen Gips. Sie versuchte, der Situation das Peinliche zu nehmen.

»Keine Schmerzen mehr.«

»Der Bart gefällt mir. Siehst aus wie ein Teddybär.«

»Danke.«

Wir sprachen nicht weiter, betrachteten nervös die am Himmel vorüberziehenden Wolken.

»Annie …«

»Arnie …«

Wir mussten lachen.

»Ich hab mir solche Sorgen um dich gemacht, Arnie. Deine Hand, dass du nicht zur Schule gekommen bist, wie du in Seattle warst, und vor allem hinterher. Diese schlimmen Sachen, die ich dir gesagt habe. Ich hatte dir an diesem letzten Morgen im Motel so viel erklären wollen.«

»Ich habe mich wie ein Mittelstürmer benommen, der gerade die Weltmeisterschaft verloren hatte. Mein Gott, ich habe dir die Hölle heiß gemacht. Aber du scheinst das Durchhaltevermögen eines Marathonläufers zu besitzen. Es tut mir wirklich Leid.«

»Ich hätte dir von Tom etwas sagen wollen.«

»Ich habe euch beide in *Emanuelle* gesehen.« Ich spürte, dass nicht einmal der Film mehr ein Grund war, diese horrende Eifersucht zu fühlen. Sie hatte neben ihm glücklich und entspannt ausgesehen. »Ich war zu verlegen, euch Guten Tag zu sagen.«

»Ich wäre wohl an meinem Popcorn erstickt.« Vermutlich hätte sie auch diese Situation brillant gemeistert. »Ich habe ihn an dem Abend getroffen, an dem ich mit Clara und ihren neuen Freunden unterwegs war, weißt du, am Tag davor waren wir beide Schlittschuh laufen.«

»Schon gut. Du brauchst mir die Einzelheiten nicht zu erzählen.«

»Aber die Einzelheiten sind doch gerade das Wichtigste, Arnie.«

Ich hörte ihr zu.

»Ich hatte immer geglaubt, dass Tom nur ein dummer Typ wäre, viel Muskeln, wenig Hirn. Als wir dann zusammen wegfuhren, dachte ich, er würde sich wohl an mich heranmachen, damit er bei seinen Freunden im Team mit mir angeben könne. Wir haben aber nur miteinander getrunken und die ganze Zeit über die Schule gequatscht. Er erzählte mir, dass er fürchterliche Angst vor dem Abschlussexamen hätte, dass er überhaupt keinen Bock hätte, aufs College zu gehen, dass er sich überhaupt in gar nichts auskennen würde, außer Basketball. Ich war ziemlich high, aber ich glaube, ich verstand, was er meinte. Aber wir waren doch nur eine Nacht zusammen in der Stadt. Überhaupt keine Verpflichtungen oder Versprechungen. Warum hätte ich dir also davon erzählen sollen? Aber dann wurden die Dinge zwischen dir und mir immer komplizierter – der Sex, unsere *Fantasien,* wie wir uns in der Schule zueinander verhielten, das Konzert, meine ungewohnte Kälte im Bett. Ich war plötzlich gar nicht mehr so scharf auf die Liebe.« Ich wünschte jetzt, dass ich netter zu ihr gewesen wäre. »Aber ich liebte dich immer noch.« Tat sie das? »Ich ging mit Clara zu mehreren Basketballspielen, und danach tranken wir meistens mit Tom und seinen Freunden noch ein Bier. Immer nur Gelächter. Er hat mich nie bedrängt, mit ihm zu schlafen. Ich hatte auch gar keine Lust dazu. So dachte ich mir, dass es eigentlich gar keinen Grund gäbe, dir davon zu erzählen. Außerdem hatte ich festgestellt, dass du dich immer mehr verändertest. Ich wusste, dass du mich gerne stark haben wolltest. Ich hab's versucht … aber dabei habe ich mich ja gerade auch verändert. Tom hat etwas in mir aufgerüttelt. Wir kauften Schallplatten, hörten sie gemeinsam an, gingen miteinander ins Kino. Es war alles so einfach, wenn ich mit ihm zusammen war. Highschoolboys erschienen mir auf einmal gar nicht mehr so jung. In der Nacht, in der wir den Kometen gesehen haben, haben Tom und ich zum ersten Mal miteinander geschlafen.« Ich konnte nicht umhin zusammenzuzucken. »Ich konnte es dir nicht sagen. Für dich war es ja schon Superscheiße, dass ich nicht gekommen war. Es hätte sich so angehört, als wenn ich die ganze Zeit schon etwas vor dir verborgen hätte. Ich machte es dann mit all dem Glimmerzeug wieder gut, versuchte es wenigstens. Ich hatte Angst, dich zu verlieren. Aber ich konnte dir nicht alles von meinem wahren Ich geben, weil ein Teil davon schon bei Tom war. Ich fühlte mich so schuldig …« Ihre Worte sprangen jetzt flüssig aus dem Mund wie ein im Frühjahr zum ersten Mal auf die Wiese frei gelassenes Fohlen. »… ich konnte einfach nicht mehr die ganze Zeit für dich stark sein. Mit diesem Gewichtheber da, das war wirklich Scheiße von mir. Ich war ein richtiges Arschloch.«

»Nein.«

»Ich wollte dir gerade von Tom erzählen, als Mr. Hargrove ins Klassenzimmer gestiefelt kam. Du weißt schon, an dem Nachmittag. Aber ich hatte das Gefühl, ich hätte so viel Macht, ich würde dich so schwer verletzen – da konnte ich es nicht tun. Und dann hast du so glücklich ausgesehen, als ich mit dir wegfahren wollte. Und ich war auch froh, froh, dass du mich immer noch so gern hattest. Ich wollte die Dinge klären. Aber diese letzte Nacht im Motel … Wir – wir … Ich hatte gar nicht gewusst, dass wir im Grunde so wütend aufeinander gewesen waren. Ich wusste, dass ich dir am nächsten Morgen sagen musste, dass mich etwas in eine andere Richtung von dir wegzöge. Arnie, ich habe nie wirklich geglaubt, dass du schwul bist …«

»Annie. Es ist okay. Weil wir nun aufgehört haben, ein Liebespaar zu sein, heißt das ja noch lange nicht, dass wir nicht …«

»Arnie, es ist alles so komisch. Wenn ich mit Tom zusammen war, wollte ich ihn. Er war jeden Nachmittag bei mir, als ich krank war.«

»Ich wäre auch gern bei dir gewesen.«

»Ich weiß. Ich weiß, wie viel ich dir bedeute. Ich fühle mich immer noch mit dir verbunden. Wenn ich mit dir zusammen war, habe ich kaum an Tom gedacht. Ach, ich weiß nicht, ich muss immer noch an unsere schönen Zeiten denken. Ich habe nie wirklich gewollt, dass das mal aufhört. Auch jetzt spüre ich es wieder, ganz stark.«

Sie griff mit ihrer Hand nach meinen im Gips versteckten Fingern und streichelte die Kuppen, die daraus hervorlugten. Ich spürte ihre vertraute Wärme. Auch ich musste an die Augenblicke denken, in denen wir uns durch solche Berührungen höchste Glücksmomente geschaffen hatten. Ich wollte sie nicht aufgeben. Mein Penis pulsierte.

»Annie …« Ihre Finger streichelten über meine. »Wir verletzten uns gegenseitig. Wir haben alles vermasselt. Aber jetzt sitzen wir hier und reden miteinander. Das brauchen wir doch nicht zu verlieren.« Ich holte tief Luft. »Freunde?« Ja, ihr Freund wollte ich gerne sein und bleiben. Wir konnten kein Liebespaar sein. Unmöglich.

Sie wand ihre Finger aus meinem Griff. Dann strich sie mit kesser Bewegung das Haar hinter die Ohren. »Du weißt immer genau das Richtige, was?«

Ich lachte. »Manchmal weiß ich möglicherweise, was richtig wäre, aber ich tu's nicht immer.« Ihre Zunge fuhr einmal kurz über ihre vollen Lippen. »Ich weiß, dass ich meine Bedürfnisse nach Passivität nicht ignorieren kann, aber ich habe auch die Kraft gewonnen, einem Partner nicht die totale Macht aufzubürden und mich völlig auszuliefern. Niemand soll mich in Zukunft so unglücklich machen können.« Ich dachte daran, wozu ihre Zunge in der Lage wäre. »Mit jeder Beziehung scheine ich ein bisschen mehr übers Leben zu lernen, und wenn ich Glück habe, kann ich mich auch verändern.« Ich wollte mit ihr schlafen. »Ich weiß gar nicht mal, ob fünfundzwanzig und sechzehn wirklich so verkehrt sind.« Ich wollte ihre Wärme, ihren Mund, ihre Hände, ihren … »Aber ich bin dein Englischlehrer, und das bedeutet wohl auch ein bisschen Verantwortung. Es heißt auch, dass ich nicht einfach so herumgehen und tun und lassen kann, was ich will.«

»Tom ist wirklich toll. Mit ihm im Bett ist es ein bisschen anders, aber mir gefällt's. Er ist ein ziemlich guter Athlet. Seine Freunde sehen alle zu ihm auf. Er war in der letzten Saison der Star der Basketballmannschaft …«

»Annie. Warum lässt du nicht den ganzen Mist mit den Cheerleaders und der Farah-Fawcett-Masche fallen und gehst zu den Leichtathleten? Darin bist du wirklich gut.«

»Meinst du?«

»Ja, das meine ich.«

»Vielleicht. Kann wohl nicht schaden, es mal zu versuchen. Und du solltest versuchen, mit ein paar Leuten hier und dem wirklichen Leben hier Freundschaft zu schließen.«

»Ich werd's versuchen. Aber, Gott, ich hasse Zurückweisungen. Doch ich werde es tun, ganz bestimmt. Vielleicht.«

»In diesem Sommer werde ich dir das Forellenangeln beibringen.«

»Und ich werde mich darum kümmern, dass du eine Menge

guter Bücher zu lesen bekommst und sie gegen deine jetzige Lektüre austauschst.«

»Wir werden wieder so gefühlsduselig, dass ich gleich kotzen muss.«

»Wenn wir uns nicht auf den Weg machen, kommen wir beide zu spät zur ersten Stunde.«

»Oh«, flötete Annie erschrocken. »Und ich habe Tom versprochen, ihn an der Cafeteria zu treffen, und vorher muss ich noch meine Bücher aus dem Spind holen.« Sie machte einen Blitzstart auf das Gebäude zu und drehte sich dann ganz plötzlich noch mal um. Sie sah so schön aus. »Das habe ich noch vergessen, dir zu sagen: Ich bin gerade in der letzten Woche siebzehn geworden.«

Ich wollte sie in meine Arme ziehen, ihr einen Kuss geben und mich einen Dreck drum kümmern, wer uns dabei beobachtete. Aber ich sagte bloß lächelnd: »Herzlichen Glückwunsch.«

Als ich mein Klassenzimmer betrat, sah ich, dass die Schüler ganz schnell noch ein Schild zusammengekleistert hatten, auf dem mit Leuchtfarbenstiften geschrieben in großen Buchstaben stand: WELCOME BACK MR. LESTER.

Ich wollte eigentlich erwähnen, dass das Komma vor meinem Namen fehlte, aber ich unterließ es.

Stattdessen lächelte ich und sagte: »Arnie. Nennt mich bitte Arnie.«

Carly Phillips

»Rasant und sexy!« *The New York Times*

978-3-453-58046-6

Die Barron-Serie:

Ich will doch nur küssen
978-3-453-40939-2

Die Single-Serie:

Küss mich doch!
978-3-453-40810-4

Verlieb dich!
978-3-453-40844-9

Die Corwin-Trilogie:

Trau dich endlich!
978-3-453-58046-6

Spiel mit mir!
978-3-453-58047-3

Mach doch!
978-3-453-40771-8

Die Chandler-Trilogie:

Der letzte Kuss
978-3-453-87356-8

Der Tag der Träume
978-3-453-87765-8

Für eine Nacht
978-3-453-49108-3

Die Hot-Zone-Serie:

Mach mich nicht an!
978-3-453-58021-3

Her mit den Jungs!
978-3-453-58025-1

Komm schon!
978-3-453-58030-5

Geht's noch?
978-3-453-58045-9

Einzeltitel:

Küss mich, Kleiner!
978-3-453-58043-5

Leseproben unter: **www.heyne.de**

HEYNE